Tengo un manny en casa

Boulevard

Tengo un manny en casa

Holly Peterson

VERGARA
GRUPO ZETA **Z**

Barcelona • Bogotá • Buenos Aires • Caracas • Madrid • México D.F. • Montevideo • Quito • Santiago de Chile

Título original: *The Manny*

Traducción: Cristina Martín

1.ª edición: septiembre 2007

© 2007 by Holly Peterson
© Ediciones B, S. A., 2007
    para el sello Javier Vergara Editor
    Bailén, 84 - 08009 Barcelona (España)
    www.edicionesb.com

Printed in Spain
ISBN: 978-84-666-3174-7
Depósito legal: B. 34.302-2007

Impreso por LIMPERGRAF, S.L.
Mogoda, 29-31 Polígon Can Salvatella
08210 - Barberà del Vallès (Barcelona)

Para Rick.
Mi fuente de vida

1

¡DESPEGUE!

Si uno quiere ver a los ricos actuando verdaderamente como ricos, no tiene más que acudir al colegio para chicos St. Henry a las tres de la tarde de un día laborable cualquiera. No hay nada que entusiasme más a los ricos que codearse con otros ricos que tal vez sean más ricos que ellos. Les pone las pilas el hecho de apearse del coche particular y ser recogidos de nuevo; es una oportunidad para reivindicar su estatus, exhibir su poderío y permitir que los demás padres sepan qué puesto ocupan entre el elitista 0,001 por ciento del elitista 0,0001 por ciento del mundo entero.

Cuando me dirigía a toda prisa al partido que iba a jugar mi hijo al terminar las clases, iba flanqueada por una procesión de monovolúmenes negros, todoterrenos y automóviles con chófer que avanzaban lentamente calle arriba. Me había saltado otra reunión de trabajo, pero aquel día no iba a detenerme nada. La calle, jalonada por frondosos árboles y mansiones de piedra, estaba ocupada por una multitud de personas aglomeradas enfrente de la escuela. Cobré ánimos y me abrí paso por entre un mar de progenitores: los papás con traje de banquero gritándole al teléfono móvil y las mamás ataviadas con glamurosas gafas de sol y dotadas de brazos bien tonificados, muchas de ellas vestidas a la moda de arriba abajo y con una niñita al costado. Dichas niñas desempeñaban un papel importante en el juego de nunca acabar de sus padres, el de aventajar siempre a los demás, cuando éstos las sacaban a la calle con vestiditos de frunces, las llevaban del profesor de francés a la clase de violonchelo y hablaban de ellas como si fueran ganado de primera en una feria de muestras.

Enfrente de la escuela, pasando el rato, con la ventanilla de luna tintada bajada hasta la mitad, se encontraba un gigante de la cosmética leyendo lo que habían publicado sobre él en las columnas de chismorreos. Mientras terminaba el artículo, su hija de cuatro años veía la película de animación *Barbie Fairytopia* en una pequeña pantalla de DVD que colgaba del techo del vehículo. La niñera, vestida con uniforme blanco y almidonado, aguardaba pacientemente en el asiento delantero a que se la informara del momento adecuado para entrar en el edificio.

Unos metros calle abajo, un tacón de piel de lagarto color verde de nueve centímetros de alto se asomó buscando la acera desde el asiento trasero de un voluminoso Mercedes S600 plateado. El chófer me hizo una señal con los faros amarillos del coche. Lo siguiente que vi fue una falda de paño de color marrón ajustada a un muslo bien torneado, que por fin dejó ver a una mujer de treinta y tantos que sacudía su melena teñida de color miel mientras el conductor, como un poseso, acudía veloz a tomarla del brazo.

—¡Jamie! ¡Jamie! —llamó Ingrid Harris, agitando una mano de cuidada manicura. Por el brazo le resbalaron varias decenas de abultados y tintineantes brazaletes de oro.

Yo intenté protegerme los ojos de aquel brillo agresor.

—Ingrid, por favor. Te quiero, pero no. ¡Tengo que ir al partido de Dylan!

—¡Llevo un buen rato intentando hablar contigo! —exclamó Ingrid—. ¡Jamie! ¡Por favor! ¡Espera! —Ingrid dejó que su chófer se las entendiera con los dos niños que gimoteaban en sus sillitas de coche y se puso a caminar a mi altura. Lanzó un jadeo tremendo, como si el tramo de cinco metros que había recorrido desde el Mercedes hasta el bordillo de la acera le hubiera pasado factura—. ¡Ufff! —Recuerden que se trata de un tipo de gente que toca una acera todo lo menos que puede—. ¡Menos mal que anoche estuviste en casa!

—No hay problema. Cuando quieras.

—Henry está en deuda contigo —dijo Ingrid.

El corpulento chófer sacó a los niños del asiento de uno en uno con un elegante vaivén y los depositó en la acera igual que si estuviera colocando huevos en una cesta.

Estábamos inmersas en la multitud.

—Los cuatro tomamos tranquilizantes. Henry se marchaba a pasar cinco días de caza con unos clientes, el despegue hacia Argentina era a las diez de la noche, y andaba como loco.

—Jamie. —A continuación oí una voz que adoraba, la de mi amiga Kathryn Fitzgerald. Todos los días iba y venía de Tribeca, y llevaba vaqueros y deportivas francesas. Al igual que yo, no era una de esas personas que se han criado en el Upper East Side y no han tocado el pomo de una puerta en toda su vida—. Rápido, vamos a subir hasta la entrada.

Mientras ascendíamos por la escalera de mármol, se aproximó a la acera un Cadillac Escalade de color blanco. Se notaba a treinta metros que en el interior del mismo viajaban los hijos de un ejecutivo importante. El coche se detuvo, y de él se apeó un refinado chófer tocado con gorra de plato que fue presuroso hasta el otro lado para abrir la portezuela. Los cuatro vástagos McAllister se bajaron en tropel, acompañados de cuatro niñeras filipinas, cada una llevando a un niño de la mano.

Las cuatro niñeras lucían pantalones blancos, zapatos de suela de caucho blanca y blusas de enfermera de «Dora la Exploradora» a juego, con pequeñas tiritas por todas partes. Había tantos niños y enfermeras en aquel apretado pelotón que parecían un ciempiés subiendo trabajosamente por los peldaños de mármol.

Cinco minutos pasadas las tres, el colegio abrió sus puertas y los padres, cortésmente pero haciendo fuerza, se empujaron los unos a los otros para entrar. Cuatro tramos de escalera más arriba, en dirección al gimnasio, percibí ecos de voces jóvenes y masculinas, así como el chirriar de las zapatillas deportivas. El equipo de cuarto curso de St. Henry ya se encontraba fuera, practicando, con sus uniformes blanco y azul marino intenso. Recorrí rápidamente con la mirada el patio en busca de mi hijo Dylan, pero no lo vi. Levanté la vista hacia el grupo de gente que tenía a mi derecha; las mamás y los papás del colegio de Dylan estaban empezando a congregarse en un lado de las gradas. Repartidos entre el gentío estaban los hermanos de los miembros del equipo, con sus respectivas niñeras, las cuales eran una representación de todos los países de las Naciones Unidas. Pero ni rastro de Dylan. Por fin lo encontré acuclillado en un banco cerca de la puerta de los vestuarios. Todavía llevaba puesta la camisa blanca y caqui y tenía el cuello desabrochado. La chaqueta azul la tenía sobre el banco, a su lado. Cuando me vio, guiñó los ojos y desvió la mirada. Mi marido, Phillip, utilizaba exactamente la misma expresión cuando se sentía enfadado y molesto.

—¡Dylan! ¡Estoy aquí!

—Te has retrasado, mamá.

—Cielo, no me he retrasado.

—Pues hay unas cuantas madres que han llegado antes que tú —me reprochó Dylan.

—¿Sabes una cosa? Fuera hay una fila de cuatro madres a lo ancho, y no he podido atravesarla. Todavía hay un montón de madres detrás de mí que no han llegado.

—Es igual —dijo, y desvió la mirada.

—Tesoro, ¿dónde tienes el uniforme?

—En la mochila. —Percibí una oleada de cabezonería que emanaba de mi hijo.

Me senté a su lado.

—Ya es la hora de ponérselo.

—No quiero ponerme el uniforme.

En aquel momento se acercó Robertson, el entrenador.

—¿Sabe una cosa? —Alzó los brazos para demostrar su exasperación—. No pienso obligarlo todas las veces. Ya le he dicho que va a perderse el partido, pero no consigo convencerlo de que se ponga el uniforme. Si quiere que le diga lo que pasa aquí, es que está actuando de un modo ridículo...

—¿Pues sabe lo que le digo, entrenador? Que de ridículo, nada. ¿Estamos? —dije. Aquel tipo nunca sintonizaba con Dylan. Me lo llevé a un lado—. Ya hemos hablado de esto otras veces. Dylan siempre se pone nervioso antes de un partido. Tiene nueve años. Es el primer año que forma parte de un equipo. —El entrenador no dio muestras de sentirse conmovido y se marchó. De modo que rodeé a Dylan con un brazo—. Cielo, el entrenador Robertson no es precisamente mi persona favorita, pero tiene razón. Ya es hora de que te pongas el uniforme.

—Ni siquiera le caigo bien.

—Le caen bien todos los niños, y aunque sea un poco duro, lo único que quiere es que juegues el partido.

—Pues no pienso jugar —porfió Dylan.

—¿Ni siquiera por mí?

Dylan me miró y negó con la cabeza. Tenía unos ojos grandes y marrones, facciones marcadas y un cabello tupido y oscuro que nunca le quedaba peinado. Su boca sonreía más de lo que sonreían sus ojos.

—¡Dylan! ¡Date prisa! —Era Douglas Wood, un niño odioso con pecas, pelo muy corto y un trasero regordete, que se acercó andando como un pato—. ¿Qué te pasa, Dylan?

—Nada.

—Ya. Y... ¿cómo es que todavía no te has puesto el uniforme?

—Porque mi madre tenía que hablar conmigo. Es culpa de ella.

El entrenador Robertson, furioso con Douglas por abandonar el calentamiento y con mi hijo por negarse a jugar el partido, echó a andar hacia nosotros con gesto decidido. Dijo:

—Venga, muchacho. Se te acabó el tiempo. Vámonos.

Cogió la mochila de Dylan y a continuación agarró a éste de la mano y tiró de él en dirección a la puerta del vestuario. Dylan me miró poniendo los ojos en blanco y lo siguió con aire cansado, arrastrando el uniforme por el suelo. Yo me dirigí hacia las gradas con dolor de corazón.

Kathryn, que se había adelantado para guardarme un sitio en las gradas, estaba haciéndome señas con la mano desde la quinta fila del sector correspondiente al colegio St. Henry. Tenía a dos mellizos en el mismo curso que Dylan, además de una niña en nuestra misma guardería. Sus mellizos, Louis y Nicky, estaban peleándose por el balón, y el entrenador Robertson se inclinó para silbarles fuertemente al oído a fin de poner fin a la disputa. Observé que Kathryn se ponía de pie para ver mejor la discusión, y al hacerlo su larga y rubia cola de caballo le cayó en cascada por la espalda de la gastada chaqueta de ante. Cuando terminé de pasar por delante de veinte personas para situarme a su lado, se sentó y me dio un apretón en la rodilla.

Kathryn sonrió y dijo:

—Hemos conseguido llegar justo a tiempo.

—A mí me lo vas a decir... —Apoyé mi cansada cabeza en las palmas de las manos.

Pocos segundos más tarde, el equipo del colegio Wilmington salió como una exhalación por las puertas del gimnasio, lo mismo que si fuera un ejército invasor. Observé que mi vacilante hijo se quedaba rezagado junto a los otros jugadores. Sus sudorosos compañeros de equipo corrían de acá para allá, disfrutando de los últimos y fugaces años de su niñez antes de que hicieran estragos en ellos los movimientos torpes y desgarbados de la adolescencia. Rara vez lanzaban el balón a Dylan, sobre todo porque él nunca establecía contacto visual y se mantenía en todo momento en la periferia del equipo, a salvo de toda posible conmoción. Su naturaleza larguirucha y sus rodillas huesudas hacían que sus movimientos fueran muy poco gráciles, igual que una jirafa que fuera deteniéndose a cada poco.

Kathryn me miró.

—Dylan no está jugando bien —dije.

—Ninguno juega bien —justificó Kathryn—. Fíjate, si apenas son capaces de meter el balón por el aro. Todavía no tienen suficiente fuerza.

—Ya, supongo que no. Es que está desanimado.

—Pero no siempre. Sólo a veces —especificó Kathryn.

Desde la fila de enfrente, se volvió Barbara Fisher. Llevaba unos vaqueros ajustados, una blusa blanca almidonada con los cuellos vueltos hacia arriba, desafiando a la gravedad, y un jersey de punto color fucsia con pinta de caro. Estaba demasiado morena, y más delgada que una escultura de Giacometti.

—Oooh, aquí tenemos a la mamá trabajadora, la abejita atareada, presenciando un partido —dijo Barbara.

Yo me eché hacia atrás.

—Sé que es muy importante para él. —Volví la mirada hacia los chicos, por encima de ella.

Barbara levantó la cabeza unos quince centímetros para no dejarme ver e hizo otra observación:

—En la reunión de beneficencia del colegio hemos estado hablando de lo duro que tiene que ser para ti no poder participar nunca en las actividades de Dylan.

Era de lo más irritante.

—A mí me gusta trabajar; pero si tú prefieres no hacerlo fuera de casa, desde luego que lo entiendo. Seguramente es un estilo de vida más agradable.

—Pero tú no trabajas para ganar dinero. Es obvio. Últimamente Phillip se está convirtiendo en un verdadero tiburón en su bufete. —Estaba susurrando, creía ella, pero lo cierto es que la oían todas las personas que estaban alrededor—. Quiero decir que no es posible que tú estés haciendo una aportación económica en una escala... importante.

Me volví hacia Kathryn poniendo los ojos en blanco.

—La verdad es que tengo un buen sueldo, Barbara. Pero no, en realidad no trabajo por ganar dinero. Simplemente me gusta. Podríamos decir que tengo una vena competitiva. Y en este preciso instante tengo que concentrarme en el partido de Dylan porque es posible que él también sea competitivo, y estoy segura de que le gustaría que lo viera jugar.

—Tú misma —fue el comentario de Barbara.

Kathryn me pellizcó el brazo con demasiada fuerza porque ella odiaba a Barbara todavía más que yo. Di un brinco al sentir el dolor y le propiné un leve manotazo en el hombro.

Ella me susurró al oído:

—La increíble Barbara no ha podido sacar a colación lo del avión nuevo. Por si no has visto la valla publicitaria, por fin a Aaron le han entregado el Falcon 2000 este fin de semana.

—No me cabe duda de que enseguida me informará de ello —contesté, con la mirada fija en la cancha. En aquel momento Dylan estaba intentando hacer un placaje, pero el jugador lo esquivó por la derecha sin problemas, lanzó a la canasta y marcó. Sonó el silbato. Fin del calentamiento. Todos los jugadores se retiraron a los lados y formaron un corrillo.

—¿Sabes qué resulta de lo más irritante? —me susurró Kathryn.

—¡Hay tantas cosas...!

—Que no sean capaces de decir, simplemente, «a las tres nos vamos de fin de semana», lo cual significaría que se van a las tres de la tarde, ya sea en coche o en barco o en un vuelo comercial o en lo que sea. —Se inclinó un poco más hacia mí—. No, quieren que sepas una cosa: que poseen un avión privado. Así que de repente se ponen a hablar igual que sus pilotos: «Oh, nos vamos de fin de semana, y el despegue es a las tres.» —Sacudió la cabeza negativamente y sonrió—. Como si a mí me importase una mierda lo que vayan a hacer.

Cuando al casarme entré a formar parte de esta gente, yo que venía de la clase media con raíces en el centro del país, era natural que estas familias del Upper East Side me intimidasen un poco. Mis padres, siempre calzados con zapatos cómodos y cargados con riñoneras a la cintura, me recordaban demasiado a menudo que debía mantenerme a cierta distancia de las personas del nuevo barrio, y que en nuestro hogar de Minneapolis resultaba más fácil ser feliz. Aunque por mi marido he procurado adaptarme, jamás me acostumbraré a una gente que saca el nombre de su piloto en una conversación como si se tratara de la señora de la limpieza: «Pensé que íbamos a irnos de excursión al Cabo, a cenar, así que le he pedido a Richard que por favor estuviera preparado a las tres.»

Dylan se encontraba en el banquillo junto con otros diez compañeros de equipo cuando el entrenador Robertson lanzó el balón al aire para el primer tiempo. Gracias a Dios, Dylan estaba entusiasmado con el partido; estaba hablando con el chico que tenía al lado y señalando la cancha. Me relajé un poco y lancé un suspiro.

Dos minutos después, sentí que un vaso rebotaba en mi hombro e iba a aterrizar sobre el regazo de Kathryn. Las dos nos dimos la vuelta.

—¡Cuánto lo siento! —exclamó una enfermera filipina con fuerte acento. El ciempiés de los McAllister estaba intentando maniobrar para alcanzar una fila de las gradas situada detrás de mí, y dos de los más pequeños rebuznaban como burros. Aquello era precisamente lo que sacaba a Kathryn de sus casillas. No era ajena al mal comportamiento de sus propios hijos, pero no podía aguantar la falta de respeto que mostraban hacia sus niñeras los mocosos de Park Avenue.

Los miró y se volvió hacia mí:

—Pobres mujeres. Lo que tienen que soportar. Voy a hacerlo, ahora mismo. Voy a preguntarles a qué día corresponde cada personaje del que van disfrazadas, a ver qué dicen.

—Déjalo, Kathryn, por favor. ¿Qué más da?

—¡Cómo! ¡No me digas que tú, la obsesa de las listas, no quiere saberlo! —Kathryn sonrió—. La próxima vez que vayas a la casa de Sherry a una fiesta de cumpleaños, métete en la cocina y acércate a la mesa que está al lado del teléfono. Verás una agenda ordenada por colores que ha mandado hacer a la secretaria de Roger. Contiene instrucciones para todo, y me refiero a todo lo que te puedas imaginar.

—¿Como qué? —pregunté.

—Creía que no te interesaba.

—De acuerdo, puede que un poco, sí.

—Horarios para el servicio —dijo Kathryn—, que se superponen unos a otros: el primer turno de las seis de la mañana a las dos de la tarde, el segundo de nueve a cinco y el tercero de las cuatro a las doce. Planificación de tareas para los animales domésticos, para los paseadores y los peluqueros de los perros. Normas para saber qué prendas de vestir de los niños hay que colgar y cuáles hay que doblar. Cómo organizar las bufandas y los guantes de todos, para la ropa de invierno, para los deportes de invierno. Dónde colgar todos los trajes de princesa en el vestidor de madera de cedro después de plancharlos, sí, lo has oído bien, después de plancharlos. Qué porcelana se usa para el desayuno, el almuerzo, la cena y según la época del año: conchas marinas para el verano, hojitas para Acción de Gracias, guirnaldas para las vacaciones de Navidad. Ni siquiera me acuerdo de la mitad —continuó diciendo Kathryn—, no tiene precio.

—Pues, ¿sabes lo que resulta todavía más enfermizo? —añadí—. Me encantaría meterme bajo las sábanas con una taza de té caliente y leer hasta la última palabra de esa demencial agenda antes de la hora de dormir.

Treinta minutos más tarde, el partido empezó a ponerse candente. De pronto Wilmington marcó y el público se puso en pie gritando. Yo me subí a la grada para poder ver mejor y estuve a punto de caerme encima de Barbara Fisher. Entonces Wilmington volvió a quitarle el balón a St. Henry. Mi Dylan, por una vez en sincronía con su equipo, intentó frenéticamente bloquear la pelota mientras sus rivales la lanzaban adelante y atrás, alrededor de la zona de tiro libre. Estaba a punto de concluir el primer tiempo. Wilmington iba en cabeza por un punto. Uno de sus jugadores realizó un audaz movimiento para marcar de nuevo, pero la pelota rebotó en el aro. Se hicieron con ella y probaron nuevamente. Esta vez la pelota rebotó en el ángulo inferior del tablero a cien kilómetros por hora. Directa contra Dylan. De forma milagrosa, Dylan la atrapó y quedó completamente aturdido. Petrificado, calculó la distancia que lo separaba de su canasta, situada al otro extremo de la cancha, kilómetros y kilómetros por recorrer para poder marcar. En eso, se abrió un hueco entre dos jugadores rivales y Dylan se lanzó a la carrera. El público lo aclamó. Yo miré el marcador... 07... 06... 05... 04. Todos contamos los segundos hasta que sonó el silbato. Dylan se encontraba justo debajo de la canasta. «Oh, Dios, te lo suplico, si marca este tanto su vida dará un vuelco tremendo.»

El lanzamiento estaba claro. Me miró. Miró a sus compañeros, que corrían hacia él. Miró otra vez la canasta.

—¡Lanza, Dylan, lanza! —vociferaron.

—Vamos, cielo. Vamos, cielo. Lo tienes fácil, tú puedes.

Clavé las uñas en el brazo de Kathryn. Dylan cogió la pelota, la aferró entre los brazos como si fuera un niño pequeño y se desplomó en el suelo llorando. En aquel momento sonó el final del primer tiempo. Silencio en la cancha. Todas las miradas estaban fijas en mi pobre hijo.

2

MALESTAR MATINAL

—¿Y qué ha dicho esta mañana?

Mi marido, Phillip, estaba inclinado sobre el lavabo, desnudo y limpiándose la espuma de afeitar de la oreja con una gruesa toalla blanca.

—Dice que está bien, pero sé que no es verdad. —Yo estaba de pie frente a mi lavabo a un metro de él, completamente vestida, volviendo a meter el pincel de la máscara de pestañas en el tubo—. Lo sé, así de simple. Fue horrible.

—Ya trabajaremos los dos juntos para ayudarlo a superarlo, cariño —respondió Phillip con calma. Yo sabía que él opinaba que yo estaba teniendo una reacción exagerada.

—No quiere hablar de ello. Y siempre habla conmigo. Siempre. Sobre todo por la noche, al irse a la cama. —Contraje las patas de gallo que rodeaban mis ojos.

—A propósito —dijo Phillip—, sé lo que estás pensando en este momento, y la verdad es que estás delgada y muy joven para tener treinta y seis años, y en segundo lugar no le reprocho a Dylan que no quiera recordar lo sucedido. Dale unos días. No te preocupes, se le pasará.

—Era un momento muy importante, Phillip, ya te lo expliqué anoche.

—El cuarto curso es duro. Ya avanzará. Te lo prometo, y voy a asegurarme de que avance.

—Eres muy bueno al intentar tranquilizarme. Pero, así y todo, no lo entiendes.

—¡Sí lo entiendo! Dylan estaba muy presionado —prosiguió Phillip—. Y se bloqueó. Déjalo estar, o terminarás empeorando el problema.

Me acarició el trasero y se encaminó hacia su vestidor. En la puerta se dio la vuelta y me guiñó un ojo con una expresión llena de tranquila confianza en sí mismo.

Echó un vistazo al cuarto de baño.

—Ya basta de hablar de Dylan. ¡Tengo una sorpresa para ti!

Lo sabía. Las camisas. Intenté con todas mis fuerzas cambiar de actitud.

Phillip volvió a desaparecer en el interior del cuarto de baño, chillando:

—¡Te vas a desmayar cuando veas lo que ha llegado por fin!

Las camisas se encontraban sobre la cama, dentro de una enorme caja de fieltro azul marino. Phillip llevaba un tiempo esperando que llegaran, con más ilusión que un niño en la noche de Reyes. Cuando regresé al dormitorio, ya había sacado de la caja la primera camisa de doscientos cincuenta dólares, hecha a medida, y estaba quitándole con todo cuidado la pegatina que sujetaba el papel de seda rojo en que venía envuelta. El envoltorio era grueso y de buena calidad, suave como una pizarra por un lado y liso y brillante por el otro. Al rasgarse, el papel produjo un ruido sonoro, crujiente, y apareció una camisa a franjas amarillas y blancas. Muy al estilo de la aristocracia británica y muy propia del resto de los abogados que conocíamos.

Aquella mañana yo no tenía paciencia para camisas. Salí al pasillo en dirección a la cocina.

—¡Jamie! Vuelve aquí. Ni siquiera has...

—¡Dame un minuto!

Regresé revolviendo el café y con el periódico sujeto bajo el brazo.

—Los niños están levantándose. Tienes dos minutos para hacer tu pequeña exhibición de camisas.

—Aún no estoy listo.

Tomé asiento en el sillón del rincón y empecé a leer los titulares.

—¡Fíjate!

Phillip, encantado consigo mismo, se puso la camisa sobre su amplia envergadura de un metro ochenta y cinco. Unos cuantos rizos rubios y húmedos toparon con la parte de atrás del cuello de la camisa, y él se los peinó hacia la nuca y se los alisó con la palma de la mano. Soltó una risita para sí mismo y tarareó una alegre melodía al tiempo que se abrochaba los botones.

—Estás muy guapo, Phillip. Es una tela preciosa. Has elegido muy bien.

Volví a mi periódico, y por el rabillo del ojo vi que él se dirigía con un alegre caminar hacia el tocador de caoba y rebuscaba en una copa de plata que había ganado en una regata de vela en la época del instituto. Sacó tres juegos de gemelos y los depositó encima de su mesa, un breve ritual que sólo apareció cuando empezó a ganar mucho dinero y pudo permitirse tener más de un juego de gemelos buenos. Escogió sus favoritos: unos de oro de Tiffany, en forma de pesas, con lapislázulis azul marino en los extremos.

—Está bien, cariño. —Dejé el periódico y me encaminé hacia la puerta—. ¿Ya hemos terminado? ¿Te importa que yo...?

De repente apareció una nube negra de tormenta procedente de ninguna parte.

—¡Mierda! —exclamó Phillip.

Saltaba a la vista que la camisa nueva tenía un problema muy importante. Phillip estaba intentando introducir los gemelos en unos ojales demasiado pequeños, y eso lo ponía lo que se podría decir furioso.

Se quitó la camisa de franjas amarillas y entornó los ojos.

En aquel momento entró nuestra Gracie, de cinco añitos, frotándose los ojos, y se abrazó al esbelto muslo de Phillip.

—Calabacita. Ahora, no. Papá te quiere mucho, pero, ahora, no.

Me la envió a mí y yo la tomé en brazos.

Phillip volvió a la cama, ya sin el alegre caminar de antes, y extrajo otra camisa hecha a medida; ésta era de rayas blancas y verde lavanda. Se detuvo un momento e hizo una inspiración bastante profunda, igual que un toro en una plaza antes de embestir. Sostuvo la camisa frente a sí e inclinó la cabeza hacia un lado como si ello lo ayudase a conservar una actitud positiva. De pie, con sus calzoncillos azules de tela Oxford, su camiseta blanca y sus calcetines gris marengo, se puso otra camisa nueva e intentó una vez más meter sus gemelos de lapislázuli por los ojales. Y otra vez le fue imposible. En aquel instante apareció *Gussie*, nuestro wheaten terrier, el cual se sentó sobre sus patas traseras y ladeó la cabeza igual que la había ladeado Phillip un momento antes.

—No. Venga, *Gussie*. ¡Fuera!

El perro inclinó la cabeza hacia el otro lado, pero su cuerpo, rígido y firme, permaneció en el mismo sitio.

Yo me recliné contra la puerta del dormitorio mordiéndome el labio, con Gracie en los brazos.

Los abogados que estudiaron en Harvard de la tercera generación de Exeter, Harvard, no cuentan con tremendos recursos psicológicos para hacer frente a las pequeñas decepciones de la vida. Sobre todo los que, como Phillip, han nacido y crecido en Park Avenue. Los ha criado una niñera, las comidas se las ha servido un cocinero y las puertas se las ha abierto silenciosamente un portero. Esos tipos pueden ganar y perder trescientos millones de dólares de sus clientes en un abrir y cerrar de ojos sin inmutarse lo más mínimo, pero Dios no permita que su chófer no esté donde se supone que tiene que estar al finalizar una cena. Cuando algún fallo técnico causa una incomodidad a mi marido, su reacción no es, en ninguna situación hipotética de la historia del mundo, proporcional al problema que tiene entre manos. Por norma, son los sucesos más insignificantes los que desatan las explosiones más tremebundas.

Aquella mañana era una de dichas ocasiones. Y también era una de las ocasiones en que las estrictas normas de papá acerca de decir palabrotas no se aplicaban en absoluto.

—Ese cabrón del señor Ho, ese jodido enano relamido, se viene de Hong Kong aquí, me cobra una fortuna por diez putas camisas hechas a medida, en dos pruebas por separado, ¿y ni siquiera sabe coser un jodido ojal?

Y regresó a su vestidor hecho una furia.

Metí a Gracie, que tenía los labios apretados y unos ojos como platos, debajo de las sábanas de nuestra cama. Incluso a sus cinco años, sabía que papá estaba comportándose de manera infantil. Y también sabía que, si decía algo en aquel preciso momento, papá no iba a reaccionar de modo favorable. Michael, el pequeño de dos años, entró gateando y levantó las manos en el aire al lado de la cama, indicando que deseaba que lo ayudara a levantarse. Yo lo deposité al lado de Gracie y le di un beso en la cabeza.

Aguardé mientras me peleaba con la cremallera de la parte de atrás de mi blusa, sabiendo que...

—¡Jamieee!

Cuando Phillip se me declaró, me dijo que quería una mujer con carrera, una mujer que por encima de todo tuviera otros intereses además de la casa. Se definió como un hombre moderno, al que no le importaba que sus necesidades triviales no fueran atendidas por una esposa. Una década después, siento discrepar. Les puse a los niños una cinta de Pinky Dinky Doo y me dirigí con calma hacia la voz de mi marido, al estudio, preguntándome en aquel preciso instante cuántas mujeres del país estarían enfrentándose a las rabietas matutinas de sus maridos por culpa de alguna absoluta tontería.

—¿Cuántas veces tengo que decir a Carolina que NO toque lo que hay en mi mesa? ¿Te importaría recordarle que si vuelve a llevarse las tijeras de mi mesa se quedará sin trabajo?

—Cariño. Vamos a procurar recordar que el problema que nos ocupa tiene simplemente que ver con unos gemelos —dije—. Estoy segura de que ella no las ha cogido, has debido de ponerlas tú...

—Lo siento, cariño. —Phillip me dio un beso en la frente y me apretó la mano—. Pero yo siempre las guardo en esta caja de piel, aquí mismo, para saber dónde están cuando las necesito. Jodidos idiotas enanos. Jodido señor Ho.

—Phillip, cálmate. No llames idiotas a los chinos. Sé que no lo dices en serio. Déjalo ya, por favor. Es tremendamente ofensivo. Voy a darte otra camisa.

—No quiero otra camisa, Jamie. Quiero encontrar unas tijeras pequeñas, preferiblemente de uñas, para cortar y agrandar un poco el ojal.

—Phillip, si haces eso destrozarás la camisa.

Retiré de su armario una camisa perfectamente lavada y planchada. Nada más verla, cerró los ojos e hizo una serie de inspiraciones profundas respirando por la nariz.

—Estoy harto de mis camisas viejas.

Abrió de un tirón los cajones de su mesa y hurgó dentro de cada uno de ellos hasta dar con un par de tijeritas de plata para las uñas.

A continuación pasé los siguientes cuatro minutos contemplando cómo mi marido, un hombre que era socio de un prestigioso bufete, trataba de intervenir quirúrgicamente el carísimo algodón egipcio.

El gemelo pasó por el ojal y cayó al suelo.

—Joder, ahora resulta que el puto ojal es demasiado grande —bramó Phillip.

Dylan eligió aquel infortunado momento para entrar en escena. No tenía ni idea de lo que pasaba ni le importaba un comino.

—Papá, te he oído. Has dijo jo..., así que me debes un dólar. Mamá no puede hacerme los deberes de matemáticas. Ni siquiera sabe hacer porcentajes. —Lanzó un libro de matemáticas de cuarto curso a su padre—. Necesito que me ayudes tú.

Dylan estaba vestido para ir al colegio con una chaqueta azul, corbata a rayas, pantalón caqui y zapatos de suela de caucho. Aunque había intentado alisarse el pelo de la coronilla con agua, todavía le había quedado un penacho rebelde que le sobresalía en la nuca. Yo me acerqué a darle un abrazo a mi hijo, pero se zafó sacudiendo los hombros.

—Ahora no, Dylan. —Phillip estudió los ojales agrandados y siguió manipulándolos con las tijeras de uñas—. Estoy con un problema importante.

—Phillip, ya te lo he dicho, vas a destrozar la camisa nueva...

—Permíteme... que... haga... lo... que... tengo... que... hacer... para... llegar... puntual a la reunión con mi cliente para... poder... ganarme... la... vida.

—Mamá dice que se le ha olvidado multiplicar fracciones.

—Dylan, no es el momento adecuado para pedir que te ayuden con unos deberes que deberías haber hecho ayer. —Phillip estaba intentando ser amable, pero su tono de voz sonó agudo y tenso. Entonces se acordó y lo suavizó un poco. Se sentó en la silla que había frente a su mesa para quedar a la altura de los ojos de su hijo—. Dylan, ya sé que ayer, en el partido de baloncesto, tuviste una mala experiencia, y...

—Qué va.

Phillip me miró en busca de ayuda; la noche anterior no había llegado a casa a tiempo de charlar siquiera con Dylan.

—¿No... esto... pasaste un mal rato en el partido?

—No.

—De acuerdo, Dylan. Vamos a olvidarnos del partido por el momento y a hablar de las matemáticas...

—Para que lo sepas, no quiero volver a hablar nunca más de ese partido. Porque no es importante. Los deberes sí son importantes, y son demasiado difíciles.

Dylan se cruzó de brazos y, con una expresión herida en el rostro, se quedó mirando el suelo.

—Entiendo. —En aquel momento Phillip estaba intentando de verdad razonar—. Por eso quiero hablar también de los deberes de matemáticas. ¿Cómo es que no los terminaste anoche? ¿Fue porque estabas enfadado por lo del partido?

—¡Ya te lo he dicho! ¡No estaba enfadado! ¡El partido no importa! Se supone que estamos hablando de por qué no puedes ayudarme con los deberes de matemáticas. A Alexander siempre le ayuda su padre a hacerlos, y además va a recogerlo al colegio en su bicicleta tándem.

—El padre de Alexander es violinista, y Alexander vive en un cuchitril.

—¡Phillip, por favor! Se acabó. Ven conmigo. —Lo agarré de la mano, lo arrastré de nuevo al interior de su vestidor y cerré la puerta.

Phillip me guiñó un ojo. Yo me crucé de brazos. Él clavó las manos en mi trasero como si fueran dos grandes ventosas y me atrajo hacia sí. Entonces se puso a darme besos por el cuello.

—Qué bien hueles. A limpio. Me encanta tu champú —susurró.

Yo no estaba por la labor.

—Tendrías que oírte a ti mismo.

—Lo siento. Es por la reunión con el cliente. Me ha puesto nervioso. Y ahora tú me has puesto cachondo.

Le propiné un cachete en la mano.

—No puedes decir que los chinos son idiotas enanos cuando los niños están cerca. En primer lugar, a mí me resulta ofensivo, y si ellos llegaran a oírte...

—Tienes razón.

—Y si Alexander vive en un piso pequeño, no hace falta que te sirvas de ello para criticar a su padre, que da la casualidad de que es un músico de nivel internacional. ¿Qué clase de mensaje crees que proyectas al decir eso?

—Ha estado mal —admitió Phillip.

—Pero ¿en qué estás pensando? Acabarás por volverme loca. Intentó abrirme la cremallera de la blusa.

—Tú sí que me estás volviendo loco. —Me hizo ligeras cosquillas en la espalda.

En eso, Gracie aporreó la puerta.

—¡Mamá!

—Para —dije entre risas, sin poder evitarlo—. No puedo, ya tengo tres hijos y no necesito un cuarto. Se trata de un ojal, ¿vale? ¿Podrías intentar controlarte?

—Te quiero. Perdona, tienes razón. Pero es que esas camisas me han costado mucho dinero, y era de esperar que...

—Por favor —rogué.

—Está bien. Empecemos otra vez.

Abrió la puerta, me indicó con un gesto galante que pasara por ella y se volvió para recoger a Gracie y llevarla a su estudio poniéndosela bajo el brazo como si fuera un haz de leña.

Dylan estaba mirando por la ventana, todavía furioso. Phillip tomó asiento en la silla de su mesa y se concentró una vez más en su hijo.

—Dylan, ya sé que los deberes son difíciles. Supongo que si me das un poco de tiempo y no me pides que te ayude precisamente cuando tengo los minutos contados para irme a trabajar...

—Ayer no estabas, si hubieras estado te lo habría pedido entonces —rebatió Dylan.

—Lo siento. —Phillip cogió a Dylan de las manos y trató de mirarlo a los ojos, pero Dylan se soltó—. Ya eres lo bastante mayor para hacer tú solo los deberes sin tus padres. Si necesitas un profesor particular, podemos hablarlo, pero ya son casi las siete y media y tengo el coche esperando, y tú tienes que llegar puntual al colegio.

Dylan se dejó caer en el sofá con una profunda expresión de frustración.

—Jooopé. —Se tumbó de espaldas con los brazos y las piernas abiertos y los ojos enterrados en el hueco del codo. Era demasiado mayor para llorar con facilidad, pero yo estaba segura de que tenía ganas de hacerlo. Y también sabía que, si acudía a abrazarlo, su frágil seguridad se desmoronaría y se haría pedazos. Así que me mantuve a una distancia segura.

—Todas las madres son incapaces de hacer los deberes de matemáticas, y todos los padres de mi clase tienen que hacerlos. No es justo que tú no quieras ayudarme a mí.

—Dylan —dijo Phillip con ternura, al tiempo que se sentaba en el borde del sofá—, lo que pasa es que a veces a papá le cuesta entender las cosas. Te quiero mucho y estoy muy orgulloso de ti, y voy a buscar un rato esta noche para ayudarte. —Le dio un golpecito en la nariz—. ¿De acuerdo?

—Sí. —Dylan reprimió una sonrisa.

Gracie apareció en el hueco de la puerta del despacho de Phillip con unas tijeritas rosas de plástico, de su Barbie, y se las tendió a modo de silenciosa ofrenda.

Phillip miró a la pequeña. Luego me miró a mí. Y a continuación rompió a reír ruidosamente.

—Gracias, tesoro.

Tomó a Gracie en brazos y le revolvió el cabello. Después levantó a Dylan y le dio un enorme abrazo de oso. Justo cuando yo estaba convencida de que Phillip era un auténtico monstruo, siempre hacía algo que me hacía pensar que quizá todavía estaba enamorada de él. En mis momentos de profunda sinceridad, le digo a mi amiga Kathryn que a lo mejor abandono a Phillip en cualquier punto de la carretera. Vamos a la deriva, se muestra imposible, y luego de repente actúa de modo responsable y paternal y me digo que voy a intentar que esto vuelva a funcionar.

—Dylan, vamos a solucionar esto juntos, como una familia. —Luego se giró hacia mí—. Dame la camisa vieja. Llego tarde. Telefonea de mi parte al señor Ho y dile que tiene veinticuatro horas para arreglar todas las camisas. Si tengo que tratar yo con él, llamaré a una pandilla de matones.

Bajamos juntos en el ascensor con mochilas, teléfonos móviles y chaquetas volando por todas partes: mi marido, Dylan, Gracie, el pequeño Michael, Carolina, el ama de llaves, con nuestro wheaten terrier, *Gussie*, y nuestra niñera, Yvette. El hecho de que Phillip hubiera superado la rabieta por los ojales de la camisa no significaba que fuera a comprometerse con el resto de nosotros. Vestido con su traje de abogado y sus zapatos negros y brillantes, estaba preparándose para reunirse con un cliente y haciendo caso omiso del caos que lo rodeaba. Se llevó el móvil a la oreja y empezó a teclear con el dedo pulgar el número de su buzón de voz al tiempo que con el brazo se apretaba contra la cadera un abultado fajo de periódicos plegados.

Yo cogí a Gracie con una mano y con la otra me puse una horquilla en el pelo. Yvette, rebosante de orgullo por cumplir bien con sus obligaciones, vestía a mis dos hijos pequeños como si todos los días fueran domingo de iglesia en Jamaica. Y dado que llevaba con nosotros desde que nació Dylan, yo no me entrometía. Gracie llevaba puesto un vestidito rojo de gingán con zapatos rojos Mary Jane a juego y un enorme lazo blanco del tamaño de un 767 a un lado de la cabeza.

—Mamá, ¿vas a recogerme tú o Yvette? —Gracie empezó a lloriquear—. Tú nunca vienes a recogerme.

—Hoy no, porque, como ya sabes, los martes se trabaja, tesoro. Tengo que trabajar el día entero. Pero acuérdate de que los lunes y los viernes sí que procuro ir a recogerte.

Allí no funcionaba la palabra «procurar»; aunque trabajaba a media jornada en la emisora, mis horarios eran erráticos y cuando surgía una noticia la media jornada se convertía en jornada completa. Aquella falta de coherencia no les resultaba fácil a los niños. El delicado rostro de Gracie empezó a arrugarse en una mueca que yo conocía muy bien. Le acaricié el pelo con la palma de la mano y le di un beso en la frente. Luego le susurré:

—Te quiero.

La mochila de Dylan era más grande que él. La volvió hacia delante para buscar el Tamagotchi que colgaba de la cadenita de la llave y empezó a pulsar los botones como un científico loco. Igual que papá con su Blackberry.

—No puedo asistir a una llamada por conferencia a las tres de la tarde. —Incluso aunque estemos dentro de un ascensor, Phillip insiste en contestar a los mensajes del buzón de voz en el instante mismo en que los lee—. Llame a mi secretaria Hank, ella lo solucionará. Y ahora permítame que le informe a fondo acerca del pleito de Tysis Logics...

—Phillip, por favor, ¿eso no puede esperar? Es de muy mala educación.

Phillip cerró los ojos, me dio una palmadita en la cabeza y me puso un dedo en los labios. Me entraron ganas de arrancárselo de un mordisco. Continuó:

—Va a ser como tirar los dados, por tres razones: empezando por la división de las acciones, ni siquiera tenemos suficientes títulos autorizados...

Michael, desde su cochecito, me agarró la falda y clavó las uñas en la costura interior, con lo cual soltó unos cuantos puntos.

Cuando el ascensor se detuvo en el cuarto piso, Carolina tiró más fuerte de la correa de *Gussie*. Phillip le lanzó una mirada que daba miedo; al parecer no se había recuperado de la pérdida de las tijeras para uñas.

Se abrió la puerta del ascensor para dejar entrar a un caballero canoso y ataviado con corbata de pajarita a rayas y traje de color beis. Era el señor Greeley, de setenta y ocho años, un viejecito un tanto envarado original de Nantucket que vivía en el apartamento 4B. Ya estaba jubilado, pero aún se ponía el traje todas las mañanas para ir a tomar el café y comprar el periódico. No supimos cómo, pero reunió el valor suficiente para meterse en el abarrotado ascensor, con lo cual sólo consiguió que *Gussie* se pusiera a rascar con fruición y a olisquearle la ingle como si hubiera encontrado la madriguera de un conejo. Carolina tiró de la correa hasta que el perro quedó izado sobre las patas traseras y con las delanteras apoyadas en la puerta. Phillip seguía lanzando gritos a tu teléfono móvil respecto a planes de batalla. Yo saludé al señor Greeley con una sonrisa que pedía disculpas y una mirada suplicante. Él, mientras tanto, se concentró en cómo iban descendiendo los múmeros de los pisos, ignorándonos a todos adrede. En los dos años que llevábamos viviendo en aquel edificio, no me había sonreído ni una sola vez; lo único que llegué a recibir fue un discreto gesto de cabeza.

La puerta volvió a abrirse y salimos todos al vestíbulo de mármol. Aferrando su abultado maletín marca Dunhill, Phillip se despidió y salió disparado, con el móvil aún más pegado al oído. En su ofuscada mente, la reunión había comenzado hacía ya cinco minutos.

—¡Os quiero! —chilló, sin mirar atrás.

El portero, Eddie, se ofreció a llevar algo, pero Phillip no le prestó atención y se introdujo de un salto en el coche que lo aguardaba. Cuando el Lexus arrancó y se fue, vi cómo se abría frente a él un ejemplar del *Wall Street Journal*.

El desfile de automóviles de Yasir Arafat no nos llegaba ni a la suela del zapato. Una vez que el coche de Phillip se perdió de vista, mi chófer, Luis, se detuvo enfrente del toldo al volante de nuestro monstruoso monovolumen azul marino. Luis es un encantador ecuatoriano de cuarenta años que trabaja en nuestro garaje y habla unas cuatro palabras de inglés. Lo único que sé de él es que tiene una esposa y dos hijos en su casa de Queens. Por cincuenta dólares al día, siempre en efectivo, me ayuda a dejar a Dylan a las ocho y a Gracie a las ocho y media. También, tres veces por semana me espera mientras yo llego a casa, me cambio y juego con Michael, y después me lleva al trabajo, en la cadena de televisión, antes de las diez. No me pasa inadvertido que por doscientos cincuenta dólares a la semana, en Minneapolis, mi madre era capaz de darnos de comer, pagar todas las facturas de la casa y todavía tener algo de dinero de sobra.

Eddie me ayudó a colocar a Gracie en el asiento del coche mientras Dylan se subía torpemente pasando por encima de ella y rozándole la cara con la mochila.

—¡Dylan! ¡Para! —chilló la niña.

Di un beso a Michael, que iba en su cochecito. El pequeño me tendió los bracitos e intentó desesperadamente zafarse de las correas que lo ataban al asiento. Al instante Yvette le puso un muñeco Elmo delante de la cara, y el pequeño sonrió.

Por el espejo retrovisor vi que la camioneta del servicio de cuidadores de perros ocupaba el sitio que dejábamos libre nosotros. A un costado llevaba un rótulo que decía: «El perrito mimado.» Las puertas se deslizaron mágicamente para que entrara *Gussie*, y Carolina consiguió pegarle un besote en la cabeza antes de que desapareciera en el interior del vehículo para saludar a sus babeantes colegas.

Cerré los ojos mientras recorríamos las veinte manzanas de Park Avenue que había hasta el colegio de Dylan, agradecida de perder el contacto visual con todo el mundo. Luis jamás hablaba, tan sólo sonreía con su cálida mímica latina y se concentraba en esquivar los taxis y las furgonetas de reparto que nos rodeaban por todas partes.

Gracie era lo bastante pequeña para dormirse con el movimiento del coche, así que se metió el pulgar en la boca y sus ojitos se fueron cerrando como mariposas en un intento de resistirse al sueño. Dylan cogió un juguete electrónico del bolsillo trasero del asiento; sus dedos volaron sobre el teclado de su Game Boy, pues sabía que yo le permitiría continuar si quitaba el sonido.

—¡Gracie, para! ¡Mamáaa!

Ya me dolía la cabeza.

—¿Qué pasa ahora?

—¡Gracie me ha dado una patada en la mano queriendo —dijo Dylan—, y por su culpa he perdido los últimos segundos y he vuelto al nivel tres!

—¡No es verdad! —vociferó Gracie, muy alerta de repente.

—Dylan, por favor —rogué.

—¿Por qué te pones de su parte? —chilló él.

—No me pongo de parte de nadie, es que ella tiene sólo cinco años y en cambio opino que tú puedes apartarte. Ya hemos hablado de esto.

—Pero, mamáaa, lo que ha hecho está muy mal. Por su culpa he perdido el juego.

Tiró la Game Boy al suelo y se puso a mirar por la ventana con los ojos llenos de lágrimas. A lo mejor no era tan buena idea hacerlo descansar del doctor Bernstein durante una temporada. Odiaba ir al psiquiatra y decía que lo único que hacían era jugar al Monopoly y construir aviones de aeromodelismo. Yo tenía la sensación de que obligarlo a ir era estigmatizarlo, ya que ni siquiera tenía un diagnóstico formal como por ejemplo el ubicuo «desorden de déficit de atención». Y no deseaba que se volviera patológico un problema que parecía deberse principalmente a la tristeza y la pérdida de autoestima, ambas causadas, muy probablemente, por un padre ausente y, sí, quizá también por una madre acosada y distraída, por mucho que me duela decirlo.

Volví a mirar a mi hijo y a la Game Boy caída en el suelo del coche. El doctor Bernstein decía que era muy importante mostrarse empático con Dylan, reconocer sus sentimientos.

—Lo siento, Dylan. Debe de ser de lo más frustrante. Sobre todo cuando estabas a punto de ganar.

Él no contestó.

3

EL GOFRE

—Date prisa, tenemos que hablar.

Mi colega coreana, Abby Chong, me había localizado al otro extremo de la atestada sala de redacción mientras nuestros colegas terminaban una noticia urgente en directo acerca del aterrizaje de un transbordador. Recorrí las filas de cubículos y dije hola a algunas de las veintitantas secretarias que había dentro, en su mayoría con pinta de llevar varios días sin dormir. Pasé por delante de los monitores portátiles que estaban alineados por fuera de dichos cubículos con cintas de vídeo amontonadas precariamente sobre ellos. En mis oídos, la ya familiar cacofonía de timbres de teléfono, el teclear de los ordenadores y el audio de decenas de televisores y radios funcionando todos a la vez. Abby me tomó del codo y me guió hacia mi puerta, al tiempo que yo conseguía recoger tres periódicos del montón.

—¡Has estado a punto de tirarme el café al suelo! —Miré las gotitas que me habían caído en la blusa.

—Perdona —se disculpó Abby—. Es que estoy cansada, hecha polvo. Pero en este momento tú tienes problemas más graves que yo.

—¿Son muy graves? ¿Como los que tienes tú con el Papa?

—No. El presentador loco ya ha dejado eso. Ahora Goodman quiere una entrevista con Madonna —dijo Abby.

—¿Cómo haces para pasar de una entrevista en exclusiva con el Papa a otra con Madonna?

—Por lo de la cruz. La acrobacia de la crucifixión en el concierto que dio hace un tiempo. Anoche Goodman salió a cenar y se sentó al lado de un tipo que lo convenció de que Madonna atraería la atención de los espectadores comprendidos en el grupo de edad de los dieciocho a los cuarenta y nueve. Decidió que tenía más gancho que el Papa, pero sólo después de quedarnos investigando hasta las cuatro de la mañana. Empleó la palabra «fresco». Todo tenía que ser «fresco». Quería que le diéramos las referencias al Papa que hubiera en la Biblia para que pudiera escribirle una carta al pontífice citándolas. Yo le dije que no había ninguna. Y él me contestó: «¡Es el Papa, por el amor de Dios, búscalas!»

—Bueno, pues yo tampoco voy a trabajar en lo de Madonna —admití—. No me dedico a hacer perfiles de famosos. Figura en mi contrato.

—Ya, pues creo que no vas a obtener ningún otro contrato cuando te enteres de la mierda que te ha caído encima —dijo Abby.

Me imaginé que estaba exagerando. Abby siempre conservaba la calma cuando estábamos activas y en marcha, y el resto del tiempo era un manojo de nervios... igual que ahora. Llevaba el cabello negro sujeto en lo alto de la cabeza como un hechicero e iba vestida con un traje de un color violeta vivo que simplemente le quedaba horroroso. Me empujó al interior de mi despacho y cerró la puerta tras de sí.

—Siéntate —me dijo, mientras paseaba nerviosa.

—¿Te importa que me quite el abrigo?

—Vale. Pero date prisa.

—Dame un par de minutos ¿quieres? —Colgué el abrigo en la percha que había detrás de la puerta, me senté y saqué un café y un bollo con pasas de la bolsa—. Está bien, Abby. ¿Qué es lo que te ha pasado esta vez que te tiene tan alterada?

Abby se inclinó sobre mi mesa con los brazos abiertos. No titubeó ni se anduvo con remilgos, sencillamente se limitó a darme la fatal noticia:

—Theresa Boudreaux ha concedido la entrevista a Kathy Seebright. La grabaron el lunes en un sitio que no han revelado a nadie. Se va a emitir este jueves en la *News Hour*. Drudge ya la tiene en su página web.

Se sentó y su rodilla izquierda comenzó a temblar de un modo incontrolable.

Yo dejé caer la cabeza hacia delante con un golpe sordo.

—Estás bien jodida —continuó Abby—. No hay otra palabra para describirlo. Lo siento. Todavía no ha llegado Goodman, pero parece ser que hace quince minutos lo ha llamado nuestro intrépido jefe para darle la noticia. Así que ahora ya lo saben los dos peces gordos.

Luché por levantar la cabeza.

—¿Goodman está intentando dar conmigo?

—No lo sé. He probado a llamarte al móvil, pero me salió directamente el buzón.

Extraje el móvil de mi bolso tirando del cordón del auricular. El timbre estaba en la posición de silencio desde la noche anterior y se me había olvidado volverlo a la posición normal. Seis mensajes. Enchufé el teléfono en el cargador que tenía encima de la mesa. Sentí que me invadía la náusea; no me había servido de nada tragarme un puñado de vitaminas con el estómago vacío. Abrí el bollo, le quité unas cuantas pasas y las coloqué en fila mientras pensaba en mi próximo movimiento.

—Déjame un segundo para reflexionar sobre cómo afrontar este desastre.

—Espero.

Se recostó en la silla con los brazos cruzados sobre el pecho. Abby era una mujer muy guapa que, a sus cuarenta y dos años, estaba joven para su edad, con su pelo liso y su asiática piel de nata. Era la jefa de investigación, y durante las emisiones en directo siempre se sentaba fuera de cámara a metro y medio de nuestro presentador Joe Goodman. En la consola que tenía enfrente había miles de tarjetas de cartulina que contenían todos los datos que podía requerir un pomposo reportero en un instante: el tipo de tanque blindado más utilizado en la guerra de Irak, el número de pasajeros que fallecieron en el vuelo 103 de la Pan Am, así como biografías de figuras históricas importantes como Kato Kaelin y Robert Kardashian.

Barajé de corrido unas cuantas opciones.

—Podría pedirle disculpas a Goodman ahora mismo, antes de que entre aquí en tromba. Siempre es bueno prevenir. —Inspiración profunda—. Podría escuchar los mensajes de mi móvil para ver si el abogado de la Boudreaux se ha tomado la molestia de avisarme de que su cliente estaba hablando con otra cadena. Hasta el viernes no me prometió la entrevista. No me extraña que no me haya devuelto las llamadas durante el fin de semana. —Aparté las pilas de vídeos para hacer un poco de espacio en mi mesa, y resbalaron hasta el suelo igual que un alud de lodo.

—Yo creía que la entrevista era tuya. —Abby estaba intentando ayudar—. Lo pensaba de verdad, sobre todo después de tu encantadora ofensiva de la semana pasada. Creía que la tenías segura. Goodman vendrá aquí dentro de quince minutos. Escucha antes los mensajes para pisar terreno seguro, aunque...

—¿Aunque qué? —Aunque hubiera perdido el mayor trofeo del año en manos de una rubia caradura: Kathy Seebright, la guapita oficial de toda Norteamérica. Nosotros, desde dentro, la conocíamos como la mujer de sonrisa empalagosa capaz de arrancarle a mordiscos los testículos a un hombre y escupírselos a la cara—. ¿Por qué le diría yo a Goodman el viernes que teníamos un trato? Debería haber sabido que eso no cuenta de verdad hasta que la cinta está grabándose.

Ni siquiera Abby sabía que el viernes había salido un poco antes del trabajo para llevar a mi hija a la clase de ballet. Probablemente supusieron que estaba engrasando la maquinaria para la entrevista.

En ocasiones, a las mujeres atractivas les gusta actuar de forma estúpida porque eso las ayuda a conseguir exactamente lo que quieren. Theresa Boudreaux era una de ésas: una imponente camarera de una tienda de gofres dotada de una vena diabólica. Por desgracia para determinado personaje de las altas esferas, tuvo la inteligencia de comprarse por nueve dólares un artilugio para grabar del teléfono, el cual utilizó después para grabar sus conversaciones morbosas con el congresista Huey Hartley, un político del firmemente rojo estado de Misisipí, poderoso, santurrón y casado hacía treinta años. Cuando los presentadores de noticias de la cadena pierden entrevistas como ésa, se vuelven mezquinos y temibles. Por eso los productores los llaman monstruos, hayan perdido una entrevista o no. Son personas que dan miedo incluso cuando intentan ser buenas. Pero aquel día nadie estaba siendo bueno conmigo.

Por un instante pensé que iban a despedirme. En mi defensa, pensé que la habíamos cagado. Cogí el móvil.

El mensaje número cuatro era, de hecho, del abogado de Theresa Boudreaux, que había llamado a las diez de la noche. Menudo saco de mierda. Justo cuando la entrevista con Seebright estaba ya en el bote, se le ocurrió que debía informarme de que las cosas habían cambiado.

«Jamie. Soy Leon Rosenberg. Gracias otra vez por las flores del viernes. A mi mujer le parecieron preciosas. Esto... tenemos que hablar de unos cambios que ha habido en el plan. A Theresa Boudreaux le han surgido ciertas preocupaciones. Llámame esta noche a casa. Tienes todos mis números.»

Marqué el número del trabajo de Leon, furibunda por dentro. Contestó su irritante secretaria Sunny. Nunca sabía dónde estaba su jefe ni cómo dar con él, pero siempre me ponía en espera para «ir a ver». Aguardé dos minutos enteros.

—Lo siento, señora Whitfield. No estoy segura de dónde se encuentra en este momento, de modo que no puedo pasarla con él. ¿Quiere dejarle algún mensaje?

—Sí. Hágame el favor de anotar textualmente: «Me he enterado de lo de Seebright. Que te jodan. Firmado: Jamie Whitfield.»

—No me parece muy apropiado escribir eso.

—Al señor Rosenberg no le sorprenderá. Dada la situación, lo considerará apropiado. Haga el favor de entregárselo. —Y colgué.

—Eso llamará su atención.

Charles Worthington hizo un gesto de aprobación con la cabeza al tiempo que entraba en mi despacho, buscó un sitio en mi sofá y cogió un periódico. Charles era un productor que llevaba a cabo todo el trabajo de investigación. Afroamericano de treinta y cinco años y piel clara, se crió formando parte de la elite negra criolla de Luisiana. Era bajo y delgado y siempre iba pulcramente vestido. Hablaba con voz suave teñida de un discreto acento sureño. Llevábamos diez años trabajando juntos, nos habíamos hecho mayores el uno junto al otro. Con frecuencia yo me refería a él como mi marido en la oficina, aunque en realidad era gay.

Al cabo de treinta segundos sonó el teléfono.

—Sí, Leon.

—Jamie. Venga. Has estado muy dura, no es más que mi secretaria, y está toda afectada. Y muy avergonzada.

—¿Dura? ¿Dura? ¿Por qué no dices más bien poco ética? ¿Poco profesional? ¿Fraudulenta? —Charles saltó del sofá con los puños apretados, haciendo aspavientos de aprobación—. Dijiste que teníamos un trato. ¿Cuántas cartas le he escrito a esa lagarta que tienes por cliente? ¿Cuántas veces he llevado al gran presentador Goodman a que probase sus gofres revenidos? ¿Qué has hecho, entregarle la entrevista a Kathy Seebright, de la ABS, y filmar el anuncio de vaqueros sin excusas de Theresa Boudreaux en el mismo día? Y de todas formas, ¿por qué ha preferido a una presentadora en vez de un presentador? No encaja.

Las lagartas como Theresa siempre prefieren a los presentadores masculinos, que no son capaces de concentrarse en la pregunta adecuada que deben formular a continuación porque están recolocando discretamente el bulto que se les ha formado bajo los pantalones.

—Jamie, procura calmarte. Así es la televisión. En el último momento Theresa decidió que Kathy le haría preguntas más fáciles en la entrevista. Le entró miedo de tu presentador; tiene fama de ir directo a la yugular.

—Y estoy segura de que todo fue decisión de ella, Leon. Tú no hiciste ninguna aportación personal. —Miré a Abby y a Charles y puse los ojos en blanco.

—Oye, mira —dijo Leon—, te prometo que te lo compensaré. Tienes en tu poder varios documentos del juicio de O. J. Simpson con los que podrías poner patas arriba tu pequeña cadena de televisión, y estoy seguro de...

Le colgué dejándolo con la palabra en la boca.

—¿Qué excusa te ha dado? —quiso saber Charles.

—La misma de siempre que perdemos a favor de ella: que Seebright parece mucho más dulce que Joe Goodman.

¿Cómo había dejado que aquella entrevista se me escapara de las manos cuando ya la teníamos segura en el bolsillo? ¿Por qué no había tomado medidas adicionales para asegurármela? ¿Y por qué queríamos hacer dicha entrevista? ¿Sólo porque Hartley era un político controvertido, a favor de la familia y padre de cuatro hijos? ¿Acaso su conducta mojigata merecía tanta cobertura por parte de los medios? Por supuesto que sí.

Hartley no era un cristiano conservador de raíces profundas, pero su feroz oratoria antihomosexual y en defensa de la familia lo hacía destacar como uno de los políticos del sur que hablaban sin pelos en la lengua. Con unos cuarenta kilos de sobrepeso y un metro noventa de estatura, solía pasear alrededor del atril para hablar para así poder erguirse por encima del público, agitando el puño en el aire mientras le bailoteaban los carrillos. El bigote gris y la perilla resaltaban su enorme boca y el desproporcionado labio inferior. Tenía unos ojos de un azul cristalino y una calva perpetuamente sudorosa que reflejaba las luces de las cámaras. Ayudó a ganar las elecciones de 2004 para Misisipí y la Casa Blanca apoyando la moción de llevar a las urnas el referéndum sobre la prohibición de matrimonios homosexuales en veinticuatro estados. Esa estrategia de la Casa Blanca logró que las ingentes multitudes que acudían a la iglesia salieran a la calle con sus autobuses y supuso un importante factor del triunfo del partido Republicano. Ahora ya se había subido una vez más al carro en contra de los homosexuales para 2008, haciendo presión para llevar a las urnas las antiguas leyes antisodomía en los treinta y tantos estados en los que todavía no existían.

Intenté aceptar la magnitud de mi fracaso antes de acudir al despacho del productor ejecutivo, Erik James. Así no discutiría. Nunca era buena idea discutir cuando Erik estaba enfadado. Cuando su secretaria me acompañó a su despacho, se hallaba detrás de su mesa finalizando una llamada. Me quedé mirando las decenas de premios Emmy que adornaban la balda superior. Llevaba casi veinte años trabajando para la NBS, al principio como ejecutivo encargado de los informativos del domingo, y más tarde lanzó el éxito de audiencia titulado *Newsnight con Joe Goodman*, ganador de varios premios.

Erik colgó el auricular y me miró fijamente. Y entonces comenzó la diatriba:

—Te has pasado de lista.

—No era mi intención —dije.

—Y el seguimiento que has hecho ha sido escaso. —Empujó su silla hacia atrás, fue hasta la parte frontal del escritorio y se quitó los guantes. Con su metro sesenta y tres de estatura, Erik tenía un barrigón similar al de una embarazada que hubiera rebasado el período de gestación en dos semanas. Aunque se hallaba a una distancia segura, casi me rozaba con el estómago—. ¡Das asco!

—¡Ni hablar!

—¡Ya lo creo que sí! —Agitaba las manos en el aire igual que King Kong. Se le soltó uno de los tirantes, y se llevó furiosamente una mano a la espalda para intentar recuperarlo. Ahora sí que estaba cabreado de verdad.

—Erik, Leon Rosenberg me aseguró que...

—¡Me importa un pimiento lo que te aseguró! ¿Cuántas veces has ido? ¿Qué has estado haciendo, ir de compras?

Aquél fue un golpe bajo. No se podía negar que yo era la única productora del informativo nocturno que tenía un marido rico, pero llevaba más de diez años currándome mi puesto detrás de aquel tipo y había sacado al aire más noticias que ningún otro productor de su equipo.

—Eso es muy injusto. Sabes perfectamente que me he dejado el pellejo para conseguir este reportaje.

Se le hincharon las aletas de la nariz.

—Que yo sepa, no me has aportado ningún reportaje, joder.

—Yo... Yo...

Soltó una risita burlona. Acto seguido cogió una enorme jarra de cristal que tenía encima de la mesa y se tragó un puñado de gominolas.

—Lárgate de aquí —murmuró, y al hacerlo me salpicó unas partículas de gominola verde en la blusa, justo al lado de una mancha de café.

La batalla había terminado por el momento. A la mañana siguiente empezaríamos a luchar por mirar desde otro ángulo el caso de Theresa Boudreaux, otra vez juntos como un equipo. No era la primera vez que pasaba por aquello. No era que mi derrota no me deprimiera, pero me negué a permitir que me hiciera descarrilar. Existía una fuerte presión para sacar noticias y hacer avanzar el tema. Todos los periódicos sensacionalistas del país habían publicado en portada fotos de Theresa, muchas de ellas con un interrogante: «¿Es ésta la amiguita de Hartley?» Las tertulias derechistas de la radio irrumpieron con su inquebrantable apoyo a Hartley al tiempo que ponían por los suelos a los miembros sedientos de sangre de la elite de los medios de información liberales.

En última instancia, a medida que fue desarrollándose la entrevista, Theresa no reveló nada a Kathy Seebright, ésta sólo consiguió que confirmase que conocía a Hartley, que eran «íntimos». De manera que, en aquel momento, mis jefes y yo nos habíamos cogido un berrinche por una tontería. Pero la histeria por nada es el precio que hay que pagar por entrar en el mundo de los medios informativos.

De regreso en mi despacho, me pinté los labios con todo esmero mientras intentaba asumir el control de la jornada. Me detuve un momento con la barra de labios en la mano y contemplé el río Hudson. Las ansiedades se sumaban unas a otras: un tremendo descalabro profesional, un marido insufrible, mi hijo Dylan y sus problemas. Mi reloj indicaba las once en punto; Dylan tenía gimnasia antes de comer. Tal vez el ejercicio lo hubiera animado un poco. Me había pedido que cancelase los entrenamientos de aquella semana, era obvio que tras la humillación sufrida en el partido quería esconderse detrás de la puerta al terminar las clases y perderse en un trance robótico jugando al Lego, pero yo le dije que no pensaba cancelar nada, pues estaba convencida de que la interacción con sus amigos resultaría terapéutica. Me sentía desconcertada respecto de qué otra cosa podía hacer con él además de continuar con las actividades habituales y cerciorarme de que no se cerrase en sí mismo. Yo engullo Kit Kats cuando me deprimo mucho. Mientras estaba rompiendo el envoltorio con los dientes, me sonó el teléfono móvil.

—Cariño, soy yo. —Al fondo se oía ruido de bocinas y frenazos de coches.

—¿Sí?

—Quiero pedirte perdón —dijo la voz de Phillip.

—Está bien. A ver.

—Lamento lo de esta mañana. Siento haberme puesto difícil. —Pasó una sirena silbando.

—¿Difícil? —pregunté.

—Siento haber estado imposible.

—Exacto. —Di un mordisco al chocolate.

—Ya lo sé. Por eso te llamo. Te quiero.

—Vale. —Tal vez pudiera perdonarlo.

—Y tú vas a quererme más que nunca —insistió Phillip.

—No me digas. ¿Y por qué, si puede saberse?

—Bueno, ya sabes que el éxito que tuve en el acuerdo de Hadlow Holdings ha surtido cierto efecto.

—Te deben mucho —apunté.

—Y van a darme mucho.

—Está bien. ¿De qué se trata?

—La cuestión es: ¿qué van a dar a mi mujer?

—Phillip, no tengo ni idea. No es dinero, así que, ¿qué es? ¿Cómo van a retribuirte el esfuerzo?

—Ellos me han hecho esa misma pregunta —dijo Phillip.

—¿Y?

—¿Qué tal te suena trabajar sin ánimo de lucro para el Refugio para los jóvenes?

Mi obra de beneficencia. La junta de la que llevaba diez años formando parte y que daba apoyo a los niños huérfanos. La organización estaba sin blanca, casi sufría pérdidas, a duras penas podía ayudar a los niños desesperados. Se me llenaron los ojos de lágrimas.

—No es posible —aclaré.

—Pues sí.

—¿De cuánta ayuda hablas?

—De mucha —dijo él.

—¿Como cuánta?

—Van a tratarla igual que a una cuenta normal.

—No puedo creer que hayas hecho esto —dije—. Lo va a cambiar todo.

—Ya lo sé. Por eso lo he hecho —se explayó Phillip.

—Ni siquiera sé qué decir.

—No hace falta que digas nada.

—Gracias, Phillip. Es absolutamente increíble. Ni siquiera me habías contado que estabas pensando en ello.

—Tú les das mucho dinero, y buena parte de tu tiempo también, pero yo quería que les dieras algo todavía más sustancial. Sé lo que significan para ti.

—Mucho —admití.

—Ya lo sé.

—Yo también te quiero —agregué.

—Segundo punto: hay una cosa que tienes que hacer por mí antes de que me vaya a Cleveland.

—Por cierto, ¿dónde estás? —le pregunté—. Casi no te oigo, con todas esas bocinas pitando. ¿Estás en Times Square?

—Lo cierto es que llevo una prisa tremenda. ¿Vas a recoger a los niños?

—Sólo a Gracie. No pude soportar la carita que puso esta mañana. Voy a recogerla a su clase, pero dile a Yvette que se reúna conmigo fuera, para que se la lleve a casa. Después tengo que volver zumbando a la oficina.

—Perfecto —explicó Phillip—. Antes de recoger a Gracie, necesito que pases un momento por casa.

—No me va a dar tiempo.

—Es de suma importancia. —De repente Phillip hablaba como el director de un internado británico—. Necesito que vayas a casa. Entra en mi despacho y enciende mi ordenador. Apunta el código de mi caja fuerte nueva. La pantalla te pedirá automáticamente la contraseña.

—Phillip, ¿eso no puede esperar?

—Por favor, haz lo que te digo, ¡por el amor de Dios!

—No. No voy a hacer lo que me dices. Estoy teniendo un día espantoso y me queda mucho trabajo por delante. Te lo juro, hoy no es precisamente el día adecuado para pasar mucho tiempo fuera de la oficina. Es verdad que lo del trabajo sin ánimo de lucro significa mucho para mí, ya lo sabes, pero en este momento no puedo hacer lo que me pides.

—Cariño. No es una petición. Es una cosa que tienes que hacer por mí sin falta. Llevo tres días viajando, y antes de subir al avión necesito saber que esto está solucionado.

—¿Tan importante es?

—Sí, cielo. —Phillip se puso zalamero adoptando un tono de voz de lo más dulce—. Lo es. Te quiero. Por favor. Te lo pagaré con creces.

Decidí que haría una parada breve en casa después de recoger a Gracie, tal vez sin que nadie se diera cuenta de que había salido de la oficina.

—Rápido, ¿cuál es la contraseña? —pregunté, pero no hubo respuesta—. Phillip, voy a hacer esto por ti, pero yo también tengo mucha prisa. ¿Cuál es la contraseña de tu ordenador? ¿No se te podía haber ocurrido esta mañana?

—Esta mañana estaba distraído. Por Dylan, naturalmente.

Di unos golpecitos con el bolígrafo sobre el cuaderno y lancé un suspiro.

—Ibas a decirme la contraseña...

—Ah...

—¡Phillip! ¿Cuál es la contraseña?

—La contraseña es «coño».

—¿Qué? Será broma.

Silencio.

—Phillip, ¿tu contraseña es «coño»? Es de lo más ridículo. ¿Es la misma que usas en los ordenadores del trabajo? ¿En un bufete como el tuyo, lleno de gente? ¿Qué pasa si tu informático tiene que acceder a tu cuenta?

—¿Por qué he de preocuparme por un informático?

—Phillip, me cuesta mucho trabajo creer que quieras que teclee c-o-ñ-o.

—Pues sí. Lo siento. Es una contraseña privada. Soy la única persona que la conoce, y ahora, por desgracia para mí, también la conoces tú. Soy un cerdo morboso, ya lo sé. Pero cuando llegues a casa, entra en mi despacho y teclea ce, o, eñe, o en el ordenador. Anota el nuevo código de la caja fuerte, está escondido en un documento que se llama «actividades de los niños», es 48-62 no sé qué...

—¿Y luego qué?

—En mi escritorio, dentro de la caja, debajo de unos papeles del banco o simplemente en un montón situado a la derecha verás una carpeta con el rótulo de Ridgefield. Necesito que la guardes en la caja fuerte.

—¿Por qué? —pregunté.

—Por Carolina.

—¿Qué pasa con Carolina?

—Primero, lo de las tijeras de las uñas. Después me pone encima del escritorio una pila de periódicos para tirar mientras está limpiando el polvo, y luego, sin querer, coge unas carpetas importantes y lo tira todo a la basura. Puedo quedarme sin nada. Y no puedo arriesgarme a quedarme sin esto.

—Phillip, por favor. Te estás comportando como un neurótico. Voy a llamarla y decirle que no toque tu escritorio.

—Yo le digo todos los días que no toque mis tijeras de uñas ni mis sujetacuellos ni mi pluma Mont Blanc favorita, y todos los días me cuesta encontrarlos. No me escucha.

—¿Sabes que un marido da más trabajo que un hijo? —A aquellas alturas, mi cuerpo ya estaba despatarrado sobre la mesa igual que una piel de plátano.

—Yo jamás te pediría algo así, pero en estos tiempos nunca se sabe.

—¿Nunca se sabe qué?

—¡Nunca se sabe nada! ¡Estamos en la era de la información! La gente roba todo de la basura, del buzón, del ordenador. —Ahora Phillip hablaba tranquilo, muy en su papel de abogado que piensa que sabe todo lo que hay que saber del planeta—. Provengo de tres generaciones de abogados y he sido formado y versado en tomar decisiones prudentes. Ésta es una precaución prudente, y voy de camino al aeropuerto de Newark y no me es posible hacer una parada en el East Side. De manera que quiero marcharme sabiendo que esto está solucionado.

—¿Y por qué no puedo hacerlo esta noche, cuando llegue a casa?

Phillip había perdido la paciencia.

—Por última vez, te pido por favor que dejes de interrogarme. Todo sería mucho más fácil para mí si, por una vez, pudieras hacer simplemente lo que se te dice.

Carraspeé de forma teatral y me fui derecha a casa, donde hice exactamente lo que se me había dicho.

4

TODO EL MUNDO LO SABE

A mediodía diluviaba en Nueva York.

—*Oui?*

El *maître* había asomado su enorme nariz francesa por una rendija abierta entre las gruesas puertas lacadas en color marrón chocolate.

—Yo... pues... vengo a comer.

—*Avec?*

—Me estoy mojando. Con Susannah; es...

—*Oui?*

—Susannah Briarcliff. Seguro que usted...

Se abrió la puerta y Jean-François Perrier me miró como si no existiera. Le indiqué que había quedado allí con mi amiga Susannah, sonreí tontamente y me quedé mirando con expresión lastimera sus ojos, intensamente azules. Él agitó las manos para hacer una seña al ayudante de camarero y ordenarle que me condujera al interior del local. Nada de reglas de contacto. Francesca, la chica del guardarropa, me midió con la mirada y llegó a la conclusión de que en realidad yo no era «uno de ellos», así que decidió continuar bebiendo su Coca-Cola *light* en la barra en vez de molestarse en coger mi gabardina. Sacudí disgustada las gotas de lluvia del paraguas.

La Pierre Noire no tiene rótulo en el toldo y su número de teléfono no figura en la guía. Es el abrevadero para ejecutivos de una de las tribus más peculiares del mundo: una raza de humanos muy ricos que habitan una cuadrícula concreta que se extiende desde las calles Setenta a la Setenta y nueve de Manhattan hacia el norte y hacia el sur, bordeada por Park Avenue y la Quinta Avenida al este y al oeste.

Ay del pobre habitante del West Side que vaya paseando y crea por error que éste es un restaurante que funciona con procedimientos normales, uno que efectivamente atiende al público. Enseguida se dará cuenta de que no es bien recibido, aun cuando haya muchas mesas libres. Desde la ventana se ven unas suntuosas banquetas de terciopelo color mandarina alrededor de unas estrechas mesitas de caoba estilo café. Entre dichas mesitas pululan con dificultad unos apuestos camareros franceses de treinta y tantos años vestidos con vaqueros azules y almidonadas camisas de tela de Oxford en tono amarillo.

Mis amigas más íntimas no se ganan la vida yendo a almorzar, como hace Susannah Briarcliff; la mayoría de ellas tienen un trabajo, pero Susannah es uno de los pocos habitantes de la Cuadrícula a los que hago un esfuerzo por ver. Resulta fácil olvidarse de que debajo de la fabulosa riqueza y los impresionantes genes de Susannah hay una mujer divertida en estado latente. Prácticamente se la puede buscar en cualquier columna en la que haya fotos de fiestas —*Harper's Bazaar*, *Vogue*, la sección de estilo del *New York Times*— y es como encontrar a Wally. Susannah tiene dos hijos, tres perros, siete personas de servicio y uno de los pisos más grandes de la ciudad, todo ello cortesía de sus vínculos familiares con una de las dinastías inmobiliarias más grandes de Estados Unidos. Mide uno setenta y cinco, posee una constitución atlética y lleva el pelo rubio y más bien corto, a lo Meg Ryan. Además, está casada con un alto directivo del *New York Times*, lo cual la distingue de la mayoría de las famosillas del East Side casadas con inútiles banqueros. Aunque no llega a alcanzar la categoría de mejor amiga —este título lo tienen asignado Kathryn, del centro de la ciudad, y Abby y Charles, del trabajo—, ocupa el segundo puesto.

Tomé asiento en la mullida banqueta a su lado.

—Jamie, estás guapísima. Pero guapísima de verdad.

—No estoy segura de ir adecuadamente vestida...

—Calla.

Estaban ocupadas doce de las quince mesas, repletas de jóvenes famosas de Nueva York que llevaban jerséis con cuello de piel e iban acompañadas de sus respectivos gays que les organizaban las fiestas, la mayor parte de ellos charlatanes que cobran trescientos cincuenta dólares la hora por escogerte el exacto color fucsia de la copa de agua que resulta apropiada para una cena temática para doce estilo Kasbah. O simplemente el tacón de zapato con dibujo de guepardo más acertado para un traje negro liso. Si alguna de esas mujeres compra algo reconocible de una temporada determinada, tiene que quemarlo antes del año siguiente. Y una vez que una blusa aparece en *Vogue*, para ellas ya está *passée*. Yo estudié mi pantalón caqui, blusa blanca y jersey de seda negro liso. Cuando le hablara a mi madre de las mujeres que me rodeaban en aquel momento, y de que a veces tenía la sensación de no estar a su altura, seguro que me soltaría una buena regañina por dejarme absorber por semejantes ridiculeces. «¿Cómo esperas llegar a donde quieres llegar si vas por ahí curioseando a todo el que se cruza contigo? No te centres en algo que percibes equivocadamente como un defecto tuyo.»

En aquel momento apareció por la puerta Ingrid Harris con su niñera y su hija Vanessa, de cuatro años. Jean-François tropezó con sus gruesos zapatos franceses en su ímpetu por acudir a recibirla.

—*Chérie!*

Un par de besitos.

Chasqueó los dedos y al instante vino corriendo Francesca a retirar el chal que cubría los hombros de Ingrid. A continuación desabrochó las complicadas hebillas del impermeable de Vanessa, la cual llevaba debajo un tutú de color rosa. La niñera permaneció un paso por detrás sosteniendo su propio abrigo, acostumbrada al ritual.

Ingrid estaba despampanante: tenía unos ojos marrones de cervatillo, muy separados, y una larga melena a capas recogida hacia atrás con unas enormes gafas de sol negras. Ingrid sabía mejor que nadie que el verdadero estilo tiene que ver sobre todo con la actitud. Llevaba unos vaqueros andrajosos y una chaqueta Green Chanel de color lima que costaba cuatro mil dólares, como si acabase de recogerla del suelo del armario. No se trata de lo que una lleve puesto, sino de cómo lo lleve; una no puede actuar como si estuviera toda emocionada por llevar una chaqueta nueva y carísima. Si hiciera eso, no sería «uno de ellos».

—Jamie, me alegro de verte. Hola, Susannah.

Susannah esbozó una sonrisa, pero no dijo nada ni levantó la vista. Se concentró en mojar pan en su aceite de oliva aromatizado con romero y en remover la pajita en su Pellegrino.

Siguió un incómodo silencio. Yo lo rompí:

—Ingrid, todavía me cuesta creer que hace un mes que has dado a luz. Tienes un cuerpo... ¡Estás fabulosa!

Ingrid echó hacia atrás su sedosa melena de color acaramelado.

—Bueno, les dije qué método tenían que emplear para devolverme rápidamente mi figura normal, y tenía razón, aunque todos se opusieron al principio.

Susannah dejó escapar una risita. Dijo:

—Lo que has hecho tú no es normal. Perdona, pero la mayoría de los médicos se opondrían a ello.

Ingrid, en absoluto intimidada, se puso las manos en las caderas.

—Es posible que te haya parecido anormal a ti, que tienes dos niños perfectos que nacieron de parto natural. Pero yo no provengo de la misma cepa de los Peregrinos de la que procedes tú. Los míos no creen en el sufrimiento voluntario.

—Eso no quiere decir... —trató de decir Susannah.

—Y eso quiere decir que por nada del mundo estaba dispuesta a empujar —admitió Ingrid—. Ya se lo dije a mi médico en el momento mismo en que me comunicó que estaba embarazada. Le dije: «Doctor Shecter, es una noticia maravillosa, pero ha de saber una cosa: yo no empujo.» —Pensé que Susannah iba a matarla—. Demasiado sudoroso. Le dije cuál era mi lema: «Si no puedo hacerlo con los tacones puestos, no me interesa.» Le dije sencillamente que no pensaba hacerlo, y que quería una cesárea.

—¿Y qué dijo él? —preguntó Susannah.

—Me dijo: «Cariño, tengo una noticia que darte, tu cuerpo va a empujar lo quieras o no.» Y yo le contesté: «No, colega, yo tengo otra noticia para ti que está claro que no has entendido: yo no empujo.»

—¿Y qué hiciste, entonces?

—Fui a otro médico que entendió que estaba hablando en serio, así que aceptó lo de la cesárea y me dijo que me la programaría para la semana treinta y nueve. Pero, claro, ese médico no me prometió ponerme anestesia general. —Ingrid se tocó la bota y cruzó los brazos con impaciencia—. En fin, les dije a los del hospital Presbiteriano del East Side que debían traerla para mí.

Susannah puso los ojos en blanco.

—¿Y accedieron? —preguntó, con incredulidad—. ¿Sin una razón médica?

—Mira, querida, está claro que no querían, pero obligué a Henry a que le regalase al jefe de obstetricia la tarjeta de socio del club de golf Atlantic, así que no les quedó más remedio.

Susannah tosió contra su servilleta como si fuera a vomitar. A pesar de las cosas descabelladas que hacía Ingrid, yo la admiré por salirse siempre con la suya y no tener miedo de pedir.

—Y eso es precisamente por lo que he venido aquí. Jamie —prosiguió Ingrid—, ¿has recibido mi correo electrónico sobre lo de la subasta?

—Sí.

—Este año no van a organizarla en esa horrible galería del West Village. Les he advertido de que, como se les ocurra hacerla allí, no pienso presidirla. Le he dicho al comité que la organiza: «¡Hola! ¡Mirad cuánta gente va a venir, gente rica a la que no le gusta salir del Upper East Side! Y tampoco nos gusta fingir que somos pobres y necesitados, ¿estamos? Porque no lo somos.» Así que van a organizarla en Doubles. Un sitio agradable y cómodo para ti.

—No estoy segura de poder acudir —dije.

—Aunque no puedas, queremos que tu presentador nos deje subastar una visita a una grabación de *Newsnight con Joe Goodman*. Tienes una relación estrecha con él, ¿no es así? Llevas trabajando en su programa desde que te conozco.

—Bueno, es mi jefe... Yo... no estoy segura de sentirme del todo cómoda...

—Oh, por favor, Jamie. ¿Qué es más importante para ti, unos momentos de incomodidad con tu jefe o una cura para el Alzheimer? Y bien, ¿puedo contar contigo?

—Bueno, esto... tendré que consultarlo con él... —me defendí.

—Voy a proponerte una cosa. ¿Qué te parece si le envías una nota con mi papel de carta personal en la que le dices que tú y yo somos amiguísimas y que por favor...?

—Ingrid, no creo que reaccione bien a eso, pienso que debería pedírselo yo.

—Vale, de acuerdo, eso es lo que he propuesto yo al principio. Pídeselo tú. —Ingrid había sido más lista que yo, y lo sabía. Tuve que sonreír.

—A propósito —dijo, susurrando al tiempo que alzaba sus cejas recién depiladas y lanzaba una mirada feroz a mis pies. Yo miré mis sandalias negras de tiras pensando que habría pisado algo por la acera—. Esos zapatos —me instruyó con expresión grave— son muuuy de noche. Por el amor de Dios, si es mediodía.

Mientras iba llegando el plato principal, pollo fileteado con endivias braseadas para Susannah y ensalada tricolor con gambas a la plancha para mí, saqué a colación el único tema que tenía todo el tiempo en mente.

—Estoy preocupada por Dylan —convine—. Se ha derrumbado en un partido de baloncesto.

—Ya me he enterado —dijo Susannah.

—Ah, ¿sí?

—Sí. ¿No adoptó una postura fetal en vez de hacer canasta?

—Oh, no, ¿crees tú que es el tema de conversación de todos los chicos?

—Sí.

—¿En serio? Oh, Dios. —Hundí la cabeza en la servilleta.

Susannah la retiró. Dijo:

—Por lo visto, fue un momento terrible del partido.

—Se me echó a llorar en los brazos. Pasó mucha vergüenza.

Ella me frotó el hombro.

—Ansiedad frente al rendimiento, eso es todo —explicó.

—Bueno, eso y algo más. No sé si será normal o no, pero creo que el horario de Phillip está creándole graves problemas de autoestima. No quiere que yo lo ayude a hacer los deberes, quiere que sea Phillip. La semana pasada estaba completamente destrozado porque Phillip no lo llevó a la fiesta de cumpleaños del béisbol del sábado. Lloró igual que un crío de cuatro años, tiró sus juguetes por toda la habitación y esparció sus tarjetas de jugadores de béisbol por el suelo. Y luego, encima, pasó lo del baloncesto.

—¿Todavía está viendo a ese psiquiatra?

—Lo hemos dejado —expliqué—. Me suplicó que no lo obligase a ir más. Y, sinceramente, ese tipo no me parecía que lo estuviera ayudando mucho. Le hacía tener la sensación de que le pasaba algo malo, cuando en realidad está bien, a Dylan no le pasa nada. No quiero describirlo como un niño hiperestresado. Sigue siendo mi maravilloso hijo, que se entusiasma con su Lego, le gusta mucho leer y, por lo tanto, va bien en el colegio, pero sigue habiendo algo que no funciona.

—¿Y qué tiene que decir en todo esto el querido Phillip? —Susannah adoraba a mi marido; ambos tenían mucho en común, los dos provenían de la misma cepa: WASP* y Fantasilandia.

—¿Quién sabe? —Me encogí de hombros.

—¿Qué significa eso?

—Está preocupado por Dylan, naturalmente que sí. Pero es que... verás, últimamente no tenemos mucho tiempo para hablar —me sinceré.

Susannah me reprendió agitando el dedo.

—¿Te acuerdas de lo que te dije? —Yo afirmé tristemente con la cabeza. Se inclinó un poco más hacia mí—. ¿Y lo estás haciendo?

Levanté las manos en el aire, como diciendo que quizá no.

Ella tamborileó sobre la mesa.

—Te lo he dicho cien veces. Tienes que hacer mamadas a tu marido. Tienes que hacérselas..., siempre.

Aunque sentía afecto por Susannah, en ocasiones me costaba establecer un vínculo con ella porque tenía muchas cosas que me hacían sentir inferior. Empezando por el hecho de que ella... siempre hacía una mamada a su marido por la mañana.

Esta vez me palmeó la mano.

—No te olvides nunca de lo que te dije.

—¿Sabes una cosa? Que no quiero hacerle mamadas a mi marido —aclaré.

—¡Ni yo tampoco! Pero no lleva más de, no sé, unos diez minutos, y él se queda tan contento que va dando brincos por toda la habitación. Eso salva cualquier matrimonio, te lo prometo. Ojalá pudiera ir al programa de Oprah y decir que así se evitarían muchos divorcios. Sería un buen título para un episodio, «Haz mamadas a tu marido».

—¿Y con qué frecuencia se la haces tú? No exageres.

Miró al techo y titubeó unos instantes.

* Abreviatura en inglés de «Anglosajón Blanco y Protestante». (N. de la T.)

—Cuatro veces por semana —aceptó.

—Eso es mucho.

—Y además la iniciativa la tomo yo. Ésa es la clave. Y tienes que actuar como si te lo creyeras de verdad. Ése es el otro truco.

—¿Como si te creyeras el qué? —pregunté.

—Tienes que fingir que estás muy cachonda, eso es lo que más les gusta.

—Bueno, aunque quisiera, aunque me sintiera de lo más cachonda un día entre semana por la mañana, lo cual desde luego no me sucede, Phillip nunca está presente.

—¿Está viajando más de lo habitual?

—Ahora pasa fuera tres noches por semana. Y cuando está en casa tiene un montón de cenas con clientes.

Susannah dejó a un lado el discurso acerca de las mamadas y suspiró.

—Eso es mucho para un niño de nueve años. Ellos no firmaron para tener un padre ausente.

Muy cierto.

—Cuando me fui a vivir a ese barrio, conocí a todas las madres del East Side, y todas tenían contratado personal a jornada completa. No es nada contra ti, Susannah, es que no lo había visto nunca. Una niñera individual para cada niño, señoras de la limpieza para hacer la casa, cocineras, chóferes, amas de llaves para atender todos los problemas de la familia... —Susannah asintió; ella había tenido todos aquellos empleados, y algunos más—. Incluso me dijeron que habían contratado a unos «tipos» para que tuvieran entretenidos a los niños mientras los padres ausentes, banqueros de inversiones, estaban ganando la pasta. Eso sí que me sorprendió, contratar a un «tipo» para que hiciera de padre de tu hijo. Juré que jamás sería una de esas mujeres que contrataban a un padre sustituto por las tardes.

Susannah sonrió.

—¿Y?

—Pues que me puse a pensar: «Aquí estoy yo, llevando una vida obscenamente afortunada, y, en fin, tal vez debiera contratar a un "tipo" para Dylan.» Ya sabes, un estudiante universitario varón que pudiera recoger a Dylan del colegio, jugar un rato con él al fútbol en el parque, hablar de coches, lo que sea. ¿Me he convertido en una de esas mujeres horribles que ni siquiera son capaces de tratar a su propio hijo? Esto es de locos.

Aquella conversación me estaba causando ansiedad. Pinché una gamba enorme y me la metí entera en la boca.

—No son «tipos», tonta —dijo Susannah.

—Ya lo creo que sí. Es exactamente eso. Me he rendido. Soy como tú. Que Dios me ayude.

—No son «tipos» —me interrumpió ella—. Son un *manny;* una niñera, una *nanny* pero con eme de masculino. Lo sabe todo el mundo.

Todo el mundo menos yo.

—¿*Manny*? ¿Así es como los llamas tú? ¿Me estás tomando el pelo, Susannah?

—Olvídate del loquero. Te lo digo yo: ¡búscate un *manny*! Prestan atención masculina a los hijos varones mientras los papás andan en Pittsburg haciendo la pelota a los clientes.

—¿Entonces, con ese tal *manny*, mi hijo el urbanita podría ir al parque a cazar insectos y hacer toda clase de cosas típicas de los niños de las urbanizaciones?

—¡Exactamente! El *manny* de Jessica Parker lleva todos los martes a sus tres hijos a la Zona ESPN de Times Square. ¿Te apetece a ti ir a la Zona ESPN de Times Square, todo deportes? No. Ni siquiera irían tu señora de la limpieza ni tu niñera, y si fueran se quedarían sentadas en un rincón con cara de mal humor. ¿Sabes quién más contrataba un *manny* todos los veranos?

—¿Quién?

—Los Kennedy. Todos los primos Kennedy han tenido un *manny* que cuidaba de ellos en Hyannis. Un *manny* para salir a navegar, otro para jugar al fútbol. Sólo que ellos no los denominaban así, sino «cuidadores». —Yo reí. Susannah continuó—: Sí, querida, un *manny* es la respuesta a tus oraciones. No despidas a la niñera ni a la señora de la limpieza, porque te puedo asegurar que él no va a limpiar los cristales ni a preparar la cena. Pero empieza a buscar uno esta misma tarde, y verás qué contento se pone tu pequeño y enfurruñado Dylan. Considéralo como el primo mayor que todas hemos soñado, pero dotado de la paciencia que sólo puede comprarse con dinero.

5

¿HAY UN *MANNY* EN LA CASA?

La recepcionista del trabajo marcó mi teléfono.

—Ha venido a verla Nathaniel Clarkson.

Abrigué esperanzas.

—Envíelo para acá, me reuniré con él a mitad de camino. Gracias, Deborah.

Salí disparada por la puerta de mi despacho y a punto estuve de chocar con Charles en el pasillo y tirarlo al suelo.

—¡Eh! Son las once de la mañana, aún faltan varias horas para salir por antena, así que aminora un poco, pequeña.

—Perdona. Es que tengo que ver a una persona y no quiero que se pierda por los pasillos. Ya te llamaré.

—¿Y con quién es la reunión? —inquirió Charles, con cierto tono de curiosidad, a mi espalda.

—No es una reunión, sino una entrevista. —Y después susurré haciendo bocina con las manos—: Un *manny*.

—Algo muy profesional que hacer en la oficina —gritó él por encima del hombro al tiempo que se alejaba por el pasillo.

A mí no me importaba que fuera profesional o no. A ver, ¿quién iba a darse cuenta de lo que yo estaba haciendo exactamente? En la cadena abundaban los pirados. Había decidido hacer las entrevistas a los candidatos en la seguridad de la oficina porque los dos primeros tipos a los que entrevisté en casa tenían un buen currículum pero me parecieron un tanto descentrados; el uno tenía el pelo gra-

56

siento y el chándal con el tiro del pantalón demasiado alto, y el otro no sonrió ni una sola vez. A través de una agencia de ayuda doméstica, con un concienzudo proceso de veto, la semana anterior ya había entrevistado a media docena de jóvenes interesados en trabajar por las tardes con Dylan: actores o camareros sin trabajo, músicos que querían ganar un dinero extra, entrenadores que esperaban conseguir algunas horas de más. Todos inadecuados. O eran demasiado locuaces o demasiado callados, y todos carecerían de experiencia para tratar a un niño como Dylan. Yo buscaba a alguien que no permitiera que Dylan lo manipulase y que tampoco lo dejara desaparecer en el espacio exterior.

Sobre el papel, Nathaniel parecía un buen candidato, pues contaba con un currículum impresionante: había estudiado en un afamado colegio público de la parte alta de la ciudad con excelentes notas. Todavía no había empezado la universidad, pero a sus veinte años había pasado la mayor parte del tiempo como entrenador en un pequeño colegio de Harlem. Yo había llamado al director del mismo, y al parecer el muchacho era muy apreciado y trabajaba mucho.

En la recepción me esperaba un joven de color vestido con una chaqueta de chándal enorme, con un logo de Tupac y capucha, que le tapaba las manos y le ocultaba parte de la cara. Debajo de la capucha llevaba un pañuelo de hip-hop atado a la cabeza, de esos que tienen un pequeño nudo en la coronilla.

—Usted debe de ser...

Me tendió la mano.

—Nathaniel.

—Venga, por favor —le dije, intentando ser lo más cordial posible.

Pasamos a mi despacho. No se quitó la capucha, de modo que apenas podía verle los ojos.

Abrí mi carpeta dedicada al *manny* y procuré conservar una mente abierta; a lo mejor ése era el antídoto perfecto para el mal que sufría Dylan, a lo mejor necesitaba un *manny* «guay» que hiciera contraste con su protegida vida en la Cuadrícula, a lo mejor era yo la que necesitaba un *manny* «guay» que me ayudara a relajarme.

Sus referencias me decían que aquel chico poseía talentos ocultos, un don especial para tratar con los chavales. ¿Y qué diablos sabía yo de lo que era un *manny*? Nunca había contratado a ninguno. Volví a leer su currículum.

—¿Así que es entrenador de un equipo de Harlem?

Él mantuvo la cabeza baja.

—Sí.

—¿Y es sólo en baloncesto o también en otros deportes? —inquirí.

—Las dos cosas.

—¿Las dos? ¿Quiere decir baloncesto y muchos más?

—Sí.

—Perdone, ¿qué dos cosas? ¿Baloncesto y otro, o muchos otros?

—Sólo baloncesto, a veces un poco de béisbol. —Nathaniel seguía sin levantar la vista.

En aquel momento apareció Charles en la puerta de mi despacho, observó a Nathaniel y después me miró a mí como si opinara que estaba loca. Luego entró, sólo para aguijonearme y presionarme.

—Ah, hola. No sabía que estabas trabajando aquí, en... —Tomó asiento en mi sofá.

Yo suspiré y le lancé una mirada.

—Charles, te presento a Nathaniel. Nathaniel, Charles es un colega, sólo se quedará un segundo. —Me giré hacia Charles—. Pero ahora, Charles, voy a pedirte que te vayas porque esta entrevista es confidencial.

Le dirigí una sonrisa falsa en la que le decía: «Que te den»; él me respondió con otra igual y se marchó.

Al cabo de veinte minutos, cuando Nathaniel ya se había ido de mi despacho, Charles volvió a aparecer. Cuando no estaba trabajando en algo concreto, le gustaba venir a mi despacho a fastidiarme. Yo lo ignoré y continué tecleando en el ordenador, con la vista fija en la pantalla.

Se sentó frente a mí y apoyó los codos en mi mesa para conseguir que lo mirase.

—Estás loca, Jamie.

—¿Cómo dices? —salté yo.

—¿Acaso crees que Phillip va a aceptar que contrates a un chico que tiene pinta de narco? —dijo Charles.

—¡Charles! Pero qué racista eres. Es un buen chico, trabaja mucho, su mentor...

—Una mierda. —Se recostó con los brazos cruzados en la nuca—. No puedes contratar a un chico duro del barrio para el puesto de *manny*.

—¿Cómo puedes hablar de esa manera?

—Oye, es un hermano. Me gustaría que consiguiera el empleo, pero te digo que estás mal de la cabeza. Ese tipo no va a encajar en tu precioso superapartamento, con ese estirado marido tuyo y todo el...

—Será bueno para Dylan. Es un buen muchacho, listo, aunque no es que haya hablado mucho, pero de todos modos me he dado cuenta. Conseguirá que Dylan ponga los pies en el suelo —contesté, pero no con mucha convicción.

—Eres tú la que está creando estereotipos, Jamie. ¿Pretendes contratar a un chico de color pobre para que ayude a tu hijo a ser menos malcriado? ¿Como si sólo pudiera lograrlo un chico de color, o algo así?

Enterré la cabeza entre las manos. Era posible que Charles tuviera razón: Nathaniel era monosilábico y apenas me había mirado a los ojos. Estaba claro que me estaba desesperando un poco. La mayoría de los entrenadores con quienes había contactado por mi cuenta y a los que de verdad deseaba contratar tenían empleos de jornada completa y por las tardes estaban ocupados con sus equipos. Nathaniel era el único entrenador que disponía de tiempo.

Levanté la vista y miré a Charles.

—Pero necesito un hombre —expliqué.

—Desde luego que sí. —Charles no era muy fanático de Phillip.

—Charles, lo digo en serio. Necesito un varón adulto y responsable que esté en casa por las tardes, por lo menos para que lleve a Dylan al parque. No una robusta jamaicana como Yvette, que no sabe ni chutar un balón de fútbol. —Me tapé la cara con las manos—. Esta mañana me han llamado del colegio. Otra vez.

—¿El dolor de estómago?

—Sí. Le ha venido cinco minutos antes de la clase de educación física. Lo ha visto la enfermera del colegio, y no es sólo con el baloncesto, también es con el fútbol. Por lo menos, después de aquel partido de baloncesto todavía iba a clase de gimnasia.

—¡Oblígalo a ir! Yo no soy padre, pero os veo a vosotros cómo mimáis a los críos, y te aseguro que los echáis a perder. Mi madre me daba patadas en el culo. Y no éramos pobres, así que no me digas que era cosa de negros para poder salir del gueto. Desde luego que ella no aguantó ninguna mierda de éstas.

—Yo lo intento.

—Entonces, ¿dónde está el problema? —preguntó Charles—. ¿Por qué sigue Dylan en la enfermería? ¿Por qué se lo consienten?

—Charles, cuando uno no es padre todo parece más sencillo. No se puede obligar a los niños a que...

—¡Por supuesto que sí!

—¡Pero no va a salir de la enfermería! Tiene que verlo el psicólogo del colegio, junto con el ayudante del profesor de gimnasia, que no puede quedarse porque está en mitad de la clase. Pero Dylan no se compromete a nada, se limita a mirarlos y decir: «Ya he dicho que no me encuentro bien para jugar.» Y entonces los profesores hablan con él después de clase. Y después me llaman a mí. Phillip y yo tenemos una reunión con ellos; naturalmente, Phillip, siempre deseoso de ofrecer un frente unido a las autoridades del colegio, despeja su agenda de trabajo para acudir a esas reuniones, pero no consigue hacer lo mismo para ir a un partido de baloncesto. ¿Qué más quieres que haga yo?

—Tienes que ser más dura. Eso es exactamente lo que no funciona. Deberías ser más dura con él, así no tendrá adónde ir y empezará a enfrentarse a las cosas.

—Ya soy dura, pero tienes que recordar que, como a veces se deprime, tengo la impresión de que necesita sentirse querido por mí y sentirse a salvo conmigo para llorar. Todavía lo hace, y si empiezo a actuar como un sargento militar no volverá a acudir a mí nunca más. Phillip no conecta lo suficiente, él intenta sobrellevar sus pequeñas rebeldías, pero por lo visto no consigue nada más. Y aunque me dice que no me preocupe, yo sé que en el fondo está decepcionando a su hijo. Es todo muy complicado.

—¿Y qué pasa con el equipo de baloncesto?

—Lo obligamos a ir porque yo soy muy estricta al respecto, como tú dices que debo ser, pero el entrenador dice que no quiere lanzar a encestar y que corre y esquiva muy poco. Más o menos. En realidad, no es así. Pero ahora el problema afecta también a la clase normal de gimnasia. Mira, yo conozco a mi hijo, sé lo que necesita. Quiero encontrar a un tipo estupendo para que vaya con él por las tardes a darle una patada en el culo, igual que hacía tu madre, pero en Central Park.

Charles me tomó de la muñeca desde el otro lado de la mesa, convertido.

—Ya encontrarás al tipo adecuado. Pero no es ninguno de los que has entrevistado. Lo sabes perfectamente.

Una semana después, un día del veranillo de San Martín, sin haber avanzado nada en mi búsqueda, regresé a la oficina atravesando el parque tras un almuerzo de trabajo en el East Side. Estaba a mitad de una conversación telefónica con Abby, la cual se sentía mortificada por la última petición que le había hecho Goodman.

—¡Voy a matar a Goodman! —vociferaba en mi oído—. Esta mañana, en el metro, he soñado literalmente con que lo hacía.

—Oh, Abby. ¿Qué es esta vez?

—¿Conoces a Ariel *la Bomba*? ¿Esa chica latina y calentorra que presenta el tiempo en *Buenos Días, Nueva York*?

—Supongo. Puede ser. No estoy segura.

—Te aseguro que no es nada del otro mundo —afirmó Abby—, pero resulta que da noticias de esas tipo viajes de aventura, y Goodman quiere cerrar el programa con ellas, así que opina que es el momento de que la chica pase de una cadena local a otra nacional.

—Vale, eso no es tan raro. Seguro que es muy guapa —supuse.

—No. La cosa es peor. Escucha: Goodman va a entrevistarse con ella esta tarde y quiere cerciorarse de que yo baje a esperarla fuera del edificio.

—¿No en el vestíbulo? ¿Y eso no puede hacerlo su secretaria?

—No, se fía más de mí. Y quiere que luego me la lleve calle abajo hasta la otra entrada...

Rompí a reír.

—Ya sé lo que viene a continuación.

—¡Sí! Para que podamos pasar por delante del anuncio de la parada del autobús en el que se le ve a él encima de los escombros del World Trade Center.

—Abby, espera...

—Odio ese anuncio. Él opina que se parece a la batalla de Iwo Jima contra los japoneses.

En aquel momento surgió ante mí, en el prado del parque, una escena tipo *Alicia en el País de las Maravillas*: unos treinta niños extendiendo sobre la hierba una enorme pieza de tela a cuadros blancos y negros. Además, iban vestidos con atuendos muy extraños: una cabeza de caballo, reyes y reinas, soldados... ¿Sería alguna obra de teatro? El director, un muchacho muy guapo vestido con pantalón caqui, camiseta de Cassius Clay y gorra de béisbol, iba colocándolos a todos en posición. A lo mejor estaba preparando un ensayo para un festival al aire libre. Tratándose de Nueva York y del corazón de Central Park, adonde acuden todos los excéntricos, no me sorprendería nada.

Entonces lo comprendí: una partida de ajedrez con seres humanos. Sentí deseos de acercarme más.

—... Jamie, ¿no te parece increíble lo de Windex? —La voz de Abby me taladró el auricular.

—¿Qué es lo de Windex?

—¿Estás escuchándome? Le dio a una interna, por supuesto a esa zorrita de las piernas largas, cinco pavos y le dijo que comprase Windex y limpiase el anuncio de la parada del autobús.

Yo no podía apartar los ojos de los chicos.

—¿Hola? —chilló Abby—. ¿No te parece raro limpiar con Windex una parada de autobús? ¡Enfádate conmigo! ¡Estás distraída!

—Sinceramente, Abby, así es. Voy a tener que llamarte más tarde.

Observé al director.

—Supongo que lo primero que tenéis que hacer es mover los peones.

Dos niños, cada uno a un extremo de la tela de ajedrez, dieron un paso al frente.

—¡No, no, no! —gritó el director, haciendo bocina con las manos—. ¡No podéis avanzar los dos a la vez! ¿No os lo ha explicado Charlie?

Podría tener más o menos entre veintiséis y treinta y dos años, y era alto y robusto. Caminaba con la espalda muy recta y un aire de aplomo y seguridad en sí mismo. Llevaba el cabello, castaño, rizado y más bien largo, metido por detrás de las orejas, lo cual enmarcaba un rostro cuadrado y abierto. Sus ojos azules eran despiertos y cálidos. Yo no lo hubiera definido como una belleza clásica, pero desde luego era atractivo.

—¿No os ha explicado Charlie ninguna estrategia importante? ¡Es increíble que se llame profesor! Primero salen los peones que están delante de la reina, no los de los extremos.

Los niños, que ahora reían y bromeaban, retrocedieron hasta la línea de posición y los soldados situados delante de las reinas dieron un paso adelante.

Había dos adolescentes de pie allí cerca, pero no encima del tablero de ajedrez, que entre risitas se aproximaron un poco al director. Me fijé en que una de ellas, con una mano en el pecho, agitaba los párpados discretamente en dirección a él. La otra se inclinó y le susurró algo en el oído a su amiga, y acto seguido la empujó hacia el director. Aquel joven irradiaba luz, y ellas querían absorber un poco.

—¿Qué viene ahora, niños?

Un niño muy pequeño, disfrazado con una enorme cabeza de caballo de papel maché que le tapaba todo el cuerpo, alzó la mano.

—¡Yo, yo!

—¿Por qué?

—No lo sé.

El otro caballo levantó también el brazo a toda prisa.

—¡Tú! El del gorro rojo. Alex, ¿no?

—¡Yo sí lo sé! Porque quieres que los caballos salgan pronto a jugar para controlar el centro y atacar al otro equipo.

—¡Exacto! —voceó el director. Se metió la mano al bolsillo y sacó una pequeña chocolatina que lanzó al niño—. ¿Y queréis que salgan pronto sólo los caballos?

Cuatro niños chillaron:

—¡No!

—¿Quién más, entonces?

—¡Los alfiles! —vociferó un niño con avidez—. ¡Hay que quitar de en medio los caballos y los alfiles para poder enrocarse enseguida y proteger al rey!

El director sacó un puñado de caramelos de una bolsa y los lanzó al aire en dirección al que había hablado. Los críos se amontonaron unos sobre otros en su afán por recoger las golosinas del suelo.

«Muy bien —pensé yo—, está claro que este chico conoce el juego. Lo de los caramelos no me entusiasma mucho, pero es firme sin ser un cardo, es posible que...»

Me situé a su lado y esperé a que hubiera una pausa momentánea en la que pudiera captar su atención. Por fin dejó de impartir órdenes y concedió a los niños unos instantes para que calculasen el siguiente movimiento ellos solos.

—¿Le importa que le haga una pregunta? —dije.

—Claro que no. —Se giró hacia mí y me sonrió brevemente, pero al momento sus ojos volvieron a fijarse en la partida.

—¿Qué está haciendo?

—Es una partida de ajedrez. Una partida de ajedrez humana.

—Hasta ahí llego...

—Perdone. ¿Qué estás haciendo, colega? —dijo. Fue al trote hasta un niño, lo levantó por los hombros y lo colocó en un cuadro contiguo—. ¡Tú te quedas sin caramelo!

Le quitó la piruleta de la boca y la arrojó bien lejos, por detrás de él. Todos los demás estallaron en silbidos y risas.

—Esto... —empecé a decir cuando volvió—: ¿trabaja usted en un colegio?

El joven no me hizo caso.

—Jason, así es como te llamas, ¿no? ¿Qué estás haciendo ahí?

—Me refiero a si estos niños son... —insistí.

—Si mueves el alfil de ese modo, se acaba la partida. ¡Estás loco! Piensa otra vez.

De acuerdo. Estaba ocupado. Aguardé dos minutos y probé de nuevo.

—Esto... siento molestarlo, pero es que tengo mucha curiosidad. ¿Esto es para un colegio?

Esta vez me miró directamente.

—¿Está interesada de verdad?

—Sí —admití.

—No es un colegio. Se trata de un grupo de un campamento de verano para niños que tienen necesidades especiales o problemas especiales.

—¿Problemas graves?

—Algunos horrorosos, sí —dijo él.

—¿Y por qué el ajedrez?

—Porque es difícil, supongo. Al jugarlo se sienten inteligentes. ¿Entiende usted de ajedrez y de niños?

—Tengo un hijo de nueve años.

—¿Juega al ajedrez?

—En el colegio, pero no le ha enganchado.

—Bueno, a lo mejor debería estimularlo usted a que se enganchara. —Sonrió. Fue una sonrisa de muchos millones de voltios. Premio.

—¿También es profesor? —Estaba emocionada, sabía que aquél era mi chico—. ¿Tiene un trabajo fijo en este campo?

—No soy profesor en absoluto.

Mierda. Había creído que era un profesional. Tal vez no fuera mi chico.

—Estoy tomándome un descanso para hacer planes —dije.

Hizo una seña con la mano a los niños.

—Muy bien. Tú, la de la camiseta blanca. —Lanzó una pastilla de chicle a la cabeza de la niña—. Tú, la de la sonrisita tonta, encárgate de las blancas, y Walter se hará cargo de las negras. ¡Podéis discutir cada movimiento, pero la última palabra la tienen ellos!

Al ver que yo no me iba, apoyó un brazo en la verja del parque y me miró directamente a los ojos.

—Estoy sustituyendo a un amigo. Es mi compañero de habitación el que trabaja de profesor de un colegio público y de asesor en los veranos. Yo no soy tan experto con los críos como él. —Recogió del suelo un montón de tela y sonrió—. Perdone, si no le importa...

Así y todo, se le daban muy bien los niños.

Uno de los chavales se había salido del tablero de ajedrez y había vuelto la espalda a la partida. Iba con la cabeza hundida entre los hombros. El director intentó echarle la tela por los hombros, pero él se la quitó. El director le introdujo unos cuantos caramelos por el cuello de la camisita, pero el pequeño no rió. Entonces tiró la tela al suelo y decidió tratar en serio con el niño, se lo llevó a un lado y se puso a hablar con él a solas.

No pude evitar fijarme en que aquellos gastados pantalones caqui dibujaban el contorno de un trasero de lo más durito. Bajé al suelo mi bolso lleno de periódicos y esperé.

El director levantó la gorra de béisbol del pequeño.

—Venga, Darren.

Tomó al niño por los hombros e intentó hacerlo regresar al grupo. Darren se limitó a negar despacio con la cabeza y se bajó un poco más la visera de la gorra. El director se la quitó del todo. A Darren no le pareció nada divertido; volvió a ponérsela y se la caló bien hondo. Algo le ocurría.

El director se puso en cuclillas, miró al pequeño por debajo de la visera y dio una fuerte chupada a una piruleta, como si aquello lo ayudara a concentrarse.

—¡Russell! Encárgate tú... Cuéntame, tío...

Darren negó con la cabeza.

Russell, un niño un poco mayor que se hallaba en el borde del tablero, le respondió alzando la mano.

El director rodeó el hombro de Darren con un brazo y se lo llevó hasta un banco del parque situado a unos diez metros. Darren, que por la pinta debía de tener unos once años, se limpió la mejilla con el dorso de la mano. Yo estaba fascinada. Transcurrieron varios minutos durante los cuales el director pareció ir venciendo las defensas de Darren, gesticulando ampliamente. El pequeño empezó a reír, y aquel muchacho tan listo volvió a quitarle la gorra de béisbol... esa vez rieron los dos. Y finalmente Darren regresó corriendo y volvió a ocupar su puesto en el tablero.

«Muy bien —pensé—. No parece ningún psicópata. No huele a psicópata. Es evidente que los niños lo aprecian. Vamos a intentarlo de nuevo.»

—Perdone...

Su expresión fue directa y cortés. Estaba segura de que no era nativo de Nueva York.

—¿Usted otra vez? —Me sonrió.

—Sí, yo otra vez. Tengo una pregunta.

—No querrá entrar en la partida —me dijo, enarcando una ceja.

—No... quiero decir sí. Quizás entre mi hijo.

—Me temo que el grupo ya está muy consolidado. Llevan todo el verano juntos...

—No, no es eso. Es que estaba pensando. —Se lo pregunté—: ¿Tiene usted un empleo de jornada completa?

—Sí, soy el director financiero de Citigroup, un banco de inversiones.

Yo reí en voz alta.

—En serio, ¿es éste su trabajo? —dije, ingenuamente.

—No, no lo es.

—¿Tiene uno?

—¿Tengo pinta de tenerlo? —preguntó.

—¿Quiere un trabajo? —Fui al grano.

—¿Va a contratarme usted?

—Bueno, puede ser. ¿Sabe lo que es un *manny*?

—¿Un qué?

—Oh, Dios. Discúlpeme. Voy a empezar por el principio. Me llamo Jamie Whitfield. —Extraje una tarjeta de visita y se la entregué—. Trabajo en NBS News y tengo tres hijos. Vivo aquí cerca. ¿Suele usted trabajar mucho con niños?

Él tenía un ojo puesto en el grupo de chavales.

—En realidad, no.

—¿No trabaja con niños? ¿Nunca?

—Bueno, puedo rellenar huecos. Aquí no hay peligro, tal vez tomen un poco más de azúcar de lo necesario, eso es todo.

Parecía sencillamente un tipo que no iba a consentirle ninguna tontería a Dylan y que tal vez pudiera dar un vuelco a las cosas. A lo mejor disponía de algunas horas libres. Obviamente, si un profesor de verdad le había pedido que controlara a un grupo como aquél...

—¿Y cómo se llama? Si no le importa que le haga otra pregunta más...

—Me llamo Peter Bailey.

No sabía por dónde empezar, de modo que dije impulsivamente:

—Estoy buscando a una persona para un empleo muy bueno y muy bien pagado. Por las tardes.

—Vale, a lo mejor me interesa un buen empleo que esté bien pagado. ¿De qué se trata? —dijo, sonriendo.

Respiré hondo.

—Es un poco complicado. —Necesitaba unos segundos para desplegar mi estrategia de *marketing*.

—De acuerdo.

—Tengo un hijo. Tiene nueve años. Está... en fin, un tanto decaído. Incluso deprimido.

—¿Deprimido en sentido médico? —Ahora contaba con toda la atención de Peter.

—No, no existe un diagnóstico formal, sólo ha sufrido algunos ataques de pánico. Por culpa de ellos no está funcionando bien en los deportes.

—¿Y dónde encajo yo en eso?

—Pues no sé, tal vez el ajedrez... —me aventuré.

—Yo sé jugar al ajedrez, pero no soy profesor de ajedrez. Claro que quizá lo de estar bien pagado me convierta en un buen profesor de ajedrez. —Sonrió de oreja a oreja.

—Bueno, quizá no sea exactamente un profesor de ajedrez lo que necesita, pero sí, por qué no, podría ser.

—Entiendo.

En aquel momento me sonó el móvil dentro del bolso. Metí la mano para cortar la llamada y vi que era Goodman. A lo mejor quería más Windex.

—Bueno, usted tiene que volver con los niños y yo tendría que estar ahora en otro sitio. Ya tiene mi tarjeta. Si no tiene inconveniente, llámame mañana y le informaré más.

—Claro. La llamaré. Encantado de conocerla.

Me detuve un instante y volví sobre mis pasos.

—¿Puedo hacerle una pregunta?

Él asintió.

—¿Cómo se hace para llevar al corazón de Central Park a treinta y dos niños con disfraces de papel maché en la cabeza?

—Bueno, yo no he hecho nada. Me han ayudado ellos. —Y se volvió hacia los pequeños.

Y emprendí el regreso al West Side sin poder borrar la sonrisa de mi cara.

6

HORA DE HABLAR EN SERIO

¡Bueno! Pues no tenía ni idea de qué decir.

Peter Bailey me miraba expectante. Se hallaba sentado en una silla al otro lado de la mesa de mi despacho, con pantalón caqui y una camisa blanca. Su quietud me resultaba extrañamente intimidatoria. No comprendía por qué me sentía tan incómoda, cuando era yo la que iba a contratarlo a él.

—Esto... gracias por llamarme —dije.

—Gracias a usted por pedírmelo.

—¡En fin!

—¿Sí?

—¿Ha tenido algún problema para llegar hasta aquí? —pregunté.

—Este edificio está situado en una de las intersecciones más grandes de Manhattan. Avenida de las Américas y la calle Cincuenta y siete, bastante fácil de encontrar.

—Así es. Sí. Yo...

—Es genial ver la redacción de una cadena de televisión por dentro —observó Peter.

Se fijó en los cientos de cintas de vídeo que atestaban las estanterías de mi despacho, todas ordenadas por programa y por tema, con grandes letras en el lomo. Las paredes que flanqueaban mi escritorio estaban ocupadas por sendos carteles a todo color que anunciaban un programa ya emitido desde el interior de la CIA.

—Sí, hay bastante desorden detrás de la mesa del presentador.

—Aquí, no —dijo Peter.

A mi lado había cuatro periódicos pulcramente apilados en fila descendente, y en mi aparador mi material de oficina dentro de cestillas de alambre negro: Post-its de todos los colores, cajitas con compartimentos para sujetapapeles de diferentes tamaños, cuadernos para escribir y agendas, todo en grupos perfectamente ordenados.

—¿Lleva mucho tiempo trabajando para Joe Goodman? —me preguntó.

—Diez años.

—¿Y cómo es?

—Inteligente, escribe muy bien. Pero, en fin, es bastante exigente, digámoslo así. —No deseaba decir a muchos candidatos que Goodman era huraño, arisco y por lo general desagradecido.

—Bueno, parece muy pagado de sí mismo. —Peter señaló los enormes retratos de Goodman que forraban los pasillos del exterior de mi despacho; había uno del Monstruo Presentador enfrente de un transporte blindado para el personal vestido con un chaleco de kevlar y un casco azul de las Naciones Unidas, otro al lado de Boris Yeltsin en un tanque, y otro más con cámaras y luces a la vista mientras entrevistaba a Lauren Bacall, la cual reía con la cabeza inclinada hacia atrás como si él le hubiera formulado la pregunta más inteligente del mundo.

—¿Ve usted el programa? —le pregunté.

—La verdad es que no —admitió Peter.

La mayoría de las personas habrían mentido.

—Supongo que pasará mucho tiempo al ordenador —dije—. He leído en su currículum que está desarrollando un *software* en línea. ¿Eso no lleva un montón de tiempo?

—Los horarios son flexibles. El programa de *software*, que por cierto se llama «Ayudante para los deberes del colegio», espero que cambie la forma en que se comunican los alumnos de las escuelas públicas con sus profesores. Los ayudará a colaborar en las tareas para casa. Hay quien me ha dicho que, cuando las escuelas lo incorporen, puede ser bastante lucrativo.

Me gustaba aquel muchacho. No tenía ni idea de si aquello del *software* era un plan descabellado o si tenía patas, pero bajo una incoherente imagen exterior, el chico parecía centrado y seguro de sí.

—Vaya, eso sí que suena a trabajo de jornada completa. Y si le sale bien, me imagino que usted...

—El programa informático no es un trabajo, es una idea. Y estoy convencido de que llegado el momento será importante, pero lo cierto es que ese momento no ha llegado todavía.

Me sonó el teléfono.

—Lo siento mucho. Perdóneme un segundo. Jamie Whitfield. No debería haber levantado el auricular.

—Oh, gracias a Dios que estás ahí.

—¿Quién es?

—Soy yo, Christina. —Christina Patten. Una de las mayores cabezas de chorlito de nuestra época y la mamá con clase de la clase de párvulos a la que iba Gracie.

—Christina, estoy en medio de...

—Perdona, Jamie, es que tengo una pregunta realmente importante que hacerte. Quiero decir, teniendo en cuenta otras cosas no es tan crucial, pero es una de esas cosas que una tiene que averiguar.

Haciendo equilibrios con el auricular del teléfono entre el oído y el hombro, alcancé a duras penas la nevera que había detrás de mi escritorio y saqué dos botellas pequeñas de agua mineral, de las cuales entregué una a Peter. Me perdí lo que estaba diciendo Christina, pero supuse que el mundo aún seguiría girando.

—Christina...

—Me refiero a que tú eres una productora profesional, ¿no es así? De manera que deberías saberlo. Estoy segura de que te organizas de maravilla, por eso te llamo.

—Christina, de verdad que no me gusta meterte prisa, pero no es el momento más adecuado para...

—Allá va: ¿tú crees que debería traer platos de postre de tamaño mediano para el día de los abuelos, o mejor platos más grandes, los de tamaño normal? —dijo la muy imbécil. Tenía que estar de broma—. Quiero decir, ¿tú crees que los abuelos van a servirse macedonia de frutas y bollitos? ¿O crees más bien que se servirán macedonia, bollitos y medio *bagel*? Porque, si tú crees que tomarán también el medio *bagel*, quiero los platos grandes. Pero si no, no quiero que el plato parezca medio vacío, aunque casi lo hayan llenado con un bollito y un poco de fruta.

—Christina. No se trata del Desembarco de Normandía. Ya sé que te estás esforzando por escoger lo mejor, pero confía en tu instinto y...

—¿Un plato grande para un bollito y un poco de macedonia? No saldría bien, y a mí me parece que tendría un aspecto de lo más triste. Eso es lo que me dice mi instinto.

—Estoy de acuerdo. Sería muy triste, Christina. Pienso que se comerán un *bagel* y también un bollito. Pon los platos grandes. Ése es mi consejo de experta.

—¿Estás segura? Porque...

—Segura del todo. ¡De verdad que tengo que colgar!

Clic.

Miré a Peter.

—Lo siento, tonterías domésticas.

No era precisamente lo más inteligente que decir en una entrevista con un tipo sobradamente cualificado para resolver los problemas de mi vida doméstica.

El reloj digital de la mesa saltó al minuto siguiente. Peter estaba muy quieto en su silla.

Se inclinó hacia mí, y el cuero de la silla produjo un crujido.

—¿Y qué es exactamente lo que tenía pensado?

Había mostrado vaguedad a propósito. Había aprendido de Goodman que lo mejor es valerse del teléfono para atraer a alguien a una entrevista cara a cara. Después, en persona, se le golpea con lo que uno quiere de verdad. Yo no quería perder a Peter, porque ya le había proporcionado a través del teléfono una idea general del empleo de *manny*.

«De acuerdo, Jamie. Domínate.» Inspiré hondo. Hablé:

—Bueno, se trata de lo siguiente. Tengo un hijo, bueno, en realidad tengo tres, como ya le he dicho. Dylan tiene nueve años, Gracie cinco y el pequeño, Michael, dos. Y, en fin, Dylan es el que ya le he mencionado anteriormente.

—Lo recuerdo.

—Últimamente anda un poco decaído. Su padre está todo el tiempo fuera de casa, y aunque yo trabajo aquí sólo tres días, a veces tengo un proyecto especial que se alarga el resto de la semana. Y a veces tengo que viajar. Y mi hijo necesita una figura masculina que lo levante del suelo, digamos. Eso es lo único de lo que estoy segura. Los niños pequeños adoran a los mayores que les prestan atención.

—Lo sé.

—Y, bueno, sabe jugar un poco al ajedrez, le encanta leer y dibujar, pero está fracasando en los deportes y...

—¿De modo que quiere que juegue al ajedrez con él? Por teléfono me indicó una cifra bastante alta. Es mucho dinero sólo por jugar al ajedrez.

—Se trata de que venga por las tardes, más bien a la hora en que sale del colegio, las tres, y de que trabaje con él.

—Que trabaje, ¿cómo? —preguntó Peter.

—Bueno. Tiene nueve años. No es exactamente trabajar.

—Vale, entonces se refiere a los deberes del colegio.

—Sí. Exacto. Pero también a otras muchas cosas. Me refiero a que necesita alguien con quien jugar.

Yo pensaba para mis adentros: «Haz que se sienta mejor, consigue que se guste otra vez a sí mismo.» De repente sentí un escozor en los ojos y me apresuré a coger su currículum para esconder la cara.

—A ver, es licenciado en Informática y ha dado clases de esquí. También ha trabajado en una empresa de libros de texto. ¿Se trata de un negocio familiar?

Llegado aquel punto de la entrevista, me di cuenta de lo siguiente: aquel chico tenía veintinueve años, en diciembre cumplía treinta. Se había criado a las afueras de Denver, había estudiado cuatro años en Boulder antes de pasar a formar parte del mundo laboral, más que nada trabajando para su padre en la imprenta de libros de texto. Había sacado el título en Informática estudiando por las noches.

Cuando le pedí más detalles de su programa, el Ayudante para los deberes del colegio, empecé a ver cuán creativa era aquella idea. Sentía tal pasión por ella, que sinceramente me perdí a medio camino de la explicación, pero lo dejé continuar. Se había trasladado a Nueva York porque había hecho progresos probando su programa en el sistema de escuelas públicas de dicha ciudad. Y, como descubren muchos recién llegados a Internet tras la emoción del primer momento, el programa contenía ciertos fallos. Tenía por delante unos cuantos meses más con números en rojo, a lo cual había que sumar los préstamos de los estudios de posgrado que le quedaban por pagar.

Yo había empezado a entender por qué aquel joven no tenía ya iniciada una carrera más tradicional, dado que era emprendedor y un poco aventurero. ¿Qué significaba aquel pelo largo y ondulado? ¿Sería un amante de la montaña, un forofo del esquí que había disfrutado demasiado de las pistas nevadas al terminar la universidad, o más bien una persona que no se dedicaba a escalar sin piedad el escalafón profesional? No conseguí encasillarlo, y eso que estuve pendiente de cada una de sus palabras. Mientras hablaba, estudié sus pómulos prominentes y sus grandes ojos azules. Parecía una persona capaz de asumir el mando de cualquier situación, aunque no tenía uno solo pelo de burocracia en el cuerpo. Me dio la impresión de que era responsable y completamente digno de confianza, si bien un poquito inepto en el aspecto profesional.

Entonces le conté todo lo que se me ocurrió acerca de Dylan, cómo se derrumbó en el partido de baloncesto, el hecho de que se había alejado de algunas de sus amistades en el colegio, y mi miedo de que la cosa fuera a peor.

—¿Y su padre?, si no le importa que se lo pregunte. ¿Están muy unidos?

—Ya lo creo —dije.

—¿Su padre juega al ajedrez con él? ¿Qué hacen juntos?

Phillip no se había sentado en el suelo con Dylan desde que el niño tenía tres años.

—Pues... los fines de semana comemos todos juntos, o a lo mejor mi marido lo lleva al cine. Phillip tiene mucho interés en que la afición de leer le dure toda la vida, así que se tumban los dos en el sofá y leen cosas sobre ingeniería aeronáutica o cosas así. Verá, es que Phillip es abogado y pasa la mayor parte de la semana fuera de casa. Ve a los niños en el desayuno y justo antes de que se vayan a la cama, quizás una o dos veces por semana.

—¿Los fines de semana van al parque, o algo?

Phillip odiaba los parques infantiles, y tampoco era de los que se dan paseos por el parque disfrutando de la naturaleza.

—Oh, claro, han ido juntos al parque. Aunque no es algo que tengan por costumbre.

—Así que viven a una manzana del parque, tienen un hijo de

nueve años y no tienen por costumbre ir a pasear. —Peter sonrió—. Bueno, no pretendo criticar, es que no acabo de entender muy bien...

—No, Dylan siempre va al parque con sus amigos, o más bien iba.

—Vale, pero no con...

—No, con su padre no. Nunca.

Me gustaría saber si alguna vez habría tenido contacto con un abogado de la Cuadrícula. Intenté imaginarme lo que estaría dando vueltas por su cabeza en aquel momento, algo acerca de niños malcriados y padres como Phillip y yo, estropeándolos aún más.

—¿Y dónde vives tú, Peter, si no te resulta una pregunta demasiado personal?

—Comparto un *loft* con dos compañeros en Brooklyn, concretamente en Red Hook. ¿Lo conoce?

—Sí, conozco Brooklyn, sí.

Sonrió.

—La verdad es que no me la imagino a usted en Red Hook.

Tuve que sonreír a mi vez. Su irreverencia me cautivó. Por primera vez durante la entrevista, noté que me relajaba.

—No, en serio. Tengo muchos amigos que viven en Brooklyn —me expliqué.

No parecía convencido. La floreciente clase trabajadora de Red Hook y la *yuppie* y elegante gente de las Altas Esferas de Brooklyn, la zona concreta en la que yo conocía a alguien..., vagamente, son dos continentes distintos.

—¿Y a qué se dedican tus compañeros de piso?

—Uno escribió una novela que ha obtenido unas críticas estupendas, pero tuvo que ponerse a trabajar de camarero en un bar porque ni siquiera los libros buenos dan dinero. Así que ha encontrado un empleo trabajando para un agente literario en Inkwell Management. El otro es profesor en una escuela pública, al que yo estaba sustituyendo. Utiliza mi programa.

—De modo que cada uno de ellos tiene una trayectoria profesional bastante orientada.

—Supongo que sí —dijo Peter—. Pero usted me está ofreciendo más que lo que ganan ellos.

—¿Así que el sueldo es más importante que una trayectoria profesional orientada? —pregunté.

—Yo ya tengo orientada mi trayectoria profesional. Oiga, ¿no estará intentando convencerme de que no acepte este trabajo?

Me puse el sombrero de dura reportera. «Muy bien, vamos a hablar en serio.» Bebí un sorbo de agua.

—Estás viviendo en un barrio de Brooklyn que está de moda este año, hasta yo sé eso. Eres bien parecido, inteligente y con estudios, y por supuesto no estoy intentando asustarte. Pero necesito saber qué te parece trabajar en una casa cuando tus amigos se están convirtiendo en profesores y agentes literarios. ¿Sería eso...?

—¿Qué?

—Tienes casi treinta años. ¿Te importa aceptar un empleo como éste? —Crucé los dedos por debajo de la mesa—. ¿En una familia con niños? —Odié decir aquello en voz alta, recordándole así que él era un licenciado universitario acudiendo a una entrevista para convertirse en una niñera de Park Avenue. Pero tampoco deseaba que nos dejase tirados al cabo de una semana, cuando se diera cuenta de dónde se había metido—. Quiero decir que no es que sea, ya sabes, insustancial; hay quien considera que una oferta para trabajar con niños es... ¿Alguna vez has oído la palabra *manny*?

—No. Pero ahora que la dice usted, la entiendo perfectamente. —Rió—. Ya me acuerdo. Britney Spears tiene uno.

—Bien. Bueno, en su caso es un guardaespaldas. Yo pienso que la palabra *manny* suena como a...

—¿A qué?

Se me ocurría el término «humillante», pero no lo dije.

Peter se inclinó hacia delante. El cuero de la silla crujió otra vez.

—A mí me resulta graciosa —dijo, sonriendo.

—¿Así que no te importa?

—En primer lugar, no pienso ponerme un traje.

—Pero has trabajado en oficinas —le recordé.

—No por mi gusto.

—¿Como en la Educational Alliance de Denver? No has incluido ninguna referencia de dicho centro —me acordé.

—Pasé catorce meses realizando un estudio. No verá ninguna referencia.

—¿Te importa decirme por qué?

—Encantado. La labor que llevan a cabo es estupenda, pero el fundador es un tío pasivo y agresivo al que le gusta hacer que sus colegas se sientan desgraciados, y, francamente, así se lo dije —concedió.

—¿Le dijiste que era pasivo y agresivo? —¿Y qué pensaría de mí, entonces, una patética madre de Park Avenue que intentaba tenerlo todo?

—Con esas palabras, no —aclaró—. Bueno, a lo mejor empleé ese término, pero fui muy claro y respetuoso al decirlo. Mire, alguien tenía que decírselo. Mi jefe era un completo idiota. Un día nos encontrábamos en una reunión y él, como siempre, estaba socavando a fondo a una colega, una mujer que trabajaba de primera, y no pude soportarlo más. De modo que le dije todo lo que sabía que pensaba todo el mundo.

—Eso es, imagino, impresionante —le dije.

—¿Sabe una cosa? Esto no se lo cuento para impresionarla a usted, sino sólo para demostrarle que no me gusta toda la mierda que acompaña a la estructura de las oficinas. Por eso me gustan los niños, porque ellos dicen lo que sienten. Desde el principio. Y si se les escucha, poseen un sentido innato de la justicia que a mí me estimula muchísimo.

—Entiendo.

—Y además me gusta trabajar de forma independiente. Sinceramente le digo que el empleo que usted me ofrece parece interesante. Ahora mismo no puedo comprometerme con un trabajo de jornada completa, y este empleo suyo me permitiría trabajar en el proyecto informático durante las horas del día en que no me necesite, cuando Dylan esté en el colegio. Supongo que cuando se acueste yo me iré a mi casa, ¿no?

—Sí. Carolina vive con nosotros, así que ella puede hacerse cargo si nosotros hemos salido o lo que sea.

—¿Y los otros niños? —quiso saber Peter.

—Es posible que alguna vez te necesite para echar una mano. En una familia con tres niños resulta difícil concentrarse en uno solo cada vez.

—Parece lógico, pero yo no tengo tanta experiencia con niños pequeños.

—La niñera habitual estará presente todo el tiempo. A ti voy a necesitarte también algún día por la mañana, sólo para que los lleves al colegio si yo estoy de viaje u ocupada.

—Si puedo, no habrá problema. Depende de cómo vaya lo del *software*. ¿Con qué frecuencia cree usted que puede ocurrir eso?

—Unas cuantas veces por semana.

—Bien. Si puedo.

Me daba la impresión de que aquel joven no estaba destinado al sector de los servicios.

—¿Estás seguro de que este puesto es adecuado para ti?

—Juramento de *boy scout*. —Alzó dos dedos en el aire—. Mire, si todo sale conforme a lo que tengo planeado, mi proyecto tiene que triunfar en el plazo de entre dieciocho y veinticuatro meses. Y cuando llegue ese bombazo, Dylan estará ya como nuevo, yendo como la seda.

Reí.

—Sí que parece un buen plan. ¿Así que te gusta Nueva York?

—Sí —afirmó Peter—. Pero claro, es que mis patrocinadores están aquí, toda la financiación para tecnología se encuentra aquí. —Bajó la vista—. Además, tengo un pequeño problema en casa que prefiero evitar.

—¿Un problema? ¿Es algo que yo deba saber?

—Bah, no es nada. —Peter levantó la vista con una sonrisa ligeramente ladeada—. Perdone. Es personal.

Charles había investigado a fondo a Peter, incluidos los posibles antecedentes penales, y no había encontrado nada. Además, yo no quise presionarlo. Por lo menos en aquel momento.

—Pero sí que tengo un problema —dijo Peter.

—Esto es una entrevista. Aún no se te permite tener un problema.

Peter sonrió.

—Dice que el padre de Dylan está todo el tiempo fuera de casa. Usted podrá comprar el tiempo y la atención de una persona, pero no será lo mismo que un padre —reflexionó—. Y por lo que se paga en este empleo, no quiero decepcionarla a usted ni a él, desde el primer día. Dylan deducirá enseguida que yo soy el suplente de su padre. ¿Cómo cree usted que se lo va a tomar?

Yo sabía que Dylan iba hacer exactamente aquello. Pero también pensaba que el niño iba a divertirse tanto con aquel joven tan «guay», que no le daría más importancia al asunto.

En aquel momento se abrió la puerta de golpe y entró una mancha rauda de color amarillo canario. Se trataba de Abby, sin respiración y vestida con un traje recién estrenado que le daba toda la pinta de una azafata de un servicio de alquiler de coches.

—No te lo vas a creer. ¡Hay otra jodida cinta de Theresa Boudreaux!

Vaya. A lo mejor se me presentaba una oportunidad de redimir mi carrera. Dije:

—Sabía que esto no había acabado. ¡Lo sabía! ¿Estás segura? ¿Cómo lo sabes?

—Por Charles —dijo Abby.

En eso apareció Charles y se apoyó contra el marco de la puerta. Miró a Peter y luego me miró a mí, con cierta reticencia a hablar de trabajo delante de otro candidato más al puesto de *manny*.

Peter ya tenía las manos en los reposabrazos, listo para ponerse de pie. Me dirigí a él:

—Peter, lo siento. Tengo un pequeño problema. Justo fuera del despacho hay donde sentarse.

Peter se despidió de Abby y Charles con un breve gesto de la mano y cerró la puerta al salir.

Charles exclamó:

—Este tipo es una verdadera mierda.

—Por favor. Estamos en un ambiente profesional —advertí.

—Y es de lo más profesional entrevistar aquí a tus candidatos.

Hice caso omiso del comentario.

—Bien, ¿qué es lo que has sabido?

—Que, entre estas cintas de vídeo y las otras, no hay color. —Charles cruzó las manos—. Y, además, que las cintas que dio a la gente de Seebright eran de todos modos una mierda. No se oía nada, y me han dicho que estas nuevas son las que valen de verdad.

—Eso no tiene sentido. Si uno se decide a hablar, habla.

—A lo mejor le gustó obtener publicidad pero se rajó. A lo mejor le entraron escrúpulos que ahora no tiene.

—Oh, vamos. Los escrúpulos no son nada.

—De lo que se trata es de que esta historia está haciéndose una bola de nieve. ¿Será que Boudreaux quiere subirse a la cresta de la ola? ¡Escribir un libro, llevar su biografía al cine! —Charles se sentó en el borde de mi sofá y agregó—: Vas a subirte a este carro y llamar a la puerta de la ABS. ¡Es tu oportunidad para triunfar, pequeña!

Erik y Goodman apenas me hablaban desde que Theresa acudió a la cadena rival, aunque no hubiera dado ninguna información.

—Nuestra filial de Jackson, Misisipí, está intentando hacerse con las cintas nuevas; los reporteros del periódico de allá están trabajando a tope en ello —continuó diciendo Charles—. Nadie tiene nada todavía. El director de la cadena ha llamado a Goodman para ver si podía hacer uso del poder que tiene, como una cadena nacional que es, para tratar con Theresa Boudreaux. Imagino que sabían que habíamos estado muy cerca de conseguir la entrevista, aunque no la hubiéramos conseguido. Mejor dicho, aunque no la hubieras conseguido tú.

—Gracias por recordármelo —dije—. ¿Qué crees tú que habrá en esas cintas? ¿Qué puede haber en la mente de esa mujer?

Abby me lanzó un chillido.

—¿Quieres hacer el favor de llamar a Leon Rosenberg y dejar de hacer preguntas idiotas para las que no tenemos respuesta?

Marqué el número acordándome de que durante nuestra última conversación le había colgado. Una vez más contestó su imposible secretaria.

—Soy Jamie Whitfield, del programa *Newsnight* de la NBS. Necesito hablar con Leon.

—Hola, señora Whitfield. Tendré que...

—Por favor, no me diga que va a ver si está, Sunny. Sé perfectamente que está, por eso lo llamo. Ha surgido una novedad urgente respecto a la señorita Boudreaux.

—Ya estamos enterados de esa novedad —dijo la secretaria—, pero, por desgracia, esta mañana han llamado como unos veinte reporteros antes que usted. Así que considero que es justo que...

Intenté ser cortés al tiempo que decía:

—¿Le importaría decirle a Leon Rosenberg que lo estrangularé personalmente si no coge el teléfono?

—No es necesario que se altere otra vez, señora Whitfield. Apuntaré su nombre en la lista de llamadas de...

—Eso no funcionará. —Me levanté y hablé al teléfono con toda la frialdad que me fue posible—. Tengo enfrente de mí a nuestro presentador Joe Goodman y a un equipo de abogados de la NBS que destrozarán a todo el bufete que tienen ustedes con un reportaje que tenemos esperando, referente a ciertas prácticas poco éticas por su parte. Yo misma me encargaré personalmente de que se la mencione a usted por su nombre, Sunny Wilson.

No hubo reacción alguna. Al cabo de cinco segundos oí:

—Hola, Jamie. —Se había puesto al teléfono Leon Rosenberg—. No es necesario que traumatices a mi secretaria cada vez que llamas. Ella hace exactamente lo que yo le digo que haga. ¿De verdad tienes un reportaje sobre nosotros?

—No. —Tuve que echarme a reír—. Naturalmente que no.

—Dios, esta vez me has dado un susto de muerte —aceptó Leon.

—Perdona, Leon. También quiero pedirte disculpas por haberte colgado el teléfono la última vez que hablamos, fue una falta de educación y algo fuera de lugar. ¿Cómo puedo compensártelo? En la NBS todo el mundo opina que la labor que haces es fenomenal, y sabemos lo mucho que te esfuerzas para proteger a tus clientes.

—Déjate de chorradas, Jamie. Sé que te debo una. Yo siempre juego limpio, sobre todo con las chicas guapas como tú. —Menudo cerdo—. Por supuesto, no está de más que seas productora de Joe Goodman.

Puse los ojos en blanco.

—Vale. ¿Qué tienes para mí? —No hubo respuesta. ¿A qué estaría jugando? ¿Tendría algo? ¿De verdad habría más cintas de vídeo?—. Y no olvides aquel bonito plano que tomé de ti, con tu traje de Brioni, acompañando a tu cliente a la salida de su tienda de gofres. Las otras cadenas sólo consiguieron un plano de ella a solas. Pero la NBS, no; la NBS no sólo sacó doce segundos de ti vestido con aquel traje, sino además te mencionó por el nombre. —Imité con gestos la voz profunda de Goodman—. «Aquí se ve a Boudreaux con su poderoso abogado Leon Rosenberg, saliendo de su cafetería de Pearl, Misisipí.» Goodman no pensó que necesitáramos eso. Y se me ha ocurrido que a lo mejor a ti te gustaría verlo. Por supuesto, he pensado que ello cerraría el trato para hacerle la entrevista.

—Entiendo. Ya lo he entendido. Te debo una —dijo al fin.

—Muy bien. Lo mismo digo —respondí.

—¿Por qué no te pones de rodillas y empiezas a arrugarte?

Le envié un sonoro beso. Charles, en gesto solidario, se metió un dedo por la garganta.

Pausa. No hubo respuesta.

81

—Estoy esperando, Leon.

—¿Estamos a solas por esta línea?

—Te lo prometo. Perdona, voy a ponerte un segundo en espera.

Miré a Abby y a Charles; cerré los ojos con fuerza y crucé los dedos de las dos manos, y también las piernas. Charles se dio la vuelta, levantó el otro auricular y pulsó el botón silenciador sin cortar la comunicación. Abby estaba tan nerviosa que podría haberse pegado al techo igual que Spiderman.

Conté 3-2-1 con Charles para que éste pudiera escuchar la conversación a hurtadillas. No era la primera vez que necesitaba que escuchara una llamada, lo habíamos hecho un centenar de veces. Por fin Leon dijo en voz baja:

—Hay más cintas.

—¿Más cintas? —Me sorprendí—. ¿Entre Theresa Boudreaux y Huey Hartley?

—Así es —dijo Leon.

Hice el signo de pulgares arriba en dirección a Abby. Charles subió y bajó las cejas como si fuera Groucho Marx.

Leon continuó:

—Y el único que lo sabe soy yo.

Abby me pasó una de las cartulinas: «Pídele que te confirme si son buenas.»

—¿Son buenas?

—Tanto como para que las que salieron en el programa de Seebright parezcan una merienda en *Barrio Sésamo*.

Otra cartulina: «Pregúntale exactamente qué contienen las cintas.» Dije:

—Necesito detalles, Leon. Esta empresa es seria. No puedo acudir a Goodman con indirectas.

—De acuerdo, pero esa empresa no será tan seria si tanto os preocupa Theresa Boudreaux. Supérate, ricura.

—Estoy esperando, Leon. —Nada—. ¿Leon?

Al fin respondió:

—¿Qué me dices del dato de que al congresista Hartley le guste entrar por la puerta de atrás?

—¿La puerta de atrás de la tienda de gofres? —pregunté yo. Charles negó con la cabeza, se llevó una mano a la frente y a continuación se tumbó en el sofá.

Abby siguió diciendo a base de gestos: «¿Qué? ¿Qué?»

—Puede que si no te he dado las cintas originales haya sido porque eres un poco tonta, como todas las chicas guapas —opinó Leon—. A lo mejor deberías estar presentando el tiempo, en lugar de producir. ¿Lo has pensado alguna vez?

—¿La puerta de atrás de la casa de ella? —No terminaba de entender a qué se refería. Charles se incorporó un poco y empezó a agitar los brazos en el aire y a mover la cabeza diciendo «¡no!».

Leon respondió, despacio:

—No. Estilo perro. Desde atrás. Literalmente por detrás, tú ya me entiendes.

—Estilo perro —repetí yo en un tono sorprendentemente profesional. Tuve que ponerme a pasear en círculos para asimilar bien aquella información.

Abby abrió unos ojos como platos; la tensión y la electricidad eran visibles en las venas hinchadas de su cuello.

—Leon, dame un minuto.

Miré a Charles. Éste afirmó con la cabeza y me indicó con una seña que conservara la calma. En una de mis salidas para ir a ver a Theresa, acudí a un desayuno al que asistió Huey Hartley. Recordé que siempre hablaba igual que un predicador pronunciando un sermón al aire libre en medio de una tormenta: «Los fornicadores ya no serán puestos en un pedestal por la elite de este país. Dios creó a Adán y Eva, ¡no a Adán y Esteban! Mientras los medios de comunicación liberales se centran en garantizar el derecho de los homosexuales al matrimonio, mientras atacan a las familias, a los niños no nacidos, los Diez Mandamientos y hasta las escenas navideñas de la Natividad, yo, y vosotros, la buena gente de Misisipí, vamos a cambiar la conversación de esta gran nación nuestra.»

Recobré mi equilibrio mental. Don Casado ex ministro. Ex propietario de la cadena cristiana de televisión PBTG. ¿Huey Hartley, actualmente congresista de la Cámara de Representantes del Estado Rojo y padre de cuatro hijos, dice en una cinta de vídeo a su novia camarera que prefiere la postura del perro?

Levanté la vista hacia Abby, que ya no se encontraba en su asiento. Supuse que ahora estaba postrada en el suelo. Me asomé por el borde de mi mesa. Mi suposición era correcta.

—Jamie. No es sólo lo del estilo perro. Agárrate fuerte, porque voy a ilustrarte acerca de lo que tenemos aquí de manera un poco más gráfica, para los discapacitados mentales como tú. El pobre hijo de puta dice literalmente en el vídeo que le gusta hacerlo por detrás, preferiblemente por detrás del delicioso culito sureño de Theresa. Habla de que la próxima vez se lo hará por detrás, de lo mucho que le gustó en la última ocasión que le dio por detrás.

—Leon, no puedes estar hablando en serio —me alarmé.

—No.

—Te estás quedando conmigo, ¿a que sí? ¿De verdad dice textualmente que le dio por detrás?

Desde el suelo, Abby dejó escapar un gemido orgásmico.

—Sí.

Me rasqué la cabeza. Recordé:

—Hartley es el líder del movimiento que pretende llevar a las urnas las leyes que prohíben la sodomía para las presidenciales del 2008...

—Exacto. —Palabra cortante de Leon.

—¿Y él mismo practica la sodomía?

Leon soltó una risita.

—Sí. Estoy contigo.

—Él, un hombre de familia, siempre con su esposa rubia repeinada y cincuentona y sus cuatro hijos...

—Sí.

—Menudo mojigato fanfarrón. ¿Te acuerdas cuando salió en esa cadena haciendo proselitismo acerca de la familia esto y lo otro?

—Sí. —A Leon se le había pegado el monosílabo.

—Menudo hombre de familia.

—Sí.

—¿Y Boudreaux está dispuesta a hablar de todo eso? Me refiero al sexo sucio —pregunté.

—Sí.

Sacudí la cabeza en un gesto negativo.

—De acuerdo, Leon. —Tuve que reírme—. Entiendo lo que querías decir con lo de la seriedad de mi cadena. Lo he intentado, pero no puedo poner cara seria y decirte que estás equivocado.

Leon también rió y agregó:

—Y esto sigue y sigue. Es auténtico. Boudreaux está dispuesta a cantar en público. Con detalles. Y todo es de Goodman.

Colgué el auricular, caí de rodillas y cerré los ojos en una silenciosa plegaria porque yo, Jamie Whitfield, acababa de conseguir un reportaje que iba a aportar jugosas cuotas de audiencia. Y cabía la posibilidad de que terminase siendo la mierda más pornográfica jamás emitida en una cadena de ámbito nacional, pero, tío, era preciosa.

Unos cinco minutos después de que se hubieran ido Charles y Abby, llamaron a la puerta de mi despacho.

Peter.

Asomó la cabeza al interior.

—¿Ya... ha terminado con lo que tenía que hacer?

—¡Lo siento muchísimo! —Di la vuelta a mi escritorio y lo hice pasar de nuevo—. Me siento fatal por mis malos modales. Es que estaba totalmente ocupada con un reportaje increíble.

Peter pareció comprender que en aquel momento yo estaba con la mente en otra cosa. Opinó:

—Por lo visto es uno muy bueno, sea lo que sea.

—No sé si bueno es la palabra correcta. Yo diría más bien «literalmente increíble». Si lo hubieras oído, seguro que habrías perdonado mi descortesía.

—Vale. Bueno, pues me interesa mucho ese empleo.

«Oh, Dios mío.»

—¿De verdad?

7

EL *MANNY* HACE SU ESTRENO

Me senté en el borde de la cama de Dylan y le retiré el flequillo de la frente.

—Tengo una buena noticia para ti.

Dylan me miró.

—¿Cuál?

—Adivina.

—¿Te ha tocado la lotería?

—No.

—¿Vas a dejar tu trabajo?

—¡Dylan!

—¿Pues qué?

—Dylan, yo paso mucho tiempo contigo.

—No es verdad.

—Cielo, sabes perfectamente que tengo que trabajar, pero sólo unos pocos días por semana. —Y agregué—: Cenamos juntos todos los...

—No es verdad. Tú siempre estás trabajando —dijo Dylan.

—De acuerdo, reconozco que estoy trabajando mucho en mi reportaje. Y ya te dije que es el reportaje más grande que he hecho. Y quiero hacerlo bien. Y quiero sentirme orgullosa de mi trabajo. —Dylan puso los ojos en blanco y los apartó de mí para volverlos hacia la pared—. Dylan, te quiero, y ser tu mamá es lo más importante de mi vida. —Él se tapó la cabeza con las mantas—. ¿Sabes una cosa? No voy a ponerme a discutir sobre esto. Ya sé que es muy duro tener una mamá que trabaja mucho. Y también sé que preferirías que pasara más tiempo en casa. Te prometo que la situación va a mejorar dentro de pocas semanas. Pero tengo una noticia, una cosa que te va a gustar mucho.

Intrigado, Dylan se tumbó de espaldas y se acercó un poco.

Apagué la luz y me tendí a su lado con la cabeza apoyada en el codo. Le acaricié la frente con los dedos, nuestro ritual de buenas noches, y le retiré el pelo hacia atrás.

—¿Un teléfono móvil? ¿Uno para mí solo? Dijiste que iba a tener que esperar hasta...

—No es nada de eso. No es una cosa, sino una persona.

Le masajeé las cejas perfilándolas con el pulgar y el índice. Él cerró los ojos, soñoliento, dejando salir toda la furia.

—Dime qué es —susurró.

—Vas a hacer un amigo nuevo, una persona que va a ser muy divertida para ti.

De pronto se incorporó, horrorizado.

—¡Jooopé! ¡Dijiste que ya no tenía que ir a ver más al doctor Bernstein! No quiero ver a ningún médico más. Es una tontería.

—No es nada de eso, Dylan —afirmé.

—¿Es alguien del colegio?

—No, qué va.

—¿De los deportes? ¿De...?

—Dylan, túmbate. —Lo empujé por los hombros para obligarlo a tenderse de espaldas otra vez—. No vas a adivinarlo nunca, así que deja que te lo explique.

—Vale —indicó.

—Se llama Peter Bailey. Vas a tener un amigo para ti solo todo el tiempo en casa. Quiero decir desde que salgas del colegio hasta la hora de acostarte. Vendrá mañana, después de clase.

—¿Como una canguro para mí solo?

—Mejor que eso. Tiene unos veintinueve años y es de Colorado. Se le da muy bien esquiar, o el *snowboard*, creo. Le encanta el ajedrez, diseña juegos de ajedrez por ordenador y otros juegos pensados para que los deberes del colegio les resulten más fáciles a los chicos. Y es superguay. Quiero decir, guay de verdad. Lleva el pelo largo.

Mi hijo había quedado en punto muerto. Yo creía que iba a dejarlo alucinado con la cantidad de cosas que podían hacer juntos Peter y él, y aliviado de que no se tratara de otro doctor Bernstein. Naturalmente, viéndolo en retrospectiva, era sólo mi versión cuento de hadas de la dulce entrada de Peter en nuestras vidas.

Añadí, aunque reconozco que con forzado entusiasmo:

—¡Lo importante es divertirse! Peter irá a buscarte al colegio, te llevará a los deportes, a donde quieras. Hasta a las pistas de batear de Chelsea Piers. —Nada. Ningún comentario—. Cielo. ¿No te hace ilusión ir a las pistas de batear? ¿Cómo es eso?

Dylan mantuvo los ojos cerrados y se encogió de hombros. Me daba muchísima pena. Yo creía que aquello iba a suponer una alegría para mi pequeño Calimero, y en vez de eso lo había puesto triste. Había esperado aquel momento del día para decírselo porque quería que se durmiera contento. Le tembló el labio.

Probé una vez más:

—A las pistas de batear sólo vas cuando hay un cumpleaños, en cambio te estoy diciendo que este amigo te va a llevar cualquier día normal entre semana.

Dylan se incorporó en la cama. Encendió la luz y me miró medio guiñando los ojos.

—¿Todo esto es porque papá nunca está en casa?

Los niños siempre son más inteligentes de lo que uno piensa.

Al día siguiente, Peter llegó a casa y me entregó la chaqueta. Yo busqué una percha.

—Vaya. Este armario es más grande que mi habitación.

Se asomó por la esquina para fisgar el salón.

—Incluso a mí me sigue pareciendo grande. Llevamos unos pocos meses viviendo aquí —comenté—. Pero ya verás que somos una familia muy relajada.

Le había dicho que vistiera de manera informal, así que vino a trabajar con unos pantalones de *snowboard* Patagonia de dos colores, con bolsillos y cremalleras a los lados, más una gastada camisa de franela cubierta por una camiseta con el emblema Burton en el pecho. En los pies calzaba unas Puma de ante marrón.

Cuando se quitó la gorra de visera lancé un respingo.

—Ah, esto. —Señaló un hematoma del tamaño de una mandarina que tenía en la frente—. Por eso me he puesto la gorra. La semana pasada me caí del monopatín. Una estupidez. Ya sé que está horrible. Lo siento.

Negué con la cabeza.

—No te preocupes. A Dylan le parecerá de lo más guay.

Peter era más corpulento de lo que yo recordaba. Al cabo de dos minutos ya se me hacía extraño tener en mi casa en pleno día a un hombre hecho y derecho de voz grave. ¿Y lo había contratado para que fuera mi *manny*? ¿Y con un título universitario? ¡Pero si era mucho más alto que yo! ¿Cómo iba a ir por ahí dándole órdenes? ¿Poniéndome de puntillas y diciéndole que recogiera los juguetes de inmediato? Me invadió una sensación de pánico.

—Peter, de verdad que estoy encantada de que estés aquí.

—Pues no lo parece —comentó.

—De verdad. Va a ser genial, ya lo verás.

La claridad de las primeras horas de la tarde se filtraba por entre las cortinas amarillas de seda del salón y se reflejaba en las pilas de libros que había sobre la mesa de centro y en los dos grandes recipientes Tupperware situados encima. Indiqué a Peter con una seña que se sentara en el silloncito de época mientras yo tomaba asiento junto a él en el sofá.

—¡Bueno! ¿Quieres beber algo?

¿Me pediría alguna bebida propia de tíos, como una cerveza?

—Pues sí —dijo. Salté del sofá igual que un conejo de juguete—. Ginger Ale. Si no tiene, me da igual una Coca-Cola.

Saqué unos cubitos de la hielera y empecé a ponerlos en un vaso alto de cristal. Aguarda un minuto, ¿estaría yo enviando señales incorrectas? Peter no era un invitado, sino un empleado.

Mientras tanto, Peter estaba observando los envases Tupperware. Uno de ellos llevaba una pegatina que decía: «Medicinas de los niños», y el otro: «Medicinas de urgencia de la familia.» Al lado de la mesa había una caja de cartón con el siguiente rótulo: «Material de urgencia de la familia», unas cajas que había juntado en aquel horrible otoño del 11-S. También había una carpeta que contenía dos copias grapadas de direcciones y números de teléfono importantes, todos ordenados por colores, por niño y por actividad académica, deportiva o cultural. Mi madre era bibliotecaria del Instituto Cretin, así que yo me había criado en una familia en la que el sistema decimal Dewey se utilizaba para organizar el garaje. Era culpa de ella que en ocasiones yo fuera un tanto compulsiva.

Oía el tictac del reloj de la repisa de la chimenea mientras Peter permanecía sentado, con una expresión atenta y cortés.

—¿Qué te parece si te explico cómo funcionan aquí las cosas...?

—¿Qué cosas? —preguntó Peter.

—Pues ya sabes, la casa, por ejemplo. Cómo... funciona.

—¿Quiere decir como una pequeña empresa?

—No. Se trata sólo de horarios.

—¿Existe un manual de instrucciones para los empleados?

—Muy gracioso. No, pero sí que tenemos empleados. Yvette, la niñera, y Carolina, la encargada de las tareas domésticas. Las dos son maravillosas, pero tardarán unos días en acostumbrarse a ti.

—Nada de eso. ¿Dónde están? —Peter se puso de pie.

—¡Espera! Vamos a repasar unos cuantos detalles —dije—, si te parece bien. Quiero decir, ¿te encuentras bien? ¿Te sientes bien aquí?

—Sí. Han pasado como siete minutos. Hasta el momento estoy muy bien. —Sonrió—. ¿Está segura de que se encuentra bien usted?

¿Tan transparente era? Revolví mis papeles nerviosa, aún con la sensación de que no sabía cómo hablar con aquel hombre adulto sin darme aires de superioridad. No quería mostrarme condescendiente. Y entonces pensé lo machista que era que yo fuera capaz de mostrarme autoritaria con las mujeres de mi casa (o por lo menos lo intentara), y en cambio con un hombre no.

—Dylan va al colegio St. Henry, que está situado entre la calle Ochenta y ocho y Park. Los lunes tiene deporte en Randall Island. Se llama los Aventureros. Recogen a los niños en un autobús y los traen a casa, pero a veces van las madres en coche para poder ver los partidos. Podrías llevarlo tú. ¿Sabrás cómo?

—Hum, conducir... —dudó Peter.

—¿No conduces?

—A lo mejor podría enseñarme usted.

—¿Yo?

—Era broma. Sí que sé conducir.

—¿Sabes? Vale. Muy bien. —Tenía que empezar a actuar con normalidad. Aquello era ridículo—. De acuerdo, me lo merecía...

Lo que pasa es que más bien estaba pensando en... esto... ¿Alguna vez has conducido un monovolumen típico de las urbanizaciones, uno de esos enormes, que tienen tres filas de asientos?

—¿Cuántos tipos de treinta años y originarios de las Rocosas se creen incapaces de conducir uno de ésos? —preguntó.

—No muchos. Perdona.

—No hace falta que se disculpe. Pero es que he manejado como treinta críos yo solo, ¿sabe?, así que esto no es problema.

—¿De verdad?

—Sí.

—Estupendo. —Yo hablaba como si estuviera elogiando a un niño de tres años. Sentí que me ponía colorada—. Y los viernes tiene clase de violonchelo, pero a las cinco. En una magnífica escuela de música de la calle Noventa y cinco. ¿Sabías que está demostrado que los niños que estudian música desde pequeños tienen un cuarenta por ciento más de éxito en los estudios de Medicina?

—¿Qué? —se asombró Peter.

—Pues sí. Tiene algo que ver con el modo de integrar las notas musicales en la cabeza. La dirección está en la carpeta. El miércoles tiene bricolaje con madera, una clase que le sirve de empujón para la geometría y le viene muy bien para mejorar su capacidad motriz y concentrarse en llevar a cabo un proyecto de principio a fin. Luego, los martes y los jueves de tres y media a cinco y media, o incluso hasta las seis, por mí no hay ningún problema en absoluto, los dos podéis...

—Uf. —Parecía preocupado.

—¿Uf? ¿Perdona?

—Sí, uf. No quiero ni pensar otra vez en eso de la geometría. Pero ¿es que tiene planificados todos los días? —quiso saber.

—Así es.

—¿Me permite que le pregunte por qué?

—Bueno. Yo trabajo. Vivimos en Nueva York, así son las cosas. —Me lanzó una mirada reprobatoria que yo entendí como si me hubiera pasado varios pueblos. Pero seguí adelante, porque tenía que demostrarle quién mandaba allí—. Pues eso, los martes y los jueves podéis hacer lo que queráis. Podrías llevarte a Dylan a alguna parte. En Times Square hay una atracción sobre el planeta Marte con vídeo...

—Se me ocurren un montón de sitios.

—Ah, ¿sí? ¿Como cuáles? —Hablé como si no me fiara de él, como si fuera a llevarse a mi hijo a un antro donde se fumara *crack*.

—Primero me gustaría llevarlo al parque, a practicar un poco el baloncesto.

—Está realmente espantado con el baloncesto —recordé.

—Ya sé, ya sé.

—Bueno, en ese caso vas a tener que andarte con mucho tacto.

—Y usted va a tener que confiar en mí. Ya se lo he dicho, no se me dan bien las jerarquías estrictas.

Ay, Dios. Aquel joven no sólo no iba a ser una estrella del sector de los servicios, sino que además no sería capaz de obedecer órdenes.

—Estamos hablando de mi hijo —le advertí.

—Y yo voy a hacer lo que usted quiera, pero procure fiarse un poco de mí. Recuerde que se me dan bien los niños y que sé conducir. —Sonrió.

Por segunda vez sonó mi teléfono móvil dentro del bolso. Había hecho caso omiso de otra llamada, pero llevaba una semana esperando ésta. En el visor apareció el nombre del bufete de Leon Rosenberg.

—Peter, perdona un segundo. —Abrí el teléfono—. ¿Sí, Leon?

—Ya lo he confirmado tres veces con ella. —Hablaba gritando. Me lo imaginé recostado en su sillón de cuero, chupando su omnipresente puro. Igual que algún capo de la mafia, estaría limpiándose la ceniza del puro de uno de sus horribles trajes brillantes y de rayas blancas. A aquellas alturas las cadenas informativas estaban trabajando a toda máquina en el reportaje sobre Theresa, enloquecidas. En los programas se diseccionaban las ramificaciones que podía tener para el futuro político de Hartley, los magacines que se emitían en el horario de máxima audiencia relataban sus antecedentes, aunque no habían podido acercarse a ella, y los informativos sindicados simplemente intentaban añadir toda la leña al fuego que les era posible. Sin embargo, ninguno de ellos consiguió añadir algo nuevo al reportaje, porque los dos protagonistas principales no hablaban con nadie—. Más importante aún, Theresa sabe que tú sabes lo que contienen esas cintas y va a confirmarlo delante de tus cámaras. Me refiero al tema en su totalidad.

Goodman y yo habíamos estado negociando los parámetros exactos de la entrevista con Leon Rosenberg: dónde iba a tener lugar, qué porción de las cintas telefónicas podíamos utilizar y, sobre todo, que Theresa entendiera que iba a tener que detallar verbalmente lo del sexo... lo cual acababa de ser confirmado por Leon. Goodman iba a ponerse muy nervioso. Lancé un puñetazo al aire.

—Y en cuanto a los demás detalles —dijo Leon—, Theresa está disponible esta semana.

En aquel momento Peter abrió el recipiente de «Medicinas de urgencia de la familia» y extrajo tres enormes bolsas de plástico: yoduro de potasio, Cipro y Tamiflu para toda una vida. Empezó a leer la tarjeta laminada que yo había colocado dentro para Yvette y Carolina en la que indicaba qué hacer en caso de que explotase una bomba, sufriéramos un ataque de ántrax o sobreviniera un estallido de gripe aviar.

—Genial, Leon.

—Aunque ella esperaba un trato espectacular propio de la gran ciudad, comprende que sólo le pagues el hotel y ochenta y cinco dólares diarios por los dos días que va a pasar aquí. Pero tiene que estar guapa, de modo que quiere un día entero de belleza, tratamiento facial, pedicura, manicura y demás.

Yo aparté de Peter los otros recipientes y los deposité en el suelo, a mi lado. Estaban llenos de aplicadores para alergias a los cacahuetes, inhaladores para el asma y Benadryl, todo para posibles compañeros de juego que vinieran a casa, no para mis niños. Daba la impresión de que la mitad de los amigos de mis hijos sufriera alergias fatales y algunas de sus madres fueran totalmente indiferentes al respecto. A veces incluso se olvidaban de recordárnoslo. Vi que Peter estaba pensando que yo era una completa neurótica. Y no le faltaba cierta parte de razón.

—Leon, por favor, déjale bien claro que no somos un programa de los sindicados ni una publicación sensacionalista británica; somos la sección de informativos de una importante cadena de ámbito nacional. Le pagaremos la peluquería y el maquillaje, y punto. No podemos pagar las entrevistas ni dar la impresión de estar haciendo favores, como tratamientos faciales, para entrevistar a una persona. Tenemos normas que respetar.

Leon soltó una carcajada y dio un golpe sobre su escritorio con algo duro.

—Deja ya de pontificar y escúchate a ti misma, cariño. —Volvió a reír—. Toda altiva y poderosa igual que un monstruo de las ondas, cuando tú y yo sabemos que lo único que te interesa es dar por el culo.

Le guiñé un ojo a Peter para hacerle saber que aquella llamada iba a durar pocos instantes. Él se levantó y se apoyó en el marco de la ventana que daba a Park Avenue, y después se dirigió al otro extremo de mi salón, donde había unas elegantes puertas que conducían al estudio de Phillip. De una de las estanterías que había a cada lado de las puertas, sacó un libro titulado *Cómo educar a los niños en un ambiente de ricos*, un libro que había leído Phillip cuando yo estaba embarazada de Dylan. Me sentí horrorizada, pero Peter estaba al otro extremo de la habitación, así que no pude quitárselo de las manos.

—De acuerdo, Leon. Estamos hablando de un tipo que antes dirigía una cadena de televisión cristiana, un hombre con cuatro hijos que lleva treinta años casado con la típica esposa abnegada, un hombre que se va a la cama con *La familia es lo que importa*, *La Coalición Cristiana* y hasta *Los que cumplen las promesas*. Así que aquí lo importante es la dosis de hipocresía. Pero tienes razón en que, en fin, las manifestaciones sexuales de dicha hipocresía son bastante interesantes para nosotros. Sobre todo con la ironía que implica lo de las leyes contra la sodomía. Es delicioso. No voy a negarlo. Pero acuérdate de que antes de tener este dato ya nos preocupamos mucho por este reportaje.

—Es un dato que vale veinticinco millones de dólares, nena.

—Cierto —reconocí—. Y dejémoslo tal cual.

—Está bien, cariño. Mientras tanto, una cosa más.

Respiré hondo echando el aliento deliberadamente hacia el teléfono mientras aguardaba su enésima petición. A Peter le dije moviendo los labios: «Lo siento.» Él negó con la cabeza y me contestó también con los labios: «No se preocupe.» Luego cerró el libro y se acercó hasta la caja grande que quedaba en la mesa de centro.

—Y Goodman entiende que tiene que mencionar al abogado de ella...

Peter estaba ya hurgando en el recipiente de «Material de urgencia para la familia». Salió un panfleto del departamento de Homeland Security, el cual volvió a guardar en la caja tras echarle un vistazo. A continuación extrajo una máscara antigás israelí, le quitó el plástico que la protegía y se puso a leer las instrucciones.

—Sí, Leon, te mencionaremos por tu nombre y pondremos el vídeo que a ti te gusta, no el del día ese de viento en el que se te ve con el pelo todo revuelto.

Peter se puso la máscara antigás; luego sacó un traje de color anaranjado para la lluvia ácida de armas químicas, leyó la etiqueta, se lo pegó al cuerpo y lo sujetó con la barbilla apretada contra el cuello.

En aquel momento se oyó cerrarse la puerta de la calle. Sólo eran las dos de la tarde. Sabía que Carolina estaba en la cocina, Yvette se encontraba todavía en el parque con los dos niños pequeños y Dylan estaba en el colegio. No solía entrar nadie por la puerta sin previo aviso. Estiré el cuello para ver el vestíbulo de la entrada mientras Leon empezaba a explicarme exactamente qué vídeo de sí mismo quería que usáramos.

El abrigo de Phillip cruzó el vestíbulo al vuelo. Mierda. ¿Es justo pasada la hora de comer y Phillip ya está en casa? Sabía que no estaba de viaje, y ni una sola vez había venido a casa así, en mitad del día, sin llamar antes. Entró en el salón acompañado de un hombre al que yo no había visto nunca, y se encontró con Peter armado con la máscara antigás y el traje anaranjado.

—Jamie —se alarmó—, por el amor de Dios, ¿qué es esto?

Peter se quitó la máscara antigás. Esta vez le tocó a él lucir el pelo todo revuelto. Le tendió cortésmente la mano a Phillip.

—¡No, no! —le chillé yo.

Peter frenó en seco y me dirigió una mirada como diciendo: «Pero ¿qué demonios le pasa? ¡Sólo quería presentarme!»

La voz del teléfono me dijo:

—¿No tienes ese plano, nena? ¿El que te estoy diciendo?

—No. No me dirigía a ti, Leon. Sí lo tengo, Leon. Sé exactamente a cuál te refieres. Es que estaba... —Ordené a Peter con una seña que se sentara inmediatamente y le indiqué su sillón—. Tú quieres salir con el pelo liso, como en el plano en que llevabas la trinchera, la bufanda amarilla de seda y los calcetines a juego, no ese otro en el que pareces un *frisbee* gigante. Ya me acuerdo. ¿Eso es todo?

95

Phillip sacudió la cabeza en un gesto negativo y se alejó por el pasillo con su invitado. Al llegar a su estudio entró y cerró las puertas.

—Muy bien, Leon. Gracias por la confirmación de lo de Theresa. Adiós.

Colgué el teléfono y respiré hondo.

—Lo siento —dijo Peter—. Sólo he intentado ser cortés...

—No. Soy yo la que tiene que pedir disculpas. Es que tenemos entre manos un reportaje importante, y hubiera querido presentarte a mi marido con más calma.

—Entiendo.

—Lamento interrumpirte otra vez, Peter. —Me puse en pie—. Pero es que tengo que ver qué le ocurre. Perdóname un segundo.

Crucé el salón de puntillas y acerqué el oído a las puertas correderas.

—Maldita sea, Allan. Dejé los papeles aquí para que no estuvieran en la oficina. Obviamente.

—¿Y dónde están ahora? Si los dejaste aquí, más vale que estén aquí.

¿Con qué Allan estaba hablando? Llamé a la puerta y oí el ruido de una lámpara que se caía al suelo. Las puertas correderas se separaron unos centímetros, y mi marido, por lo general sereno, asomó la cara por la mínima ranura que había abierto.

—¿Sí?

—Phillip, son las dos de la tarde de un día entre semana, y no me has avisado de que ibas a venir a casa. ¿Qué haces aquí? ¿Con quién estás?

—No importa.

—Te he oído hablar con un tal Allan.

—Ah, ése.

—Sí, ése. Allan. —Mi marido seguía sin revelarme nada—. ¿Por qué estás tan raro, Phillip? Éste es nuestro hogar.

—¿Por qué estás tan rara tú? ¿Qué estás haciendo con el tipo ese que se está probando el traje anaranjado?

—Ya te lo explicaré más tarde. ¿Qué estás haciendo en casa?

—Tenía que encontrar unos papeles. En mi estudio —dijo Phillip.

—¿Y ese tal Allan te está ayudando a buscarlos? —pregunté.

—Sí. Me está ayudando a buscarlos. Sí. ¿Hemos terminado ya? Perdona, cariño, pero estoy de lo más estresado. ¿Sería posible que nos dejaras a solas un rato? Lo cierto es que sería estupendo que nos trajeras un par de Coca-Colas. Con rodajas de limón. En el borde del vaso. No las empapes de Coca-Cola —sugirió Phillip.

—¿Cuánto tiempo vas a pasar ahí dentro?

—El día entero. Pero no les digas a los niños que estoy aquí, porque me interrumpirán. Terminaré a eso de las ocho.

Uf. El tiempo justo para presentar Peter a Dylan, dejarlos para que pasaran un rato de calidad juntos y después despedir a Peter antes de que Phillip saliera del estudio.

Volvió a meter la cara y cerró las puertas de golpe. Se oyó cómo se accionaba el pestillo dentro de la hoja de caoba. Tal como había predicho, tardó varias horas en reaparecer. Y tampoco salió para coger ninguna Coca-Cola.

—Aunque hubiera un ataque de ántrax, te prometo que no voy a levantarme de nuevo ni contestar al teléfono.

—No hay problema. —Peter cogió la bolsa de Cipro—. Sí que está preparada.

—Sinceramente, después de lo del World Trade Center sufrí una pequeña crisis nerviosa. Cuando uno vive en esta ciudad con niños, le da por pensar en toda clase de cosas horribles.

—Entiendo.

—Volviendo a Dylan, es un niño sumamente inteligente. Y sabiondo. Le gusta decir cosas que lo dejan a uno desarmado. Odia rendirse.

—Yo también —admitió Peter.

—Y ese partido de baloncesto lo hirió de verdad.

—No deja usted de repetirlo.

—Era un partido muy importante —aclaré.

—¿Para usted o para él?

Procuré fingir calma. El estilo directo de Peter me cautivaba y me irritaba al mismo tiempo. Dije:

—Dylan está mostrándose más vacilante que antes, más de lo que yo quisiera. Ya va a cumplir diez años, pero aún necesita que alguien lo lleve de la mano. No le gusta que lo presionen para hacer nada hasta que él esté preparado.

—¿Usted lo presiona?

—Su padre.

—¿Y usted se lo permite?

Vaya. Este joven iba en serio. Todavía me sentía un poco desconcertada, pero también impresionada por la disposición que presentaba a ir directamente al núcleo del asunto. Le expliqué el problema:

—Tiene con su padre un problema de autoestima. Sinceramente, Phillip lo presiona, pero luego no está presente para seguir el asunto. Quiero decir, adora a su hijo, pero es que trabaja muchísimo.

—¿Podría hablar yo con el señor Whitfield? —preguntó Peter—. Me lo puede presentar más adelante, cuando no esté al teléfono. Puede que entonces no lleve puesta una máscara antigás. —Sonrió—. O bien, pasados unos días podría llamarlo yo. Para tener una opinión de Dylan desde su punto de vista.

Mi cerebro repasó rápidamente los pros y los contras de decirle a Peter que mi marido no tenía ni idea de que yo lo había contratado.

—Eso no va a funcionar —dije.

—Entiendo.

—No, decididamente no funcionaría.

Peter lo comprendió de repente.

—No sabe que existo, ¿verdad?

Intenté no sonreír.

—Bueno, sabe que...

—¿Está segura?

—Pues...

—Ya lo entiendo. ¿Piensa decírselo pronto? —Se recostó en el sofá con las manos detrás de la cabeza.

—Por supuesto que pienso decírselo. Es que hay que hacerlo con tacto. Él está, en fin, abierto a la idea. Oye, prométeme que no vas a hacer lo mismo que hiciste con ese tipo del trabajo. Sé que puedo manejar esto sin problemas. Una vez que Dylan empiece a hacer progresos, Phillip lo sabrá todo sobre ti. Le gusta ver resultados.

—Entendido.

Nuestro piso tenía tres dormitorios: uno para Dylan, otro que compartían Gracie y Michael y el principal; todos ellos formaban un ángulo en la parte posterior de la casa. El vestidor de Phillip compartía una de las paredes con nuestro dormitorio, y otra con su estudio. Cada dormitorio estaba decorado con líneas limpias y bien dibujadas: colores claros con alfombras y cortinas en tono tostado ribeteadas de azul marino o marrón. Carolina dormía en un pequeño cuartito contiguo a la cocina, el cual evité enseñar a Peter. Me sentía culpable de que fuera tan pequeño, pero había intentado que resultara alegre. Cuando salimos del dormitorio de Michael y Gracie, noté que Peter se había fijado en las cortinas y en el papel verde de las paredes.

—Me recuerda a la habitación en que me crié yo.

—¿En serio?

—No. —Rió y me dio una palmada en el hombro, intentando que me relajara—. Pero me gusta el piso. No se ofenda, pero pensé que iba a ser más...

—¿Más qué?

—Más ostentoso —admitió.

—¡No somos ostentosos! —Reflexioné un instante sobre ello—. Mi marido puede que sea un poco formal.

—Él y yo vamos a llevarnos estupendamente.

Ay, Dios. Ese muchacho no tenía ni idea de lo que estaba hablando.

El hogareño aroma de la salsa de tomate que estaba haciendo Carolina nos condujo hacia la cocina, una luminosa estancia de color verde manzana en la que al parecer todos los miembros de la familia pasábamos la mayor parte del tiempo. La mesa de comedor situada en la zona destinada a los desayunos estaba decorada en rayas verdes y cojines amarillos. Ofrecí a Peter patatas fritas de una bolsa abierta que había sobre el mostrador, y él se apresuró a acercarse a la salsa que borboteaba en el fuego. Carolina, que había presenciado aquella infracción desde el fondo, puso cara de ir a estamparle una sartén en la cabeza. El día anterior yo había dicho a Carolina y a Yvette que pensaba traer a un treintañero a trabajar con ellas en casa. Cuando salí de la cocina descubrí a Carolina mirando a Yvette con una expresión que decía lo loca que estaba yo.

—Peter, te presento a Carolina Martinez. Trabaja mucho para cuidar de nosotros y de los niños. —Busqué la manera adecuada de hacerle reparar en los restos de patata y tomate que se le habían quedado pegados a la barbilla—. Carolina se preocupa mucho por la calidad de las comidas que prepara. —Fue todo lo que se me ocurrió—. Carolina, éste es Peter Bailey. Posee una amplia experiencia con niños y está muy contento de venir a echarnos una mano.

Peter se quitó las manchas de la barbilla y se limpió la mano en los pantalones antes de tendérsela a Carolina. Ella, de un golpe seco, depositó la cesta de la ropa sucia en la encimera y extendió la mano con la muñeca floja y despectiva. Le entregó una servilleta y al mismo tiempo le dirigió una mirada de asco. Peter permaneció inmutable.

—Esta salsa está deliciosa. No he podido resistirme. —Ella lo miró con gesto suspicaz. Peter continuó—: Y me alegro de no haberme resistido. Es la mejor que he probado jamás. —Se giró hacia mí—. Señora Whitfield, ¿la cena está incluida? Si la que cocina es ella, ya me gustaría.

Le sonrió y le dio un apretón en el brazo.

Carolina dio un brinco hacia atrás de manera instintiva, pero no pudo evitar suavizar un poco la mirada. En veinte segundos, aquel muchacho había disipado la furia de Carolina, algo que yo nunca había sabido hacer.

8

LAS *NANNIES* SON MUCHO MÁS SIMPLES QUE LOS *MANNIES*

—Dylan, cuando saludes a Peter, míralo a los ojos, sobre todo la primera vez.

—Señora Whitfield, ¿me permite que me encargue yo? —había dicho Peter—. A los niños no les gusta tener que ser educados todo el tiempo.

Dylan apenas podía pronunciar palabra, y se limitaba a mirar hacia el suelo mientras Peter lo intentaba todo para que se sintiera cómodo. Por fin fueron a la habitación de Dylan, pero al cabo de unos minutos Peter volvió a salir y me dijo que teníamos que ir despacio.

La tarde siguiente, Peter llegó temprano y volvimos a encontrarnos en la mesa del desayuno. Yo le dije:

—Anoche Dylan y yo estuvimos hablando un buen rato, y se enfadó bastante.

—Por culpa mía.

Intenté componer una expresión adecuada para tranquilizarlo.

—Sí.

—Creo que a su edad yo habría hecho lo mismo, si hubiera tenido el mismo problema, que lo tuve —indicó Peter.

—¿En serio?

—El entorno difería mucho, pero, sí, tenía un padre duro y exigente que no pasaba mucho tiempo en casa. Y una madre controladora.

—Yo no me considero controladora. Lo que intento es ayudarlo.

¿Se suponía que debía dejarme insultar? Y por qué no podía decir: «Mira, tú trabajas para mí. Yo te pago. Así que un poco de respeto. ¿Entendido?»

—Ya lo veía venir. Sabía que Dylan iba a pensar que yo había venido a sustituir a su padre y que eso no le iba a hacer ninguna gracia. Odio decirlo, pero así es.

¿Serían todos los *mannies* tan cansadores como éste? ¿Estaría yo fumando algo, o sería que en el parque Peter había estado increíblemente encantador? Había sido muy amable con Carolina, y hasta comprendió que yo no quisiera decirle nada a Phillip, dos cosas que eran indicaciones de su gran inteligencia emocional. Pero la gente emocionalmente inteligente también puede ser de lo más sabelotodo.

—Verás, está claro que está enfadado con su padre por pasar todo el tiempo fuera de casa, no por ti —aclaré.

—Bueno, pues vamos a tener que tratarlo con más tacto todavía —instruyó Peter—. ¿Tiene un ordenador que yo pueda usar?

—Claro. Al final del pasillo, junto a la habitación de Dylan, hay un pequeño cuarto de juegos. Puedes entrar allí.

—Esto va a llevar un poco de tiempo. Comprenda que, si esta primera semana no estoy tirado en el suelo jugando con Dylan, de todas maneras me estoy esforzando mucho, a mi manera, para conseguirlo.

Era el primer comentario normal y apropiado que había pronunciado Peter desde que estaba en casa. De pronto se metamorfoseó otra vez en el magnético muchacho del parque que controlaba a treinta niños como si fueran marionetas.

Tal como prometió, Peter no presionó a Dylan. Durante el resto de aquella primera semana venía a casa, leía los periódicos sentado a la mesa de la cocina y después se iba al cuarto del ordenador a trabajar en un programa informático. Como por casualidad, eso parecía, Dylan se dejaba caer por la habitación y se ponía a jugar con videojuegos en el suelo. No era como si los dividiera el Muro de Berlín, Peter tal vez pronunciaba una o dos palabras, pero básicamente lo ignoraba. Y mi testarudo hijo Dylan se negaba a conectar con él.

Al comenzar la semana dos, Peter adquirió un obvio interés por Gracie. La niña era mucho más alegre y porosa que Dylan, y enseguida se abría a cualquiera. Con ella sentada en sus rodillas, Peter le mostraba toda clase de páginas web para niños que contenían juegos y música, y después la ayudaba a jugar en la página web de princesas que tanto le gustaba a ella. A continuación Gracie tiraba de él para llevarlo a su habitación a que viera sus vestiditos de princesa mientras Dylan, por supuesto, fingía que no le importaba. Cuatro días enteros de reuniones para tomar el té y tutús de color rosa volverían loco a cualquiera, pero Peter conservó la calma. Mientras tanto, Dylan permaneció en la periferia, vigilando furtivamente con un ojo todos y cada uno de los movimientos que hacía Peter.

Por fin, aquel segundo viernes después de comer, tal como me contó Peter más tarde, se volvió hacia Dylan, que estaba tumbado en el suelo boca abajo y apoyado en los codos, con un coche de juguete, y le formuló una pregunta directa:

—Colega, estoy aburrido. No soporto ni un minuto más de *Pocahontas*. ¿Te apetece ir al parque a chutar un poco con el balón?

—No, gracias.

—Vale. No hay problema.

Y entonces Peter concentró sus atenciones en el pequeño Michael. Lo sacó de su habitación riendo y chillando, colgado de los pies a la espalda (todo a la vista de Dylan), entonó a pleno pulmón unos cuantos canturreos de fútbol americano y corrió por toda la casa seguido cansinamente por Yvette.

—¡Dame a ese niño!

Yvette tuvo que golpear a Peter con un paño de cocina para conseguir que se sentara. A Dylan le encantó ver a Yvette alterada, porque por lo general era una persona bastante pacífica. Ocultó la sonrisa detrás del coche de juguete y de las herramientas de construcción del mismo.

Michael y Gracie empezaron a luchar por Peter. El pequeño y regordete Michael, sumamente extravertido y bruto, se agarró a las rodillas de Peter y apartó a Gracie de un empujón.

—¡Yo he llamado a Peter primero! ¡Yvette! ¡Yo he llamado a Peter primero! —chilló la niña.

Dylan se tapó los oídos con las manos.

—Ayyy. ¡Ya vale! ¡Cerrad la boca!

Yvette le dio un capirotazo en las rodillas.

—¡Qué forma de hablar es ésa!

—¡No quieren callarse! ¡Yo tengo deberes, y Peter estaba trabajando en eso del ordenador! ¡Oye, que estamos trabajando! —chilló Dylan a sus belicosos hermanos—. Peter no puede jugar con vosotros ahora.

—¡Sí que puede! —vociferó Gracie.

Michael le mordió la muñeca y ella soltó un berrido.

—Yvette, ¿no puedes llevártelos de aquí? —rogó Dylan—. Nos están fastidiando.

Yvette, fuerte como un buey, se llevó a los dos pequeños bajo el brazo y sonrió a Peter al salir de la habitación.

Peter cerró la puerta.

—Gracias por rescatarme. Oye, ¿quieres que te enseñe un movimiento de ajedrez genial que machaca todas las veces a tu adversario?

—Vale. Supongo.

Poco después me di cuenta de que había acertado al traer a Peter a nuestra vida. Me sentí muy feliz cuando Dylan dio a entender sutilmente que le gustaba la idea de tener un amigo adulto para él solo. Y había otros signos de que Peter le estaba gustando: por la noche quería confirmar que Peter iba a acudir al colegio a recogerlo a la salida. Y dejó de ponerse su polo favorito porque Peter le había dicho que no era guay. Un día, después de las clases, le dijo a Peter que me contara que había hecho diez flexiones seguidas. Me encantó ver lo comprometido que estaba Peter, lo rápidamente que había conquistado a mi hijo. El hecho de verlos juntos me daba seguridad, como si pudiera soltar la rienda de vez en cuando confiando en que habría otra persona que ocuparía mi lugar.

Y una vez que los dos estuvimos pisando juntos aquel terreno seguro, Peter empezó a bromear conmigo de forma habitual..., lo cual, por supuesto, yo adoraba. Por ejemplo, yo le propuse una sugerencia sincera, como:

—El martes Dylan no tiene nada. ¿Por qué no vais a ese sitio de la cerámica en que se puede pintar una hucha de arcilla de esas que tienen forma de cerdito? Les pegan fuego y luego las recogen a la semana siguiente, y están todas cristalizadas.

Y Peter me dirigió una mirada de inmenso desdén.

—¿Pintar una hucha de arcilla? ¿Y eso le parece guay?

—Bueno, yo... Dylan lo hace en las fiestas de cumpleaños —admití.

—Eso es sólo porque las madres ricas no tienen imaginación —atacó Peter.

—Y supongo que me estás incluyendo en dicha categoría.

—Ni por lo más remoto —respondió en tono sarcástico.

—Más te vale.

Decididamente, me gustaba aquel joven, y me dije a mí misma que era porque sabía que iba a curar a mi hijo. Punto. No tenía nada que ver con lo rápidamente que sonreía cuando yo entraba en la habitación. Ni con lo feliz que me hacía aquello. No con lo mucho que nos divertíamos charlando cuando Dylan no estaba presente. Y desde luego, nada que ver con lo guapo que estaba con aquellos pantalones militares.

—Los niños disfrutan con la cerámica, Peter. No te olvides de que sólo tiene nueve años.

—Es posible que disfruten, pero no es guay, así que no vamos a ir.

—¿Y qué vais a hacer? —pregunté.

—A Dylan le gusta el *ferry* de Staten Island —aseguró Peter.

—No me digas.

—Pues sí, hemos ido en tren. Es gratis. Para él, es lo mejor de la excursión. Vamos y volvemos. Tarda unos veinticinco minutos. ¿Le apetece venir?

—No tengo tiempo.

—Se va a divertir más de lo que se imagina.

—¿Qué quieres decir exactamente con eso? —A aquellas alturas yo ya estaba sonriendo.

—¿Por qué no viene y lo averigua? —me provocó.

—Me parece que no. —Pero quería ir. Y eso no estaba bien.

Noté que él se había percatado de mi titubeo e incluso de que deseaba ir, pero continuó:

—Creo que esta semana voy a llevarlo a ver el aeropuerto de La Guardia.

—¿Vais a pasear por el aeropuerto viendo cómo despegan los aviones?

—No, no vamos a pasear por el aeropuerto. En Queens hay un descampado situado justo al lado de una de las pistas. Uno se tumba en el suelo y ve cómo los aviones pasan por encima de su cabeza.

—Llévate tapones para los oídos y una manta —advertí.

—No vamos a llevarnos ninguna manta. Eso es de nenazas.

—¡Se va a manchar el pelo de caca de rata! —me alarmé.

—Entonces se lo lavaremos al volver a casa.

Durante la tercera semana de Peter en casa, una tarde estaban Dylan y él jugando al ajedrez en la mesa de la cocina mientras Carolina servía la cena cuando, sin previo aviso, apareció Phillip. Traía la camisa remangada y la corbata floja, y parecía aturdido y abatido. Se dirigió al frigorífico pasando por delante de todos nosotros. Oh. Peter tragó saliva.

—Cielo, ¿ha llegado tu vuelo antes de lo previsto? —pregunté.

Peter, sensatamente, se levantó de la mesa.

—No. Se ha cancelado la reunión —contestó en tono brusco, y acto seguido se sentó en el banco con los niños y cogió uno de los trozos de pollo de Michael—. Carolina, hazme un favor. Prepárame un sándwich con mostaza por un lado y mayonesa por el otro. Me lo llevaré al estudio en una bandeja, con un té helado. Luego tengo que volver a la oficina.

Normalmente, a aquella hora los niños estaban gritándose el uno al otro, compitiendo por quién se hacía con el vaso que tenía la pajita. Pero aquella tarde percibieron que su padre estaba alterado y decidieron juiciosamente tomarse la leche en silencio.

Gracie se fijó en la corbata torcida y la camisa arrugada.

—¿Por qué estás tan desarreglado?

Phillip rió, cogió uno de los trozos de pollo en forma de estrella y lo mojó en la salsa de tomate del plato de plástico de *La Bella y la Bestia* de su hija.

—Estoy cansado y desarreglado porque estoy trabajando mucho para poder compraros todo el pollo con tomate que necesitáis.

Se sentó en el banco para poder colocarse a Michael encima de las rodillas y dar un beso a los dos mayores. Abrazó a Gracie y a Dylan y los estrechó contra sí.

—Niños, sabéis que os quiero más que a nada en el mundo. Os

he echado mucho de menos. ¡La verdad es que he venido a casa porque quería sentarme a cenar con vosotros!

A continuación se sacó la Blackberry del bolsillo de atrás y miró si tenía mensajes sosteniéndola en el aire por encima de la cabeza de Gracie, manejando el teclado hábilmente con una sola mano.

Oí cómo se cerraba suavemente la puerta del cuarto de juegos y me sentí aliviada al ver que Peter había captado el difícil mensaje. Dylan se levantó de un salto del banco para enseñar a Phillip su nuevo ajedrez magnético. Una vez que Phillip se concentraba en enseñar a los niños un juego como el ajedrez, lo hacía bastante bien. Me entristeció que no pudiera, o no quisiera, concentrarse más en ellos.

—¿Juegas conmigo al ajedrez después de cenar? —pidió Dylan—. Me sé movimientos nuevos.

—A lo mejor, no te prometo nada, tengo que comprobar unas cuantas cosas...

Y Phillip volvió a coger la Blackberry y se puso a girar y pulsar la ruedecita.

Phillip no estaba siempre distraído por el trabajo o por un ataque de pánico por causa de unos gemelos, pero tuve que reconocer que cuando me enamoré de él había señales de aviso que yo preferí ignorar.

Nos conocimos en Memphis, en un viaje de trabajo. Era el año 1992: los golpes de Estado de la Europa del Este habían concluido, estaban comenzando los disturbios de Rodney King, y Dan Quayle acababa de deletrear mal la palabra «patata». Yo tenía veintidós años y justo estaba empezando el programa de analista en Smith Barney, después de haber ido a Wall Street al terminar la universidad en un equivocado intento de agradar a mi padre, que era auditor. Había sido una entusiasta de la política desde la época del instituto, y ya había hecho unas prácticas para el partido de Jornaleros del Campo Republicanos y Demócratas durante varios veranos en Minnesota. En aquella época (y también ahora) no me encontraba políticamente situada en el centro, así que trabajaba a propósito a ambos lados de la línea divisoria. En realidad, lo único que quería hacer era trabajar en la política en Nueva York, concretamente para el alcalde. Aun así, intentaba hacer lo posible en un banco de Nueva York que me había contratado en Georgetown.

Phillip y yo trabajábamos en la misma Oferta Pública Inicial para una enorme distribuidora de Memphis, pero antes de poder llevar a cabo dicha operación un grupo de banqueros y abogados tenía que desplazarse allí para realizar las debidas diligencias.

Yo ocupaba el peldaño más bajo del escalafón de poder de los que nos encontrábamos aquella noche realizando complicados cálculos. Phillip era un importante socio *junior* de un gran bufete, y en aquel viaje lo acompañaban tres socios de pleno derecho, superiores a él. Éramos ocho en total en la reunión, y yo era la única mujer. A la mañana siguiente, mientras los demás estábamos enfrascados en documentos de Excel, Phillip entró por la puerta media hora tarde trayendo un montón de informes.

No se excusó ni pidió permiso para interrumpir; tan sólo afirmó audazmente: «Señores, todo lo que tienen ahí está atrasado. He pasado la noche en vela preparando estos informes, y quiero que escuchen atentamente lo que he descubierto.» Y a continuación pasó a explicarnos que todos nos habíamos equivocado en nuestro análisis y que básicamente habíamos perdido el tiempo. El hecho de que hubiera sido su jefe el que nos había guiado en nuestra trayectoria actual no lo detuvo. Tal vez aquel motín resultara inapropiado, pero contaba con la ventaja de llevar razón. Su actuación de jefe de la manada me cautivó. En aquella época yo todavía no tenía suficiente mundo para comprender que su seguridad en sí mismo estaba alimentada por el sentimiento de creerse con derecho a todo.

Mientras él estaba allí de pie, sacudiendo los informes, yo me fijé en su cabello rubio, que le caía por la nuca casi rozándole las orejas. Llevaba un traje de confección impecable, con unos gemelos perfectamente colocados en las muñecas. Los banqueros y abogados timoratos nunca llevaban el pelo largo, deseaban tener un aspecto lo más profesional posible ante sus clientes y empresas, y estaba claro que aquel tipo no intentaba hacerle la pelota a nadie. Medía uno ochenta como mínimo y poseía unas piernas delgadas y larguiruchas. Vislumbré brevemente los duros músculos de su muslo mientras se movía alrededor de la mesa dejando los informes frente a nosotros de uno en uno.

Miró a mi jefe, Kevin Kramer, y dijo: «Muy bien, señores, se impone un cambio de marcha. Así es como vamos a trabajar de ahora en adelante. Si observan el índice...» Recordé que pensé que Phillip podía incluso ser un tipo que tuviera comida en la nevera. Sus ojos grandes y azules y sus pómulos rugosos me fascinaron. Phillip me recordaba a los niños bien de pelo largo y vaqueros recortados que jugaban al *frisbee* delante de mi instituto de Minneapolis, con la melena rubia sobre el pecho desnudo reluciente de sudor, lanzándose a atrapar el disco.

El tercer y último día habíamos estado trabajando hasta la medianoche cuando él nos sugirió a cuatro del grupo que fuéramos a tomar algo al bar del hotel Peabody, el local más antiguo de Memphis. Phillip se sentó a mi lado, pero en general me ignoró y conversó con mis jefes, Kevin y Donald, que estaban sentados enfrente. El bar, oscuro y con paredes de madera de roble, estaba iluminado con velas que parpadeaban en unos vasitos coloreados con una malla de plástico. El camarero, corpulento y vestido con una camisa de esmoquin abierta en el cuello, charlaba con un vecino de Memphis tocado con un sombrero vaquero de color negro.

Yo me sentía un tanto intimidada por Phillip, pero completamente hipnotizada por su genialidad. Compartirlo con mis aburridos y paternalistas jefes del banco no era en absoluto divertido. Kevin y Donald no se interesaban por nada que no fuera cómo ganar más pasta.

Mi jefe levantó la vista para ver a Ross Perot, que salía en la CNN, en un televisor montado en lo alto de la pared.

—¡Lo de este tío es increíble! El muy H. de P. está intentando hacer que funcione en este país un sistema de tres partidos. ¡Ni hablar!

Esperé que mi rostro no reflejase el desdén que sentía yo por aquellas observaciones políticas tan ingenuas. Un sistema tripartito no es algo tan inusual.

—¿Hola? —me dijo con los ojos muy abiertos, como si estuviera hablándole a una adolescente. Juntó las manos y las puso a un lado de la mesa—. En este país tenemos por una parte a los demócratas. —Luego puso las manos al otro lado de la mesa—. Y por la otra a los republicanos. Dos partidos. ¿Vale?

—Sí, Roger, vale, lo entiendo perfectamente. Pero ¿no has oído hablar nunca de una cosita que se llama el partido Bull Moose?

—Por supuesto que no lo había oído jamás.

—¿El Bull Moose, dices?

—Sí, no es uno de los grandes. Es el partido de Teddy Roosevelt —respondí yo, masticando un cubito de hielo.

—De acuerdo, listilla, eso pasa de vez en cuando. Pero lo que digo yo sigue siendo correcto. —Emitió un gruñido asqueroso, cogió un puñado de anacardos y jugó con ellos en la mano como si fueran dados.

Ahora me tocaba a mí. Aquello resultaba divertido. Le di un golpecito en el dorso de la mano.

—Ah, y los Dixiécratas. Ya sabes, ese Strom Thurmond, otro político marginal.

Roger me miró, parpadeando.

—Muy divertido: dos veces en la historia.

—De hecho, es un poco más. —No pude disimular el placer de triunfar sobre él, aunque lo intenté con todas mis fuerzas—. George Wallace en el 68 y el 72, y John Anderson en el 80.

Los tres se quedaron estupefactos. Phillip rompió a reír y echó un brazo sobre el respaldo de nuestros asientos. Yo inhalé su olor a jefe de la manada.

—Kevin, puede que ella trabaje para ti, pero acaba de desbancarte —dijo Phillip.

—Sí. ¿Y quién crees tú que la contrató? ¡Yo! ¡Sabía que tenía algo dentro!

Tema cerrado. Kevin y Donald se pusieron a debatir los méritos de llevar a cabo una Oferta Pública Inicial en vez de una recapitalización. Phillip dio vueltas con el dedo a los hielos de su Johnny Walker etiqueta negra, se lo chupó y acto seguido me introdujo una mano por debajo del pelo y me susurró al oído:

—No vas a pasarte el resto de tu vida trabajando en un banco de inversiones.

—¿Cómo? —¿Habría percibido algún error en mi trabajo?

—No es tu pasión —susurró—. Tú eres demasiado interesante.

Y a continuación me ignoró de nuevo durante toda la noche, apenas se despidió y subió a su habitación.

Yo me sentía aplastada. A la mañana siguiente él se marchó a Houston mientras yo regresaba en avión a mi apartamento estudio de la calle Treinta este, en Murray Hill. Recuerdo que me apoyé contra la frágil puerta de acordeón de mi minúscula cocina, completamente segura de que jamás iba a encontrar a nadie a quien amar. Había estado dieciocho meses con el director de una revista, un mujeriego que me engañaba y que fue despedido por desequilibrado. Era un auténtico perdedor, y yo todavía tenía el corazón roto. El deslumbrante Phillip que me había obsesionado en Memphis estaba muy fuera de mi alcance. Nueva York es la ciudad más solitaria del mundo cuando uno es soltero, se siente confuso y odia su trabajo.

De todas maneras lo perseguí. Durante las dos semanas siguientes envié a Phillip tres notas escritas a mano y sujetas con un clip a la primera página de los informes, en un desesperado intento de buscar razones por las que debía llamarme. Pero no funcionó. En lugar de eso, llamó a mi jefe. A veces, de camino a casa, me entretenía unos momentos cerca de la entrada principal de su bufete, que se encontraba a tan sólo dos manzanas de mi banco. Pero, en aquella niebla de trajes grises que inundaba las aceras de Wall Street, jamás lo vi ni una sola vez.

Al cabo de cinco semanas, a eso de las seis de un cálido día de otoño, estaba yo intentando parar un taxi en el centro cuando de pronto paró junto a la acera un BMW modelo antiguo, plateado y descapotable. Desde entonces he aprendido que los niños bien no poseen nada que sea nuevo.

—¿Te apetece dar un paseo, banquera?

El corazón me dio un vuelco.

—Creía que me habías dicho que no debería trabajar en un banco.

—Y así es. Y tú lo sabes. ¿Quieres que te lleve?

Tenía la chaqueta y la corbata en el asiento trasero y se había abierto los dos primeros botones de la camisa. Llevaba unas gafas Ray-Ban de oro, de aviador, que hacían juego con las vetas doradas de su cabello.

—¿Estás seguro?

No me podía creer que aquello me estuviera pasando a mí.

—Claro que estoy seguro.

Y cuatro meses después estaba delante de su chimenea, tumbada sobre su gastada alfombra Aubusson y con la cabeza apoyada en un mullido cojín de tapicería, en su apartamento de dos dormitorios estilo antes de la guerra, situado en un pequeño edificio de la Setenta y uno entre Park y Madison. Llevábamos una hora besándonos. A Phillip le encantaba besar, yo nunca había conocido a un hombre que no estuviera deseoso de pasar a la fase siguiente. Aunque no se puede decir que en aquellos tiempos no practicáramos el sexo como conejos.

Phillip se había levantado para traerme otra copa de vino, y yo contemplé su espalda desnuda por el pasillo. Caminaba con un aire suave, elegante, decidido. Todavía me costaba creer que estuviera enamorado de mí, una morena bajita y de clase media, en lugar de alguna rubia despampanante de un club social. Me preocupaba qué podía pasar cuando mis padres vinieran a verme e insistieran en ver un musical de Disney y hacer una visita turística a la ciudad en uno de aquellos autobuses de dos pisos.

Se sentó a mi lado con las piernas cruzadas y colocó mi mano sobre su rodilla. El pantalón *sport* que llevaba estaba tan raído que tenía el mismo tacto que la franela. Dijo:

—Estoy pensando una cosa: opino que deberías dejar tu empleo.

—¿Y exactamente qué debo hacer para ganarme la vida?

—Yo jamás te sugeriría que no trabajaras. Pero necesitas un cambio. Tienes que meterte en otro campo, ahora que eres joven, y no te resultará difícil llenar una vacante en un nivel inicial.

—No tengo ni idea de cómo arreglármelas —acepté.

—Yo voy a ayudarte. O por lo menos te ayudaré a que vayas sintiéndote más segura. Mira. —Señaló cinco periódicos usados que yacían a mi lado en el suelo—. Lo tuyo son las noticias, lo llevas en la sangre, fluye de forma natural en ti. Sabes mucho de política y de noticias internacionales, y ni siquiera estás metida en ese campo. ¿Qué diablos haces elaborando documentos en Excel para una IPO cuando podrías estar trabajando en algo que te interesa de verdad?

—Lo he intentado. Ya te lo he dicho. Esos empleos son imposibles. Uno no puede simplemente decidir que quiere meterse en un periódico o en la política, sin más.

—Tú sí que puedes. Ahora estás más cualificada. Lo harías muy bien en la sección financiera del *New York Times*. Ya escribías para el periódico de tu universidad, y ahora conoces Wall Street.

—No tienes idea de lo que estás hablando. Para que te dejen siquiera entrar por la puerta de un periódico de Nueva York, antes hay que trabajar tres años en el *Sun-Sentinel* del sur de Florida. Ten-

112

dría que irme a vivir a una ciudad más pequeña, para redactar más deprisa los artículos.

—Está bien —dijo Phillip, haciendo una pausa—, es obvio que eso no va a funcionar para ti. En absoluto. —Reflexionó un poco más—. Pensemos entonces en las noticias en televisión. Puedes conseguir un empleo de investigadora en la CNBC o en cualquiera de esas nuevas cadenas por cable, ya cuentas con una base financiera, se quedarán encantados contigo. —Puso una rodilla encima de mi estómago y se apoyó sobre los codos. Con la cara muy cerca de la mía y acariciándome el pelo, me dijo—: Vas a hacer eso, y yo voy a acompañarte durante todo el proceso para que lo consigas.

—¿En serio?

—¿Confías en mí?

Y confié. Eso es lo paradójico que tiene Phillip. Siempre ha sido lo paradójico en él; es un niño mimado que coge rabietas infantiles por nada, pero cuando una necesita hacer algo no hay nadie mejor que él. Y por esa razón yo sigo con él después de diez años de matrimonio. Él siempre ha sabido cerrar un trato. Yo despreciaba su obsesión por el dinero, que había sufrido metástasis con el paso de los años. Constantemente estaba comparándose con nuestros vecinos más ricos de la Cuadrícula, con los planes de otras personas o con el piso más grande de otro. Parecía ser incapaz de comprender cuán afortunados éramos nosotros. Su llamativa seguridad en sí mismo debería haberlo ayudado a estar por encima de esas tonterías, pero no fue así. En vez de eso, lo llevó a convencerse de que merecía tener más, de que debería ser rico.

Pero había tres niños adorables que formaban parte de dicha ecuación. Se esforzó mucho por ser un buen padre para ellos. Y aún me amaba a mí. Así que me obligué a mí misma a lograr que la cosa funcionara.

—¡Carolina! ¿Dónde está mi sándwich?

—Está justo sobre la encimera, Phillip —contesté yo.

—Perdona. —Abrió el pan para cerciorarse de que había la cantidad justa de mayonesa y de mostaza a cada lado—. Oye, Dylan, ¿quién era ese que estaba sentado antes a la mesa?

Phillip no había relacionado a Peter con el individuo del traje protector anaranjado de unas semanas antes.

—Es Peter —respondió Dylan—. Es una especie de entrenador.

Carolina dejó unos cuantos cacharros en el fregadero con expresión de estar ocupada para poder escuchar la conversación. Phillip me miró con gesto suspicaz.

—¿Cómo es que el entrenador cena con los niños?

—Cariño, ya se lo he explicado a los niños. —Me senté en el borde de la mesa procurando actuar como si aquello no tuviera la menor importancia—. Yvette está un poco sobrecargada por las tardes llevando a cada uno a su actividad extraescolar. Peter va a echarnos una mano, sobre todo con Dylan. Ya sabes que los chicos pueden jugar un poco antes de cenar.

—Bien, eso suena divertido, ¿no, Dylan? —dijo Phillip, con un ligero tonillo en la voz.

Dylan percibió que a su padre no le hacía gracia del todo lo del nuevo *manny*. Y entonces lo volvió en favor suyo en medio segundo.

—Claro. ¿Por qué no? Y además se le dan muy bien las matemáticas.

Primero apuñala a su padre y después hace girar el cuchillo en la herida.

Phillip puso una expresión de estar sinceramente dolido, pero por alguna razón fue incapaz de replicar o reafirmar a Dylan. En vez de ello, cogió su sándwich de jamón, un montón de patatas fritas y una botella de refresco, lo colocó todo en precario equilibrio sobre una bandeja junto con la sal y la pimienta en recipientes de plata, un mantelito de lino y una servilleta a juego. Todavía sosteniendo las carpetas bajo el brazo, cogió la bandeja e hizo ademán de marcharse, pero a medio camino se detuvo y se volvió tan deprisa que el refresco casi se le cayó al suelo.

—Jamie, ¿puedes venir un momento al estudio? Tengo que hablarte de una cosa.

«Mierda.»

Phillip se reclinó en el sillón de su escritorio y se frotó los ojos con las palmas de las manos. Luego me miró fijamente pasándose los dedos por la cara. A sus cuarenta y dos años todavía era guapísimo, más todavía que a los treinta, pero esa noche mostraba un semblante caído y lánguido. Entrelazó las manos y las apoyó sobre la cintura.

—Créeme, Jamie, en el trabajo tengo problemas más importantes que éste, que ocupan mi atención. Sin embargo, siento curiosidad por saber por qué hemos añadido ahora un entrenador a la nómina de empleados.

Tomé asiento en un mullido sillón de cachemira y apoyé los pies en la otomana. El estudio de Phillip tenía las paredes forradas de estanterías de color verde botella repletas de casos jurídicos guardados en archivadores de cuero. Cada columna de archivadores estaba iluminada por un aplique de bronce que proyectaba una luz suave sobre el gastado cuero marrón de los libros. Aquélla era la habitación de aspecto más suntuoso de todo el piso, y no era de sorprender que mi marido la adorase. A mi izquierda había un televisor de pantalla plana encajado en el centro de la pared; a mi derecha se encontraba el escritorio de Phillip, atestado de carpetas y papeles que habían resbalado en parte hasta el suelo. Yo también empecé a frotarme la frente con los dedos y a pasármelos después por la cara. No tenía ganas de hablar de *mannies*.

—¿Cómo es que ahora llegas temprano a casa? —pregunté.

—Te he preguntado por el entrenador, Jamie.

—Y yo te he preguntado por tu trabajo.

—Jamie, ¿quién es ese entrenador? —insistió Phillip.

—¿Ése?

—Sí, ése.

—No es más que un muchacho de Colorado al que he conocido y que va a echarnos una mano de vez en cuando con los niños.

—¿Con qué frecuencia?

—Hum. —Una pausa larga—. Todos los días.

—¿Qué? —Phillip apoyó las manos con fuerza sobre su enorme escritorio y me miró furioso—. Yvette y Carolina llevan tres años trabajando fenomenal, ¿y ahora de repente tú contratas a otra persona a jornada completa y ni siquiera me lo dices? ¿Te crees que soy el Banco Nacional?

—Deberías estar muy orgulloso de lo que haces, de haberte convertido en socio del bufete y de que hayamos podido comprar este piso tan grande.

—No es tan grande.

Yo estaba de lo más disgustada.

—Sí que lo es —insistí.

—Ni siquiera tenemos comedor —expuso Phillip.

—Pobrecito.

Phillip se encogió de hombros.

—Soy pobre.

—Oh, Dios. Por favor, no vamos a volver sobre eso.

Se aflojó el perfecto nudo Windsor de su corbata.

—Mira, no quiero decir pobre en comparación con la gente de ahí fuera, la de la calle. Me refiero a aquí. —Señaló el suelo—. A mi vida, a mi realidad. Que es de lo que estoy hablando y lo que realmente me importa. ¿De acuerdo?

—Lo estás haciendo muy bien, Phillip.

—No es verdad. Llevo veinte años en uno de los mejores bufetes y todavía llego al final del año exprimido por tres tarjetas de crédito. —Se subió las mangas de la camisa—. Cincuenta de los grandes en dos profesores particulares, ciento ochenta de los grandes en el mantenimiento y la hipoteca, otros cien en la hipoteca y las reformas de la casa en el campo, otros cien en Yvette y Carolina, y ahora tú quieres añadir otra persona a la nómina. —Salió del despacho y entró en nuestro dormitorio voceando—: Sumando la comida, la ropa y dos vacaciones al año, me quedo en cero. Por debajo de cero. Imposible ahorrar. Menuda mierda.

Phillip se había criado en una época en la que su linaje de anglosajón blanco y protestante por sí solo ya tenía poder adquisitivo. Cuando era pequeño cargaba los tentempiés que se tomaba al club de campo. Fue al mismo internado y a la misma universidad de la Ivy League que su padre y que su abuelo. Entró a trabajar en un bufete típico de los universitarios de la Ivy League. Lo hizo todo bien. Y sí, su brillante currículum todavía cuenta en Park Avenue, pero en esta época posterior a los felices años noventa, posterior al bombazo que supuso Internet, posterior al 11-S, las mediciones sociales se han vuelto más crudas. Y ahora, en nuestra escala social, el dinero vale más que el linaje. Phillip gana ahora 1,5 millones de dólares al año. En la Cuadrícula, según afirma él, es un sueldo de los más bajos. Y lo más enfermizo de todo es que tiene razón.

Casi todos los banqueros de la Cuadrícula ganan varios millones, algunos incluso decenas de millones. Phillip ve a hombres de su edad que dirigen grandes empresas, que se construyen una tercera vivienda en estaciones de esquí y que alquilan aviones, algunos incluso se los compran. Y se pregunta qué es lo que ha hecho mal. ¿Por qué ellos tienen todo eso? ¿Cómo es que él está partiéndose el culo y termina el año siendo tan pobre? Los ricos no se hacen más ricos gracias a una buena racha en la Bolsa; se hacen más ricos porque nunca se sienten ricos.

Observé que alisaba de forma obsesiva la raya de los pantalones antes de colgarlos.

—Sabes perfectamente que el dinero no es el problema, Phillip. He contratado y despedido a muchas personas sin preguntarte siquiera.

—De acuerdo, entonces, ¿cuál es el problema exactamente, Jamie? ¿O acaso estás dando a entender que el problema lo tengo yo?

—¿Sabes...? —Sacudí la cabeza negativamente—. No importa. Mira, ese chico sólo va a probar durante un tiempo.

—No. En serio. Quiero saberlo. ¿Qué problema tengo yo, o mejor dicho, adónde quieres llegar? ¿Cuál piensas tú que es mi problema? —Se puso en pie y dio la vuelta al escritorio para situarse junto al sillón donde estaba yo—. En serio. Siento mucha curiosidad por saber cuál es mi problema.

—No creo que te guste el hecho de que haya un hombre en tu casa cuando tú no estás aquí.

—¿Por él y tú?

—¡Dios, no! —Tuve que echarme a reír—. No es por mí. —No estaba segura al cien por cien de haber dicho aquello último en serio—. Sino por el hecho de que un chico juegue con tus hijos cuando tú no estás en casa, porque tú preferirías que fuera una mujer. Así te sentirías menos culpable. Así no te verías desplazado.

Se puso las manos en las caderas.

—Es cierto que no me gusta que venga un esquiador chulito, o un entrenador de lo que sea, o un porrero, a enseñar a mis hijos a hacer piruetas de fútbol en Central Park mientras yo estoy trabajando como un esclavo para pagarle el sueldo. Tienes razón, Jamie. —Ahora me apuntó a la cara con un dedo—. No quiero un papá de alquiler en esta casa. No lo necesitamos y no lo vamos a tener. Ha sido una mala idea desde el principio.

Aparté el dedo acusador de Phillip.

117

—Ya sé que no es lo ideal. La realidad es que tú trabajas toda la semana como un burro. Y por lo tanto no puedes recoger a los niños en el colegio, ni pasar las tardes con ellos ni cenar con ellos. Y yo también trabajo mucho. Y no se suponía que esta conversación fuera a ser sobre ti, sino sobre nuestro precioso, dulce y confuso Dylan. Nuestro hijo, que ansía más atención de la que recibe... de los dos, francamente.

—Pues no trabajes tanto y apunta a Dylan a algún deporte después del colegio, eso le vendrá bien. ¿Y qué me dices de tu tiempo? No puedes mantener este ritmo con tres hijos; con dos quizá, pero con tres no. Incluso con la media jornada ya estás al límite. No dejo de decírtelo: cambia tu empleo por un puesto de asesora durante cinco años. Ya volverás después. —Exhaló ruidosamente—. No podemos seguir contratando a personas que hagan de padres de los niños.

—Phillip, no soy de esas mujeres que pueden dejar su trabajo sin más. Tener un trabajo me convierte en mejor madre cuando estoy en casa. Ya lo sabes.

—No me creo esa manida frase de que una mujer que trabaja se convierte en mejor madre. Los niños necesitan más tiempo. Todo lo de nuestra casa necesita más tiempo. —Fue hacia las ventanas—. Por ejemplo, las persianas de mi despacho están atascadas a media altura. ¿Cuánto tiempo llevan así? Sabes perfectamente que por las mañanas me gusta ver el sol. ¿Cuántas veces tengo que decir que pongamos el sistema de poleas...?

Traté de centrarme:

—Vamos a ceñirnos a un solo tema: los niños. Dylan en particular. Yo paso dos días en casa con ellos, y siempre que puedo me tomo una tarde libre. Mi trabajo no está absorbiendo mi labor de madre. —Hice una pausa para pensar cómo expresar que estábamos contratando a una persona para sustituirlo a él, no a mí—. Dylan necesita que su autoestima se la estimule un varón. Simplemente es una cosa que no podemos hacer ni Yvette ni yo durante la semana. Esto no tiene que ver contigo ni conmigo, sino con la seguridad que Dylan tiene en sí mismo.

—Es muy sencillo. Yo no me siento cómodo con un entrenador trabajando en mi casa al lado de Yvette y Carolina. En la cancha de deporte, vale; pero en mi casa, no. Resulta raro. Mientras siga siendo yo el que paga las facturas, así es como se van a hacer las cosas —se empecinó Phillip.

—Cálmate. Yo pago el coche, el garaje, la ropa, los gastos menores de la casa...

—¿Sabes una cosa? Me importa un bledo lo que pagues tú. Ese entrenador no va a recibir ningún pago en esta casa, de nadie.

Mi marido había desaparecido otra vez. Había estado presente durante un instante fugaz, y enseguida había vuelto al mundo de los abogados. En su cabeza, el problema del entrenador había quedado debidamente eliminado. Sin embargo, había una pequeña pega: de ninguna manera podía yo eliminar mi problema con el entrenador, el cual estaba empezando a transformarse en un problema auténtico. Había empezado a preocuparme mucho por lo que él pensaba de mí, de cómo reaccionaba a mis chistes e incluso de cómo iba vestida cuando él estaba presente.

Mientras tanto, Phillip había pasado a otra cosa. Empezó a pulsar con el dedo pulgar su Blackberry con la ferocidad de un Beethoven, y ni siquiera levantó la vista cuando yo salí en silencio de la habitación.

9

¡DESCUBIERTA!

Mi amiga Kathryn era una de esas personas que echan una bufanda vieja encima de una caja de madera y hacen que parezca la vivienda bohemia de una condesa de paso en París. Su estilo fluía de un modo tan natural como su respiración.

Acabábamos de ver una serie de cuadros enormes en su estudio de la calle Laight, en Tribeca, todos consistentes en uno u otro matiz de azul, y habíamos regresado al *loft* en que vivía ella. En el extremo más alejado de la abierta cocina había una mesa de caballete sobre la que descansaban unos platos de jamón y queso de la tienda italiana de comestibles que había a la vuelta de la esquina. La comida estaba dispuesta a la perfección: una tabla antigua para el pan, té helado en una jarra de cristal verde, lujosas servilletas de tela con aros. Había sillones y sofás antiguos repartidos por la vivienda, acompañados de lámparas originales y mesas que Kathryn y su marido, Miles, habían ido comprando en mercadillos y exposiciones de antigüedades con el paso de los años. Los suelos eran de madera oscura y brillante, y los grandes ventanales, que llegaban hasta el techo, enmarcaban una vista de la ciudad desde Battery Park y el río Hudson.

—Entiendo el punto existencialista de Woody Allen, en que en última instancia todos estamos solos. Pero ¿exactamente cómo representan eso las manchas azules? ¿Por qué el azul? ¿Se refiere al azul del cielo que asoma, y algún otro símbolo de esperanza, o pretende ser más bien deprimente, como los azules de Picasso? —pregunté a Kathryn. Sus cuadros eran ciertamente audaces y temperamentales, pero no tenía ni idea de lo que significaban.

Kathryn se limitó a encogerse de hombros y darme una palmadita en la cabeza mientras se dirigía hacia el frigorífico. Ni siquiera la preocupaba que yo nunca pareciera entender sus pinturas. Miles, que también era su tratante de arte, sí las entendía. Y por lo visto también la gente guapa del centro de la ciudad, que pagaba un montón de dinero para exhibir sus obras por todas las paredes de sus *lofts*.

—Estaba harta del engreimiento del autorretrato —explicó—. Y también me harté de eso de la mezcla entre lo porno y lo inocente. Así que he dejado el retrato y he vuelto a lo abstracto. Es mi última etapa De Kooning, sólo que un poco pronto.

Estaba riéndose de sí misma y del excéntrico mundo del arte en que se movía, pero yo seguía completamente perdida.

—¿No lo ves? —me regañó Kathryn—. Hay un montón de cosas sobre ese lienzo. Cada marca pretende ser migratoria. El artista cataloga visualmente los pasos que va dando una persona en su solitario caminar por la vida.

—¿Qué quiere decir migratorio?

Kathryn rió.

—Relájate. ¡Eso es lo que han escrito en el catálogo!

Miles se sirvió un vaso de té y cogió un enorme trozo de pan con un pedazo de queso parmesano curado.

—Con ese azul, busca entender nuestra unicidad con nosotros mismos, con nuestro universo. Y en dicha búsqueda de la unicidad, nos movemos juntos; ahí es donde encaja lo de migratorio. —Me lanzó un trozo de pan a mí—. Así es el arte, para expresarse.

Habíamos ido al centro a propósito para que Kathryn desvelase a su mejor amiga el nuevo «formato» que estaba adoptando su arte. Siempre estábamos bromeando con que ambas teníamos sensibilidades contrarias: ella era creativa, suelta y despeinada, y en cambio yo era seria y rígida. Kathryn siempre estaba diciéndome que yo estaba demasiado centrada en ser «productora» y no dedicaba tiempo a contemplar la música cósmica de las esferas.

Miles cortó un trozo de parmesano y me lo pasó.

—A propósito, Jamie. Me alegro de verte más abajo de la calle Cincuenta y siete. ¿Te ha sangrado la nariz?

—Basta, Miles. —Kathryn le dio un cachete.

—Oh, sé perfectamente que Jamie es muy guay. —Cogió un pedazo de jamón—. Más o menos.

Él, que sólo había ido a casa para almorzar con nosotras, se quitó la gastada cazadora de ante y la dejó sobre el sofá de pana marrón. Irritante como era, Miles era atractivo como un bombero: duro y fornido, con el pelo castaño y corto y una sonrisa de dientes perfectos. Siempre llevaba una camiseta negra con las mangas enrolladas justo lo suficiente para que las señoras alcanzaran a ver sus bíceps. Todos los meses Kathryn tenía que organizar tríos con la vecina soltera de arriba para que Miles no se saliera de la raya. (Si yo hubiera consentido algo así, Phillip me habría comprado un Lamborghini.)

Kathryn y yo nos sentamos con Miles en los sofás del estudio de ella: dos Nina Campbell con cojines de dibujos indios que no hacían juego.

—¿Qué tal está Phillip? —preguntó Miles con cierta guasa, rodeando con un brazo el hombro de Kathryn. Miles no soportaba a Phillip, por eso no salíamos nunca en parejas. La única vez que lo hicimos, Phillip le dio a Miles un consejo que no fue muy bien recibido.

—Oye, colega —había dicho Phillip—. Tú vienes aquí y te pones a hablar de mover tu mercancía. O de no moverla, como es el caso. Pero lo cierto es que con el arte no vas a llegar a ninguna parte. Claro que si fueras Gagosian y representaras a Warhol y a Rothko, o a quien coño represente él, seguro que llegarías a hacer algo. Pero no con...

—No pretendo ser Gagosian —respondió Miles con una buena dosis de desdén—. Yo represento a artistas emergentes. Ése es mi punto fuerte, descubrirlos, nutrirlos, buscar mecenas que los financien. Si la gente rica no compra obras de los artistas emergentes de esta ciudad, no podrán sobrevivir.

—Todo eso está muy bien. Pero al final, en la realidad de las cosas, estamos hablando de unos don nadie. Una galería llena de obras de arte de un don nadie que no compra nadie. Y eso, amigo mío, es la dura realidad. Así que deberías revisar tu estrategia. —Miles lanzó una mirada a Kathryn, y yo propiné una patada a Phillip por debajo de la mesa; él captó el mensaje—. Claro que, por otra parte, si ésa es tu vocación, la verdad es que resulta admirable en cierto sentido. Eso tengo que reconocerlo.

¿Reconocerlo? ¿Mi pijo marido abogado?

Miles hizo una seña al camarero con la mano.

—¡Por favor, la cuenta!

—Tenías que haberle dado otra oportunidad a Phillip, Miles —dije—. Se le dan bien los negocios, y los dos podríais uniros en algún plan financiero.

—¿Tú crees? ¿Deberíamos tomarnos un cóctel Southside en el club de tenis? —ironizó Miles.

—No hablaba en serio —aclaré.

—Y yo no pienso aceptar más consejos de tu marido, pero Kathryn y yo te hemos imitado en eso de contratar a un *manny*. Hemos encontrado a un estudiante de posgrado estupendo para los mellizos.

—Ya lo sé. Me alegro de que os funcione.

—Bueno, ¿y qué le parece a Phillip vuestro fabuloso *manny*? —inquirió Miles.

—Phillip cree que lo he despedido.

—¿Cómo? —Kathryn estuvo a punto de derramar el té helado sobre la mesa—. Estamos en noviembre, Peter lleva con vosotros..., ¿cuánto?, ¿dos meses casi?

Miré a cualquier parte para no ver sus expresiones de sorpresa. Hasta intenté concentrarme en el cuadro de Kathryn titulado *Vuelo de fantasía*.

—¿Y qué? —me defendí.

—Pues que... ¿estás ocultando a un *manny* a tu marido? —Miles estaba estupefacto—. ¿Cómo has logrado hacerlo?

—Phillip está todo el tiempo de viaje.

Kathryn puso la cabeza entre las manos.

—Eso sí que está bien —se mofó Miles—. Ni siquiera yo haría eso a tu marido.

—Simplemente no he tenido energía suficiente para afrontar esa conversación —apunté—. Eso es todo.

—La conversación, ¿con quién? —preguntó él—. ¿Con tu marido o con Peter?

—¡Con mi marido! No pienso despedir a Peter. Ni hablar.

—Así que, a los efectos, eliges a Peter antes que a tu marido —observó Miles.

—Esa manera de verlo es ridícula. Peter trabaja para mí.

—Oye, Kathryn, ¿no es verdad que está escogiendo al *manny* antes que a su marido?

—Sí. ¿Y vas a abandonar a tu marido este año? —Kathryn alzó la cabeza por fin y atacó directamente a la yugular—. Primero fue hace tres años, luego el año pasado, ¿y éste? ¿Alguna idea al respecto?

—No quiero hablar de eso. En cuanto a Peter, cuando Phillip vea lo mucho que ha ayudado a Dylan y ya no se sienta amenazado... se alegrará de tener a Peter en casa.

Kathryn estaba espantada.

—¿Cuánto tiempo más piensas permanecer en ese limbo? Es una cosa muy rara, rara de verdad. Por no mencionar que tiene un título universitario y que fundamentalmente se pasa el día trabajando de empleado del hogar.

—También vuestro *manny* —dije, por si no lo recordaban.

—Es distinto. El nuestro está todavía con estudios de posgrado y viene sólo unas horas —dijo Kathryn.

—De acuerdo, de acuerdo —reconocí—. Ya sé que resulta raro. Y si hace dos meses me hubierais dicho que iba a tener a un joven de veintinueve años con un título superior trabajando al lado de Yvette, os hubiera dicho que estabais locos. Pero el caso es que está funcionando y no pienso dejarlo porque no esté «aceptado socialmente». —Alcé dos dedos en el aire para indicar las comillas y dirigí una mirada presumida a Kathryn. Miles se levantó y se fue a la cocina a ocuparse en algo, o fingió que lo hacía.

—No soy de esa clase de personas que se preocupan por lo «aceptado socialmente». —Kathryn me devolvió otra mirada presumida—. Sabemos que el chico es fantástico, no hay duda. Pero ¿no es un poco fracasado que a punto de cumplir los treinta quiera ser niñera?

—Yo creo que no. Ya te conté que está elaborando un programa informático para los colegios, a fin de ayudar a profesores y alumnos a comunicarse mejor respecto de los deberes para casa. Cuando me lo explica, suena de lo más inteligente. Y mientras tanto necesita un empleo que no tenga que llevarse a casa consigo, y además le encantan los niños. Y lo más importante: le encantan los míos.

—¿Estás segura de que no es un pedófilo? —preguntó Kathryn.

—¿Y estás segura tú de que no lo es tu chico? —contraataqué—. ¡Ya te conté que Charles lo investigó a fondo!

Dejando a Phillip a un lado, empezaba a irritarme un poco el hecho de tener que justificar las decisiones que tomaba respecto de mis propios hijos. Continué:

—Dylan está menos sarcástico, menos escéptico, menos reservado. Y el mérito se lo atribuyo a Peter. Está empezando a tener alegría otra vez. Hasta ha vuelto a gustarle la clase de educación física. El loquero no estaba consiguiendo nada, y yo tampoco sabía qué hacer.

—Deduzco que ese muchacho te gusta —coligió Kathryn.

Sentí el tirón irresistible de una sonrisa.

—Nos llevamos muy bien. Él me respeta, pero aun así hablamos como... en fin, no exactamente de igual a igual...

Pensé en lo que había sucedido días atrás: los niños estaban vistiéndose y yo le pedí a Peter que viniese temprano para llevarlos al colegio por mí. Había decidido correr un poco por el parque antes de tomar el avión a Jackson. Theresa necesitaba sentirse más cómoda conmigo antes de la entrevista. Cuando oí la voz de Peter en la cocina, rápidamente me quité el pantalón de chándal y me puse unos *leggings* cortos, y obtuve la reacción que buscaba: cuando me vio caminar con el pantalón corto, inmediatamente me miró de arriba abajo y se calló.

De pronto pareció prudente intentar cambiar de tema con mis amigos.

—Vale, así que te trata como si fueras su jefa, pero también como una especie de amiguete.

—Eso es. Un amiguete.

Miles, percibiendo que el estado de ánimo había mejorado, regresó a la conversación.

—¿Y por qué estás sonriendo? —dijo mi amiga.

—No estoy sonriendo.

—Oh, por favor —rió Kathryn—. Está bien claro que tu relación con él no es la misma que con Carolina e Yvette, ¿a que no?

—¡¿Estás de broma?! ¡No! ¿Qué es esto, un interrogatorio? ¿Por qué tienes que ser siempre tan dura? —pregunté—. No, no hablo con él como una amiga, pero sí en un nivel más profundo que con Yvette. Para empezar, no existe la barrera cultural. Hay una serie de cosas en las que pensamos igual; hablamos de las noticias.

125

—Vaya, lo de las noticias —añadió Kathryn—. Eso es algo real.

—¿Adónde quieres llegar, exactamente?

—Ay, no sé. Eso de tener todo el día en casa a un tipo guay y atractivo, con el marido fuera. No me imagino. —Miles se dejó caer sobre el asiento del sofá, disfrutando inmensamente de sí mismo. Ahora estaban sentados uno a cada lado, como dos profesores haciéndome un examen oral—. ¿Qué crees tú que puedo estar imaginándome, Jamie, dicho con tus propias palabras?

—Peter vive en Red Hook. Como un estudiante universitario.

—¡Falso! Está a punto de cumplir los treinta —contestó Kathryn—. Y tiene un título superior. Te recuerdo que tú sólo tienes seis años más que él. Ambos sois adultos.

—Me refiero a la actitud —dije tranquilamente—. No pienso encapricharme de una persona que sufre accidentes con el monopatín.

—Voy a decírtelo una vez más: él es un hombre hecho y derecho, con un título universitario y un gran potencial —dijo Kathryn.

—Tienes razón. Es inteligente, es creativo, es gracioso, me hace reír, me ayuda a tratar con mi hijo y sí, a veces hablamos. No acerca de mi triste matrimonio, por ejemplo, no se rebasan ciertos límites. Pero él me habla de su vida en casa de sus padres o del proyecto que está desarrollando. Y así voy conociéndolo y confiando en él.

—Confiar, ¿hasta qué punto? ¿Hasta el de respetar su criterio más que el de tu marido, por ejemplo? Yo creo que esto de Peter es un indicio de...

—De un matrimonio desgraciado. Ya lo sé. Es por los niños.

—Obviamente —concluyó Kathryn.

—Todavía estoy intentando averiguar si tener unos padres que se comportan de manera civilizada, aunque no se quieran, es mejor que una separación.

—Phillip todavía te quiere. —Kathryn suavizó el tono—. Es algo más que un comportamiento civilizado.

—Lo sé. Pero no como antes.

—Bien. No quiero presionarte. Con independencia de que Peter se vaya o se quede, la cuestión más importante es por qué parece compartir tu vida y en cambio Phillip no. Asegúrate de analizar bien la situación antes de dar un paso —me aconsejó Kathryn.

—De acuerdo. ¿Podemos ya cambiar de tema?

—Sólo una cosa más. —Levantó el pulgar en el aire—. Tienes que decirle a Phillip que Peter está en casa, con sus hijos. —Luego levantó el índice—. O tendrás que despedir a Peter, tal como dijiste a tu marido que ibas a hacer.

—Entendido. Ya te lo he dicho, se lo pienso decir pronto.

—Y yo te lo digo bien claro: enfréntate a tu marido o despide al *manny* —terció Miles con los codos apoyados en las rodillas—. Y cuando se lo digas, que sea pronto. ¿Con cuál de los dos vas a hablar?

—Aún no he reflexionado sobre ese punto.

10

¿DÓNDE ESTÁS, FABIO?

Sentía que la risa corría por mis venas cuando arranqué el coche y tomé a toda velocidad el puente Triborough. La sensación de libertad resultaba casi abrumadora, emocionante. Peter tamborileaba con los dedos en el salpicadero siguiendo el ritmo de una canción de los Rolling Stones y parecía totalmente relajado.

Los dos, más un feliz *Gussie*, íbamos camino de nuestra casa en la playa a pasar el día recogiendo ropa de invierno, material de esquí y cajas de libros de Phillip.

Era uno de aquellos días en que todos los edificios de la ciudad parecían captar el sol, y el perfil de Nueva York hacía que todo pareciera un mundo de fantasía. Aquélla era la ciudad que yo imaginaba cuando estaba en la universidad. Estaba deseando ir allí tras graduarme en Georgetown y comenzar una vida nueva fuera de Washington D. C., una ciudad que en ciertos aspectos era más provinciana que Minneapolis. Goodman estaba ocupado en otro reportaje, los niños estaban en el colegio, y por una vez me permití vivir el presente y sentirme simplemente feliz, como siempre habían querido mis padres.

Había muchísimo tráfico en la carretera para ser las nueve de la mañana de un día laborable. Un tráiler gigantesco se nos colocó delante, y rápidamente maniobré para rebasarlo y situarme en un carril más seguro. Además, quería que Peter pensara que yo era una chica que sabía manejar un coche. Quería que pensara que yo era una marimacho. Quería que Peter se diera cuenta de todo en lo que se refería a mí, en aquellos días; tal vez desde el principio.

—Ya veo que sabe manejar este trasto.

—Palabra.

Peter rompió a reír y golpeó el salpicadero con el puño.

Yo le saqué la lengua, pero enseguida volví a fijar la vista en la carretera.

—¿Qué pasa? —pregunté.

—¿Palabra?

—Sí. Me lo ha enseñado Dylan.

—¿Tiene idea de lo que significa? —Dijo esto como si yo fuera una abuelita desdentada sentada en una mecedora en el porche.

—Da la casualidad de que sí sé lo que significa. Es algo así como: ¡justo en el clavo!

—¿Justo en el clavo? —Lanzó una carcajada—. ¡Sí! Eso es lo que significa —admitió Peter—. Hace mucho que no oigo esa expresión. Tendrá como veinte años.

—¿Piensas que soy vieja y trasnochada, o algo así?

—Casi podríamos haber coincidido en la universidad, de modo que no opino que sea vieja. No, en absoluto. Claro que lo de trasnochada... puede ser.

Le di un cachete en el hombro con el dorso de la mano. Él me sonrió, y de repente me di cuenta de que cuando sonreía le salía un hoyuelo en la mejilla izquierda. Nunca había estado a solas con él así, sin niños ni actividades, y me estaba gustando, en efecto. Unos días antes, cuando Peter se ofreció a echar una mano en una tarea doméstica, Yvette me dirigió una mirada por encima de la cabeza de Gracie. Hizo bien en alzar una ceja. Y también Phillip. Y Kathryn. Y Miles.

—Muy bien, señora Jamie. Calma, pequeña.

—Si no me estuvieras haciendo un favor, te dejaría tirado aquí mismo, en la salida... cincuenta y dos. —Hice un esfuerzo para leer el cartel de salida, pero Peter me empujó el torso hacia atrás para que quedara de frente al parabrisas.

—La autopista de Long Island es peligrosa. Y no he ido al mar desde el verano pasado, así que me gustaría llegar de una pieza. Y concéntrese en la mediana que tiene ocho centímetros a su izquierda, por favor.

Viajamos en silencio, sin el escudo de una conversación que evitara la tensión que me causaba su presencia física. Estaba igual de tensa que el primer día en que Peter vino a casa. No igual, peor.

—Gracias a Dios que has arreglado el ordenador del cuarto del fondo —dije, sin mucha convicción.

—No lo he arreglado, usted ha comprado otro nuevo.

—Pero tú has instalado los programas.

—Podría haberlos instalado usted misma si hubiera querido. Podría haberle enseñado cómo se hace.

—Puede ser. Quizá, pero no es probable. Pero ¿sabes qué es lo que me gustaría de verdad?

—Dispare.

—Un programa de ordenador para organizar las actividades semanales de los niños de forma sincronizada con mi calendario pero también de manera totalmente individual. —Estaba hablando a ciento veinte kilómetros por hora—. Si pudiera organizarlo por separado, cuando lo imprimamos para los niños, no incluiría todas mis reuniones. —Constantemente me giraba hacia él para cerciorarme de que me estaba entendiendo.

—¡Vale, lo capto! Vigile la carretera y el carril de la derecha, por favor.

—Pero en ese caso yo tendría anotado en mi calendario dónde están los niños en todo momento. Mis compromisos en azul y los de los niños en rojo. ¿Podrás hacerlo?

Él y yo en el coche. Viajando juntos al campo. Solos. Yo teniendo que hablar con él durante varias horas. Yo deseando gustarle. Yo deseándolo a él, cosa que ya se estaba convirtiendo en un estado permanente. Respiré hondo y continué:

—Entonces, ¿podrás separar el programa de actividades de los niños del mío?

—¿Puedo decirle una cosa?

—Claro. —Hice acopio de fuerzas.

—Está agotada.

—¿Perdón?

—Sí, está hecha polvo. Opino que necesita un largo paseo por la playa.

—Mira, para que te quede claro, no vamos a la playa, sino a nuestra casa. Al sótano, a recoger todas las cosas que necesitamos y que tú tan generosamente te has ofrecido a ayudarme a transportar. Y después regresaremos a tiempo para ir a buscar a los niños al colegio. No tengo tiempo para ir a la playa.

Cuarenta y cinco minutos más tarde llegábamos a la entrada de nuestra casita de madera gris, curtida por la intemperie, un regalo de bodas de los padres de Phillip. La casa se encontraba en Parsonage Lane, en Bridgehampton, la sencilla aldea situada a medio camino entre el elegante y desde siempre adinerado Southampton y los multimillonarios de East Hampton. Cada uno de los tres dormitorios contaba con ventanas antiguas enmarcadas por cortinas de encaje, y la pequeña salita de estar situada en el centro de la casa estaba decorada con muebles descoloridos cubiertos con paños de motivos florales. Toda la propiedad estaba rodeada por enormes sauces y rosales descuidados, apenas a ocho minutos de la playa en coche.

Íbamos a aquella casa todos los veranos y también los fines de semana de otoño y primavera en que hacía buen tiempo, pero una vez que llegaban los fríos de finales de octubre y se colaban por las delgadas paredes, Phillip prefería quedarse en la ciudad. Yo nunca conseguía quitar toda la arena de las grietas del suelo, el cual crujía bajo mis duras suelas de invierno. La casa olía a rancio y a sal.

—No me imagino a su marido aquí.

Me di cuenta de que Peter nunca pronunciaba el nombre de Phillip. Estaba abriendo puertas, en busca de un armario.

—¿Por qué dices eso? —Le indiqué los ganchos que había junto al espejo del recibidor.

—Parece demasiado... básico para él.

—No andas descaminado del todo. A Phillip no le gusta cambiar nada, porque así es como les gustaba a sus padres. Nada nuevo. Todo tiene que ser viejo, todo ha de conservar el tacto de las cosas de la abuelita, así es más auténtico. Pero tienes toda la razón, Phillip suele estar aquí de mal humor, porque nada funciona como él quiere.

—Eso pensaba yo —fue todo lo que comentó Peter. Hizo una caricia a *Gussie* y echó a andar en dirección al sótano.

Dos horas después ya teníamos el maletero lleno de esquís de los niños y ropa de esquiar, y Peter estaba acarreando una caja de botellas de vino al hombro, camino del coche.

—Bueno, pues ya está. —Puso la caja dentro del coche y cerró la portezuela.

Yo eché una última mirada a la casa, sin saber cuándo regresaríamos. En invierno la madera gris adquiría un tono lechoso y había perdido el brillo aceitoso del verano. Seguía siendo una casita encantadora en cualquier temporada, pero me dio tristeza cerrar la puerta. Me pregunté si alguna vez volvería allí a crear recuerdos felices como los de otros veranos, lo cual resultaba un poco dramático teniendo en cuenta que en realidad no nos habíamos divertido en familia desde que Dylan tenía más o menos cinco años. Con todo y con eso, la casa resultaba encantadora, y me gustaba alimentar la fantasía de verme como una madre feliz con sus niños correteando por el jardín.

—Ya es hora de volver —dije por fin.

—Todavía no son ni las doce del mediodía. Sería un pecado no ir a la playa en un día como éste. —Me quitó las llaves de la mano—. Déjeme conducir a mí, ¿vale?

—Tú no sabes por dónde se va.

—Sí que lo sé. Vamos, *Gussie*. —Sabía que no había manera de detenerlo. Abrió la puerta del lado del pasajero—. ¡Vamos, pequeño!

El perro se subió al coche de un brinco, jadeando de contento tras la carrera que se había dado por el jardín.

Con *Gussie* tumbado sobre el salpicadero, emprendimos el regreso a Nueva York. *Gussie* era un perro blandito que requería atención todas las horas del día. Adoraba a Peter, el cual le daba casi tanto amor como Dylan.

El sol de mediodía penetraba por la ventanilla delantera. Yo me puse las gafas de sol, le pasé a Peter las suyas y me recosté en el asiento dejando que el sol me caldeara el cuerpo. Me fijé en la mano derecha de Peter asida al volante... parecía tener un control total del coche. Poseía unos dedos delgados y fuertes. Llevaba el codo apoyado por fuera de la ventanilla. Conducía como un vaquero despreocupado, con una sola mano. Yo sabía que mis traviesas maquinaciones no eran sino fantasías de una mujer sumida en un matrimonio aburrido y sin amor, pero eran lo bastante reales para que me preocupara de lo que pudiera hacer Phillip si descubriera que me había acostado con el criado.

De repente *Gussie* saltó a mis rodillas para poder asomar el hocico por la ventanilla. Sólo hace eso en dos lugares concretos: cuando giramos para tomar la entrada de la casa o cuando estamos cerca de la playa.

—¡Espera! ¡Peter, vamos! ¡Tenemos que regresar! ¡Gira a la derecha, gira aquí mismo! —vociferé.

—Sé exactamente cómo se vuelve a la ciudad. Pero ocurre que de momento no vamos a volver.

—¿De qué estás hablando?

—Hace un día fabuloso. Vamos a ir a la playa. El perro lo necesita. Y por lo visto usted también.

Llegó hasta la playa Coopers y acercó el coche hasta la arena misma para que pudiéramos ver las olas. A aquellas alturas *Gussie* estaba ya como loco, así que Peter abrió la portezuela y lo dejó salir. A nuestro lado había un individuo comiéndose un bocadillo en una camioneta; nos saludó con la mano y me guiñó un ojo, sólo a mí. Yo pensé: «¿Me conocerá ese tipo? ¿Será uno de esos transportistas locales de los que Phillip lleva tantos años abusando? Aunque no me conozca, se imaginará que somos pareja. Si me encuentro con alguien, Tony, de la frutería, o Roscoe, el ayudante casposo que no aparece nunca, se pensarán que tengo una aventura. Bridgehampton es muy pequeño. No puedo pasear por esta playa. Pero Peter me considerará una perdedora estirada si no soy capaz de disfrutar de la playa diez minutos con el perro.» Y tuve que reconocer que la playa estaba preciosa, más todavía estando en una época del año en que las muchedumbres de veraneantes han desaparecido. Las olas rozaban perezosamente la arena, apenas lo suficiente para molestar a los diminutos andarríos que correteaban por la orilla.

—Hace demasiado frío para pasear por la playa —objeté, débilmente.

—No. No hace tanto frío. Mire las olas, son muy suaves. Eso quiere decir que no hay viento. No le pasará nada. El perro lo necesita, usted lo necesita. Y a mí me encantaría.

—Pero no podemos. Tenemos que ir a buscar a los niños al colegio.

—Sí que podemos. —Peter me quitó el teléfono y marcó varios números—. Hola, Yvette.

Intenté arrebatárselo, pero él me esquivó y se apeó del coche. Yo me incliné hacia él por encima del volante.

—¡Dame el teléfono! —dije, susurrando.

—Soy Peter. Verás, tenemos un montón de trabajo por delante. Sí, no nos va a ser posible volver a tiempo para recoger a Dylan. ¿Te importaría ir a buscarlo en mi lugar?... Genial. Llegaremos a última hora de la tarde, no sé cuándo.

Y acto seguido cerró el teléfono, lo lanzó por debajo del brazo justo al interior de mi bolso y echó a andar por la duna detrás de *Gussie*.

Aquello era ridículo. ¿De qué me sentía culpable? Daríamos un corto paseo y después volveríamos. Nada importante. Me apeé del coche, fui hasta la playa y me detuve donde la arena formaba un terraplén como de un metro de caída. Me deslicé cuesta abajo sobre los talones. Peter ya estaba a la orilla del agua, con las manos apoyadas en las caderas. Vale. Era fabuloso de mirar. Pero, como siempre decía mi madre, no hay nada de malo en mirar el escaparate; el problema está en comprar.

—Bien. Lo ha conseguido. No está tan mal, ¿eh? —Peter señaló con la mano el océano, el azul intenso del cielo y la arena blanda, densa y blanca.

—Es horrible.

Sonreí. Él encontró una pelota de tenis vieja y se puso a jugar a lanzársela al perro. *Gussie* ya tenía las patas mojadas y todo el pelo cubierto de arena. No me iba ser posible dar la vuelta hasta la casa a lavarlo con la manguera; iba a tener que limpiar el maldito coche antes de que lo utilizara Phillip.

—¡Eh, J. W.! ¡Que corra un poco la sangre por las venas! ¡Libere endorfinas! No le vendría mal.

Eché a andar de mala gana detrás de Peter y del perro. A unos doscientos metros de la orilla vi a un surfero solitario vestido con un traje de neopreno de invierno, escarpines y gorro que intentaba valientemente coger las pequeñas olas. En la línea del horizonte se movía despacio un carguero. Detrás de la hierba de las dunas se elevaban las majestuosas mansiones de verano de Hampton. La mayoría de ellas parecían haber sido construidas por el mismo arquitecto: tejados con tablillas envejecidas de color tostado, ventanas pintadas de blanco de todos los tamaños que cubrían unos cristales ovalados bajo los altos techos, incontables dormitorios, porches y terrazas en curva que recorrían la casa entera. De vez en cuando surgía una estructura moderna, como un rectángulo negro de dos plantas enmarcado en una construcción en forma de A, alta y con paredes de cristal, una vivienda sencilla de piedra, como si quisiera recordarnos que estábamos en 2007 y no a principios del siglo pasado.

—Unas casas asombrosas —dijo Peter.

Estaba otra vez a mi lado. Yo di un paso atrás.

—Una tras otra —convine—. Y lo más sorprendente es que son segundas viviendas.

—¿Cuánto calcula que valdrá ésa, la grande? —Peter señaló una casa rematada por cúpulas y construida en tres secciones distintas, cada una de ellas capaz de alojar a una familia de doce miembros.

—En realidad sé lo que vale. Es la casa de Jack Avins. La compró por treinta y cinco millones de dólares en un famoso acuerdo conocido como Hadlow Holdings. Todos los participantes principales del acuerdo ganaron unos ochocientos millones. Phillip trabajó en ello. —Peter me miró con expresión interrogante—. No, no. Phillip simplemente ganó sus honorarios normales por hora, y créeme, eso le fastidia bastante.

—Ya —admitió.

Dijo esto como si se muriera por decir algo más.

Yo le dije:

—Me parece que sé adónde quieres ir a parar con ese comentario, pero voy a dejarlo pasar. En cambio sí te digo una cosa: a tu antiguo jefe le dijiste que era un idiota pasivo-agresivo y a mí me has dicho que estoy agotada. ¿Existe alguna pauta en eso?

—Usted no se parece en nada a él.

—Pero aun así ves razones para criticarme. —Dios, qué guapo estaba con los vaqueros y la cazadora negra.

—No estoy criticando —dijo—. Puede que tal vez un poco. Pero sí es verdad que necesita calmarse un poco en lo que tiene que ver con las actividades de Dylan.

Me obligué a mí misma a no mirarlo a la cara, sorprendida de sentirme herida.

—¿Qué quieres decir?

—Quiero decir que no se va a acabar el mundo porque Dylan no llegue a tiempo de hacer algo o se pierda una fiesta de cumpleaños.

—Pero si los cumpleaños le encantan —comenté.

—No es cierto —rebatió.

—Sí lo es.

—Lo siento, pero no —continuó Peter sin alterarse—. No le gustan los sitios llenos de gente, ésa es en parte la razón por la que no quiere volver al baloncesto: toda esa gente, todo ese ruido, no puede con ello. Dylan es un pensador, un solitario. Las multitudes lo ponen nervioso. El día en que se bloqueó y no pudo lanzar a la canasta, no fue sólo ansiedad frente al rendimiento, es que había demasiada gente a su alrededor.

—¿Habéis estado hablando de eso? ¿Te lo ha dicho él? —le pregunté.

—Sí, así es.

¿Cómo podía pensar Peter que conocía a mi hijo mejor que yo? No me gustó que Dylan estuviera abriéndose a Peter más que a mí, pero procuré que no se me notara.

—Bueno, pues me alegro, Peter. Me siento aliviada. —Crucé los brazos sobre el pecho—. Dylan no es de los que ponen todas las cartas sobre la mesa. Sólo se abre de verdad a mí a la hora de acostarse, cuando está dominado por una especie de aura de vuelta al útero materno y se siente seguro en la oscuridad.

—Tampoco estaría mal que relajara su propia agenda de actividades.

—Tú no sabes lo que es ser una madre trabajadora en esta ciudad y con tres hijos —aclaré—. Desconoces un montón de cosas de mi jornada de trabajo.

—¡A que no se atreve! Pruebe a desviarse del plan.

—No hay problema, puedo hacerlo —comenté.

—¿Está segura?

—Sí que lo estoy, pero ahora no estamos hablando de mí, estamos hablando de Dylan.

—¿Me permite que le dé un consejo? Venga. Vamos a pasear.

—Claro —respondí de mala gana—. Cuéntame qué más opinas. Como si pudiera impedírtelo. No me molesta en absoluto.

Pero todavía me sentía dolida.

—Me alegro de saberlo. —En realidad estaba dando marcha atrás. Hizo una profunda inspiración, como si la lista de mis errores tuviera un kilómetro de largo—. Dirige su casa como si fuera una impecable producción para televisión. Cada niño tiene ya sus actividades marcadas con su color particular en la pizarra, la cual ahora quiere en formato digital; cada miembro del servicio tiene un programa de tareas muy claro cada día. Y no hay ninguna desviación del plan. Jamás. Y eso es demasiado para Dylan. —Su tono de voz se fue apagando.

Seguí su mirada, fija en una pareja que se hallaba haciendo el amor en la arena, sobre una manta a rayas. La chica tenía una pierna encima del hombre, y había que hacer un esfuerzo para no mirar, porque estaban realmente enfrascados en el tema. Aquello era lo último que necesitábamos: una apasionada exhibición sexual con nosotros de espectadores.

Me aclaré la garganta y apreté el paso.

—Bueno, vivimos en una ciudad ajetreada, trabajamos los dos. A los niños les viene bien el orden.

—Sólo hasta cierto punto. A veces Dylan necesita tener toda la tarde libre. Permítale que salga pronto del colegio, y yo lo llevaré a un partido. Necesita vivir como un niño sin preocupaciones si quiere que se libre de esa actitud escéptica que le hace pensar que es demasiado guay para emocionarse por algo. Todo parece tan importante, tan orquestado... Nunca hay tiempo para saber a qué huele el mar.

Aspiró el aire salado y se sentó en un pequeño repecho de arena. Una racha de viento vino desde atrás y levantó un poco de espuma de la cresta de las olas.

—Jamás imaginé que iba a tener que criar a mis hijos en una ciudad, no fue así como crecí yo —le recordé, al tiempo que tomaba asiento a su lado, pero no demasiado cerca—. Yo sería completamente feliz viviendo aquí, pero son nuestros trabajos los que nos atan a la ciudad.

—Entonces tiene que compensarlo de alguna manera.

—Te he contratado a ti, ¿no?

—Es que la intensidad de la ciudad está quitando la alegría a todos los niños que viven en ella —reflexionó—. Y a las madres.

—Con el debido respeto, ¿qué sabes tú de las madres?

—De hecho, paso mucho tiempo con ellas: el parque, los cumpleaños, recoger a los niños en el colegio. Y me cuentan cosas. En realidad no me consideran un empleado de servicio, como Yvette o Carolina. Les gusta confiarse a mí, lo cual a veces resulta muy divertido.

—¿Y qué te cuentan? —pregunté, con verdadera curiosidad.

—Al principio quieren saber qué clase de individuo soy para aceptar un empleo así. Una vez que tienen solucionado eso y se enteran de que estoy trabajando en un proyecto para los colegios públicos, se sienten muy cómodas, y empiezan a hablar. Hablan de sus maridos, de lo mucho que los odian, de que nunca están en casa. Las viudas de Wall Street. Yo me limito mayormente a intentar escucharlas, para que tengan la sensación de que, en efecto, hay alguien que se preocupa de todas las estupideces que les preocupan a ellas. Una me preguntó una vez, con la cara muy seria, porque yo era hombre, si consideraba normal que un contratista pidiera ciento treinta y siete mil dólares por reformar el vestidor de su marido.

—Ya sé que resulta sorprendente. Los números...

—Es más que sorprendente. ¿No le preocupa un poco que sus hijos se relacionen con esas familias?

El pelo revuelto le flotaba alrededor de la cara y se le metía en la boca, y me entraron ganas de apartárselo. Dios. ¿Sería yo igual que Mary Kay Le Tourneau, la maestra aquella que se había acostado con su alumno de trece años, fue a la cárcel y luego se casó con él? Pero entonces recordé que Peter tenía sólo seis años menos que yo y que medía uno ochenta. Respondí:

—Pues sí, pero intento que en nuestra casa haya buenos valores.

—Pero no puede contrarrestar lo que ven. El otro día llevé a Dylan a jugar a casa de los Ginsberg, y la madre estaba literalmente haciendo que examinaran la casa en detalle. Igual que un coche deportivo.

—¿Qué?

—La señora Ginsberg tenía a dos mujeres de uniforme blanco y un hombre con camisa y corbata repasando la línea de las ventanas con esos bastoncillos de algodón largos. ¿Le parece un entorno normal para que jueguen los niños?

—No. No me parece un entorno normal para que jueguen los niños.

—Y al entrar en la habitación del niño vi que la cama tenía unas sábanas a la moda, azules y blancas y con las iniciales grabadas en todas las almohadas, los libros colocados por orden alfabético, las camisetas apretadas en los cajones. ¿Quién plancha una camiseta en este mundo?

—No sé. Nosotros, no —repuse, a la defensiva.

—¿Y cuánto cuestan esas sábanas? Tenía intención de preguntárselo —dijo Peter.

—No lo sé.

—Sí que lo sabe. Usted también las tiene en su cama.

—No pienso decírtelo —me obstiné.

—Entonces me voy. —Se puso en pie para marcharse.

—¡Espera! ¡Siéntate! Me costaron muy caras.

—¡Eso resulta enfermizo! ¿Para la cama de un niño?

—Dylan tiene unas de fútbol —aclaré—, de Pottery Barn.

—Ah, bueno, eso cambia las cosas. Para ustedes las madres, sólo se trata de mantener esto, organizar aquello, planificar lo de más allá. Igual que usted con sus fantasías de colores digitalizados para las tareas.

Odié que me estuviera comparando con todas aquellas madres quejicas del parque.

—Yo no tengo mucha relación con todas esas mujeres —aclaré.

—¡No me diiiga!

—Sí te digo, Peter. ¿No estás de acuerdo?

—Me fijo en las cosas pequeñas. Soy una persona detallista, por eso se me da bien programar.

Cuando me pinchaba se ponía realmente encantador.

—¿Y en qué te has fijado? —quise saber.

—He notado cómo cambia su lenguaje corporal. Me he dado cuenta de que cuando está con ellas no se comporta de manera natural...

—Peter, ellas pertenecen a una raza totalmente distinta.

Se puso a silbar una breve melodía.

Se bajó las gafas de sol hasta la nariz y me miró fijamente con cara de póquer. Continué:

—Yo no estoy obsesionada con comprar ropa, Peter, ni con las idioteces que preocupan a esas mujeres. No me digas que no lo sabes perfectamente. —Creo que, de hecho, estaba suplicando.

Peter me dio un empujoncito con el hombro.

—Es posible que sea más lista, es posible que tenga una gran carrera. Pero ha bebido un poco del mismo licor. A lo mejor ha pasado demasiado tiempo al lado del ponche. Al menos desde mi punto de vista.

Dios. Aquello sí que me dolió.

—¿Y qué haces tú al lado del ponche? ¿Salir con tus amigos de Red Hook? ¿Con tu novia?

—¿Qué? —inquirió.

—Estoy harta de hablar de mí. Vamos a ponerte a ti en el punto de mira un momento.

—Actualmente no tengo novia. Y si quiere saberlo, me fui de Colorado por culpa de una ruptura bastante desagradable. No tengo ganas de meterme en nada de manera precipitada. Y sí, salgo con mis amigos de Brooklyn, pero también con muchos de Manhattan. ¿Y sabe una cosa? Son mucho más guais que esas madres que conoce usted.

Y dicho aquello se puso en pie de un salto y echó a correr detrás del perro.

—¡Kathryn no es así! —grité.

Pero él ya iba camino del coche.

Durante el camino de regreso, ambos parecíamos estar absortos en nuestros pensamientos. Cuando llevábamos cerca de una hora de viaje, no pude evitar preguntarle a Peter:

—Está bien, dame otro ejemplo de algo que yo hago, algo que diga a gritos que soy una criatura de la Cuadrícula.

Él esbozó una sonrisa de las que quitan el aliento y se rascó la barbilla. Luego rió suavemente.

—Vale —dijo—, tengo uno.

—¿Cuál? —Me moría por dentro.

—Sus cojines de piel de leopardo.

—¿Mis qué?

—Sus cojines de piel leopardo. Todos y cada uno de los pisos de la zona tienen en el sofá principal del salón exactamente los mismos cojines de piel de leopardo, aproximadamente de veintidós por treinta, con esas borlitas de seda tan monas. Dos a cada lado, uno encima del otro, y con pinta de muy caros.

Me sentí desnuda.

—Cada vez que viene alguien a casa —continuó Peter—, sale disparada a buscar esos cojines, dos, y los ahueca un poco antes de ir a abrir la puerta. Cada vez que lo veo, no puedo evitar reír.

Igual que un agente de la CIA que se hubiera fijado sobre su objetivo, aquel muchacho había escogido lo único, la única cosa material que me tenía cuatro años obsesionada. Y tenía razón: aquellos malditos cojines de leopardo eran efectivamente un símbolo, una metáfora de todo. Recuerdo que cuando fui por primera vez a casa de Susannah, consciente de que ella estaba muy por encima de mí en estilo y en clase, me dije a mí misma que aquello no debía preocuparme, pero por supuesto que me preocupó hasta cierto punto. Naturalmente, yo deseaba que los amigos de Phillip, con su comportamiento de clan endogámico de niños ricos, me aceptasen.

Quise ser como ella. Sabía que no me iba a suceder de manera natural. Me senté en su sofá. Cogí el pequeño cojín que tenía debajo. Pasé los dedos por el suave terciopelo, seguí el serpenteante dibujo en tonos ámbar y chocolate. Tironeé de las borlas de seda amarilla. Raspé la delicada labor de croché de los bordes. Quise aquel cojín para mí. Aquel cojín lanzaba a gritos un mensaje de dinero, estilo y permiso para entrar.

Dos semanas después llegaron mis dos cojines de leopardo de Le Décor Français en una caja envuelta en papel de seda rosa con un lazo blanco. Los coloqué sobre mi sofá. Y desde entonces me siento miembro de un club al que no me corresponde pertenecer.

—Peter, no sé qué tienen que ver esos estúpidos cojines de leopardo con esta conversación.

—Me parece que lleva más tiempo mezclándose con los nativos del que usted cree.

Le propiné un golpe en el brazo con el bolso, y me pregunté qué diría si supiera que me habían costado dos mil quinientos dólares.

11

HUEVOS PODRIDOS

De la parte de atrás surgió una mujer con una larga abertura en la parte posterior de la falda y botas de cocodrilo de tacón alto que subió a la acera andando como una modelo de pasarela, y al hacerlo su falda se entreabrió lo justo para dejar ver las medias y una pierna bronceada y perfectamente torneada. Una semana más tarde, después de los recados de los niños, doblamos la esquina en dirección a la puerta del colegio de Dylan y yo sorprendí a Peter sonriendo para sí ante la vista que se ofrecía a sus ojos.

Ingrid Harris: la mujer que era demasiado pija para empujar. Además de sus fabulosas piernas, poseía un culito respingón y unas tetas tipo Barbie. De repente me vi transportada a una ocasión en que me encontraba en el parque infantil de la calle Setenta y seis, cuando Dylan tenía unos seis años, y había por allí un grupo de madres hablando de lo mucho que odiábamos hacer ejercicio. Ingrid, como de costumbre, no se hallaba presente, pero su hijo mayor, Connor, estaba jugando con Dylan no muy lejos en el cajón de arena, y oyó nuestra conversación.

—Mi mamá tiene un entrenador personal —anunció Connor—. Se llama Manuel. Es de Panamá y me ha traído una guitarra de su país.

Todos conocíamos a Manuel: aquel pedazo de carne ardiente del gimnasio del barrio. Y también conocíamos a nuestra Ingrid y su hiperactiva libido, que se ponía en marcha cada vez que detectaba en las inmediaciones el aroma de un hombre atractivo. Le encantaba ver películas porno cuando su marido estaba de viaje de trabajo. ¿Su película favorita? *Nabos, pollas y cipotes.*

—¿Quieres que te cuente un secreto? —prosiguió Connor.

—Claro, cariño —lo animó Susannah.

—Mamá y Manuel hacen ejercicio en el cuarto de la televisión, y cuando han terminado siempre se echan una siesta juntos.

Dirigí otra mirada a Peter. Seguía extasiado por el culito de Ingrid, del tamaño de un pomelo.

Le di un pellizco en el brazo.

—Vuelve a meter la lengua en la boca.

Yvette estaba esperando frente a las escaleras del colegio con Michael y Gracie en un cochecito doble. Mientras yo los abrazaba y los liberaba de los cinturones de seguridad, Ingrid subió los escalones dando brincos con su vistoso trasero.

—¿Y quién es este hombre tan guapísimo?

—Hola, Ingrid. Te presento a Peter Bailey. Y a Yvette ya la conoces.

—¡Qué guapo!

—Sin tocar —dije.

—Encantado de conocerte, Ingrid. ¿Tienes un hijo en este colegio?

Peter le tendió la mano con entusiasmo e hinchó el pecho. De pronto yo me volví invisible, y eso no me gustó. Ingrid se acercó un poco más y sus tetas falsas quedaron a un milímetro del brazo de Peter.

—Sí. Connor —dijo—. Tiene la misma edad que Dylan. ¿Estás en Nueva York de visita?

—Está trabajando con nuestra familia. —Subí un peldaño más, sujetando a mis dos inquietos pequeños.

—¡Mamá! —lloriqueó Gracie—. Le dije a Yvette que quería quedarme en casa.

—Y yo le dije a Yvette que quería verte y llevarte al parque cuando tu hermano saliera del colegio. —Le acaricié tiernamente la mejilla con el dorso del dedo índice.

Me lanzó una de sus miradas. Michael, frustrado al verse atrapado en mis brazos, arqueó violentamente la espalda y casi salió volando escaleras abajo. Peter me agarró del codo para sostenerme con una mano y después sujetó la espalda de Michael con la otra. Ingrid observó aquel hábil movimiento con interés creciente.

—Y también tiene una empresa de *software* —completé.

—¿Así que también es listo? Qué bieeen —canturreó Ingrid.

—¡Ingrid! —Le lancé una obvia advertencia, la cual ella ignoró convenientemente—. He comprado entradas para la gala benéfica del Dupont.

Me refería a la próxima gala con fines benéficos en el museo Dupont, con el tema «Noches Blancas en el Hermitage». Hablar era el único modo que se me ocurrió de apagar el fuego que se había prendido entre los dos. No estaba equivocada respecto a lo de mi fantasía de esposa aburrida; Peter no tenía el menor interés por mí, ni siquiera se sentía atraído. El hoyuelo de su mejilla izquierda se acentuó al sonreír a Ingrid. Aquello sí era un hombre interesado. Me sentí igual que la chica gorda de Central Casting con la que nadie quería acostarse.

Ingrid se volvió hacia mí:

—Veo que has comprado dos entradas. Tengo que reconocer que, con la mitad del consejo directivo de Pembroke en el comité, comprar las entradas más caras ha sido muy inteligente.

—¿Qué voy a hacer, mamá?

—Nada, cielo.

—Todo el mundo está al tanto, todo el mundo sabe exactamente por qué has comprado esas entradas —dijo Ingrid—. ¿Tienes un buen vestido?

—No, no he tenido tiempo para pensar en un vestido. —Peter no había pestañeado desde que apareció Ingrid. Yo me las arreglé para situarme delante de él.

—Deberías pensarlo mejor. El vestido lo es todo. Y después del uno de diciembre, ya no vas a encontrar nada. A esas alturas las colecciones de invierno ya estarán saqueadas.

—A Jamie no le importa mucho la ropa —terció Peter.

Ingrid apoyó una mano en el brazo de Peter.

—¡Oooh! ¿A mí me lo vas a decir? ¡Lo remienda todo!

Peter soltó una carcajada histérica, como si ella fuera la mujer más inteligente que había conocido nunca, y acto seguido se la quedó mirando con una expresión completamente idiotizada.

—Han escogido un tema de los zares porque se trata de la última gira de huevos Fabergé antes de que pasen a manos privadas —continuó Ingrid—. Pero recuerda que no son sólo zares, sino zares blancos.

—¿Quieres que tome apuntes? —preguntó Peter.

—Estoy bien. Es hora de ir a buscar a Dylan —le dije, con los ojos entornados.

—Todavía nos quedan tres minutos —anunció él tocándose el reloj.

—Y no es sólo el vestido..., no te olvides de las pieles blancas. Ya sé que no vas a olvidarte, pero es sólo por recordártelo —siguió diciendo Ingrid.

—¿Estás de broma? Yo no tengo pieles blancas.

—No seas tímida, Jamie. ¡Noches Blancas, pieles blancas! ¡Como Julie Christie en *Doctor Zhivago*! —Se inclinó hacia mí y susurró—: Yo voy a llevar una piel de marta cibelina. Corta y con capucha. —Indicó con las manos la altura exacta a la que llegaba dicha prenda—. La he comprado en Dennis. Y a muy buen precio.

—Dame una cifra aproximada —pidió Peter. Yo sabía que estaba simplemente acumulando munición para dispararme más tarde.

—Uno, nueve —dijo Ingrid en un susurro.

—¿Mil novecientos? —susurró él a su vez, demasiado cerca del oído de Ingrid.

—¡Diecinueve mil! ¿En qué planeta vives?

Peter puso cara de encontrarse mal.

—Voy a buscar a Dylan —dijo.

Ingrid giró en redondo y echó a andar pegada a él. Yo la agarré del hombro de forma instintiva, con la esperanza de frenarla en seco, pero ella se zafó.

Alguien me dio un toque en el hombro. Era Christina Patten, la de la crisis a causa de los bollitos. Me sentí golpeada por una pistola por tanta mamá gallina suelta. Christina tenía un rostro afilado y un cabello castaño que se le rizaba bajo las orejas y le rozaba los hombros. Llevaba un traje pantalón de color crema, con una blusa de seda del mismo color sobre la que colgaba una docena de cadenas de oro de aspecto muy caro. Además daba la impresión de ser una persona peligrosamente mal nutrida.

—Os he oído hablar de la Gala de los Zares que va a tener lugar en el museo.

—¡Mamá! ¿Podemos irnos? Tengo frío. —La niña se frotó la cara soñolienta.

—Todo el mundo ha reservado una mesa. ¿Quién está en la tuya? —preguntó Christina.

Yo había comprado dos entradas, no una mesa. No podía llenar una mesa. No me atreví a intentar obligar a ninguno de mis amigos íntimos del trabajo, que no sentían el menor interés por los actos sociales, a que acudieran. Susannah, mi contacto más importante con el mundillo social, se encontraba fuera aquel fin de semana y no iba a ir. Tenía que esquivar el tema.

—Jamie, ¿con quién vas a sentarte? —Christina ya parecía preocupada.

—¡Mamá! —chilló Dylan. Peter estaba bajando la escalera con el pequeño a hombros.

—Un segundo, Christina. ¡Cariño! —Abracé a Dylan, el cual se soltó enseguida porque estaban presentes sus amigos. Me puse de rodillas para quedar a la altura de los ojos de Gracie—. Si dejas que te ponga el abrigo, te contaré a quién me he encontrado esta mañana. Mira dentro de mi bolso.

Gracie se lo quedó mirando con ojos como dos lunas llenas. Se apretó contra el cuello a Beanie Baby, la jirafa de color morado, ahora sucia y maloliente.

—¿Has encontrado a *Purpy*?

La había perdido hacía tres meses. Se abrazó con fuerza a mi muslo y después echó a correr para presentarle *Purpy* a Peter.

—Jamie, ¿con quién vas a sentarte en la gala Noches Blancas? —persistió Christina—. Ya sabes que si no lo tienes pensado te pondrán en el techo, cerca de Siberia.

—Phillip tiene varios socios. Por lo menos me parece que iban a acompañarlo algunos.

—Más vale que te cerciores de que sean los socios adecuados. Todo el mundo tiene ya organizada su mesa.

Peter no iba a pasarme aquélla por alto, y desde luego yo no tenía ningún vestido blanco, ni por supuesto una prenda de piel blanca que me llegara a la cadera. Imaginé a todas las mujeres luciendo vestidos largos de Gucci y Valentino o pantalones de satén blanco con *tops* llenos de lentejuelas y con la espalda al aire. Me encontraba en un apuro tan grande que sopesé las intenciones de Christina y me pregunté si podría sentarme a su mesa.

¿Estaría ella dispuesta a invitarme? Siempre me consideraba «interesante» porque, de hecho, hacía algo y llevaba dinero a casa. Qué concepto.

—¿Sabes que los Roger han cancelado la cita esta semana? —Estaba... tanteándome.

Volví a arrodillarme y me ocupé de la bufanda y los guantes de Gracie, y procuré entretenerme en otra miniconversación mientras reflexionaba un poco. Claro que habíamos solicitado plaza en otros colegios, pero yo quería que Gracie fuera a Pembroke, porque tenía los mejores profesores, los más creativos, y alumnos más variados que cualquier otro colegio privado de la ciudad. Pero la competencia era muy dura. Cada año había unas veinte plazas para alumnos que no fueran hermanos, y yo no estaba segura de que pudiéramos meter a Gracie sin la ayuda de las mujeres que formaban parte de la junta. Christina era amiga de todas ellas. ¿Hasta qué punto podía yo ser una mercenaria?

—Y, por lo tanto, tengo dos asientos por ocupar —continuó Christina—. Me encantaría que os sentarais con nosotros. Estoy segura de que George adoraría saber cosas de la trastienda del informativo de la noche. Lee el periódico todos los días.

Me sumergí depravadamente en el abismo del mundillo social.

—Phillip y yo estaríamos encantados de sentarnos con vosotros. Te agradezco mucho tu ofrecimiento.

—Bueno, pues entonces ya está. Voy a enviarte información sobre la exposición de Fabergé para que aproveches la velada al máximo.

Christina se despidió y echó a andar por la calle con sus dos hijos, ambos ataviados con minichaquetas de caza con el cuello subido para que todo el mundo viera el dibujo a cuadros de Burberry de debajo.

Peter no necesitó decir ni una palabra más acerca de las señoras y la ponchera para que yo supiera exactamente lo que estaba pensando.

—Puedes meterte conmigo todo lo que quieras —le dije, con serenidad—, pero, según las estadísticas, es más difícil entrar en un colegio de párvulos de Nueva York que en la Universidad de Harvard.

La acera estaba abarrotada de madres, niñeras y niños que acababan de salir del colegio. Mientras nos alejábamos, Dylan se había acercado a ver a unos amigos, y Gracie caminaba cogida de mi mano. Yvette empujaba el cochecito del pequeño.

—Puede que tenga un trabajo en el mundo de fuera —proseguí—, pero siempre vengo aquí al final del día. Y a veces, por desgracia, hay que hacer algunos sacrificios.

—¿Sí? —No se creía nada de nada—. Pero por lo visto opina que pasar la mayor parte del tiempo con gente que no le cae bien o que le hace sentirse mal es el precio de admisión.

—De manera que compro entradas para una estúpida gala benéfica sobre huevos para ayudar a mi hija a entrar en el parvulario. Ya está, se acabó el problema. Pero eso no constituye mi vida entera, lo sabes perfectamente.

Peter suspiró y se detuvo.

—Lo sé; pero el motivo por el que la ataco es que ya he pasado por esto.

—¿Cómo?

—No me refiero en sentido literal. Es como lo que empecé a contarle en la playa. Quiero decir que yo dejé una serie de relaciones que no iban conmigo, y un lugar que tampoco encajaba conmigo o en el que no encajaba yo. No se lo he contado porque no parecía que viniera al caso, pero ahora que estamos... bueno... sea como sea, yo estaba destinado a entrar en el negocio de mi padre, como ya sabe. Pero además estaba metido en una relación que era seria, todo el mundo pensaba que éramos la pareja perfecta: ella provenía de una buena familia, nuestros padres eran de derechas y amigos, ella era estupenda en muchos sentidos. —Noté que Peter estaba valorando si no estaría sobrepasando una línea algo íntima, pero siguió adelante—. Qué diablos, ella se quedó embarazada, y tuvimos que ponernos a pensar en serio en lo de vivir juntos. Incluso empezamos a buscar casa. Y la presión iba aumentando. Y de repente me di cuenta de que estaba yendo de cabeza a la pesadilla de convertirme en un padre de una urbanización de las afueras, algo que yo no era en absoluto, una situación que tampoco iba con ella. Un día se levantó diciendo muy convencida que quería abortar. Sabía que yo iba a apoyarla hiciera lo que hiciera. Entonces tomó una decisión y abortó. Y yo me cagué.

—¿Porque querías al niño?

—Naturalmente que quería al niño. Me muero por tener hijos, pero en mi interior sabía que no era el momento. Me cagué porque comprendí que iba a meterme en un estilo de vida que no tenía absolutamente nada que ver conmigo. Estuve muy cerca.

—¿Y qué pasó?

—Fue muy doloroso. Una ruptura en toda regla. Pero ella no era la persona adecuada para mí, ni yo tampoco para ella. Cuando mis padres se enteraron de lo del aborto, se agravaron más las cosas. Aunque en algunos sitios no pase nada por algo así, en el lugar del que soy yo sí que pasa, y ése fue el problema. Mi padre no paraba de decir que no podía creer que nos hubiera resultado tan fácil interrumpir el embarazo. Y yo no paraba de decirle a él que era lo más difícil que yo había hecho en toda mi vida, pero no quiso oírme. Tuvimos unas palabras. Él no comprendía de dónde venía la cosa ni por lo que habíamos pasado. Así que corté por lo sano. Mi padre y yo llevamos un año casi sin hablarnos.

—Los padres no permanecen enfadados para siempre —dije.

—Ya lo sé. Pero en realidad no se trata de eso. Yo estaba viviendo en un mundo que no tenía sentido para mí, y fue necesario un drama para que llegara a entenderlo.

—¿Qué sugieres? ¿Que yo debo cortar por lo sano con la vida que llevo aquí? ¿Que debo dejar el trabajo y mudarme a otro sitio? ¿Que rompa los lazos con mi familia y regrese a Minnesota?

—¿Estaría el señor Whitfield incluido en esa nueva vida?

—Yo... Yo...

Peter comenzó a tratarme con confianza:

—No es mi intención presionarte. Es sólo que...

—¿Qué, Peter?

—No hablemos de eso, J. W. —Había empezado a llamarme así, y me gustaba, también la cercanía en el tratamiento.

—Probablemente es lo más sensato.

—Sí. —Y me miró fijamente.

Me daba vergüenza que tuviera a Phillip encasillado, aunque no hacía falta ser un genio para ello.

—Sea como sea —insistí—, tu situación con tu padre no tiene nada que ver con que yo esté aprendiendo a lidiar con mujeres tontas, y a hablar como hablan ellas y a andar como andan ellas, sólo para facilitar la vida a mi familia...

—Pero es que las similitudes existen. Eso es lo único que estoy diciendo —me contestó Peter—. No es bueno para ti pasarte la vida entera viviendo la película de otro. Eso te va a volver loca.

Ya me había vuelto loca.

12

LA GRAN TRAMPA: TEN CUIDADO CON LO QUE PIDES

A la mañana siguiente, Abby abrió de improviso la puerta de mi despacho, con tanto ímpetu que descolgó de la pared una placa del National Press Club. Yo la miré y sacudí la cabeza en un gesto negativo. Llevaba uno de sus horribles trajes Ann Taylor del siglo pasado, era de color rojo cereza.

—Otra vez pareces una azafata de Avis, coches de alquiler —comenté.

—Estás repitiendo los abusos sufridos —dijo Abby—. Estás proyectando sobre mí los malos tratos que sufres tú todas las mañanas a manos de esas chicas de Park Avenue.

—No son malos tratos, intento aplicar ayuda humanitaria de emergencia a una zona de paso azotada por un desastre. No puedes ponerte más veces ese traje, es de los ochenta.

—Me da igual. —Se sentó en la silla que había frente a mi mesa.

—Vale, es tu vida. —Cogí la portada del *Times*, y Abby cogió otra.

Al cabo de unos minutos ella se asomó por encima del borde del periódico.

—Mi primera intención al venir era hacerte un cumplido, pero supongo que eso ya no es necesario. —Silbó una breve melodía.

—Cuéntame.

—Antes dime que estoy estupenda. —Cruzó las manos sobre el pecho.

—Eso no puedo hacerlo. Mentiría. —Sonreí.

Abby sopló el vapor que emanaba de su café con leche, ponderando si debía ser amable conmigo.

—¿Dónde has estado durante la reunión de esta mañana?

—Estoy intentando estudiar todo lo que tiene que ver con la cobertura del reportaje de Theresa. Y además estoy muy liada con los niños. Me he comprometido tontamente al recoger a Dylan en el colegio respecto a una fiesta sobre huevos, y me está llevando más esfuerzo y más tiempo del que dispongo. Pasar de Fabergé y pieles a un asunto de relaciones sospechosas en el Estado Rojo me está haciendo polvo las cervicales.

—¿Fabergé y pieles? —preguntó Abby.

Di un mordisco enorme a mi bollo con mantequilla y hablé con la boca llena:

—No voy a asistir.

—¿Es uno de tus eventos de gente guapa? ¿O uno de esos actos en Central Park con un sombrero de setecientos dólares, con todas tus amigas ricas?

—No son amigas mías —me defendí.

—¿Qué es eso de los huevos?

—Es para los huevos Fabergé.

—Algo que siempre te ha apasionado —comentó con ironía.

Yo puse los ojos en blanco.

—Lo hago por el colegio de Gracie, en realidad es para el museo Hermitage.

—En San Petersburgo. Uno de tus sitios favoritos de todos los tiempos.

Cogió de mi estantería el *Madison Avenue Magazine*. Aquí llega el *tsunami*.

—¿Otra vez va a salir aquí tu foto?

Hice ademán de quitarle la revista, pero ella la apretó contra el pecho para dejarla fuera de mi alcance.

A aquellas alturas ya había enterrado la cabeza entre las manos. Hojeando la revista, Abby añadió:

—Mira, aquí está la Exposición de Armaduras Antiguas, la representación benéfica a favor de la Escuela Escaparate para Niños de Harlem, y, oh, sí, aquí sale una persona con cara de lista.

—Ya sé. Parezco una idiota —reconocí.

—No. Parece como si hubieras metido la cabeza en la pantalla de una lámpara enorme.

—Era la pantalla de una lámpara muy cara —apunté.

Abby cogió la foto.

—Tienes la nariz muy colorada. ¿Y por qué llevas un traje rosa? Si era un Chanel de cuatro mil dólares, haz el favor de no decírmelo. ¿Y este gigantesco platillo volante de color rosa que llevas en la cabeza en pleno invierno? —preguntó Abby.

—Es el Bunny Hop. Y eso es todo lo que voy a contar.

Encendí el ordenador y recorrí varios sitios en busca de titulares mientras Abby leía las páginas de chismorreos del *New York Post*. ¿Por qué me zumbarían los oídos?

—Nominaciones para el nuevo secretario de Homeland Security —comentó.

Dejó el *Post* y puso tres cartulinas sobre mi mesa, cada una de ellas escrita a mano con letra clara:

AUDIENCIAS DE HOMELAND SECURITY: JAMIE WHITFIELD,
    PRODUCTORA: REDACCIÓN.
AUDIENCIAS DE HOMELAND SECURITY: JOE GOODMAN,
    PRESENTADOR: ESTUDIO.
AUDIENCIAS DE HOMELAND SECURITY: ERIK JAMES,
    PRODUCTOR EJECUTIVO: SALA DE CONTROL.

Sacudí la cabeza.

—Abby, estamos conversando —dije—. Esto no es una emisión.

—Hacen que me sienta mejor.

—Ya hemos hablado de esto una o dos veces, creo. Las cartulinas me fastidian de verdad.

—Tú eres la encargada de la cobertura en la redacción.

—Sé leer —le recordé.

—¿Lo ves? ¡Si sabes leer está más claro! —respondió Abby, contenta consigo misma.

—Me siento honrada, pero no estoy feliz; es más trabajo del que necesito.

—Delante de toda la plana mayor, Erik James dijo que te habían elegido a ti porque trabajas muy bien bajo presión. Me parece que justo después de la reunión de la mañana han tenido otra reunión más pequeña, la cual supongo que también te habrás perdido.

—Es asombroso que no me hayan despedido —comenté.

—Vas a producir el reportaje político más secreto del año —me recordó Abby.

En ese momento apareció Charles, entró sin prisas y se sentó en el sofá en el sitio de costumbre, con una pierna cruzada sobre la otra, abrió su Ginger Ale y empezó a darme caña:

—¿Estás preparada para sentarte en la silla eléctrica cuando eso salga al aire?

—Calla.

Hizo unos pequeños movimientos vibratorios con la punta del pie.

—Cuido de ti, Jamie, sencillamente. Claro que lo haré mientras preparo el gran viaje a lo grande de mi carrera.

—Sé cuidar de mí. Y no me hables de viajes.

En eso me sonó el teléfono.

—Soy yo, Peter. Todo va bien.

—¿Qué ha pasado? —Giré en mi sillón para ponerme de cara a la ventana.

—Dylan está en la enfermería. Dice que le duele el estómago.

—Esta mañana se encontraba bien —dije.

—J. W., ¿no te ha dicho nada del partido de fútbol? —preguntó Peter.

—¿Qué partido? —Me sentí frustrada y un poco perdida, y todavía no había digerido bien la idea de que mi hijo tuviera más confianza con Peter que conmigo—. Peter, estoy ocupada. Ya sé que siempre estoy ocupada, pero hoy lo estoy de manera particular. No, Dylan no me ha dicho nada. ¿Qué partido es el que lo tiene preocupado?

—A mí me lo dijo ayer, al salir del colegio. Están empezando a jugar al fútbol en las clases normales del colegio, y está asustado. Dice que no quiere perseguir el balón porque no quiere que le den patadas en las espinillas. Y dice que es el peor jugador de su clase, que es de tontos. Y no le duele el estómago; quiero decir que no le duele de verdad, como si estuviera enfermo. Pero me ha llamado la enfermera porque dice que no podía localizarte a ti en el móvil y quería que fuera alguien.

—Peter, yo no puedo. En este momento, no...

—No te preocupes —me tranquilizó—. Estoy seguro de que Dylan se pondrá bien aunque vaya yo.

Por primera vez tuve la sensación de que quizá fuera mejor que acudiera otra persona a consolar a mi hijo. Y confié en que Peter se hiciera cargo de la situción.

—Te lo agradezco, de verdad. Ya hablaré con él cuando vuelva a casa.

—No lo hagas.

—¡Naturalmente que voy a hablar con él! —bramé.

—No. Déjame a mí —dijo Peter—. Lo llevaré a casa, haremos unas palomitas y luego jugaremos al ajedrez en su habitación y charlaremos. Hazme un favor: no le saques el tema hasta que hablemos tú y yo, ¿de acuerdo?

—Está bien, supongo. Pero cuéntame qué tal va la cosa. Y gracias. Adiós.

Colgué y me quedé mirando por la ventana. Me sentía agradecida de que Peter estuviera avanzando con mi hijo, pero odiaba quedarme sentada en el banquillo mientras tanto. Y si no fuera tan encantador, hubiera protestado más.

—¿*Manny* al rescate? —Charles me miró con una sonrisa despreciable.

—¿Qué? —dije.

—Nada. Es que me resulta gracioso que ese semental de *manny* que tienes ande llamando todo el tiempo.

—¿Quieres hacer el favor de madurar? —le dije a Charles—. ¿Adónde te vas?

—Adivina.

—¿París? ¿Río?

—Mejor. El Instituto Jane Goodall. Puede que los grandes simios se extingan para el 2015. Me voy al Parque Nacional Gombe.

—Genial, tú te vas de safari mientras yo recorro los bosques de Misisipí.

—¿Aún está programada la entrevista para el jueves?

—Sí —respondí.

—¿Tienes el material? —inquirió Charles—. La última vez que hablamos andabais un poco escasos.

—Claro que sí. —Empecé a contar con los dedos—. Punto número uno: vamos a filmar a Theresa explicando todos los detalles de la relación.

—Pero, por supuesto, es sólo la palabra de ella contra la de él, y él lo negará todo —saltó Charles. Había estudiado en un internado masculino de Westminster, Atlanta, y en la Universidad de Yale, lo cual le había enseñado a hablar en un tono de superioridad. Siempre actuaba como si supiera más que yo, y por desgracia así solía ser.

—Bueno, y las cintas. La tenemos grabada exclamando: «¡Perro!» Y a él diciendo: «Quiero ese culito para mí, ese asqueroso...»

—Eso no puedes usarlo —recordó.

—Estamos tratando con los abogados acerca de cómo utilizar las cintas.

—Y acabo de enterarme —me informó Charles— de que hay cuatro expertos en audio que no se ponen de acuerdo en de quién es la voz que se oye en la cinta.

Charles estaba intentando hacerme un favor buscando agujeros en mi reportaje para que yo pudiera apuntalarlo antes de que saliera al aire, pero yo estaba tan agotada que en cambio empecé a irritarme.

—Conseguimos que tres expertos confirmaran que la voz masculina era la de nuestro querido señor Hartley, y hubo otro más que no pudo confirmarlo —contraataqué—. Eso significa que la mayoría dijo que era Hartley. Y ése es el punto dos. ¡Tú mismo escuchaste las cintas y dijiste que sonaban creíbles!

Charles se encogió de hombros.

—Bueno, los homosexuales somos meticulosos, y lo único que pretendo es que lo tengas todo bien atado. Sigue.

Seguí contando tres con el dedo corazón:

—Tenemos una foto de los dos juntos con varios de sus ayudantes.

—Jamie, en esa foto no hay nada tierno ni amoroso.

Charles tenía razón. Para poder cimentar mi alegato, yo hubiera preferido una foto de Huey Hartley y su corderita besuqueándose en el parque.

Abby puso una cartulina sobre mi mesa: «Testigo oficial: el empleado de la funeraria.»

Me pegué la cartulina en la frente.

—Punto cuatro: el enterrador de la funeraria anterior me ha jurado que estuvieron juntos y que parecían muy enamorados. Eso lo dice en la grabación y a la cámara: «Cuando se los veía juntos no se podía distinguir dónde acababa el uno y dónde empezaba el otro.» Desde el verano pasado he hecho varios viajes de un par de días a Misisipí para verificarlo todo, con la esperanza de encontrar a otras personas que, efectivamente, hubieran visto juntos a Theresa y Hartley y pudieran refrendar el testimonio de ella. Pero no he tenido suerte. He intentado reforzar mi alegato. Y el tipo de la funeraria es el único que...

Mi teléfono volvió a sonar.

Era Erik James, el productor ejecutivo:

—Jamie, sorpresa. Una sorpresa del copón. Los abogados de arriba no están contentos con tu material.

—Vaaale. —Miré a Abby y a Charles con los ojos muy abiertos.

—Y son unos jodidos críos —dijo Erik.

Yo susurré a mis amigos con una mano en el auricular:

—Erik está cabreado.

Abby se inclinó y dijo sólo moviendo los labios:

—¿Por qué?

Yo me encogí de hombros y alcé una mano para que se quedara callada por una vez en su vida.

Erik prosiguió:

—Están preocupados porque los seguidores de Huey Hartley se han lanzado a los *blogs* de Internet. Están poniendo verde a Theresa, escribiendo editoriales mordaces, dando órdenes a sus tropas...

—¿Y qué? —comenté.

—Pues que, como te digo, los abogados están siendo unos críos. Van a bajar aquí a las dos en punto. ¿Puedes venir a mi despacho a esa hora?

—Sí.

—Y tráete contigo a Charles.

Colgué.

—Charles, te han enganchado a ti también —dije.

—¿Qué quieren ahora?

—Los ejecutivos están acojonados por los internautas. Es el segundo reportaje de este mes. Resulta asombroso el trabajo que se toman.

—Y tienen razón en acojonarse. —Charles adoptó un semblante serio impropio de él.

—¡Llevamos existiendo más de cincuenta años! —le recordé—. Hay aproximadamente dos mil personas que leen los *blogs* de Internet más grandes, y quince millones de personas que ven nuestro programa.

Charles estaba horrorizado. Rebatió:

—Estás equivocada.

—Perdona, pero el equivocado eres tú. —Era mi turno—. No todo el mundo es un pirado de la informática en solitario como tú. Mis padres ni siquiera saben lo que es un *blog*.

—¿Y los has leído tú?

—Ya lo creo. He leído *Huffington Post, Media Bistro*. No son más que medios informativos que escriben y leen los pequeños editoriales respectivos de uno y otro.

Charles se sentó en el sofá.

—No tienes ni idea de lo que estás hablando. Hay millones de *blogs*, y literalmente miles de *blogs* muy buenos, que nos pisan los talones. DailyKos a la izquierda, Hugh Hewitt a la derecha...

Abby sacó una cartulina y leyó:

—A finales de 1999 había cincuenta *blogs,* y en la actualidad casi quince millones. El último estudio realizado por Pew dice que cuentan con treinta y tres millones de lectores.

—¿Y qué? La productividad en las oficinas ha disminuido porque la gente pierde el tiempo pasándose el día en Internet —dije yo—. ¿De verdad pensáis que los *blogs* van a superar a un monstruo de la televisión como la NBS?

—Pues sí —dijo Charles—. Se adelantan a nosotros todo el tiempo.

—No es verdad. Estás exagerando.

Charles me miró con gran condescendencia. Recordó:

—¿Holaaa? ¿Monica Lewinsky en *Drudge*? ¿Acaso no fue gordo ese tema?

Abby interrumpió:

—No fue *Drudge* quien sacó lo de la Lewinsky, sino *Newsweek*. *Drudge* simplemente fue el primero en decir que Michael Isikoff, de *Newsweek,* estaba ocultando la información, pero *Drudge* en particular no tenía información. Jackie Judd y Chris Vlasto, de la ABC, fueron los que primero dieron la noticia.

—Vale, Abby —dijo Charles—. Ya sé que hay otros.

Abby siguió contando con los dedos:

—*MemoryHole.com* obtuvo la primera foto de ataúdes de soldados estadounidenses saliendo de Iraq, algo que la Administración Bush ha estado intentando impedir a causa de la correlación que se ha establecido con Vietnam. *Instapundit.com* sacó el discurso de Trent Lott en la fiesta de cumpleaños de Strom Thurmond, en el que daba la impresión de apoyar los puntos de vista de los que están a favor de la segregación, y luego...

Charles añadió:

—Eso sólo consiguió que Lott perdiera su puesto de líder de la mayoría del Senado. Nada importante, supongo.

—Así que se nos han adelantado un par de veces. El mundo es muy grande —repliqué—. ¿Y no son muchos de ellos de derechas como los del barco Swift que derrocaron a John Kerry?

—No. En este punto tengo que ponerme de parte de Charles —dijo Abby—. Esos *blogs* empezaron como un fenómeno de la derecha para contrarrestar lo que decían los medios informativos de masas y que ellos consideraban liberales. Pero ahora hay un universo entero de ideas procedentes de todas partes. Te prometo que ahí fuera hay gente sumamente inteligente que escribe en los *blogs*.

Abby llevaba al menos seis minutos sin sacar ninguna cartulina. Me sentí orgullosa de ella.

Miré a mis dos amigos y sonreí.

—Está bien. De acuerdo. Leo el *New York Times*, y *Newsweek*, y otras quince revistas para estar al día de todo, y resulta que sigo yendo por detrás de los que escriben en los *blogs*. Por una vez voy a daros las gracias de verdad a los dos, por ser tan irritantes; ahora ya no pareceré una completa idiota delante de los jefes.

13

NERVIOS ANTES DE LA REPRESENTACIÓN

—Voy a enviar a ese marica de la Ivy League a cubrir las bases —murmuró el jefe de redacción, Bill Maguire, por el teléfono frente al despacho de Erik—. Es concienzudo, como todos ellos. Quiero verlo en el próximo vuelo a Jackson. Sí.

Charles se encontraba diez pasos por detrás de mí y no lo había oído, pero no le habría causado ninguna sorpresa. Charles era su productor favorito, pero Maguire con frecuencia hacía observaciones homófobas. Maguire, un afroamericano de piel oscura con el pelo rasurado salvo por la coronilla plana y unos músculos descomunales, se había criado en la Spokane Avenue de Gary, Indiana. Se había enrolado en los marines después de graduarse en Ciencias Políticas en la Universidad DePau, *magna cum laude*. Todos los días se ponía el mismo traje negro, camisa blanca, corbata negra y zapatos relucientes. No era uno de esos ejecutivos de hablar suave que pasaban del Harvard Spee Club al despacho del director a base de palabras convincentes y encanto personal; Maguire comía clavos para desayunar y nos tenía aterrorizados a todos con su carácter huraño. Quizá fuera su actitud de marine; o quizá su inteligencia, aguda y rápida, que hacía trizas nuestros reportajes mal concebidos; o quizás el hecho de que fuera un negro cabrón de un metro noventa de estatura que nos tenía verdaderamente acojonados.

Charles y yo entramos juntos en el despacho de Erik mientras Maguire continuaba fuera, describiendo sus planes de batalla.

Erik James dio la vuelta a su mesa, se sentó en su sillón y se inclinó hacia delante. La grasa de los hombros le sobresalía a uno y otro lado de los tirantes. Comenzó a enrollarse las mangas.

—Ya conocéis el procedimiento. Geraldine y Paul van a exprimiros a preguntas acerca de la credibilidad de Theresa Boudreaux y a hablaros de los *blogs*. Charles, tú no digas nada de momento. Luego hablaremos de unos inquietantes informes que tenemos sobre una estrategia de entrar por la puerta de atrás, con perdón, que piensa llevar a cabo el grupo de Hartley.

Goodman me guiñó un ojo desde el sillón mientras Geraldine Katz y Paul Larksdale, tremendamente serios, entraban en el despacho portando maletines marrones idénticos.

Geraldine me había preguntado en una ocasión cómo podía demostrar yo que Michael Jackson era efectivamente el rey del pop. En otra ocasión me exigió documentación que verificase mi afirmación de que la dieta Sonoma lo dejaba a uno preparado para el verano. ¿Cómo se puede demostrar que perder peso significa «estar preparado» para el verano? Ella era una mujer regordeta y poco atractiva, y usaba cintas de Fendi para el pelo. Su secuaz, Paul, parecía un agente del FBI, con aquel ridículo corte de pelo y el gesto duro de su mandíbula. Intentaba hacer el papel del poli bueno para ponerse de nuestra parte, pero nosotros sabíamos que ambos se servían de aquella estratagema para aguarnos la fiesta. Todos los productores odian a los abogados de las cadenas, y supongo que el sentimiento es recíproco. De todas formas, no pude reprocharles que pusieran tanto interés en vigilar el escandaloso reportaje sobre Theresa, dado que venía cargado de potencial para un litigio.

Erik dio comienzo a la reunión.

—Como ya sabemos, el grupo de Huey Hartley está preparándose para la batalla en el caso Boudreaux. A los *blogs* de derechas se les ha acicateado para que critiquen nuestro reportaje en cuanto se emita, y Geraldine y Paul, aquí presentes, están preocupados por el efecto dominó que pueda tener entre los defensores republicanos más duros.

Goodman interrumpió:

—Los de *RightIsMight.org* están vigilando las veinticuatro horas del día.

Hasta yo había oído hablar de ellos, una página web anónima y muy influyente que servía de tablero donde se anotaba tantos la extrema derecha. Sus autores, personas anónimas que escribían sobre política, tenían como pasatiempo diario señalar errores en los reportajes que se emitían e imprimían por parte de la elite de los medios de comunicación liberales. Urdían una *vendetta* especial contra la NBS, y contra Goodman en particular, por llevar varias décadas maltratando, según ellos, a los conservadores.

Geraldine Katz siguió diciendo:

—Una fuente del Congreso nos ha dicho que vigiláramos a la tal Boudreaux y sus contactos de derechas...

Goodman soltó una carcajada.

—Yo la he conocido personalmente. Ella es la pieza importante. Sabe demasiado acerca de Hartley.

—Puede que sepa mucho de Hartley, pero esta fuente es buena.

En aquel momento se abrió la puerta de golpe.

—Ocurre que esa fuente es mía.

Entró en tromba Bill Maguire, con expresión de ponernos a todos a hacer cuatrocientas flexiones. Charles y yo nos removimos en nuestros asientos.

—¡Jamie, si mi gente está en lo cierto, esto es una puta mierda! No juegues con ellos, o nos quitarán de en medio antes de empezar.

—Eh, que yo soy un republicano declarado —dijo Erik—. No necesito ningún sermón acerca del ala derecha de este país. Todos vosotros necesitáis calmaros un poco, controlar la situación.

Maguire tomó asiento en el sofá enfrente de mí, y extendió sus gigantescas manos sobre el extremo más alejado de la mesita de centro, adoptando una postura que dejó su rostro a treinta centímetros del mío.

—Quiero que Charles Worthington vaya a echar otro vistazo a lo que ha averiguado. —Se giró hacia Charles—. Sí, vamos a mandarte un rato con esos chiflados. Son de los tuyos. Jodidos sureños.

Erik cogió un puñado de frutos secos de un grueso cuenco de cristal que había ganado como premio en una conferencia sobre publicidad. Jamás se tomaba la molestia de terminarse la comida antes de empezar a hablar.

—Centrémonos en lo positivo. Quiero que esto encabece el programa. No podemos pedirle a la gente que espere. Los vídeos de promoción tienen que ser de lo mejorcito, insinuar un poco de lo que tenemos, pero sin desvelar demasiado.

Varios trocitos de frutos secos mezclados con saliva fueron a aterrizar sobre la mesa de centro.

Goodman observó la mesa debidamente disgustado y luego contestó:

—No estoy de acuerdo. Nada de insinuaciones. Tenemos que dar lo que tenemos, el público pedirá más. Si somos demasiado prudentes, creerán que no tenemos nada. ¿Y qué hay de esa parte de la cinta en que Theresa dice: «Claro que vamos a hacerlo, pero lo haremos de la forma especial para ti»?

Erik echó la cabeza hacia atrás y lanzó una carcajada tan fuerte que temí que volvieran a soltársele los tirantes. Después guardó silencio, pero la barriga le subía y bajaba como una boya en medio del oleaje. Goodman y yo nos miramos el uno al otro con afecto. No había nada más divertido en el mundo de las noticias que tener a Erik James todo entusiasmado con un reportaje importante y que nos contagiara a todos su amor por nuestra loca profesión.

Una vez que Erik dejó de reírse, cogió otro puñado de frutos secos y respiró hondo para decir algo más. Pero esta vez se le coló un cacahuete enorme camino de los pulmones y empezó a toser. A Erik todos los meses alguien tenía que practicarle la maniobra de Heimlich, y ahora estaba llegando rápidamente una de aquellas ocasiones. Su secretaria, Hilda Hofstadter, sabía hacerla mejor que nadie.

Goodman se puso en pie y empezó a remangarse para salvarle la vida a Erik por vigésima vez en su carrera.

—¡¡Hilda!! ¡Ven aquí! —chillé yo.

Ella, con calma, asomó la cabeza por la puerta para ver si se necesitaban sus servicios, acostumbrada a aquella situación. Erik levantó una mano en el aire para detenerla y negó con la cabeza al mismo tiempo. Expulsó el cacahuete en la mano y lo tiró al otro extremo del despacho, pero falló la papelera por metro y medio. Viviría para ver otro día.

Geraldine entrelazó las manos sobre el cuaderno igual que una alumna de un internado de señoritas.

—Tengo una docena de temas que tratar antes de que empecemos a hacer planes de fiesta. ¿Qué palabras textuales vamos a decir cuando se emita el programa, Jamie?

—Ya sabes lo que tenemos en las cintas, podemos usar la parte en que él dice: «Quiero ese culito para mí», y luego poner un pitido en lugar de la palabra culito. No he tenido el placer de hablar directamente con Theresa de la propensión de Hartley hacia el sexo anal —respondí—. De manera que no sé qué palabras textuales va a emplear ella en la entrevista. Y por supuesto yo no puedo darle instrucciones al respecto. Su elegante abogado, Leon Rosenberg, me ha dicho que ella lo nombra simplemente como «mi trasero».

Los abogados estaban ya haciendo perder el tiempo a Erik. En circunstancias normales, él poseía la capacidad de atención de un niño de un año.

—Y eso, señoras y señores, es el cotilleo más jodidamente delicioso que he oído en los treinta putos años que llevo en este oficio. Ni siquiera es necesario desperdiciar más...

En eso, su secretaria llamó a la puerta y entró.

—Jamie, una llamada para ti.

—¿Para mí, por la línea de Erik?

—Es de un tal Peter. Ha pedido a la recepcionista que te localizara.

14

¡SECUESTRADA!

Diez, nueve, ocho; los números que indicaban el piso en el ascensor iban descendiendo lentamente. Procuré conservar la calma. Cuando recibí la llamada que interrumpió la reunión, sentí que me subía la tensión arterial y que a continuación me bajaba de nuevo, lo cual me produjo un cierto mareo.

—Lárgate de aquí —me dijo Erik. Aquella bola de grasa siempre era muy comprensiva en lo que se refería a mi familia.

Estaban sentados en el vestíbulo en un banco de cuero oscuro y alargado, Peter rodeando con el brazo a Dylan. Yo corrí hacia ellos.

—Dios, ¿otro cataclismo?

—Mamá, tranquilízate.

—Soy tu madre, no me digas que me tranquilice. —«Tranquilízate» era una palabra muy propia de Peter—. ¿Te importaría decirme qué es lo que ocurre?

—No me eches la culpa a mí, ha sido enteramente idea de Dylan. Y yo le he dicho, qué demonios, necesita un poco de aventura en su vida de vez en cuando. Y tú te mostraste de acuerdo, ¿recuerdas cuando estuvimos hablando de que todo estaba demasiado organizado? Pues aquí nos tienes. Vamos a llevarte al centro.

Dylan me miró con ojos suplicantes, una expresión que me partió el corazón.

—Veréis, chicos, me encantan las sorpresas. Y ha sido una gran idea venir a la oficina, de verdad que me habéis alegrado el día. Pero no puedo marcharme sin más un día de trabajo.

—Son las tres y media. —Peter levantó las manos en el aire—. Tú misma dijiste que te gustaría «desviarte del plan». ¿Qué son dos horas?

—Veréis, yo trabajo a media jornada. ¿Por qué no hacemos esto un lunes o un viernes, cuando estoy en casa? —Empezaba a sentir resentimiento por el hecho de que Peter me hubiera puesto en aquella situación sin avisar delante de Dylan—. Cuando estoy aquí tengo que trabajar mucho, y cada hora cuenta.

Peter se levantó del banco.

—Vamos, no me vengas con ésas, eres la productora favorita de esta cadena. No se preocuparán.

—Estás complicándome las cosas —le susurré a Peter... pero él no estaba haciendo caso.

Me susurró a su vez:

—¿Te sorprendería saber que ha sido enteramente tu hijo el que ha querido venir aquí?

Yo no le contesté, pues estaba intentando sopesar mis responsabilidades con el deseo de escaparme con ellos dos. La mezcla de Dylan y Peter era de lo más potente.

Peter dio un paso hacia mí. Yo respiré hondo intentando averiguar si podría resistirme a él.

—Oiga, señora, ¿usted se divierte alguna vez?

—¿Señora?

Me encontré con él a mitad de camino.

—Dylan, vamos a tomar un helado en la cafetería del edificio.

—No quiero helado. No hay tiempo. Tenemos una sorpresa. Vas a morirte, mamá.

Me agarró de la mano y empezó a tirar de mí hacia la puerta giratoria.

Una vez fuera, cuando les quedó claro a ellos y a mí que no iba a poder ganar aquella batalla, Peter nos condujo hasta la boca de metro de la Sesenta y Broadway.

—¿Se puede saber adónde vamos? —pregunté, intentando parecer severa.

Peter sonrió:

—Vamos a montarnos en una cosa que se llama «metro». Es un

tren que va por debajo de la tierra y que lleva a la gente al trabajo.

Yo rompí a reír.

—La verdad es que yo tomo el metro con bastante frecuencia —admití.

—¡No me digas! —Peter alzó las cejas como si no se creyera ni una palabra.

—Pues sí, la verdad es que sí. Cuando tengo que ir al centro y hay mucho tráfico, tomo el metro.

—En ese caso, no tendré que prestarte mi abono de metro. Estoy seguro de que tú tendrás el tuyo en la cartera, ya sabes, a mano para poder sacarlo todo el tiempo.

Le golpeé con el bolso y bajé la escalera. Cuando llegamos a los tornos, Peter pasó su abono una vez para él y luego por otro torno para mí, acompañando el gesto con aquella sonrisa deslumbrante. Después añadió:

—No voy a ponerte a prueba para ver si sabes qué línea nos lleva desde aquí al centro.

Harlem. El sol de la tarde se reflejaba en las aceras, y los tres tardamos unos instantes en adaptarnos al resplandor. Contemplé la calle Ciento veinticinco, a un planeta de distancia del ambiente de oficinas del edificio de la NBS en Midtown y sus gigantescos rascacielos de espejos compitiendo unos con otros por ocupar el espacio. Mi hijo, que parecía saber con exactitud adónde se dirigía, me arrastró por delante de tiendas de ultramarinos y grandes almacenes chillones que exhibían en la acera tumbonas de tapicería envueltas en papel celofán. La calle estaba jalonada por relucientes oficinas bancarias, cafeterías Starbucks y una tienda de comestibles Pathmark, todo ello parte del 125º programa de desarrollo del alcalde Giuliani, junto a comercios más viejos y consolidados. Lo nuevo y lo viejo chocaban entre sí dando a la calle un ambiente urbano de lo más vibrante.

—Dylan, ¿vienes mucho por aquí?

—No pienso decírtelo. —Rebosante de felicidad, se limitó a agarrarme de la mano y caminar a mi lado dando brincos.

Me volví hacia Peter:

—Mi hijo lleva sin sonreír así, no sé, seis meses.

—Pues no has visto nada —dijo Peter.

Llegamos a una manzana del Adam Clayton Powell Boulevard y nos detuvimos frente a una cancha de baloncesto que tenía los aros oxidados. Detrás de una alta verja de hierro observamos a unos cuarenta adolescentes, en su mayoría negros e hispanos, que estaban lanzando balones a los cuatro aros sin red que bordeaban la cancha. El hormigón del suelo presentaba enormes grietas y unos cuantos socavones en medio de la cancha que estaban esperando a que alguien se rompiera un tobillo.

Peter gritó:

—¡Eh, Russell, mira quién ha venido!

Un muchacho de color, alto y delgado y vestido con un chándal, alzó una mano en el aire con el dedo índice y el meñique levantados. De pronto lo reconocí de la partida de ajedrez de Central Park. Se me hizo un nudo en la garganta.

—¿Qué hay, D.? ¿Qué has traído hoy? Espero que hayas venido a jugar —voceó Russell.

—Dylan, tenía entendido que ya no jugabas al baloncesto. Eso fue lo que me dijiste.

—Te dije que no quería jugar con los chicos del St. Henry. Son unos idiotas. Los amigos de Peter son más divertidos.

—¡Eh, D.! ¡Date prisa, tío!

—Mamá, podrías... esto... mirarme atentamente, pero no me animes ni grites ni nada. Haz como si no estuvieras mirando.

—Entendido —acepté.

Echó los hombros hacia atrás e hizo una inspiración profunda como si fuera a levantar unas pesas de doscientos cincuenta kilos.

Peter le susurró ciertas instrucciones al oído. Dylan asintió con la cabeza y se alejó caminando con un aire irreconocible, masculino. Luego se dio la vuelta y corrió hacia mí igual que un cachorrillo todo emocionado.

—Mamá —me advirtió Dylan—, hagas lo que hagas, cuando termine quédate donde estás, ¿vale? No me abraces ni nada de eso. Ni me toques.

—Ni soñarlo.

Echó a correr en dirección a los chicos, pero de repente frenó en seco y recorrió los seis últimos metros caminando con aquel vaivén de colega enrollado. Se saludaron chocando los cinco. Darling Russell rodeó a Dylan con un brazo y le entregó un balón.

Yo le pregunté a Peter:

—¿Cuántos años tiene ese chico?

—Trece. No, acaba de ser su cumpleaños. Catorce. Están en noveno curso.

—¿Y se está tomando esta molestia? Nunca había visto nada tan generoso —dije, sorprendida.

—No es generosidad. Les cae bien. Dylan es guay.

—Peter, están haciendo esto porque también les gustas tú.

—Vale, pero de todas formas Dylan les parece un tío guay.

Los aproximadamente ocho chicos que formaban aquel grupo dejaron de jugar para saludar a Dylan chocando los cinco, dándole una palmada en la espalda o propinándole un leve puñetazo en el hombro.

Russell le dijo:

—Está jugando el pelotón entero, D., así que tienes cinco. Lanza unos buenos tiros.

Ocho de los chavales estaban colocados a uno y otro lado del aro mientras Dylan permanecía en la parte delantera de la zona de lanzamiento, sosteniendo el pesado balón en las manos.

Yo me giré hacia Peter:

—No va a poder. El balón pesa demasiado para él.

—Lo conseguirá —dijo él—. Aunque no inmediatamente.

Dylan lanzó el balón y falló el aro por metro y medio por lo menos.

—¿Y esos chicos van a esperarlo?

—Es algo que a Russell le gusta hacer, y los demás lo siguen porque es un colega guay. Russell siempre está aquí antes de que lleguen los otros, y a veces Dylan y él pasan un rato lanzando. Pero a Dylan le encanta jugar con todos. Naturalmente, si no hubiéramos pasado diez minutos en el vestíbulo de tu empresa perdiendo el tiempo en intentar convencerte...

Entonces lo comprendí.

—¿Con cuánta frecuencia lo traes aquí?

—Una vez por semana o así —respondió Peter.

—¿No le ha costado a Dylan adaptarse a estos chicos, venir hasta aquí, a la calle Ciento veinticinco, a practicar un deporte al que había renunciado para siempre?

—Digamos que estaba claro que no había pasado mucho tiempo en este tema —explicó Peter—. Las primeras veces sólo vinimos a mirar. Luego empezamos a venir un poco más temprano y Russell le enseñó unas cuantas cosas, porque al principio no sostenía bien el balón. Ahora está intentando enseñarle a darle efecto. No es que se le quede mucho, pero algo ayuda, y Russell es el hombre.

—No me puedo creer lo que me estás contando.

—No necesitas saberlo todo. Ya ejercen bastante presión sobre él estos chicos —aceptó Peter.

Mi escuálido hijo fue pasando el balón a cámara lenta, esa impresión daba, por entre el frenético bailoteo de los chicos mayores que él. Se movía en dirección al aro, pero de pronto alguien le arrebató el balón de las manos e hizo una magnífica canasta en el otro extremo, a un millón de metros de allí. Dylan agachó la cabeza un instante, enseguida volvió a erguirla y corrió a por el balón, pero Russell lo había atrapado en el rebote.

—¡Eh, D.! —exclamó Russell, al tiempo que se deslizaba junto a mi hijo y le ponía el balón en las manos. Dylan puso una cara como si fuera a desplomarse en el sitio y morir de exceso de orgullo. Salió disparado y corrió hacia el aro como alma que lleva el diablo. Riendo, los muchachos del otro equipo lo adelantaron a toda velocidad y lo bloquearon agitando los brazos adelante y atrás. Dylan no tenía modo alguno de lanzar el balón por encima de sus cabezas. Yo clavé las uñas en el brazo de Peter. Pero entonces Russell se arrodilló, abrazó a Dylan por las caderas y lo izó para que tuviera el campo más despejado, y mi hijo soltó una carcajada y lanzó el balón en una curva perfecta por encima de todos. Yo creí morir allí mismo. Todos los músculos de mi garganta se contrajeron de intensa emoción... gratitud hacia Peter y un inmenso alivio al ver que mi hijo volvía a sentirse bien consigo mismo. Precisamente en aquel lugar. Russell chocó los cinco con él.

—El mundo es tuyo, D. —le dijo.

Dylan hizo un gesto con la cabeza de colega superfrío y vino hacia mí con una sonrisa explosiva.

Yo le tendí los brazos, pero me apresuré a bajarlos enseguida. Peter lo rodeó con un brazo:

—Buen lanzamiento, tío.

—Ha sido increíble —dije.

—Vale, mamá. Me han dicho que puedo jugar un poco más. ¿Me dejas?

—Pues claro, cielo —acepté con orgullo.

Regresó corriendo a la cancha. Sin mirar a Peter, tuve que decir algo:

—Gracias por traerme aquí. No hay manera de cuantificar lo que has hecho por Dylan. Y por nuestra familia. Y por mí.

—Ha sido un placer.

Aquello era ridículo; el mero hecho de estar a su lado me hacía brillar.

15

LOS LÍMITES SON LOS LÍMITES

Cuando oí la llave en la cerradura se me puso la carne de gallina y se me tensó el cuerpo como si fuera un animal en peligro. La puerta de la calle se cerró de golpe. Phillip dejó caer el abrigo sobre el diván de terciopelo con dibujo de leopardo que había en el recibidor y recorrió el pasillo que conducía a nuestro dormitorio tirando de la maleta. Pero entonces me descubrió en el sofá de su estudio viendo mi programa favorito, y asomó la cabeza.

—Hola, cariño. —Se sentó en el borde del sofá y me dio un beso en la frente—. Jamás entenderé por qué lo dejas todo para ver ese ridículo programa. ¿Qué tiene *Bailar con las estrellas* que tanto te gusta?

Olía al avión del que acababa de bajarse y que lo había traído desde Cincinnati: una mezcla de ese vinilo rancio de los aviones, sudor y comida plastificada.

—Es la prueba de fuego de la televisión —expliqué.

—¿De qué estás hablando?

—Este programa saca a los famosos de su entorno normal y los planta en televisión, en directo frente a veintisiete millones de espectadores. Esa gente está aprendiendo una cosa que no ha hecho nunca y que es difícil de verdad. La música es muy buena y cuesta apartar los ojos de cómo bailan. Es la perfección. De cabo a rabo.

—Lo que tú digas. —Y se puso de pie.

172

Yo noté cómo mi cuerpo entero se liberaba de la tensión cuando Phillip salió del cuarto. Sabía que a continuación iba a mirar el correo, que estaba cuidadosamente organizado en la bandeja de plata de la mesa del recibidor.

—Maldito seguro del coche —musitó—. Nunca se presentan, y aun así te cobran una fortuna.

Su siguiente parada fue la cocina. Un resplandor fluorescente salió de la nevera mientras estudiaba el contenido de la misma, y terminó por coger una botella fría de agua vitaminada. Se echó la mitad al coleto sin respirar. Yo observé todo esto desde el sofá con la esperanza de que pronto se fuera a la cama. Cualquier cosa con tal de tener un rato a solas. A solas para sopesar el impacto político que iba a tener Theresa Boudreaux, a solas para reflexionar sobre si todavía amaba a mi esposo. A solas para pensar, tal vez soñar, qué sensación sería la de tener las fuertes espaldas de Peter bajo mis manos.

Phillip se aflojó la corbata y se acercó a la pizarra de mensajes de la cocina para echar un vistazo a las actividades del día. Lo recordé mentalmente: Dylan a Aventureros, Gracie al ballet, Michael a gimnasia; las actividades de cada niño coloreadas siguiendo un código determinado y anotadas en una pizarra lavable.

Luego hojeó los mensajes telefónicos apuntados en hojitas rosas y depositados en cada una de nuestras cajitas para mensajes, y frunció el ceño. Al parecer, había un mensaje que estaba releyendo una y otra vez. Observé que movía los labios, y finalmente lo leyó en voz alta, como si ello pudiera ayudarlo a encontrarle sentido.

—¿Jamieee? —gritó.

—¿Qué quieres, Phillip? —dije medio susurrando, medio gritando desde el sofá del estudio—. Los niños están durmiendo. ¿Se te ha olvidado que tienes tres hijos, todos de menos de diez años, que a las diez de la noche ya suelen estar dormidos?

Él continuó voceando desde la cocina; por lo visto, suponía demasiado esfuerzo para él dar unos pocos pasos por el pasillo y entrar en la habitación de al lado. Pronunció cada sílaba con un acento cerrado de Locust Valley.

—¿Se puede saber qué es este papel?

—¿A qué papel te refieres, Phillip?

—A éste, Jamie.

—¿A cuál?

—Al que tengo en la mano.

—¡Desde aquí no puedo leerlo! —traté de explicarle—. ¿Qué dice?

—Dice: «Señora W., ha llamado Christina Patten y ha dicho que va a enviarle un catálogo de la exhibición de huevos de mañana. Está encantada de que haya aceptado su invitación de sentarse a su mesa. Paréntesis. No pienso permitir que esta vez te escaquees. Se cierra el paréntesis. Peter.»

Mierda. Se suponía que había despedido a Peter semanas atrás. Me levanté, me erguí y me dirigí con la mayor calma de que fui capaz hacia la cocina, adoptando un aire de indiferencia.

Acababa de tomar un baño de burbujas con una vela de jazmín y me había puesto un pijama nuevo de franela suave. Me calentaba los pies con unas zapatillas de piel grandes y mullidas. Estaba limpia y fresca, y mi marido simplemente olía mal.

—Mírame, Jamie. —Cuando se enfadaba, me trataba como a una niña.

—¡¿Qué?! —contesté, como si no supiera por qué estaba irritado, pero también advirtiéndole que estaba dispuesta a buscar pelea.

Si esa escena hubiera tenido lugar al poco tiempo de casarnos, a esas alturas los dos ya nos habríamos echado a reír. En aquella época Phillip adoraba mi cabezonería y mi valentía. «Doy gracias a Dios por haberte encontrado», me decía durante la etapa de conquista, al tiempo que me retiraba el pelo de los ojos y me besaba en la frente.

Yo sabía que daba gracias a Dios por haber encontrado a alguien que tenía una perspectiva nueva y que era capaz de replicarle, alguien que no conocía todos los clubes de campo y restaurantes en los que había estado él.

Pero al cabo de diez años de matrimonio mi barniz del Medio Oeste había perdido su encanto. Lo más probable era que ya no quisiera tener consigo a alguien que le diera la réplica. Para Phillip la vida era mucho más fácil cuando la gente se limitaba a estar de acuerdo con él.

—No me respondas con un «qué» —contestó, otra vez en aquel

tono dirigido a una jovencita—. ¿Despediste o no despediste al esquiador ese?

—¿Quién se ocupa de los aspectos domésticos de esta familia? —repliqué.

—¿Qué os traéis ente manos Christina Patten y tú? ¿Cómo es que está él enterado de tu vida personal? ¿Por qué dice que no va a permitir que te escaquees, si resulta que trabaja para ti? ¿A qué diablos se refiere? —Se puso las manos en las caderas y sacudió la cabeza en un gesto negativo. Luego empezó a subirse las mangas como si estuviera preparándose para un combate de boxeo—. No entiendo de qué va todo esto. ¿Hablas a ese muchacho como si fuera una amiga? Es un empleado de servicio. Un empleado. ¿Lo entiendes? Trabajan para ti. Responden ante ti. Una vez más, veo que no entiendes lo que son los límites, Jamie. Límites. ¿Cuántas veces tengo que decirte que no confraternices con el servicio? No te hagas amiga de ellos. Eso lo complica todo. Trabajan aquí, ¿estamos? Nosotros les pagamos, y ellos trabajan. Punto. Sólo que se suponía que ese tipo no trabajaba aquí, claro está.

—Phillip, es de Colorado y no entiende los rituales de Park Avenue. ¿Por qué iba yo a sentarme a propósito con una mujer a la que odio? Simplemente mencioné lo estúpida que es, un día al salir del colegio. Eso no significa que yo esté confraternizando con el servicio. Pero eso no viene a cuento. El caso es que soy yo quien se encarga de los aspectos domésticos de nuestra vida y no necesito que intervengas.

—¿Quién paga el sueldo de ese esquiador, Jamie?

—Si a los periodistas nos pagaran igual que a los abogados, con mucho gusto pagaría yo el salario de Peter. Pero tú ganas quince veces más que yo. Claro que no es para menospreciar mi sueldo anual. No olvides que ahora es de seis cifras, lo cual, descontados los impuestos, abarca bastante.

Él echó la cabeza hacia atrás.

—¿Seis cifras? Tú ganas un dólar por encima de las cinco cifras, ahí es nada.

Respiré hondo y traté de recordar si en los quince últimos años había experimentado algún sentimiento de amor y ternura por aquel hombre. En aquel momento me costó trabajo creer que fuera el padre de mis hijos.

—El esquiador no va a irse a ninguna parte, Phillip.

—Te dije que no quería un... *manny*, como lo llamáis vosotras, en mi casa. Es de lo más absurdo.

—Dame una buena razón para que no esté aquí —exigí.

—Para empezar, ¿qué coño sabes de su pasado? ¿Has investigado qué hace cuando no está aquí? No tiene pinta precisamente de estar colaborando en actividades de la parroquia.

—Tiene una novia que está estudiando para ser maestra. —La última parte era una exageración. Que yo supiera, Peter no había iniciado ningún romance, pero sí que tenía varias novias platónicas en su vida en Red Hook.

—Vaaale. —Una larga pausa mientras rumiaba un poco más—. Sigue sin gustarme. En absoluto.

—Todavía te sientes amenazado por él.

—¿En relación con Dylan o contigo?

Noté que la cara se me ponía colorada y recé para que Phillip no se diera cuenta.

—Dímelo tú. —Me recobré rápidamente—. Eres tú quien se siente amenazado.

—Amenazado no es la palabra más acertada. No quiero que haya un *manny* que ande por casa jugando al fútbol con mi hijo. Dylan necesita saber cómo lanzo una espiral yo, no un cabeza de chorlito que tú te has encontrado en el parque. Y no, no creo que tú vayas a acostarte con el servicio.

—Phillip, tu argumento tendría más peso si de verdad jugases al fútbol con Dylan alguna vez. ¿Quieres venir mañana a las tres a casa y llevártelo al prado de Central Park a chutar un poco?

Él no hizo caso de mi propuesta.

—La verdad pura y dura de todo esto es que no aportas una mierda a la economía de la casa y el que paga las facturas soy yo, y no pienso pagar el sueldo de ningún *manny*.

—No menosprecies lo que aporto a la casa. —Señalándome el pecho, vociferé—: En esta familia soy yo quien se ocupa de los niños. ¡Soy la que toma las decisiones! Estamos en la era moderna, pequeño, ¡y tú eres un pedazo de bruto malcriado y arcaico de la era jurásica!

No podía creer lo que acababa de decir. Era algo ridículo y desproporcionado. Me moría por echarme a reír y aguardé a que lo hiciera Phillip rezando para que se derrumbara él primero.

Pero su sentido del humor había desaparecido. Lo único que acertó a decir fue:

—Estás profundamente desequilibrada —dijo, y acto seguido salió despacio y cerró la puerta tras de sí.

Cuando me metí en la cama después de ver las noticias de la noche, esperaba encontrarlo dormido, pero debería haberme imaginado que no iba a ser así. Me tumbé a su lado de cara a mi mesilla y apoyé el cuerpo sobre el borde de la cama todo lo que me fue posible. Noté que Phillip tenía los ojos abiertos. Cerré los míos e intenté dormirme, sintiendo que la cabeza se me fundía con la almohada de plumas.

—Eres muy hostil —dijo por fin Phillip.

No contesté. ¿Qué iba a decir, sabiendo que la atracción hacia Peter había prestado energías a mi beligerancia hacia Phillip? Dejando aparte aquel elemento secundario, Peter era una persona que yo sabía que hacía que mi marido se sintiera incómodo, una persona que yo sabía que desplazaba el tiempo que podía pasar él con su hijo. Y no sé por qué, pero yo no podía ceder ni un centímetro en ello ni ayudarlo a superarlo. Phillip se quejaba de que quería pasar más tiempo con Dylan, pero en realidad nunca sabía cómo conectar con él. Dylan necesitaba tener a Peter en su vida.

—Te aseguro que no es mi intención.

—Pues lo eres. Puedes quedarte con tu maldito empleado, si eso va a servir para que te calmes.

—Estoy calmada.

—No me digas —dijo con ironía.

Me di la vuelta.

—Siento haberte llamado bruto de la era jurásica.

—¿A qué coño ha venido eso?

—Es que no me parece que seas un hombre moderno —admití.

—¿Moderno?

—Estamos avanzando, la Tierra da vueltas, de modo que no me dejes atrás. Eso no es inteligente.

—Pero ¿qué te ha ocurrido de repente? —preguntó, sorprendido.

Mierda. Phillip tenía razón.

—No tiene nada que ver conmigo. Únicamente procuro buscar lo que es mejor para nuestra familia. Para Dylan.

Phillip se puso un brazo sobre los ojos y se quedó sin decir nada. De pronto me sentí culpable. Él no había hecho nada malo, él sólo quería que las cosas fueran un poco más fáciles: el dinero, el éxito, una esposa que apreciara lo mucho que trabajaba. No era en absoluto una mala persona.

Pensé en Susannah y en el día que me dijo que hiciera mamadas a mi marido todo el tiempo, sólo para suavizar las cosas. A lo mejor ahí radicaba el problema. A lo mejor era todo culpa mía. Me acerqué a él y empecé a frotarle el estómago con la mano. Tenía mucho sueño y no estaba de humor, y temía una relación sexual. Así que me limité a frotarle un poco más el pecho con la esperanza de que se quedara dormido como un niño. Empecé a imaginar cómo sería Peter en la cama, si sería realmente sensual o no (yo ya sabía que sí lo era) y procuré dejar de pensar en él y centrarme en el hombre con el que me había casado. Intenté conjurar un poco de deseo, pero lo único que me venía a la cabeza era aquel cuerpo cansado tendido junto al mío, aguardando un poco de amor. Otro ser humano que necesitaba algo de mí. Y entonces recordé que todavía podía recurrir a aquellas útiles lecciones que me dio mi compañero de cuarto gay en la universidad, y que se me daba muy bien hacer lo que Phillip necesitaba de verdad en aquel momento. Así que cerré los ojos y me lancé.

Cuando desperté a la mañana siguiente me encontré con Phillip abrazado a mí como un niño pequeño.

—Te quiero, y opino que ganas dinero a mares —me susurró al oído—. Tanto, que podría nadar en medio de él.

Tuve que echarme a reír.

—Siento haber despreciado tu sueldo —continuó, en tono suplicante—. El mío no debería servir para hacer comparaciones. Tú estás ganando mucho dinero, sobre todo teniendo en cuenta que trabajas media jornada.

—Lamento haberte llamado dinosaurio, o lo que fuera. —Aquello venía un poco a cuento de nada.

Permanecimos en silencio en la cama hasta que se despertaron los niños mientras unos rayos de sol horizontales se colaban por los lados de las persianas. Llevábamos quince años juntos, de los cuales los cinco últimos no habían sido muy felices que digamos. La pasión auténtica, al menos por mi parte, había terminado incluso antes de quedarme embarazada de Dylan. En los primeros tiempos Phillip enroscaba las piernas a mi cuerpo después de hacer el amor. Jugábamos en la cama hasta las cuatro de la mañana aunque él tuviera que tomar ineludiblemente un avión a las seis. La noche siguiente prometía que para las nueve estaría dormido, pero siempre estábamos otra vez dale que te pego. De vez en cuando, durante la semana laborable, dormíamos cada cual en su apartamento para recuperar un poco de sueño y poder funcionar en el trabajo.

Phillip podía actuar como un niño de pecho cuando no se salía con la suya, pero era un hombre leal, trabajador y bienintencionado que cuidaba de nosotros. A pesar de lo mucho que hemos avanzado las mujeres, no pocas ansiamos tener un marido que sea capaz de asumir el control en situaciones temibles, ser fuerte ante la adversidad y convertirse en una roca en la que poder apoyarnos. Phillip era todo eso, y yo todavía confiaba en él más que en ninguna otra persona en caso de una verdadera crisis. Y en cambio allí estaba yo, intentando buscar una conexión emocional, aferrarme a algo en él que importase de veras, temiendo no poder encontrarlo. Y temiendo también sentir dicha conexión emocional mucho más con Peter Bailey. Phillip me rodeó con sus largas piernas, pero aquello ya no me parecía sensual ni reconfortante. Me resultaba imposible recuperar la sensación de unicidad entre nosotros.

—Necesito pasar más tiempo contigo —dijo Phillip—, quiero que nos vayamos por ahí un fin de semana. Necesito conectar de nuevo con lo que hemos hecho esta noche. Hay cosas de las que necesito hablar.

Yo oí a los niños peleándose por los cereales en la cocina.

—¿A qué cosas te refieres?

—Cosas de trabajo. Económicas.

—Dime las líneas generales —lo incité.

—No, es demasiado complicado para hablar de ello a estas horas.

—Venga, no puedes dejarme con la miel en los labios. ¿Va todo bien en el bufete?

—Oh, sí. —Me apuntó agitando el dedo, como si yo debiera borrarme aquella tonta idea de la cabeza.

—Pero ¿aun así tenemos que hablar?

—Hum. —Respiró y asintió con la cabeza.

—¿Como, por ejemplo, de qué estabas haciendo con aquel tal Allan aquel día en casa, tras las puertas cerradas?

—No.

De pronto echó las mantas hacia atrás y saltó de la cama. Lo que había dicho no tenía visos de ser cierto.

16

¡EXORCISMO URGENTE!

Un grupo de gallinitas, todas muy preocupadas, circulaba en torno a Barbara Fisher. Una de ellas le frotó la espalda.

—No sabes cuánto lo siento.

—Ha sido horroroso, horroroso —dijo Topper, el cerebro del comité de decoración.

Yo me alejé presurosa, pues no quería molestar a Barbara en un momento de obvia aflicción. Una escena sombría, la verdad.

—¿Qué ha pasado? —susurré a Ingrid por encima de su hombro—. ¿Se ha hecho daño alguien?

—Peor, mucho peor. Yo preferiría renunciar a mi Birkin antes que sufrir lo que le ha pasado a ella esta mañana.

—¿Qué?

—Se le ha ido la niñera.

Intenté escabullirme antes de que me viera Barbara, pero me topé de frente con Christina Patten, que me decía:

—¿A que no adivinas quién me ha llamado esta mañana?

—Te juro que no tengo ni idea. —Levanté a Gracie de su asiento del coche y la dejé en el suelo.

—¿Puedo ponerme la diadema de Cenicienta? Sólo una vez —rogó la niña.

—En el colegio no permiten que nadie vaya disfrazado de superhéroe ni de personajes de Disney. Lo sabes perfectamente. La dejaremos en el cochecito, como hacemos siempre.

—¡Venga, adivina! —Christina se puso a entonar una melodía—: La, la, la. Tiene que ver con Noches Blancas. La, la.

—Un diseñador quiere vestirte —aventuré.

—¡Por supuesto, pero eso ya es antiguo! ¡Los diseñadores visten a todo el mundo!

A todo el mundo excepto a mí. Los diseñadores se ponen de rodillas para vestir a damas de sociedad como Christina, les envían vestidos de noche para una gala benéfica, las instan a lucirlos como haría cualquier estrella de Hollywood para recorrer la alfombra roja de los Oscar. Francamente, llegados a aquel punto me habría encantado que alguien me hubiera pasado la ropa. Me habría ahorrado ir de compras. Y el dinero.

—Vale, Christina, te han pedido que presentes la gala.

—No digas tonterías, me moriría si tuviera que hacer eso. ¿No ves que estoy feliz y emocionada por algo?

Aquél era un momento «espada samurái».

—Se me está haciendo un poco tarde, y Gracie no está de muy buen humor —le dije a Christina.

—Sí que estoy, mamá. ¡Eso es mentira!

—Oh, bueno, quieres quitarle toda la emoción, Jamie. Quería sorprenderte más tarde, pero es que no he podido esperar. Venga, haz un esfuerzo. Piensa en la gala benéfica. Piensa en algo blanco. Piensa en nuestra mesa. Piensa en huevos, en huevos de muchos colores. Piensa en fotos.

—Yo no sé nada de todo lo que pasa entre bastidores en estos eventos. Compré la entrada para apoyar la causa y asistir —fue mi seca respuesta.

—Eso cuesta trabajo creerlo, eres demasiado racional, todo el mundo lo dice. Jamie es muy lista, Jamie es muy lista. La, la, la. Eso es lo único que oigo comentar de ti. Mi marido, George, se muere por sentarse a tu lado. Ese día va a leer detenidamente el extra del periódico, pero me ha dicho que no te lo diga, ¡así que no le digas que te lo he dicho!

—Eres muy amable al decir que soy lista, Christina, pero la gente lista no lo sabe todo de manera automática...

Christina Patten inclinó la cabeza hacia un lado, entornó los ojos y fijó la mirada en el vacío.

—No entiendo del todo lo que estás diciendo.

¿Aquella mujer era retrasada mental o qué?

—Mamá, veeenga...

«Gracias a Dios.»

—¿Qué te parece si llevo a Gracie a su clase y tú me mandas la sorpresa por correo electrónico? —Alcé las cejas unas cuantas veces, igual que hago siempre que intento convencer a mis hijos de algo.

—Esta mañana me ha llamado John Henry Wentworth —dijo Christina—. Es mi vecino.

—¿Quién es?

—Estás de broma, ¿no? —Parecía preocupada—. Es el redactor jefe de *Madison Avenue Magazine*.

«Ay, ay.»

—¿Y?

—Quiere fotografiar nuestra mesa. Va a construir unos modelos de huevos Fabergé enormes, de dos metros y medio de altura, todos cubiertos de joyas, unos de pie y otros de costado. —Gesticulaba locamente para que yo me imaginara la escena—. Y después todas las señoras de nuestra mesa posarán delante de ellos vestidas de blanco.

—Ese tal Wentworth no me conoce de nada —dije—; ve tú con tus amigas y haz lo que quieras. No es para mí.

—Pues he tenido que explicarle quién eres porque, ya sabes, no estás muy puesta en los circuitos de sociedad. —Dijo aquello en tono de disculpa porque creyó que tal vez iba a ofenderme—. En fin, decídelo tú. Tú trabajas y no tienes tiempo. Pero le gustó la idea de incluirte en la foto. Quiero decir que vas a estar sentada a la mesa, de modo que resultaría extraño no incluirte aunque, bueno, ya sabes, aunque tú no...

—Es que no creo que vaya a encajar —le recordé.

—Estás loca. Van a diseñar vestidos blancos para nosotras, nos van a hacer la peluquería, todo. Y luego luciremos esos mismos vestidos en la fiesta. Cuentan con Carolina Herrera, uno de sus estilistas se encargará de vestirnos. ¿A que es increíble?

Y así no tendría que pensar en qué ponerme, ni gastar tiempo y dinero en comprarlo, ni abrirme paso por entre un laberinto de pieles de color blanco...

—Y Verdura va a prestarnos las joyas —añadió Christina.

Hasta yo sabía que era el diseñador de joyas italiano más importante del siglo pasado.

Aquello estaba poniéndose interesante. Tentador, incluso.

—A ver si lo he entendido bien. —Enumeré—: Carolina Herrera va a prestarme un vestido o confeccionar uno para mí. Y Verdura va a prestarme para esa noche unos diamantes que valen una fortuna.

—Pongamos que unos veinte mil —se entusiasmó Christina—. El único problema es que sus agentes de seguridad van a seguirte a todas partes.

—¿Y los zapatos?

—También. Y un bolso de Judith Lieber.

—¿Podré quedármelos? —pregunté.

—Los zapatos y el bolso, sí. El vestido y las joyas, en absoluto —me informó Christina.

—¿Por qué quiere el *Madison Avenue Magazine* hacer esto? Ni siquiera me conocen.

—Necesitan una portada, y la gala del Dupont es la fiesta más importante del año. Supone buena publicidad para los diseñadores.

—¿Esto va a ser portada? —pregunté con interés.

—Bueno, piensan fotografiar tres mesas, y ojalá que la que aparezca en portada sea la nuestra, pero sin duda saldremos en las páginas interiores.

—De acuerdo, déjame que lo piense un poco, Christina. Ahora tengo que llevar a clase a Gracie, se nos hace tarde.

—Te llamarán de la oficina de John Henry para los arreglos —exclamó ella, al tiempo que empujaba a su hija Lucy escaleras arriba.

Reprimí una sonrisa.

Aquel mismo día Peter me abordó nada más llegar a casa.

—Dame un segundo para recuperar el aliento. ¿Es importante?

Ya me exasperaban un poco las constantes bolas con efecto que me lanzaba Peter. Dejé las bolsas, me quité la bufanda y la arrojé al interior del armario. La casa estaba silenciosa, un tanto insólito para ser la hora de cenar.

—¿Qué ha ocurrido?

—Yvette se ha enfadado mucho por la fiesta de cumpleaños de los Wasserman —dijo Peter.

Pasamos al estudio en silencio para no alertar a los niños de que yo ya estaba en casa.

Peter tomó asiento en un sillón al que acababa de renovarle el tapizado.

—Bueno, en realidad la cosa empezó en casa, antes de la fiesta —continuó informándome—. Yvette dijo que tú querías que fueran vestidos de gris, ya sabes, y Michael con el babero bordado puesto y el pantalón corto de ante...

—Lederhosen. Sí.

—Pues ahora tienes que volver a cuando me contrataste y acordarte de lo que estuvimos hablando. ¿Recuerdas que dijimos que yo creaba un ambiente masculino en la casa durante el día?

Asentí con la cabeza. Estaba adorable. Llevaba puestos unos vaqueros gastados y una delgada camiseta de manga larga, oscura y arrugada. En aquel momento, para mí era un problema mirarlo. Y también era un problema no mirarlo.

—Bien, ¿te importaría decirme una cosa? —inquirió Peter—. ¿Por qué vestís a los niños como si fueran tiroleses cada vez que van a una fiesta? Michael parecía una niña, y aunque sólo tiene dos años se dio cuenta y estaba furioso. ¿Y qué es eso de llevar unos calcetines hasta la rodilla con borlas rojas? Deberías habernos visto intentando meter a Michael en ese ridículo pantaloncito de ante... mientras se retorcía como loco por el suelo. Era como una mezcla entre *Sonrisas y lágrimas* y *El exorcista*.

Me eché a reír.

—Peter, tú no lo entiendes.

—No, eres tú la que no lo entiende —replicó—. Y luego resulta que llego a la fiesta y veo a todos los niños vestidos igual, con los mismos pantalones grises, y todos con los ojos rojos porque sus cuatro niñeras vestidas a juego también los han obligado a vestirse de tiroleses. ¿Qué es lo que os pasa?

Tenía razón. Pero todos los niños que conocíamos se vestían así para las fiestas. Y yo lo había aprendido por las malas la primera vez que llevé a Dylan a una fiesta de cumpleaños en el parvulario vestido con camiseta y pantalón largo. Cuando entramos, con quince minutos de retraso, todas las mujeres presentes enmudecieron de pronto, como en un anuncio de televisión.

—¿Y qué es lo que te ha pasado con Yvette? —pregunté.

—Fui a la fiesta con Gracie y Michael —dijo Peter—, y cuando empezaron a comer la tarta de chocolate les puse unos vaqueros. Yvette se puso furiosa, como si yo hubiera matado a alguien.

—Ya sé que a ti te parece completamente desproporcionado, y estoy de acuerdo en que así es, pero para Yvette la ropa es algo muy serio.

Peter se quedó callado, con una expresión de incredulidad.

Intenté explicarme.

—Los vaqueros no hacen juego con los John-John de lana azul celeste ni con los abriguitos tipo Caroline Kennedy ribeteados de terciopelo en el cuello. —Al comprobar que no había respuesta, agregué—: Tienen que vérseles las piernas desnudas por debajo de los abrigos, con los calcetines. De eso se trata precisamente. Los abriguitos de vestir no quedan bien con los vaqueros, van con vestidos y pantalones cortos. Por eso los niños llevan pantalón corto.

Peter me miró boquiabierto.

Continué hablando con lógica implacable de madre experta:

—Es para lograr el efecto de llevar las piernas al aire como John-John —expliqué—. ¿No te acuerdas? El saludo ante al féretro. Ése es el gran momento, en el ascensor al subir y al salir.

—¿El saludo ante el féretro? ¿Como hace cuarenta años? ¿Te has vuelto loca? —preguntó Peter, perplejo—. ¿De verdad te preocupa que Michael lleve las piernas al aire con calcetines como John-John Kennedy?

—Naturalmente que no. Estoy tratando de explicarte lo que simboliza la ropa —concluí.

—Deja que te diga una cosa: tú eres guay, trabajas en una cadena importante. Me cuentas un montón de cosas sobre esas mujeres, que sus valores son de pena, que se han dejado el cerebro en la maleta, que son muy competitivas. ¡Y te enfadas cuando te sugiero que eres una de ellas, lo cual me pone furioso a mí porque tú vales mucho más! Pero el caso es que pasas por el aro en todo... incluso en lo de los abriguitos con cuellos de terciopelo, precisamente.

—¡No es verdad! —exclamé, irritada.

—Me imaginé que ibas a decir que Yvette estaba loca y que por supuesto yo había actuado correctamente —dijo Peter—. ¡Pero no estás diciendo eso en absoluto! ¡Estás intentando explicarme no sé qué moda de llevar con las piernas al aire a un niño de dos años! Te advierto que se siente igual que una bailarina, y que él tiene razón y tú estás equivocada. Luego, primero dices que Christina Patten es una idiota, que es verdad, puedes creerme, quiere hacerse amiga mía y me aborda en el parque, pero luego resulta que me entero de que no paras de hablar con ella. ¿Qué me dices a eso?

—Oye... cuando tengas hijos y tengas que tratar con otros padres, ya lo entenderás.

—No lo entenderé; y, créeme, ningún hijo mío va a ir vestido de tirolés. Jamás.

Lo había perdido. Del todo. Había deseado intensamente que él me considerase guay y que tenía un trabajo estupendo y que estaba por encima de todo aquello. Pero él me había pillado. Como de costumbre. Me sentí patética y furiosa conmigo misma, y peor todavía: furiosa con él.

Me puse de pie.

—¿Ya hemos terminado? Mañana tengo una entrevista, ¿te importa?

—Ya sé que tienes una entrevista. Me limito a hacer mi trabajo, a cerciorarme de que mientras tanto no la jodes con tus hijos.

Dicho aquello, él también se levantó y se fue por el pasillo con la intención de colgar a Dylan boca abajo por los tobillos.

17

UN TRABAJO BIEN HECHO

Al día siguiente, al otro lado de Manhattan, estábamos Goodman y yo sentados a una pequeña mesa, en un reservado de un bar corriente situado entre Broadway y la calle Sesenta y cuatro. Aquello era algo habitual para nosotros. Acabábamos de salir de entrevistar en secreto a Theresa en un hotel de Nueva York. Theresa no quería que nosotros, unos reporteros norteños, anduviéramos de acá para allá en Pearl, Misisipí, llamando la atención. Aunque yo todavía estaba un poco triste tras mi altercado con Peter, intenté saborear el momento dorado que estábamos viviendo. En los diez últimos años, Goodman y yo habíamos pasado media docena de momentos victoriosos juntos, y los dos sabíamos qué había que hacer tras la victoria: al cabo de semanas, si no meses, de intensa energía psíquica para convencer a Theresa Boudreaux de que hablara, la mayor entrevista del año para toda la comunidad periodística, habíamos terminado dicha entrevista, ella había salido por la puerta, los cámaras y el resto de técnicos habían desmontado sus equipos, y nosotros habíamos salido a la calle y caminado en silencio bajo un fuerte aguacero en busca de un sitio donde tomarnos una copa.

En silencio nos bebimos nuestros Makers's Mark con hielo. Goodman necesitaba una calma absoluta para digerir la magnitud del reportaje que teníamos entre manos. En los próximos días nos obsesionaríamos con las cintas y escribiríamos el reportaje para nuestro programa, pero ahora yo no iba a decir nada hasta que él superase aquel período de decaimiento. Sabía cuidar de mi jefe como si fuera hijo mío. Transcurrieron quince minutos. Yo me moría por recapitular. Pedimos otra ronda.

Por fin él golpeó con la mano la pequeña mesa de madera.

—Joder, joder, nena. Esta vez sí que lo has clavado. Ha estado genial. —Se reclinó en su silla, cruzó las manos por detrás de la cabeza y levantó la vista a los cielos. Bebió un enorme trago de whisky y lo absorbió entre los dientes igual que un vaquero—. ¿Sabes una cosa, Jamie? Esa tía está bastante tarada, pero tiene un cuerpazo capaz de parar un tren. El bueno de Huey se lo va a perder. —Golpeó la mesa de nuevo.

Theresa lo había hecho divinamente. Llevaba el pelo peinado al estilo de Farrah Fawcett en los años setenta y un ajustadísimo traje azul celeste que se le pegaba a las tetas como una segunda piel, y hablaba con un acento sureño dulce como la miel. Habló de la relación sexual con el congresista, contó que se conocieron en casa de uno de sus seguidores en Pearl, Misisipí, y que habían pasado dos años juntos hasta que él la dejó tirada sin contemplaciones. Goodman intentó convencerla para que explicase veinte maneras distintas de sexo anal que le gustaran a Hartley. Sus respuestas sobre aquel delicado tema fueron esquivas; sin embargo, en líneas generales, se mostró muy colaboradora.

GOODMAN: Así que usted confirma que hubo relaciones sexuales entre usted y el congresista Huey Hartley.

BOUDREAUX: Bueno, en cierto modo.

GOODMAN: Le he hecho una pregunta para contestar con un sí o un no.

BOUDREAUX: Es que no es tan simple.

GOODMAN: Quiere decir que hubo actividad sexual, caricias y arrumacos, como quiera llamarlo, pero no un coito de hecho. Sin penetración. Hay personas, incluido un ex presidente, que sostendrían que eso no constituye una relación sexual entre un hombre y una mujer.

BOUDREAUX: No he pretendido dar a entender que no hubo relación sexual entre nosotros, quiero decir tal como lo entendería Bill Clinton. Sí que hubo relaciones sexuales entre nosotros.

GOODMAN: De modo que sí hubo coito...

BOUDREAUX: Sí. —Esbozó una sonrisa ligeramente incómoda, artificial, y añadió, inclinándose—: Coito... en cierto sentido.

GOODMAN: ¿Podría explicarse...?

BOUDREAUX: No. No de la forma tradicional. —Una pausa, una nueva inclinación—. Y tampoco la postura... del misionero.

GOODMAN: O sea, ¿que está refiriéndose a la postura?

BOUDREAUX: No, me refiero al lugar por donde se lleva a cabo la penetración.

A lo largo de aquella lasciva parte de la entrevista, Leon Rosenberg estaba lanzando tales carcajadas que tuvo que esconder la cara en el minibar.

Theresa lloró cuando contó a Goodman que Hartley la había dejado tirada. Hablaba ahora porque Dios le había dicho que debía purificarse. No le dolió, según dijo, que Hartley no la tratara bien cuando rompió la relación. El muy hijo de puta le había dado la mala noticia valiéndose de los agentes de su equipo de seguridad. Ella no había hablado con Hartley desde entonces. Él no le devolvía las llamadas.

—Te equivocas en una cosa: no es ninguna tonta. —Miré a Goodman a los ojos.

—Venga ya, pero si he tenido que hacerle cada pregunta dos veces —me recordó mi jefe.

—Lo único que digo es que no estamos tratando con una panoli, que estaba representando un papel, coqueteando contigo, llevándote a que le hicieras las preguntas que ella quería. Eres hombre. Escúchate tú mismo, creciéndote al hablar del cuerpazo que tiene. ¿Qué sabes tú?

Me entraron ganas de añadir que el estilo astuto de Theresa me había puesto nerviosa, nunca la había visto actuar de forma tan taimada, pero no era el momento. Ya lo diseccionaríamos más tarde.

—Soy un profesional y llevo treinta años haciendo esto —afirmó Goodman.

—No lo niego, pero ella ha jugado contigo.

—No es cierto.

—Sí que lo es —dije, obstinada.

—No quiero oír eso. Theresa ha dicho lo que queríamos que dijera, ha cantado de plano. Me da igual que haya buscado ciertas preguntas a propósito. Si me preguntas dónde está la sustancia de todo esto, te diré que tenemos un carro lleno. —Golpeó la mesa y pidió otra ronda—. Y yo he estado genial. ¿Se me ha visto genial, además?

Me quedé mirando fijamente los cubitos de hielo de mi vaso hasta que empecé a verlos borrosos.

ENTREACTO I

Dentro del armario ropero hacía calor y faltaba el aire.

«¿Será real esta mujer?»

Ella le desabrochó los pantalones mientras él fingía resistirse. Entre las varias capas de ropa que iban cayendo, delicados pétalos de rosa.

Tras recuperar el equilibrio, tanto el físico como el mental, sacudió la cabeza negando y la apartó de él, esta vez con determinación.

—Estás loca. —Pensó en Jamie y le recorrió una oleada de culpabilidad.

—¿Y qué?

Mientras ella se apretaba contra su muslo, él miró por encima de su hombro y vio que la abertura de la falda se había subido un poco y dejaba ver un par de piernas suaves y desnudas.

Echó la cabeza hacia atrás, sin poder creerlo.

—Hablo en serio. No puedo hacer esto. —Con intensa melancolía, se dio cuenta de que estaba interrumpiendo el revolcón de su vida.

Ella puso la lengua en la base de la garganta de él y comenzó a lamerle el cuello subiendo lentamente hacia la boca.

—¿Quién se va a enterar?

Entonces, su mano izquierda fue guiada hasta la cara posterior del muslo y después entre las piernas. Sintió las gotas de sudor que le resbalaban por la espalda, y cerró los ojos.

—Yo... Yo...

Ella respiró con fuerza junto a su oído al tiempo que lo obligaba a introducir los dedos en el interior de su cuerpo.

—Vaya, esta mañana se me ha olvidado ponerme las bragas.

—Eso parece.

Pasaron los minutos. Ahora él era su prisionero.

Otra prenda de carísima ropa de casa cayó a sus pies rozando los hombros ligeramente bronceados de la mujer. Ella ya estaba arrodillada y con la polla entera de él en la boca. Él sabía, por haberlo oído en el parque infantil, que era famosa por hacer exactamente aquello. Aunque existía un universo de injusticia en el valor neto de ambos, allí estaba ella, de rodillas y prestándole un servicio como una cortesana, la fantasía de cualquier hombre.

«El sexo, el que nos iguala a todos —pensó él, maravillado de ser capaz de formar algún pensamiento coherente a aquellas alturas—. La única democracia verdadera que queda.»

Ella levantó la vista sin dejar de manipularle el falo erecto con la boca y una mano de cuidada manicura. El único sonido que se oía era el tintineo de sus pulseras Bulgari.

Él asió un paño bordado y ahogó un grito cuando se corrió igual que una manguera contra incendios en la carísima boca de ella.

Ella rió suavemente y se lamió los labios con una mirada de triunfo y arrogancia, y a continuación dijo:

—Sé que soy la mejor, y ahora también lo sabes tú.

Y desde luego que tenía derecho a ostentar dicho título.

Hay ocasiones en que un hombre no sabe qué hacer ni qué decir después de correrse. Él se puso a recoger torpemente la ropa que se había caído.

—Ya se encargará de eso Marta —dijo ella, al tiempo que se marchaba y lo dejaba encerrado en el ropero.

Y allí se quedó él, con una pila de las mejores servilletas de tela de toda la costa Este en las manos y un pene cada vez más blando colgando por fuera de sus calzoncillos manchados de lápiz labial de Chanel.

18

TODO ESO DEL ESTILO

—¡Luces! ¡Cámara! ¡Acción! ¡Vamos, chicas, sois las más guapas del baile!

La canción *We Are Family* reverberaba en las tuberías de agua de acero y en las vigas del techo del *loft* de Tribeca. Cuatro esculturales famosas de la sociedad bailaban, los *flashes* explotaban y los estilistas paseaban accesorios arriba y abajo siguiendo el perímetro del *loft*, semejantes a hormigas transportando migas de pan. Yo me sentía como si hubiera aterrizado por error en el vídeo musical de otra persona.

Con la barbilla pegada al pecho y los ojos cerrados, Punch Parish, el fotógrafo de sociedad más famoso del mundo, alzó una mano por encima de la cabeza. De pronto cesó la música. Los ayudantes hicieron guardar a todo el mundo silencio absoluto. El maestro necesitaba crear, así que esperamos. Y esperamos. Aquel tipo debía de creerse Richard Avedon. Poco a poco fue elevando la cabeza y se plantó frente a nosotras con el brazo derecho extendido y un ojo cerrado todavía, mirándose fijamente el dedo pulgar, como Picasso. Acto seguido se quitó la bandana de la cabeza, se peinó hacia atrás el cabello con mechas rubias y volvió a anudársela.

—¿A que es asombroso? —me susurró Christina al oído. No hay sobre la faz de la Tierra mayor exhibición de cómo besarle el culo a alguien que un famoso de Nueva York cerca de un fotógrafo—. Es como un pintor del Renacimiento. Como Van Gogh. —Eso dijo.

Punch se movía alrededor de nosotras como si fuéramos muñecas de tamaño real delante de tres huevos de Fabergé de un metro y medio de altura cubiertos de joyas. Una famosilla italiana delgada como una espátula me clavó el tacón del zapato en el dedo meñique. Yo ahogué una exclamación, pero ella ni se enteró.

Estaba empezando a sentirme irritada de verdad. La gente de televisión del mundo de las noticias toma planos de los famosos de modo muy distinto. Por ejemplo, nosotros respetamos el tiempo de las personas. Pedimos a los entrevistados que acudan una vez que nosotros ya lo tenemos todo preparado. Aquella mañana, cuando entré en el estudio, ni siquiera había llegado el fotógrafo.

Punch chasqueó los dedos a su ayudante Jeremy, que le guiñó un ojo al D. J., el cual puso la música a todo volumen. Jeremy, desatado, empezó a batir palmas haciendo un amplio gesto por encima de su cabeza, igual que una foca, y meneando el trasero adelante y atrás.

—*I got all my sisters with me* —gritó, siguiendo la música—. ¡Uh, uh, uh, uh, uh!

Entonces Punch concentró su magia sobre nosotras una vez más.

Las invitadas de Christina Patten para las Noches Blancas de la gala benéfica del Hermitage, incluida yo misma, estábamos delante de un enorme papel blanco, los huevos justo detrás de nosotras y una nieve falsa arremolinada alrededor de nuestros tobillos. Unas robustas costureras rusas soplaban aire sobre la tela de nuestros vestidos para que ondearan a la perfección. Las maquilladoras nos aplicaban polvos en la nariz y en la frente mientras el estilista de peluquería, con el pelo sujeto hacia atrás con unas gafas de sol a modo de diadema, nos acicalaba con el extremo puntiagudo de su peine. Alguien encendió los ventiladores para que el pelo se nos retirase de la cara. Más *flashes* del artista, *monsieur* Punch.

Tras cinco rollos de película, Punch indicó que necesitaba beber algo llevándose un vaso imaginario a la boca. Jeremy giró en redondo para hacerle el mismo gesto a una joven interna, a la cual dedicó una mirada indignada como si hubiera cometido el mayor error de toda su vida. Ella corrió en busca de una botella de Evian y tropezó con los cables de los focos en su afán por regresar a toda velocidad.

Punch bebió un trago de la botella y a continuación salió del escenario. Christina y sus otras tres invitadas hicieron lo mismo, mientras que yo me quedé allí sola. Las mujeres de la sociedad de Nueva York a menudo tienen una educación espantosa. Al llegar al estudio Christina me había dado un par de besos y me había hecho un gesto de desprecio con la mano, como diciendo: «Bueno, ya os conocéis.» Pero lo cierto era que no nos habíamos visto nunca, yo sólo conocía la cara de sus invitadas por las revistas. Y en persona eran tan espectaculares como supermodelos, igual que muchas de aquellas gallinitas: pómulos esculpidos, piel suave y jugosa que no había visto la luz del sol desde el instituto, pelo a lo Maria Shriver para las morenas y rizos juguetones tipo Elle McPherson para las rubias. Aquella gente no se sentaba como se sienta la gente normal. Nunca. Ellas apoyan una cadera en el borde mismo de la silla y extienden sus piernas largas y esbeltas, como si las hubiera colocado George Ballanchine. Es un milagro de la física que sean capaces de guardar el equilibrio. Como no tienen ninguna profesión, hacen ejercicio con sus preparadores físicos cuatro días por semana, varias horas cada día, así que su tono muscular no se debe a unos buenos genes, sino a lo mucho que se los trabajan, lo cual resulta mucho más inalcanzable para las personas como yo.

Aunque yo había hecho reportajes con incontables presidentes ejecutivos y miembros del Gabinete que no me daban ni pizca de miedo, aquellas mujeres tenían un algo exclusivista que me lanzaba otra vez de cabeza a la cafetería del séptimo curso. Eran las siguientes: Leelee Sargeant, de Locust Valley, cuya madre llevaba cuarenta años dirigiendo el consejo de administración del club de campo; Fenoula Wrightsman, heredera de una fortuna del mundo de las telecomunicaciones en Inglaterra; y Allegra d'Argento, de Italia, casada con un hombre mucho mayor que ella que se encontraba en arresto domiciliario en Florencia por evasión de impuestos mientras ella gastaba alegremente su dinero a este lado del Atlántico.

Barbara Fisher me cogió por el codo al tiempo que yo aceptaba un Ginger Ale bajo en calorías de un ayudante que iba repartiendo pequeños vasos de plástico.

—Oooh, muy interesante. ¿Estás aquí trabajando para hacer un reportaje en televisión, o asistes como invitada?

Señalé mi vestido de noche blanco y con lentejuelas y dije:

—Por supuesto que no estás trabajando, era broma —admitió Barbara—. Es que no es un sitio en que esperara encontrarte. No es tu rollo, Jamie.

No le faltaba un puntito de razón.

—Sí, estas cosas pasan por comprar entradas, y además Christina nos invitó a sentarnos...

—Muy inteligente, dado que tú quieres ingresar a Gracie en Pembroke. La junta entera está formada por amigos de Christina. Pero no pensaba yo que ella y tú fuerais amigas. —Barbara me escudriñó como si yo fuera una rata sucia y peluda.

—Bueno, no del todo —admití.

—¿No sois amigas, pero estás en su mesa?

—Quiero decir que más o menos.

—Hum... —Barbara se cruzó de brazos y me miró directamente a los ojos—. ¿Sabes?, hay otra cosa que llevo un tiempo queriendo decirte. —Se acercó un poco más y me susurró—: Si yo fuera tú, vigilaría de cerca a ese delicioso Peter que trabaja para ti. ¿Por qué no te haces un favor a ti misma y lo sorprendes un día en compañía de Ingrid Harris en el parque infantil de la calle Setenta y seis?

—Ingrid es muy divertida. —Meneé la cabeza para negar las ridículas implicaciones de lo que estaba diciendo—. Estoy segura de que a él le resulta más graciosa que las otras mamás.

—Yo no estaría tan segura. Preparadores, asesores, porteros; ¿de verdad crees que iba a tener algún reparo en hacérselo con un *manny*?

—Ya me aseguraré de investigarlo. —Estaba intentando parecer frívola, pero lo cierto era que me sentía completamente chocada. ¿Ingrid y Peter? ¡Imposible! Él jamás me haría una cosa así. Jamás. Una serie de imágenes de pesadilla empezó a pasarme por la cabeza: ella coqueteando descaramente con él cuando los presenté a ambos y la expresión estúpida y aturdida de Peter. ¿Tendría relaciones sexuales con una de aquellas madres a las que tanto odiaba? ¿Es que todos y cada uno de los hombres de este planeta son unos cachondos sin remedio? No. Peter jamás lo haría. Aunque estaba un poco distante desde la discusión de los pantaloncitos tiroleses. A lo mejor se había hartado de mí. «Oh, Dios.»

Punch regresó, y esta vez nos ordenó que nos pusiéramos en línea recta, hombro con hombro. Al unísono, todas las chicas sacamos una pierna con la rodilla adelantada y un hombro hacia atrás, con una precisión propia de unas *majorettes*. Ahí estábamos cuatro madres, todas universitarias, posando como modelos profesionales en la pasarela. «Naturalmente —pensé yo para mis adentros—, las fotografían a todas horas, ya se conocen esto de sobra, son semiprofesionales.»

—¡Vamos, chicas! Más energía. ¡Poned cara de desearme! —vociferó Punch.

—¡Punch! ¡Qué malo eres! —le contestó Christina, también a voces—. ¡Pero te queremos de todas formas!

Vale, muy bien. Peter tiene treinta años. Puede acostarse con quien le dé la gana, ¿no? No. No es así la cosa. En el trabajo, no. Pero ¿es trabajo si lo hace con otra madre, digamos, después del trabajo? Ya fuera dentro del trabajo o fuera de él, la sola idea me destrozó.

Las luces del techo se apagaban y se encendían, y John Henry Wentworth, el Príncipe de Palm Beach, director de *Madison Avenue Magazine*, entró a toda velocidad por la puerta del estudio y dejó que se cerrase de golpe. Llevaba su pelo rubio peinado hacia atrás, enseñando audazmente las marcadas entradas, y unos rizos más bien largos le caían por la parte de atrás de la chaqueta de espiga. Vestía una camisa rosa de tela Oxford, almidonada, y un pañuelo de cachemira anudado al cuello. Tenía unos grandes ojos castaños y unas mejillas carnosas, redondas y coloradas, curtidas por los muchos años pasados al timón de un velero. Claramente descontento con la sesión fotográfica, agarró a Punch por el codo y se lo llevó aparte para hablarle en secreto.

Las chicas saludaron con la mano a John Henry entre risitas. A mí sólo me preocupaba una cosa: ¿cómo iba a hacer para informarme sobre lo de Peter con Ingrid sin preguntar a otra madre?

Los dos hombres regresaron al grupo. John Henry dijo con voz firme:

—Opino que deberíamos... esto... cambiar un poco el orden.

Entonces se subió al escenario y me agarró a mí por los hombros, prácticamente levantándome del suelo, me quitó del segundo puesto por la izquierda y me trasladó hasta el otro extremo. Se me cayó de la cabeza una peineta incrustada de perlas, lo cual me sacó momentáneamente del estupor obsesivo por mi *manny*.

La fila quedó ordenada del modo siguiente: LeeLee, después Fenoula, Christina, Allegra y yo. ¿A quién se creía que estaba engañando?

Le susurré al oído:

—Soy productora de una cadena de televisión. Me paso el tiempo dirigiendo sesiones fotográficas. No crea que no sé qué significa que una persona quede desplazada totalmente a la derecha.

Aquello lo dejó perplejo. Yo estaba cabreada en parte porque él me estaba poniendo a la derecha del todo para después poder cortarme del plano, pero principalmente porque él se creía que yo era una famosilla cabeza de chorlito que no entendía lo que intentaba hacer.

—Esto... bueno... es que he pensado que, ya que usted... en fin... —balbució Wentworth.

—Mire, lo único que digo es que sé lo que pretende hacer, colega.

—¿Qué demonios estás haciendo, John Henry? —Christina Patten me abrazó elegantemente por la cintura. Aquello me sorprendió, pensé que sin duda le importaría más hacerle la pelota a él que protegerme a mí—. ¡Vas a destrozarle el peinado! ¡Tonto, más que tonto! —Ella no comprendía sus motivos.

Wentworth me dirigió una mirada malévola. Todas las chicas echaron la cabeza hacia atrás riendo y agitando las muñecas. Más *flashes*, más música disco, una interminable hora de poses distintas, todo ello conmigo en el extremo derecho.

Al final de la sesión, se me acercó Christina con los dedos de las dos manos cruzados. Cerró los ojos y dijo:

—Reza, reza, reza para que nos escoja para la portada. Todo cambiará para ti. De la noche a la mañana.

Estaba deseosa de salir de allí. Ya había sido bastante desagradable posar con mujeres que prenden fuego a su ropero al final de cada temporada, pero mucho peor había sido imaginar a Ingrid y Peter juntos. Estaba totalmente obsesionada por aquella idea, y de hecho me costaba trabajo respirar. Había presenciado cómo ella lo atraía hacia su tela de araña. Y, mierda, no podía reprochárselo. Me subí al coche y llamé al móvil de Peter. Sonó cuatro veces antes de que lo cogiera, un poco falto de resuello.

Respondió en tono oficial:

—¿Sí?

—¿No te olvidarás del violonchelo?

—Ni del violín. Estoy... esto... preparándolo. —Soltó el teléfono, se oyeron multitud de ruidos amortiguados al fondo, volvió a cogerlo. Parecía distraído, más distante todavía.

—¿Te encuentras bien, Peter?

—Claro.

—¿Qué pasa?

—Nada.

—¿Gracie ha quedado con alguien para jugar después del colegio? —pregunté, con distancia.

—Sí, esto... en casa de Vanessa Harris —dijo Peter.

—Ah, muy bien. —Procuré contener el mayor ataque de furia de toda mi vida—. ¿La ha llevado Yvette?

—Sí. Bueno, sí, Yvette estaba con ella.

—Lo preguntaba...

—Sí. Me parece que se lo ha pasado bien. Ahora estoy preparando lo del violonchelo. —Peter tenía un tono práctico.

—¿Cuánto hace que estás en casa? —pregunté, como por casualidad.

—He venido temprano. Tenía que recoger una cosa en el centro. Yvette necesitaba ayuda.

—¿Con qué?

—Con cosas —dijo, tranquilo—. No te preocupes. Te veré abajo.

Diez minutos después me detenía frente a nuestra marquesina y Peter y Gracie, con un violín en miniatura, se subían al coche. Peter le puso el cinturón a Gracie en el asiento del medio y se fijó en mi cara. Yo apenas pude mirarlo.

—¿Cómo es que estás tan maquillada? —preguntó, con interés.

—He tenido una sesión fotográfica. No importa.

Cuando llegamos al colegio St. Henry, Peter se giró en el asiento:

—Voy a recoger a Dylan. —Había sobrevenido un horrible frente frío y los dos nos hablábamos como autómatas.

Extendí el brazo hacia el asiento de atrás y le froté la rodilla a Gracie.

—Mamá, ¿podré volver a jugar con Vanessa dentro de poco?

—Claro, cielo. ¿Te lo has pasado bien?

Gracie murmuró un «hum» con el dedo pulgar en la boca. Luego sacó el dedo y terminó:

—Tiene una cocina de juguete en su cuarto. Y es más grande que la mía.

—Bueno, pero tú tienes una estupenda, y muchíiisimas cazuelas y sartenes —le recordé.

—Peter ha dicho que la mía es más bonita —dijo Gracie, complacida.

Se me aceleró el corazón. Pero ¿cuándo la había visto Peter?

—Te ha llevado Yvette, como siempre, ¿no?

—Hum... —Una vez más con el dedo metido en la boca, Gracie negó con la cabeza y después apoyó la cabeza sobre el costado de su sillita especial y miró por la ventanilla.

Yo salté como un conejo de mi asiento y me puse de rodillas sobre la consola central.

—Gracie. Sácate el dedo de la boca inmediatamente. ¿Quién te ha llevado a jugar a casa de Vanessa?

Gracie abrió los ojos como platos. Creyó que estaba metida en un buen lío.

—Yvette, mamá.

Sentí tal alivio que noté cómo se me derretía el cuerpo entero al volver a mi asiento.

—Pero también vino Peter.

«Joder. ¡Joder!»

19

DIME QUE NO ES VERDAD

Me prometí a mí misma que aquella noche me enfrentaría a Peter cuando los niños se hubieran ido a la cama, pero la idea en sí me ponía enferma. Si tenía que despedirlo, Dylan tardaría semanas, quizá meses, en recuperarse, y las ausencias de su padre durante la semana no harían más que subrayar su soledad. El mito de tener a un atractivo *manny* que llegase a nuestra vida como una ola y se llevase nuestros problemas consigo estaba construido sobre un suelo de arena.

Evitando estudiadamente todo contacto visual con Peter después de la cena, le pedí que acostase a Dylan con un libro mientras yo les leía algo a Gracie y Michael.

Peter estaba tardando demasiado tiempo con Dylan, mientras yo fingía leer el *New York Times* en el sofá del salón... Veinte minutos con la vista fija en el mismo artículo. ¿Sabría que yo sospechaba algo? ¿Y cómo no? Yo no era la misma. Claro que a lo mejor él era inocente y se sentía confuso por mi frialdad. Me sentí culpable, como si fuera una vieja loca y paranoica. Pero luego me pregunté por qué me castigaba a mí misma por algo que podía haber hecho él.

De repente aquello me pareció sumamente importante, como si hubiéramos superado la fase de enamoramiento y fuéramos camino de una relación estable, como si debiéramos discutirlo con unas copas y una buena cena y después arreglarlo todo haciendo el amor.

Me costaba creer lo que estaba divagando mi cerebro. Me golpeé la cabeza repetidamente con el canto de la mano. Cuando me enfrentase a él, tendría que tener cuidado de no actuar como una adolescente traicionada e inmadura. «Dios —pensaba yo—, menudo embrollo», y justo en aquel momento apareció Peter en la puerta.

Traía la gorra de béisbol vuelta hacia atrás, y la cazadora y la desaliñada bolsa del gimnasio echadas sobre un hombro.

—Dylan estaba leyendo y me pidió que le leyera en voz alta unas cuantas páginas, pero se ha quedado dormido antes de que terminase el primer párrafo.

Entró en el salón y se sentó en el estilizado brazo del sillón favorito de Phillip, estilo Luis XIV. Casi deseé que se rompiera bajo su peso, para que así estuviera todavía más en deuda conmigo. Se apartó el pelo de la cara y guardó silencio, esperando. Estaba sumamente atractivo.

Yo le lancé una mirada glacial.

Pasados unos momentos de incomodidad, rompió el silencio:

—¿Te encuentras bien? ¿Qué ocurre?

—¿Por qué no me lo dices tú, Peter?

—¿Cómo? —preguntó, asombrado.

Abrió desmesuradamente los ojos. Por un delicioso instante pensé que tal vez fuera inocente, que no podía haber sucedido nada entre un chico de Red Hook de pantalones caídos y una mujer casada como Ingrid Harris, aficionada a los pantalones estrafalarios. Por supuesto que Barbara estaba equivocada; Peter era incapaz de hacerme algo así. Ahora iba a pensar que yo estaba fuera de mis cabales. No quería acusarlo y conseguir que se riera en mi cara.

Pasé lentamente las páginas del periódico fingiendo estar buscando algo absolutamente crucial en aquel momento. Y entonces rompí aquel incómodo silencio:

—¿Se lo ha pasado bien Gracie en casa de su amiga? —Decidí en ese instante que, si me mentía, lo mandaría de inmediato a hacer las maletas, pero que si salía limpio le daría la oportunidad de luchar. Él no sabía que Gracie había levantado la liebre en el coche.

—Sí. Bueno, supongo que sí.

—Tú sabrás si se lo ha pasado bien o no, ¿no es así?

—Sí. En este caso, sí. Hoy le he echado una mano a Yvette.

—Cuando te llamé antes, hiciste todo lo posible para que diera la impresión de que no habías estado presente.

—No te mentí —dijo Peter, con limpieza—. Estaba dándome prisa en preparar el violín y las demás cosas para los niños.

Peter me estaba hablando como si yo fuera su novia, comprendiendo cuán traicionada me sentía. Yo sabía que estaba conteniéndose para no herirme. Aquello era absurdo.

—¿Y quién estaba contigo? —inquirí.

—Pues las dos niñas, naturalmente. Yvette y la otra niñera, Lourdes. Y también Ingrid, la señora Harris, como sea, estuvo un rato. —Se aclaró la voz, se puso en pie y se cambió la bolsa de gimnasia al otro hombro.

—¿Sólo un rato? ¿De manera que no pasaste ningún rato especial con ella? —pregunté. Al ver que Peter no contestaba, añadí—: Te he preguntado si pasaste un rato especial con Ingrid, como la llamas tú.

—Sí. Claro.

—Ya. ¿Y cuánto tiempo estuvo allí Ingrid?

Peter bajó la vista, se quitó la gorra y volvió a sentarse, esta vez en el sillón que estaba más cerca del sofá, con su rodilla peligrosamente cerca de la mía. Se pasó los dedos por el pelo. Tenía una expresión de culpabilidad, defensiva y cariacontecida, todo a la vez.

Barbara Fisher había acertado.

Al cabo de un silencio que pareció durar diez minutos, Peter se irguió en su asiento y me miró con los ojos entornados. Yo lo miré igual, intentando descifrar lo que pensaba, esperando contra toda esperanza haberme equivocado al juzgarlo.

—Está bien —admitió—. Ella se me echó encima dentro del armario ropero y me dijo que no llevaba bragas. ¿Qué iba a hacer yo?

—No puede ser —masculló.

—Ya lo creo que sí.

—¿En su casa? ¿Con los niños allí?

—Te doy mi palabra. Pero no te preocupes, Yvette y Lourdes estaban cuidando de las niñas. Y para mí no fue nada importante —dijo sin excesiva convicción.

Se me cayó el alma a los pies. Me quedé mirando fijamente los ventanales del salón, buscando alguna pista.

—Y luego, ¿qué? —quise saber, al borde de la desesperación.

—Bueno... —Se sonrojó—. No quiero hablar de ello; pero te puedo asegurar que no me interesa esa mujer, fue sólo que...

—¿Qué? —Intenté hablar en tono firme y maduro. Distanciado.

—¿Es que quieres saber los detalles? Te los puedo dar, si tanto te interesan, pero resulta un poco incómodo.

Me costaba creer que Ingrid Harris le hubiera dicho al *manny* de Dylan que no llevaba bragas. Ahora estaba más furiosa con ella que con él.

—Quiero decir que no hicimos... Fue todo muy rápido, y luego dije que no podía hacer aquello. De ninguna manera. —Se recostó en el sillón, satisfecho de sí mismo.

—¿Así que paraste tú? —Dios, qué alivio.

—Bueno, verás, para un tío no es tan fácil. Cuando una mujer fabulosa se te echa encima...

—¿Ingrid te parece fabulosa? —dije impulsivamente, pero me arrepentí al instante.

—Pues... sí. Puede que un poco golfa, pero sí, es muy atractiva, no cabe duda. —Meneó la cabeza con asombro, como si Ingrid fuera una jodida diosa del sexo.

—No sé, Peter, en realidad esto no tiene que ver con ella.

—Lo siento mucho —dijo.

Yo no podía hablar. A pesar de todos los discursos que había ensayado mentalmente, no me salía ni una sola palabra.

—Te juro que no me he acostado con ella. —Se daba cuenta de lo herida que me sentía yo—. Y te prometo que siempre seré sincero contigo.

Me entraron ganas de gritar: «¡Estoy casada! ¡No me siento herida! ¡No soy tu novia!» Pero en vez de eso respiré hondo y dije:

—¿Te parece una conducta responsable cuando se supone que debes estar supervisando a unas niñas?

—Ya te digo que las niñas estaban con Yvette y con Lourdes, jugando. Gracie no corría ningún peligro en absoluto. Me refiero a que aquello es como Versalles, con todas esas criadas pululando por todas partes. Así que no lo exageremos como si esto fuera...

Por fin estalló algo dentro de mí.

—Como si fuera... ¿qué? —chillé—. ¿Nada? ¿Nada, Peter? Te follas a una mujer casada en pleno día mientras estás trabajando, ¿y te comportas como si no fuera nada?

—No digo que no haya sido del todo inapropiado, pero ¡no es como si las hamburguesas se estuvieran quemando en la sartén y haciendo un agujero en el techo de la cocina y tu hija estuviera colgando por la ventana que da a Park Avenue! —Se levantó y comenzó a pasear arriba y abajo del salón—. Vale, lo que ha pasado es que una amiga tuya chiflada, una devoradora de hombres en toda regla, por cierto, y no nos olvidemos de que después de todo es amiga tuya, me ha metido en el armario para besuquearme un poco. Eso es todo. No he tenido relaciones sexuales con ella.

Hablaba igual que Bill Clinton.

—¿Eso ha sido todo, un poco de besuqueo? ¿Estás seguro? —Ay, Dios, deseé que fuera verdad.

Peter respiró hondo.

—Pues sí. —Pausa—. Principalmente.

20

MÁS QUE UN SIMPLE *MANNY*

La semana siguiente no fue fácil. Goodman estuvo imposible, adelantándose a cada uno de mis movimientos. Y yo me adelantaba a cada uno de los movimientos de mi *manny*. Cuando Peter me llamaba para decirme dónde se encontraba, yo siempre le preguntaba quién más estaba allí. Cuando intentaba acortar la distancia que ahora había entre nosotros, yo le daba un corte. Y cuando hacía algún pequeño chiste, yo no me reía. Hablaba tan sólo de la logística. El jueves fue un día especialmente difícil, porque volvió a darme una sorpresa. Y entonces empecé a cuestionarme mi propio comportamiento; no deseaba que se fuera, así que cuando fui a dar las buenas noches a Dylan me sentía especialmente distraída. La lámpara de su mesilla de noche proyectaba un triángulo de luz brillante sobre su cabello y el libro, en una habitación que por lo demás estaba totalmente oscura. Estaba leyendo *Eragon*.

—Hola. Estás en casa...

Eran practicamente las nueve y yo llevaba varios días de aquella semana trabajando con Goodman hasta muy tarde, discutiendo cómo queríamos escribir el reportaje. Por fin había encontrado un momento en casa para ver a mi hijo antes de que se quedara dormido.

Ángel mío. Fui hasta su cama y me senté a su lado.

—Tienes cara de sueño. —Le retiré el pelo de la frente y depo-

207

sité el libro sobre la mesilla. Él se arrebujó bajo las mantas y apoyó la cabeza en la almohada. Apagué la luz y le hablé a oscuras, en voz baja—. Es hora de dormir.

—He tenido muchos deberes.

—¿Te ha ayudado Peter? ¿Los has terminado?

—Sí.

—Muy bien.

—¿Cuándo va a venir a casa papá? —preguntó Dylan.

—Ya te lo he dicho, está en viaje de trabajo. El sábado, cuando te despiertes, estará acostado en su cama.

—¿Y por qué tú no puedes pasar más tiempo en casa cuando él viaja tanto?

—Es por el reportaje, cielo. Un reportaje muy importante para la televisión. Ya te lo he dicho. Estará terminado muy pronto. —Dylan me miró con una sonrisa torcida—. Terminaré pronto. Te lo prometo.

—Esta noche Peter y yo nos hemos reído mucho de Craig —dijo Dylan.

—¿Qué pasa con Craig?

—Es una historia muy larga. Vale, en primer lugar, ayer, cuando fuimos al colegio...

Posiblemente aquél no fue mi mejor momento como madre modélica, porque mi mente había vuelto a divagar hacia Peter.

—Y entonces le dijo a Douglas Wood que no quería ir a la bolera de Chelsea Piers, y eso fue...

Mi vida se había convertido de la noche a la mañana en algo parecido a *Mujeres desesperadas*. Mi vecina se estaba tirando al tipo que me cortaba a mí el césped y yo la odiaba por ello. No podía quitarme de encima la idea de que Peter me había traicionado.

—¿Me estás escuchando, mamá? ¿A que es increíble que Jonathan haya dicho que la fiesta de Douglas era una mierda? Lo dijo con esas palabras. ¿A que es horrible?

—Sí, cielo. ¿Y qué le dijiste tú?

—Peter me enseñó lo que podía hacer. —Mi sarcástico hijo no pudo evitar sonreír de oreja a oreja—. Ya no es problema. Eso es todo lo que necesitas saber.

Diez minutos más tarde sorprendí a Peter, que estaba frente al frigorífico examinando las opciones que tenía.

Enseguida se volvió hacia mí.

—Vaya. Me habías dicho que esta noche ibas a regresar muy tarde del trabajo —dijo.

—Ya lo sé, pero Goodman ha tenido que marcharse antes —le expliqué.

Dejé mi enorme bolso sobre el banco de la cocina y empecé a sacar cintas y a amontonarlas encima de la mesa del desayuno.

—Si me lo hubieras dicho, podría haberlos entretenido un poco para que te esperaran, pero es que tenían sueño —dijo Peter.

—Bien, Peter. Jodidamente bien, ¿vale? —No pude reprimirme, mi furia era palpable. Me puse ambas manos en el pecho para contener el corazón, como si pudiera explotar como una criatura de *Alien*. Saqué las transcripciones de la entrevista y las puse ruidosamente sobre la mesa.

—Vaya.

—Vaya... ¿qué?

—Sólo vaya. —Peter guardó silencio unos instantes mientras se servía un poco de zumo de naranja—. Ya te pedí perdón.

—Ya sabes que estoy harta de muchas cosas —dije a modo de recordatorio.

—Ah, ¿sí? ¿Como cuáles?

—Tu actitud en todo esto, para empezar. Seguro que no te molestó en absoluto que Ingrid estuviera casada. De eso no hemos hablado.

—Es cosa del pasado —repuso Peter—. Jamás en toda mi vida he tenido un lío con una mujer casada.

—Pues Ingrid está casada. Ya tienes una.

—Vale. —Cerró la puerta del frigorífico con el pie—. Lo que digo es que nunca lo había hecho.

Yo lo miré con suspicacia.

—No, claro...

—Lo digo en serio, las mujeres no sois tan agresivas. Estaba sorprendido, sorprendido de veras, y perdí totalmente el equilibrio. Lo perdí literalmente, si quieres que te diga la verdad.

—No necesito detalles —dije.

Aquello era mentira. Deseaba con desesperación torturarme

a mí misma con todos los detalles. La versión maquillada no dejaba de dar vueltas por mi cabeza sin parar: Ingrid hizo una de sus observaciones mordaces y él soltó una carcajada en el pasillo. Le dio una palmadita en el brazo, pero dejó la mano allí apoyada. Luego ella se restregó contra él en mitad del pasillo y empezó a lamerle la oreja. Él tuvo una erección imposible y fue él, no Ingrid, el que la arrastró al interior del ropero. Estaba ciego de lujuria por ella. Y no por mí.

—Oye, ya sé que ha sido un error, un error que inició Ingrid. Y a propósito, ya he pedido perdón. Lo siento mucho. Pero por más estupido que haya sido, no fue en absoluto en contra tuya. Es algo completamente distinto. Distinto de ti y de mí.

«De ti y de mí.» Él y yo. Si bien me costaba creer que Peter hubiera dicho aquello, me negué a mí misma el placer que podía haber provocado al decirlo. «De ti y de mí.» En mis momentos más racionales, me permití aceptar que aquel hombre albergaba sentimientos tiernos hacia mí, que incluso me admiraba, aunque ni por un segundo imaginé que yo pudiera hacer saltar en él una chispa eléctrica. También intenté convencerme de que mi atracción por Peter había nacido de algo podrido en la casa de los Whitfield; mis sentimientos hacia él no eran orgánicos ni siquiera naturales, sino más bien un síntoma de los fallos que había en mi propia vida.

—Venga, no siento nada por ella.

—Eres un tipo bastante mayor, Peter, así que cuesta imaginar que te sientas abrumado por algo.

—Te digo que no era una situación en la que resultara fácil decir que no, Jamie. Estábamos en su casa, en su armario, y ella mostraba una actitud desaforada que lo dominaba todo.

Lo miré de frente y chillé:

—¿Qué actitud desaforada?

—¿Podrías al menos considerar la posibilidad de darme un respiro? Llevas una semana entera distante. Acuérdate de lo que ocurrió en realidad, ¿vale? Intenta imaginarlo desde mi punto de vista: estaba tan arturdido que no pude reaccionar.

—No necesito que me lo cuentes otra vez, Peter.

—Vale, porque prefiero no volver sobre ello —declaró. Cogió otro vaso, lo llenó de agua mineral y me lo pasó, una tibia ofrenda de paz, dadas las circunstancias—. Hablas como si te sintieras herida.

—¿Te has vuelto loco? —fingí.

—O sea, que no estás herida —fue su aparente conclusión.

—No, no lo estoy. Quiero decir, tú trabajas aquí.

Peter golpeó la pared con el puño y dijo en tono sarcástico:

—Trabajo aquí. Supongo que esto es lo único que hago. Lo único que sucede aquí es que «trabajo» para ti. —Podía haber vociferado, haberme insultado y haber salido como una exhalación por la puerta de la calle. Pero no se juntó conmigo en las alcantarillas; en vez de eso, disipó mi hostilidad con sólo chasquear los dedos—. Buen intento. Pero no sirve de nada. No sólo «trabajo» para ti. No pienso dejar que te vayas de rositas diciendo eso.

—Vale, de acuerdo. No eres sólo...

—No soy sólo... ¿qué? Dímelo. —Dio un golpecito con el pie, sonriendo ligeramente.

—Ya lo sabes, Peter.

—¿El qué? ¿Que no soy sólo el *manny*?

—No —admití.

—Pues entonces dilo —me desafió.

—¿Que diga el qué?

—Di mirándome a la cara: «Peter, no eres sólo el *manny*.»

—No.

—Necesito que lo digas. Ha estado mal, y lo sabes perfectamente. Sólo así te dejaré escapar del anzuelo.

—¡Qué bobada! Eres tú el que tiene que escapar del anzuelo, eres tú el que terminó en el ropero de Ingrid.

—Dilo —exigió Peter.

Noté que me ruborizaba e intenté suprimir una risa nerviosa.

—Eso es una estupidez —balbuceé.

—Puedes decirlo. Por favor.

—Muy bien. —Puse los ojos en blanco—. No eres sólo el *manny*.

—Uf. —Se secó la frente con el dorso de la mano en un gesto teatral.

Los dos guardamos silencio durante unos instantes, comprendiendo de pronto que habíamos superado el problema de Ingrid y que éramos, en fin, amigos.

—Toda esta situación resulta un poco extraña —reconocí.

—Estoy de acuerdo. Lo ha sido. Créeme. —Su encanto era hipnótico.

—Ingrid es una amiga. Y me cae bien. Muy bien, de hecho —recordé.

—¿Sabes una cosa? —Alzó las manos—. A mí también me cae bien Ingrid. Me hace reír. Pero no quiero esa clase de... Yo jamás le he hecho la menor insinuación.

Confieso que aún quedaba un detalle desagradable que rematar.

—Engaña todo el tiempo a Henry —le informé.

—No me sorprende. La verdad es que para ella no pareció algo importante, como si no estuviera haciendo algo fuera de lo normal.

—Quiero decir «todo» el tiempo, Peter. Engaña a su marido a todas horas —dije.

—Bueno, considerando lo agresiva que es...

—¿Sabes?, tiene un preparador físico que está tremendo, un panameño. Y puede que algún otro más.

Peter palideció al oír aquello, y se quedó sin ninguna réplica.

Mi estrategia había funcionado. Goodman me había enseñado diferentes maneras de sonsacar información. No es necesario formular una pregunta directa para obtener una respuesta; se puede hacer una afirmación y ver cómo reacciona la gente. Y la reacción de Peter en aquel caso arrojó un montón de información. Nada como la mirada triste de un hombre que piensa que tal vez su polla no es tan grande como la del tío de al lado.

¿Qué palabra había empleado la semana anterior, cuando le pregunté si no había sido nada más que un besuqueo? «Principalmente» fue lo que contestó. Bien. Le creí cuando dijo que no se había acostado con ella, pero también supe que lo que había ocurrido tenía que ser más que un besuqueo.

Victoriosa en cierto sentido y desinflada en otro, tiré la toalla.

—¿Qué tal con Dylan esta noche? —pregunté.

—Bien. Ha terminado los deberes. Ha estado muy bien que tú llegaras a casa antes de que se durmiese.

Percibí la urgencia en su tono de voz, el deseo de conectar conmigo respecto de la necesidad de Dylan de pasar más tiempo con sus padres. Sin embargo, la intensidad de su mirada me ponía nerviosa. A lo mejor se sentía molesto porque yo había sacado el tema de empleador y empleado, o a lo mejor sólo quería pedir perdón una vez más. O, más probablemente, intentaba enviarme el mensaje de que su pene no era tan pequeño.

—¿Qué? —dije, impulsivamente.

—Lo que acabas de oír, que sin duda se ha alegrado de ver a su madre —contestó Peter—. Bueno, voy a recoger mis cosas.

—¿Por qué? ¿Te vas?

—Bueno, como aquí sencillamente «trabajo»... —Se tocó el reloj—. Ha finalizado la jornada. Hora de fichar.

—No hay prisa, ¿vale? —Esa vez sonreí. La tensión había desaparecido. Más o menos.

Peter cogió un refresco del frigorífico y se sentó en el banco. Tenía ante sí las cintas y los cuadernos de la entrevista esparcidos por la mesa.

—Bueno, ¿y cuándo va a ser la entrevista?

—Ya ha sido.

—¿Cómo has sido capaz de no contármelo?

—Se supone que no debo contárselo a nadie —le recordé—. Es sumamente confidencial.

—Por supuesto —admitió—. ¿Has cenado ya? Precisamente iba a calentar un poco de curry antes de irme a casa. ¿Te apetece?

—No, pero te acompaño.

Cuando volví a entrar en la cocina, Peter estaba colocando dos platos de pollo al curry en la mesa.

—Es para que comas un poco —dijo—. No puedes seguir adelgazando tanto, con todo lo que trabajas.

Vale, a lo mejor opinaba que mi trasero no estaba tan mal, aunque no llegase a la altura del de Ingrid.

—¡Bueno! —exclamé.

—¿Sí?

Ahora que había reconocido que él era algo más que el *manny*, aquello se asemejaba a una cita a ciegas.

—Cuéntame qué tal va tu programa informático.

Se irguió en la silla, y al hacerlo rozó mi rodilla con la suya. Fue como una sacudida eléctrica. Yo me apresuré a echar la pierna hacia atrás y me la golpeé contra la barra que sujetaba la mesa.

—¡Ay!

—Perdona. No estoy tomándome confianzas, te lo prometo. —Sonrió.

Intenté ignorar aquella sonrisa.

—He perdido a varios de mis patrocinadores. He probado el programa con todas las versiones de buscadores y de PCI que he logrado encontrar. Pero cuando me puse a hacer la demostración en la oficina del inversor, el *software* antipublicidad no deseada del PC no dejaba de mostrar ventanas de advertencia. Lo probé una vez más mientras él esperaba, pero de repente cascó...

Intenté interesarme por lo suyo y no distraerme con todo lo demás que estaba pasando, como mi reportaje y la visión de su polla dentro de la boca de Ingrid.

Acabamos la cena. Aquella noche tenía por delante un montón de trabajo. Necesitaba café.

—¿Vas a preparar café ahora? —preguntó Peter—. ¿No te hace falta dormir?

—Voy a quedarme un poco más viendo otra vez esta entrevista. Antes de escribir el guión tengo que verla una vez más en un entorno completamente silencioso en el que no me distraiga nada. Siempre lo hago en casa. —Saqué otro cuaderno de mi bolso.

—Mierda.

—¿Qué pasa? —Peter me había seguido hasta la encimera. Sentí el calor que irradiaba su cuerpo.

—Mi cronómetro. Era de mi abuelo. Lo perdí la semana pasada, creo que en un taxi o algo así. Odio controlar el código de tiempo en un reloj normal, porque la manecilla del segundero no se detiene. ¿Tienes uno tú?

Hablaba a toda velocidad, nerviosa al ver que nuestra relación había doblado una esquina, nerviosa (y tal vez esperanzada) porque él había dejado a propósito que su rodilla tocara la mía.

—Uno que se pare, no —dije.

—Mierda.

Volví a sentarme, de repente cansada de todo: el reportaje, mi matrimonio, mis hijos, Peter y aquella máquina sexual llamada Ingrid.

—Tienes que concederte un poco de tiempo libre, Jamie.

—No tengo tiempo libre.

—Yo te acompañaré. Mañana podemos dar un paso por el parque o visitar algunas galerías de Madison Avenue. O un museo —propuso—. Busca sesenta minutos cuando quieras y abandónalo todo. De esa manera verás tu trabajo más claro en la cabeza.

Me imaginé saliendo a pasear con él, sólo con él, sin los niños, y al instante pensé en la posibilidad de tropezarme con algún conocido que sacaría conclusiones precipitadas. No era buena idea.

—Mientras tanto —dijo—, déjame ver las cintas.

—Oh, vamos, Peter. Es de lo más sórdido, no hace falta que te tomes esa molestia.

—Diablos, quiero verlas. Lo sé todo de Hartley. No te olvides de que mi padre es un rabioso defensor de la derecha —admitió Peter—. Ésa es mi gente.

—Peter, tú eres una de las poquísimas personas que saben que existe esta cinta. No debería haberla mencionado.

—¿Cómo no iba a saber que existe? Prácticamente vivo aquí, ¿no es así? Como tú misma dices, «trabajo» para ti. Puedes fiarte de mí, lo sabes de sobra. Quiero decir, aparte de lo que ocurrió con quien ya sabes, la mayor parte del tiempo sabes que puedes fiarte de mí. —Sonrió.

Estaba cansada. Sí que me fiaba de él, pese a todo.

—Supongo que puedes ver las cintas conmigo; pero voy a ponerte a trabajar. Actúa como un espectador, como un tipo normal. Dime qué opinas de ella.

Pasamos al estudio y yo introduje la cinta en el vídeo y acto seguido me tumbé en el sofá con un cojín sobre las rodillas, igual que una universitara preparándose para pasar la noche estudiando. Peter se sentó en un sillón al otro lado de la habitación. Durante los primeros minutos de la entrevista bebí lentamente mi café.

—Ésta es la parte aburrida —expliqué—, en la que vamos calentándola poco a poco.

Eso fue lo último que recuerdo haber dicho antes de quedarme dormida. Cuando me desperté a las tres de la mañana, la taza de café había desaparecido y estaba envuelta con una manta. Las luces estaban apagadas y la televisión también.

Tras otras cuatro horas de sueño, por fin me sentí tranquila y con la cabeza despejada. Había visto la cinta aquel mismo día y había ordenado mis pensamientos. De todas formas, ya la había visto diez veces. Y me sentía cautivada por los cuidados que me había prodigado Peter la noche anterior. Él y yo habíamos viajado oficialmente a otro lugar y habíamos aterrizado a salvo siendo amigos. Por fin pude dejar de obsesionarme por lo suyo con Ingrid. Por descontado, Peter era atractivo y yo me había hundido en un abismo de inseguridad y de celos, pero ya había salido de él. Por supuesto. Tendría que arreglar mi matrimonio, aprender a vivir con las manías de Phillip, o terminaríamos separándonos. Pero aún me faltaba mucho para estar preparada para abordar aquel problema. Mientras tanto, había conseguido el reportaje político más grande del año, y tenía tres niños sanos. Era una bendición, y lo sabía.

A las nueve entré en la cocina y preparé café y algo para desayunar. Carolina ya se había llevado a Dylan y a Gracie al colegio. Michel apareció andando a gatas, se subió al banco, a mi lado, y cogió varios arándanos de mi plato. Yo lo abracé con fuerza contra mi regazo. Él mordió un trozo de un bollo, metió la mano en mi zumo de naranja y rió cuando intenté comerle los dedos de los pies.

Le di un beso en la cabeza y le limpié el pegajoso zumo de sus manitas regordetas.

En eso, la puerta de la calle se abrió y volvió a cerrarse con un golpe. Peter. Vestido con un jersey de cuello alto de color oscuro. Nunca lo había visto llevar uno. Estaba fabuloso. Otro golpe para mi falsa rutina de tranquilidad y mente despejada.

—Llegas muy temprano.

—Esperaba alcanzarte antes de que te fueras —me dijo, encantador.

—Ya sé que no llegué a ver las cintas hasta el final, pero me alegro de haber podido dormir algo. —Di un mordisco a un bollito inglés—. Lo siento, supongo que me quedé dormida. Es mejor que no hayas visto las cintas, está prohibido enseñárselas a nadie. A propósito, gracias por la manta.

—Sí que las vi —admitió.

Lo miré con cara de sorpresa.

—Ah, ¿sí? ¿Mientras yo estaba dormida?

—Sí.

¿Estaría yo roncando?, me pregunté. ¿Se me habría caído toda la baba sobre el cojín delante de él?

—Peter, probablemente no deberías haber hecho eso.

—Intenté preguntártelo, pero estabas frita. Y quiero decir frita del todo. —Se sentó a mi lado con cara seria.

—¿Estuve dormida todo el tiempo?

—Parecías la Bella Durmiente —repuso con una sonrisa.

Me sentí casi desnuda, como si me hubiera visto por error en ropa interior. No es que me importase mucho en realidad, siempre que la iluminación fuera la adecuada.

—Tenemos que hablar —dijo—. De Theresa. No te va a gustar oír esto.

—Ah, ¿sí? Seguro que puedo soportarlo. ¿Te aburriste? ¿No es una buena entrevista?

—Me fascinó.

Sonreí.

—Eso es genial. Tú constituyes un buen grupo de enfoque. —Mi aire era profesional—. Varón de entre dieciocho y cuarenta y nueve años. Un alto gasto en publicidad. De la cepa republicana del Estado Rojo. Me alegro. Me siento aliviada. —Di otro buen mordisco al bollito inglés con un pedazo de huevo revuelto encima.

—No deberías sentirte aliviada —me advirtió Peter.

—¿Por qué?

—Porque hay una cosa bastante extraña en esa tal Boudreaux y me cuesta creer que no te hayas dado cuenta de ella.

21

BLANCO INVERNAL

—Se trata del potencial índice de audiencia. Está influyendo en tu criterio —dijo Peter.

Michael cogió mi cuchara y se echó un poco de huevo por la pechera de la camisa. Yo, sosteniéndolo con un solo brazo, busqué detrás de mí en la encimera y cogí su juguete favorito.

Peter no tenía ni idea de lo que estaba hablando, lo cual no hizo sino recordarme cuán testarudo podía ser. Sentí rencor por aquella intrusión tan arrogante y, francamente, dicho resentimiento trajo consigo una extraña sensación de alivio. Resultaba más fácil concentrarse en su arrogancia que en los inquietantes sentimientos de la noche anterior.

—Peter, de verdad que me gustaría conocer tu opinión al respecto, en serio, pero quisiera pasar un rato con Michael.

—¿O vas a dejar que Goodman te intimide? —insistió.

—¿Se puede saber de qué estás hablando?

—Vale, pasa este rato con Michael. Yo te espero en la puerta de la calle y te acompañaré cuando te vayas. —Peter no estaba aceptando en absoluto mi insinuación de que me dejara en paz—. Entonces lo hablaremos.

Ayudé a Michael a buscar su juguete favorito en el fondo del armario, la aspiradora con aquellas fastidiosas bolitas de colores que estallaban.

El niño imitó con los labios el ruido de un motor al tiempo que escupía un poco de saliva girando alrededor. Yo robé una mirada al espejo. Llevaba un jersey de cuello alto de color chocolate, vaqueros ajustados y tacones.

Yvette, de pie junto a la puerta, ayudaba a Michael a entusiasmarse con el ruido del juguete para que no se pusiera a chillar cuando me viera irme y me pilló mirándome en el espejo. Luego vio a Peter sosteniendo la puerta en un gesto galante y volvió a mirarme a mí con expresión acusadora. A lo mejor estaba volviéndome paranoica. A lo mejor, no. Me agaché a dar un beso al pequeño, lo abracé más fuerte y lo miré a los ojos.

—Las mamás siempre vienen a casa.

Él asintió, pero empezó a temblarle el labio inferior.

—Te quiero, Michael —añadí—. Eres mi pequeñín. Siempre serás el pequeñín de mamá.

Michael se aferró a mi manga.

—¿Palomitas? —pregunté—. ¿Quieres palomitas?

Le brillaron los ojos, y entonces Yvette lo levantó en brazos como si fuera un avioncito y dio media vuelta en dirección a su cuarto. Justo antes de irme, me quité las medias calcetín y las arrojé sobre el diván del recibidor. Ingrid me dijo en una ocasión que lo más artractivo era llevar los pies desnudos, incluso en lo más crudo del invierno.

—Fuera hace frío.

—Ya lo sé.

Peter murmuró algo así como «esta gente está loca» y me indicó con una seña que cruzase la puerta. Cuando pasé por delante de él sentí una clara aceleración en mi ritmo cardíaco e intenté distraerme en el ascensor pensando en la posibilidad de verme demandada por el Comité Nacional Republicano cuando se emitiera la entrevista de Theresa.

Una vez en la calle, aspiré el aire de aquel maravilloso día de diciembre. Aún no había nevado, y hacía un día árido y seco. Caí en la cuenta de que aquélla podía ser la última jornada agradable que tuviéramos antes de que se apoderase de nosotros el gélido invierno con su nieve fangosa y negruzca derritiéndose en todas las calles de la ciudad.

Luis ya estaba dentro del coche, aguardando.

—Eh, tío —le dijo Peter, con unos golpecitos en la ventanilla—. Hoy no te necesita la jefa.

—Sí que lo necesito —dije.

—No. —Se volvió hacia Luis—. Vamos a dar un paseo por el parque.

Advertí la expresión de pánico en el rostro de Luis. Me miró con un gesto que decía: «¡Yo no hago caso a este tipo, le hago caso a usted!»

—Peter. Ahora no vamos a ir al parque. —Intenté actuar como si estuviera irritada, pero entonces me quedé mirando el grueso jersey de cuello alto que se había puesto Peter por primera vez y lo bien que conjuntaba con sus ojos azules. Estaba peligrosamente atractivo con sus vaqueros, sus botas marrones y su cazadora de cuero marrón. Me repetí a mí misma: «Contrólate. Es el *manny*, por amor de Dios. Deja de fijarte en su físico. Estás casada. Y resulta ridículo que tengas que decirte esto.»

—Mira, no estoy seguro de poder seguir trabajando para ti si no te tomas cuarenta y cinco minutos y vienes conmigo. —Entonces sonrió. Yo no pude evitar acordarme de un novio que había tenido en la universidad, el primer hombre con el que me había acostado. Tenía una sonrisa ladeada capaz de arrancarme de los libros en un segundo.

—Estás bromeando, ¿verdad? —dije.

—Pues lo cierto es que no.

Eran las diez y cuarto. La reunión sobre la entrevista de Theresa no empezaba hasta la una, pero tenía que prepararla. Me pinté los labios mirándome en el espejo retrovisor del coche. Estaba tan estupenda que casi no podía soportarlo.

—Mira, ya lo hemos hablado, ¿vale? ¿Podemos pasar a otra cosa? Yo ya lo he superado.

—Esto no tiene nada que ver con Ingrid. Créeme —dijo Peter.

Aunque no me gustaba, ya tenía práctica en improvisar reuniones. Es algo que hacen todas las madres que trabajan.

—Más te vale que sea algo importante. —Metí la cabeza por la ventanilla del coche—. Luis, espere aquí, por favor. Volveré para ir al trabajo. Pronto.

Mientras tanto, Peter estaba sacando algo del maletero. Después volvió a la acera con nuestra manta de coche para emergencias en una mano y mis zapatos Ugg en la otra.

—Quítate esos absurdos tacones y ponte éstos, estarás más cómoda.

—No pienso ponérmelos —me empeciné.

—Por una vez, déjate llevar, Jamie. No eres tú la causante de esta situación.

—Vale. —Me calcé los cálidos Ugg y cogí mi teléfono móvil.

—No necesitas el teléfono —dijo Peter.

—Sí que lo necesito. Tengo hijos y un trabajo. —Me lo guardé en el bolsillo.

Entramos en el parque por la puerta de la calle Setenta y seis.

—¿Adónde vamos? —pregunté.

—Tú camina.

—Peter...

—Un pie delante del otro.

—¿Adónde vamos? —insistí.

—Sigue andando, lo estás haciendo muy bien.

Mientras caminábamos juntos en silencio, Peter me miró por el rabillo del ojo. Yo no estaba acostumbrada a que me condujesen a ciegas sin un plan determinado, pero hacía un día fabuloso y me gustaba estar con él.

Tropezamos con un prado en pendiente que bajaba hacia un pequeño estanque. El sol estallaba por entre las hojas de los árboles y rebotaba en los espejos de los rascacielos que bordeaban el perímetro del parque. A aquella temprana hora el estanque estaba rebosante de vida: niñeras chismorreando en los bancos y acunando bebés en los cochecitos para que se durmieran, una anciana tocada con una pamela enorme y un poncho mexicano pintando una escena frondosa en un lienzo sostenido por un caballete de madera, y un grupo de ancianos calzados con zapatillas deportivas a la última maniobrando con sus veleros de juguete en las aguas del estanque. Durante unos instantes rendimos homenaje a la fabulosa estatua de Alicia en el País de las Maravillas que se elevaba en el extremo norte del estanque. Era imposible no sentirse cautivado por aquella Alicia de bronce, más grande de lo real, sentada sobre un champiñón gigante y flanqueada por el Conejito Blanco y el Sombrerero Loco. Cada vez que nosotros íbamos al parque, los niños se le subían por todas partes.

—Hay una cosa que no te he dicho nunca —dijo Peter.

—¿Cuál? ¿Que eres gay? —Qué cosa tan estúpida de decir. ¿De dónde me habría sacado aquello?

—Difícilmente.

—Entonces, ¿qué es?

Peter apoyó levemente una mano en mi espalda para guiarme hacia el carril de bicicletas, que se curvaba suavemente hacia el repecho que se iniciaba más adelante. Yo arqueé las paletillas para apartarme de él. «Basta, Jamie —me dije a mí misma—. Estás actuando como una colegiala. Tu marido, que trabaja mucho y básicamente es una buena persona, es un abogado de prestigio que gana más de un millón de dólares al año. Tienes tres hijos. Peter es seis años más joven que tú, prácticamente un crío. Tú eres una mujer hecha y derecha. Estás un poco colada por él porque es guapo y el barómetro emocional de Phillip está en cero. Pero es destructivo y equivocado. Como un narcótico. Así que basta ya.»

—Sucedió en la tercera o cuarta semana de trabajar para ti. Era un día que hacía mucho frío, y Dylan y yo alquilamos un velero de juguete para echar una carrera. No había brisa, así que no pudimos conseguir que se moviera el velero. Entonces, Dylan se inclinó hacia delante y se cayó de cabeza en este asqueroso estanque.

—Oh, Dios mío. ¿Aterrizó de cabeza? ¡Podría haber pillado una hepatitis!

—¿Quieres hacer el favor de relajarte? Resultó muy gracioso y fue un momento genial para nosotros. Sobre todo lo de no contártelo a ti —recordó Peter.

—Bueno, supongo que me alegro de que no me lo contaras en aquel momento.

—Sí, es posible que hubieras tenido que perderte una cita señalada con un color específico de vestido, o algo así.

—Muy gracioso. No soy tan mala.

—No, no lo eres.

Aquellas palabras quedaron suspendidas en el aire mientras continuamos paseando en dirección al corazón del parque. ¿Qué habría querido decir? ¿Simplemente que yo no era tan mala, o que él opinaba que era incluso mejor que no tan mala?

Tras subir por un claro empinado y sombreado, nos adentramos un poco más en el parque siguiendo curvadas sendas de hormigón agrietado y gris, cruzándonos con gente que hacía ejercicio y sobre todo personas mayores que paseaban sin prisa. Pasamos bajo una arcada en la que había un anciano negro tocando *Summertime* a la trompeta y con el estuche abierto frente a él. Peter le arrojó un puñado de calderilla al pasar.

Dejamos atrás la casa de botes con su restaurante situado al borde del lago, sobre una pequeña elevación. Delante se veía una pila de barquitas de remos de vivos colores, amontonadas una encima de otra y atadas con enormes cadenas metálicas. Caí en la cuenta de lo extraño que resultaba que mis hijos vivieran a ochocientos metros de un lago con botes de remos y que yo nunca los hubiera llevado allí. Me prometí que los llevaría una vez que hubiera terminado el reportaje.

Seguimos el sendero, cruzamos otro claro sombreado y salimos a la orilla de un enorme estanque rodeado de hierba alta. A lo lejos se veían unos niños dando de comer a una familia de gansos sobre un embarcadero de madera. Miré furtivamente mi reloj y calculé que Goodman podría sobrevivir un poco más sin mí.

—Dios, esto es precioso —comenté con entusiasmo—. ¿Este estanque es lo que me querías enseñar?

—No es sólo este estanque. Se llama Estanque de las Tortugas, y es un importante lugar de parada para las aves. Contiene como ciento cincuenta especies. Y no, no es nuestro destino final. —Señaló un gran castillo que se alzaba en lo alto de una pendiente bordeada de matorrales, olmos y pinos—. Adonde vamos es allí. El castillo Belvedere.

Comenzamos a subir por los escalones tallados en la roca que se extendían sobre la ladera como si fueran lava endurecida. Yo, que iba detrás, di un traspié, y Peter me tendió una mano a su espalda, sin mirar. Yo me aferré a ella de manera instintiva, sólo un segundo, para conservar mejor el equilibrio en una parte resbaladiza del desigual terreno. Su mano estaba tibia, y justo antes de soltarla al llegar arriba, me dio un apretón. Aquel único gesto de afecto me dijo todo lo que quería saber y me había resistido a ver hasta aquel instante: que Peter también sentía algo por mí.

Peter se detuvo delante de una puerta de madera grande y agrietada, situada en la fachada del castillo. La abrió y me invitó a entrar. Pasamos por una estancia repleta de microscopios polvorientos, después un corredor adornado con dibujos de follaje y aves migratorias, y a continuación tres tramos de una escalera de caracol de piedra. Arriba había una puerta pequeña y gruesa, cerrada por un gran perno metálico que se hundía en el cemento del techo.

—Peter, está cerrada con llave —advertí, no sin temor.

—¿Me permites que me ocupe yo de eso? Éste es el sitio favorito de Dylan de todo el parque. Siempre está cerrado.

Haciendo uso de toda su fuerza, cogió la manilla y tiró del perno hacia abajo, acto seguido empujó la puerta con el pie y después se hizo a un lado para que yo saliera al balcón más alto del castillo Belvedere.

Ante nosotros se extendía una vista espectacular: el enorme rectángulo de Central Park, que llegaba por el norte hasta Harlem y el Bronx, flanqueado por los costados este y oeste de Manhattan. Parecía el decorado de una ópera, con las copas de los árboles a la altura de los ojos y el accidentado perfil de Nueva York extendiéndose en todas direcciones.

—Nunca he estado aquí.

—Claro que no.

—¿Qué quieres decir con eso de «claro»? Yo hago ejercicio en el parque, últimamente no mucho, pero...

—Sí, ya sé que paseas alrededor del estanque de vez en cuando hablando por el móvil —me descubrió Peter—, pero eso no es experimentar lo asombroso de este espacio. Siéntate.

—No puedo. Me voy a mojar el pantalón.

—¡De eso precisamente estoy hablando, mujer!

Los dos nos echamos a reír, y él extendió la manta sobre el banco. Yo me sentía tensa por muchos motivos, pero el más inmediato era que no estaba segura de lo que Peter iba a decirme. Apoyé los codos en la repisa y contemplé el teatro Delacorte, donde actores como Kevin Kline interpretaban a Shakespeare. Siempre había querido acudir, pero a Phillip no le iba nada eso de darse caminatas por el parque para ver teatro al aire libre. Examiné el estanque en busca de signos de vida. En la orilla descubrí unas tortugas tomando el sol sobre las piedras, como percebes pegados al costado de un barco.

—Además, quería buscar un sitio donde no nos molestara nadie —dijo Peter.

224

—¿Qué pasa? ¿Es que tienes cáncer, o algo así? —Estaba tan tensa que no se me ocurrió nada mejor que hacer ese estúpido comentario.

—¿Quieres hacer el favor de calmarte? No, no tengo cáncer.

«Vale —pensé—, entonces, ¿qué diablos tendrá que decirme?»

Peter parecía estar completamente relajado, pero a aquellas alturas mi corazón latía con tal fuerza, que, de hecho, miré por dentro de mi abrigo por si se veía a través del jersey.

—Dylan y yo venimos aquí constantemente.

—Ah, ¿sí?

—Sí. El pobre ni siquiera sabía que la oropéndola de Baltimore era un ave. Se las ve mucho en los árboles que rodean el estanque. Aquí mismo es posible alquilar unos prismáticos.

—¿Eso es lo que hacéis siempre en el parque? —quise saber.

—No. Por lo general vamos al Harlem Meer a pescar.

—¿Tú pescas? ¿En Nueva York? ¿Y por qué no me lo has dicho nunca?

—Porque Dylan necesita hacer cosas sin que su madre lo sepa todo. Te lo ocultamos a propósito —admitió Peter—. Pero éste es su lugar favorito de todo el parque. El pronóstico del tiempo en Central Park que se oye por la radio se mide desde el interior de esa torre del castillo que tenemos al lado. Un día subimos allí con una escalera de mano, acompañando a un guardabosques muy simpático. A Dylan le pareció muy guay. También le gusta que le cuenten cosas de todos los animales que hay en el parque, de manera que siempre nos traemos unos prismáticos.

—¿Estás diciéndome que mi hijo de nueve años es un aficionado a las aves? —pregunté, sorprendida.

—En realidad, no —respondió Peter entre risas—. También nos fijamos en la gente. Pero sobre todo venimos a sentarnos un rato y charlar. ¿Te parece que probemos a hacerlo nosotros?

—De acuerdo. Estoy tranquila, te lo prometo. —Hice una inspiración profunda para cobrar valor, luego lo miré y añadí—: Pero necesito saber por qué me has traído aquí.

Entonces él me miró fijamente a los ojos. Por un instante, de hecho pensé que iba a besarme.

—Jamie.

«Oh, Dios santo. —Me había llamado por mi nombre de pila, cosa que casi nunca hacía—. Va a besarme. ¿Y qué diablos voy a hacer yo después? Uf.» ¡El *manny* estaba a punto de besarme!

—Jamie.

Creo que incluso me incliné un poco más hacia él.

—¿Hasta dónde estás segura de que Theresa Boudreaux está diciendo la verdad? —preguntó Peter a bocajarro.

—¡Vaya! ¿Ésa es la razón por la que me has traído aquí?

—Bueno, yo...

—¿Tú, qué? —Me sentí profundamente estúpida—. ¡Eso ya me lo has dicho! —Intenté levantarme, pero él me agarró del brazo.

—Por favor.

—¿Qué?

—No hemos acabado.

—Vale. ¿Qué más? —dije, con tono impertinente.

—Nada más. Bueno, mira, voy a dar marcha atrás. Sinceramente, te he traído aquí porque quería que disfrutaras de este lugar. —Señaló el árbol grande que teníamos al lado, que apoyaba sus ramas más largas contra la torre del castillo. Aquél no era el momento adecuado para una lección sobre la naturaleza—. Ese árbol es un cedro rojo, aquello que hay en la orilla del lago es una garza real azul, eso es un nido, eso de allá una cancha de béisbol. Y si te calmaras lo suficiente para ver esas cosas, quizá, sólo quizá, podrías tomar cierta perspectiva respecto de todo lo que haces.

No intentaba besarme. Probablemente ni se le había cruzado por la mente tal cosa. Tenía que salir de aquel patético cuento de hadas que me había inventado yo sola.

—¿Me puedes explicar a qué te refieres exactamente con eso de «todo lo que hago»?

—A todo —se reafirmó.

—¿Estás hablando de algo personal o algo profesional?

—Estaba hablando de tu trabajo. Pero si quieres que entremos en ello, también me refiero a lo personal. De hecho, me alegro de haber abierto la brecha. Tu marido. No es una persona fácil.

—¡Peter!

—No lo es —repitió—. Los niños lo adoran, y tú estás casada con él. Lo único que digo es que...

—No. No vas a decir nada acerca de Phillip.

En efecto, el comportamiento de mi marido resultaba embarazoso. Me preocupó que Peter me perdiera el respeto. Otro ingrediente más que añadir al patético guiso de mis sentimientos.

—Y si piensas que estás ayudándome al recordarlo, no es así —le advertí.

—Intentaba mostrarme solidario. Lo único que quiero es que sepas que lo sé.

—Prefiero hablar de lo profesional —dije, tajante.

—De acuerdo. Theresa.

—No eres la primera persona que ha pensado que Theresa estaba mintiendo —dije, intentando controlar mis sentimientos de aflicción—. Me siento realmente conmovida al ver que deseas ayudarme. —Miré otra vez el reloj. Mi retraso era ya de dos horas enteras.

—No estoy intentando conmoverte. Estoy preocupado por ti. A veces estás demasiado dispuesta a pasar por el aro. Con aquellas chifladas a la puerta del colegio de Gracie. Ya hemos hablado de eso.

—Sí —admití—. Y yo lo he negado.

—Y también tiendes a complacer a tu marido —se animó a decir Peter.

Ahora empezaba a fastidiarme en serio y a pasarse de la raya.

—Cuando se está casado, es más fácil resolver los problemas que agitar las cosas —le expuse—. Ya lo entenderás algún día.

—Lo único que estoy diciendo es que tal vez exista una pauta. ¿Estás haciendo este reportaje porque Goodman te está presionando? ¿Qué opinas?

—Basta. En serio. Lamento decirlo, pero eres un ingenuo. —Había herido mis sentimientos—. Y también un arrogante.

—¿De verdad? ¿Ingenuo y arrogante a la vez?

—¡Claro que todo el mundo se pregunta si Theresa no estará mintiendo! ¿No crees que nosotros, Goodman, toda la planta ejecutiva y yo, podríamos tener nuestras bases cubiertas? La justificación es que la persona cuenta «su verdad», y al público le interesa oírla desde el punto de vista de «usted decide». Lo que está claro que tú no entiendes es que a veces hay un reportaje que consigue tanta publicidad que simplemente no se puede ignorar.

Mi necesidad de despreciar a Peter era visceral. Si era capaz de rechazar sus opiniones con éxito, mis sentimientos hacia él tendrían menos peso y, por lo tanto, resultarían menos aterradores.

Y jamás volvería a encontrarme en una situación ridícula en la que yo albergara fantasías románticas de que él había intentado besarme, propias de una adolescente.

—No hay una sola cadena de noticias seria que quiera mantenerse al margen. Es como una tormenta perfecta —continué—. Dado lo conocido que es Hartley, su defensa de la familia, y no sólo en lo que se refiere al aborto, sino también a los valores de la familia, con los cuatro hijos que tiene. Y, naturalmente, luego está todo eso de las leyes antisodomía. Y si la figura central de una explosión en los medios va a hablar por fin, nosotros, con la ayuda de los abogados, sencillamente vamos a presentarlo como su versión particular de esta historia.

Lo que quería decirle en realidad era lo siguiente: que Phillip no siempre era tan petardo. Y que antes teníamos una relación sexual increíble, lo cual era uno de los motivos por los que me enamoré de él. Y que era capaz de manejar situaciones muy difíciles mejor que nadie. Y que él no sabía lo que era estar atrapada en un matrimonio sin amor y preocupada por divorciarse teniendo tres hijos pequeños.

—Pero no vais a presentarlo como la versión de Theresa —opinó Peter.

—Hay muchas cosas que no entiendes.

—Eso tiene gracia —contraatacó—. Yo tengo la misma impresión de ti.

—Estás siendo muy irritante, Peter.

—Anoche, cuando llegué a casa pasadas las doce, no pude dormir. Así que me metí en Internet y visité unas cuantas páginas de cotilleo que se dedican a difundir rumores, y después los *blogs* de derechas favoritos de mi padre, buscando más información acerca de esa mujer.

—¿Y no crees que la cadena ya está al tanto de lo que hace toda esa gente? Están intentando desacreditar a Theresa. Protegen a su colega, Hartley. Ya sé que tú controlas eso de navegar por la red, pero olvidas que yo llevo mucho tiempo siendo periodista.

—Eso es muy de los noventa. ¡Navegar por la red!

—Deberías oírte para darte cuenta de lo grosero que eres hablando —lo fulminé—. Pero ¿qué demonios vas a saber tú, sentado en tu burbuja de cerebrito de Red Hook? Tú no has estado con

Theresa, ¿vale? No sabes de lo que estás hablando. ¿Estamos? ¿Lo captas?

—Deja que te diga una cosa —dijo Peter, cada vez con más fervor—. Esas personas son mi gente. Yo me he criado sentado a la mesa con ellas. Mi Estado está plagado de bases militares, y mi padre piensa que Ronald Reagan debería ser canonizado. Hartley es casi igual de popular. He leído decenas de columnas de derechas acerca de esa mujer, muchas de ellas en páginas prestigiosas y respetadas, y la pintan como una chica salida de ninguna parte que no dice la verdad. Puede que sea una de esas chifladas que buscan atención. ¿Quién sabe, y a quién le importa?

—Muy bien, experto en Internet. Me alegro de que estés tan versado en *blogs* de derechas, pero hay una cosa que no sabes.

Él suspiró.

—Vale. ¿Qué es lo que no sé?

—Que antes de la entrevista Theresa nos sorprendió mostrándonos recuerdos que conservaba de hoteles en los que había pasado la noche con Huey Hartley, conferencias a las que había asistido, aviones que habían tomado. Tenía servilletas, cerillas, recibos de bares que demostraban que ella había estado en aquella ciudad o en aquel hotel con motivo de los viajes de trabajo del congresista. Nuestro departamento de investigación verificó, comparando con el calendario público de actividades de Hartley, que había estado en aquellas ciudades y había dormido en aquellos hoteles y en aquellas fechas. Eso es muy importante. Nadie sabe que lo tenemos.

—Bueno...

—¿Bueno qué, Sherlock Holmes? Son muchas las cosas que no sabías. Y lo siento, pero ¿quién eres tú para decirme cómo tengo que hacer mi trabajo? —Estaba ya embalada, había conseguido quitar prioridad a la humillación acerca de mi marido—. Y tampoco sabes que contamos con un testigo presencial que dice que los vio juntos como si fueran pareja. Tenemos fotos, tenemos cintas de audio con conversaciones grabadas, y, aun así, lo único que tenemos que decir es que ésta es la versión de Theresa. Nosotros no somos más que un sitio en el que ella puede dar a conocer su versión de los hechos.

—Pero un sitio pequeño. ¡Venga ya! ¡Estás legitimizando lo

que dice Theresa poniéndola en el horario de máxima audiencia de una cadena de noticias nacional, delante de nada menos que veinte millones de personas!

Intenté un enfoque distinto, aunque él no se lo mereciese.

—¿Sabes una cosa, Peter? Esto es como lo de Tonya Harding, ¿te acuerdas? La patinadora que consiguió que unos tipos le causaran una lesión a Nancy Kerrigan...

—Sí, ya sé quién es Tonya Harding. Hasta sé que ahora se dedica al boxeo.

—Eso es. Exacto —afirmé—. Hace unos doce años fue uno de mis primeros grandes fichajes en el mundo de las noticias. Pasé semanas yendo a la pista donde entrenaba para verla ejecutar piruetas dobles y rogarle que hablara para la NBS. Y como se me congeló el trasero de pasar más horas que nadie sentada en aquellas gradas metálicas heladas, se vino con nosotros y habló con Goodman. Eso no significa que legitimáramos su versión de los hechos, ni tampoco que dijéramos que ella tenía razón. Estados Unidos se moría por saber qué tenía que decir, y mi única tarea consistía en conseguir que lo dijera, y lo conseguí. Por supuesto, siempre prefiero las entrevistas serias, pero hay ocasiones en las que uno tiene que inclinarse para conquistar.

—Yo no pretendo saber más que nadie —puntualizó Peter—, aquí no se trata de eso. Haz toda la televisión de mal gusto que quieras, pero ten cuidado.

—¡Ya tengo cuidado!

—Escúchame. Lo que tú haces es impresionante, encargarte de tres niños y un trabajo y ser una buena esposa para ese tipo.

—¡Peter! ¡Basta! —grité.

—Lo que yo digo es lo siguiente: hay cosas que puede que pasen inadvertidas. Perderte una fiesta de cumpleaños. Vale. Irte tarde a la cama. Bueno. Pero no ver lo que busca esa mujer en realidad es muy distinto. Eso te lleva a humillar a uno de los miembros de mayor rango y más visibles del Congreso de Estados Unidos. ¡El Congreso de Estados Unidos! Y equivocarte en eso no es nada bueno.

—Sinceramente —dije, ya calmada—, Theresa Boudreaux aparece en la portada de todas las revistas de cotilleo y de famosos del país. Es como si hubieras conseguido una entrevista con Scott Peterson hablando de Lacey; ¿qué vas a hacer, decir que no te interesa? Esas personas ya están en la calle, el centro de este delirio tan desproporcionado, sólo es cuestión de ver quién los va a hacer hablar. Y yo lo hago mejor que nadie, para bien o para mal. —Peter seguía sin mostrarse impresionado—. Mira, tengo una reunión a la que no puedo faltar.

—Sí que puedes —se empecinó.

—No, no puedo.

—Te has traído el móvil —me recordó—. Pues llama y di que no puedes ir, y siéntate aquí conmigo.

—¿Te has vuelto loco? —exclamé.

—Yo estaba pensando lo mismo de ti —dijo, con calma.

—¿Por qué?

—Porque ya sabes por qué —dijo.

—Tienes razón, no puedo hacerlo. Tengo una pequeña entrevista que editar. Y además una reunión con mi jefe. Y mi jefe me paga para que acuda a las reuniones.

—Sólo dile que vas a retrasarte un poco.

—No puedo, Peter.

—Es una lástima, Jamie. De hecho, es triste.

—¿Qué es una lástima?

—Que no puedas hacerlo.

—¿El qué?

—Llamar a la oficina, anular la reunión y sentarte aquí, quizás incluso disfrutar de esta mañana. Hacerlo te pondría nerviosa.

—Nada de eso.

—Vale, pues entonces hazlo. —Sonrió, sabiendo que iba a atraparme en su ridícula tela de araña.

Titubeé. Luego contemplé el perfil de la ciudad que se extendía frente a mí. ¿Existiría la posibilidad de que Peter se me estuviera insinuando? ¿O simplemente estaba disfrutando de un rato con una nueva amiga?

—Verás, no soy tonta. No me creo una palabra de tus artimañas. Entiendo lo que intentas hacer.

—Quédate —se limitó a decir.

Dios, me sentía muy atraída por ese hombre, en el refugio de aquella torre, por encima de todos los demás.

—De acuerdo, suponiendo que accediera, ¿qué haríamos?

—Olvídate por completo del tema de la Boudreaux. Para mí está terminado, te lo dejo a ti. Podríamos simplemente hablar. De lo que sea. De todo. Puede que hasta te enteres de qué es lo que me gusta. Y yo de lo que te gusta a ti.

—No puedo, Peter...

—Sí que puedes. Quédate.

Y eso hice.

Dos horas después estaba de regreso en el coche, de camino a la oficina. Luis hablaba inglés muy mal, y en tres años ni una sola vez habíamos tenido una conversación acerca de ningún tema. Pero yo sabía, sin la menor duda, que él suponía que estaba teniendo una aventura con el *manny*.

—Peter me ha hablado de Dylan —dije a la defensiva—. Me ha hablado mucho de él. Mucho, mucho.

Sentados bajo la maravillosa bóveda de árboles que se erguían por encima de la torre de Belvedere, en efecto tuvimos una larga charla. Obligué a Peter a que me prometiera que se abstendría de hablar de Phillip. Él percibió mi tristeza, así como la humillación que sentí por mi matrimonio, y me pidió perdón por sus observaciones hechas a la ligera. Me dijo lo mucho que adoraba a mis hijos, y yo me sorprendí a mí misma al contarle toda clase de historias tontas acerca de ellos, como por ejemplo que Dylan tenía una barriga tan enorme cuando era un bebé que en el baño no se le veían las rodillas. Nos reímos de las carísimas fiestas de cumpleaños a las que Peter había llevado a los niños. Incluso me invitó a su propio cumpleaños.

—¿Estás seguro? —le pregunté.

—Pues claro que sí. Me encantaría que vinieras. Y tráete a Dylan.

—Pero no conoceremos a tus amigos.

—Quiero exhibirte delante de mis amigos, J. W.

Aquello sonó gracioso cuando lo dijo, como si yo fuera su nueva novia. Fuera lo que fuese lo que quiso decir, me produjo un cierto vértigo.

—Sí, Luis. Ha sido un paseo muy largo.

Me sequé la frente para dar a entender que me encontraba agotada. Luis, que ponía una sonrisa dulce, congelada y servil casi cada vez que lo veía, esta vez me miró con una expresión desengañada que decía: «Ya, claro, señora.»

CONVERSACIONES ALREDEDOR DE LA MESA

Las baldosas del suelo estaban caldeándose, y encendí los calentadores de arriba para teñir de rojo el baño, que olía a lavanda. Era sábado por la tarde, antes de la emisión de la entrevista, y yo intentaba cuidarme un poco. Me metí en la bañera, apoyé la cabeza sobre una almohadilla hinchable sujeta a la pared de la misma y escuché *La Bohème*.

> *Hai sbagliato in raffronto.*
> *Volevi dir: bella come un tramonto.*
> *—Mi chiamano Mimì...*
> *il perché non so...*

Justo cuando empezaba a desconectar, se abrió de golpe la puerta del baño y se cayeron al suelo dos frascos de loción de la repisa. Entró Phillip como una exhalación... con su atuendo para jugar al *squash* asomando por la bolsa de deportes Prince.

—¿De modo que tienes tiempo para entretenerte en darte un baño de burbujas, y en cambio no podemos tomarnos la noche libre?

—Phillip, por favor, ¿te importa que volvamos a hablar de esto dentro de una hora? Ya sabes que cuando no estás tengo doble trabajo con los niños. Igual que una madre soltera, así que no es como si me hubiera ido a un balneario. Éste es literalmente el primer momento que tengo para...

234

—Has tenido semanas para ti sola —dijo Phillip—. He estado fuera.

—Y te hemos echado de menos. En serio, cariño.

—Se me hace tarde para el partido en el Racquet Club y está lloviendo. —Me miró como si se diera por hecho que yo iba a conseguir que dejara de llover.

—Pues ponte una gabardina y coge un paraguas. —Al comprobar que él no reaccionaba, probé otra táctica—. ¿Por qué no te pones otras zapatillas, y reservas esas secas para que no resbalen en la pista?

—Las zapatillas no son el problema —dijo.

—¿Y cuál es el problema, Phillip?

—En esta casa no hay paraguas. ¿Podrías decir a Carolina que haga su trabajo, por favor? ¿Puedes ayudarme a buscar uno?

Cada vez que alguna pequeña cosita de la vida de mi marido se sale de sitio, echa la culpa a Carolina, la mujer que más trabaja de todo Nueva York.

—Haz el favor de mirar en el paragüero de la entrada. Allí hay muchos. —Nada, ni siquiera una disputa por un paraguas, iba a hacerme salir de mi baño caliente.

Hundí la cabeza en el agua en un intento de eludir la inminente discusión, la que solemos tener cuatro veces al año. Phillip se acercó a la bañera y levantó la voz para que yo pudiera oírlo debajo del agua.

—Me refiero a si no eres capaz de supervisar al servicio. Deberías hacer una lista de cosas que hacer, o algo así. A mí me gustan los paraguas con mango de madera, no esos baratos de plástico que se pliegan. Es un club de caballeros. Yo voy al Racquet Club, allí no se presenta uno con una birria de paraguas de los que se compran en la calle.

Saqué la cabeza del agua y decidí apaciguarlo en vez de avivar todavía más su rabieta, aunque no estaba segura de que mereciera la pena, dado el resentimiento que iba a experimentar después.

—Mira, hoy coge uno de los plegables, y ya me encargaré de conseguir una docena de los de mango de madera para que no vuelva a ocurrir esto.

—No, la verdad es que no puedo, Jamie.

—¿Por qué? ¡Estás loco!

Volví a meter la cabeza en el agua tapándome los ojos con las manos, intentando borrar la imagen de mi maniático y malcriado marido de mi espacio personal. Él aguardó en silencio. Salí para tomar aire y lo miré. Estaba todavía allí de pie, con la puerta abierta de par en par y dejando entrar aire frío. Solté un profundo suspiro.

—Ve a mi armario; al fondo verás un paraguas Burberry sin estrenar que hemos comprado para que Dylan se lo dé como regalo de la clase a su profesor, que cumple treinta años en el colegio. Está envuelto. Se suponía que debía llevárselo el lunes por la mañana, pero ya intentaré buscar algo mañana aunque no estén abiertas las tiendas buenas. Cógelo y vete al partido.

—¡Eres la mejor!

Y sin más, mi marido sonrió y cerró la puerta, haciendo que mi bata de seda se cayera del colgador.

Qui... amor... sempre con te!
Le mani... al caldo... e... dormire...

Apoyé de nuevo la cabeza en la almohadilla hinchable y fijé la vista en el techo. A continuación volví a sumergir la cabeza tapándome los ojos con las manos. Cuando subí a tomar aire, las lágrimas se mezclaron con el agua jabonosa que corría por mi cara.

Cuatro horas después, mientras nos vestíamos para la cena, Phillip me tomó por la cintura desde atrás, un gesto que me sorprendió.

—Me encanta lo que llevas puesto.

Introdujo despacio los dedos por debajo de mi sujetador y me pellizcó ligeramente los pezones, creyendo que aquello iba a excitarme. Pero se equivocaba.

Me volví para zafarme de él al tiempo que me ponía unos grandes pendientes incrustados de concha y acto seguido me eché un poco de perfume por el pelo.

Él vino hacia mí con aire juguetón y me dio un tironcito en la parte de atrás del sujetador.

—Phillip, ahora no —le rogué, y fui hasta mi armario para ponerme un pantalón. Era sábado por la noche y se nos hacía tarde para salir a cenar—. Esto es sólo ropa interior, no un traje.

Él no podía saber que yo estaba imaginando qué opinaría Peter de lo que «llevaba puesto» si llegara a verlo.

Yo no había comido nada desde el paseo del día anterior.

—Venga, nena, estás de lo más sexy con ese encaje rosa. Uno rapidito...

Se puso detrás de mí y empezó a estrujarme el trasero con una mano y a restregarse la entrepierna contra mí, empujándome el muslo igual que un perrillo. Tuve que sostenerme apoyando las dos manos. ¿Iba a ser capaz de hacer aquello? ¿Acaso no habíamos practicado el sexo cuando llegó él a casa, a las seis de la mañana, recién bajado del avión? ¿No estaba ya satisfecha mi cuota de aquel día? ¿Podría soportar un polvo rapidito sólo para amansarlo?

Gracias a Dios, en ese momento se abrió la puerta y entró Gracie, que se me agarró a la misma pierna desnuda contra la que mi marido había estado empujando furiosamente segundos antes.

—Por favooor, no te vayas. No me gusta que te vayas. Siempre te vas.

Me arrodillé para quedar a la altura de los ojos de Gracie.

—Cielo, ya sé que la semana pasada tuve que quedarme a trabajar varias noches, pero en realidad no me voy tanto.

—¡Siempre te vas!

—No, eso no es verdad. Casi siempre estoy para acostarte.

La observé hacer una mueca de desagrado mientras yo me vestía. Levantó la barbilla, pero yo sabía que tenía demasiado sueño para pelear, así que la cogí en brazos y ella se aferró a mí igual que una muñeca de trapo. Aspiré su aroma a champú y a crema hidratante infantil y después la llevé a su habitación y me acosté a su lado mientras ella iba quedándose dormida, luchando contra el sueño pero sucumbiendo al fin.

El portero de guantes blancos cerró la puerta del ascensor y se quedó mirando al frente mientras la pequeña caja forrada de madera de caoba ascendía a toda velocidad hacia el apartamento abuhardillado de Susannah y Tom Berger.

Yo me apresuré a aplicarme otra capa de barra de labios y después busqué dentro de mi bolsito dorado de fiesta y puse mi teléfono móvil en la posición de «vibración».

—Phillip, apaga tu teléfono.

Él me complació y me guiñó un ojo para imponerme silencio, como si dijera: «No quisiera comportarme como un grosero delante de Susannah. Me miró de arriba abajo fijándose en mi traje pantalón de terciopelo morado, mi jersey negro y ajustado de cuello alto, mis zapatos de tacón negros y mi cinturón de cadena de oro. Este último hacía juego con el bolso. Imaginé que iba muy bien vestida, teniendo en cuenta lo distraída que estaba.

—¿Qué? —le pregunté, dando la vuelta a uno de los eslabones de mi cadena.

—Ese traje que llevas es tan... corriente. —Un detalle por su parte, que por fin se hubiera fijado en mí. Parecía decepcionado, como si mi atuendo lo dejara en mal lugar, lo cual él opinaba que así era—. Susannah siempre viste cosas alegres. Se pone ropa sexy y de colores vivos. Me gustaría que tú hicieras eso también. La próxima vez, pídele consejo.

—Ya se lo pido, todo el tiempo. Lo sabes perfectamente. —Aquello me hizo sentirme fracasada. No era capaz de hacer las cosas bien a los ojos de aquellas gallinitas, ni tampoco a los ojos de mi marido—. Es que todo eso de la moda no funciona de la misma forma conmigo.

Aquél fue un comentario dirigido a Phillip con toda la intención para decirle que ojalá se hubiera casado con Susannah o con otra parecida. Phillip y Susannah compartían un estrecho parentesco, y ambos se consideraban descendientes de los peregrinos del *Mayflower*, aunque todos los WASP del núcleo duro de la Cuadrícula afirman lo mismo. Por otra parte, el marido de Susannah, Tom, un hombre diez años mayor que ella, no podía ser más diferente. Usaba unas finas gafas a lo Albert Einstein que hacían juego con su cabello rizado y gris. Ocupaba el puesto de redactor jefe de la sección de extranjero del *New York Times* y se había criado en Scarsdale, Nueva York, hijo de padres judíos que habían sido cronistas callejeros. Susannah conoció a Tom cuando tenía veintitantos años, mientras asistía a un curso de política del Oriente Próximo en la Universidad de Columbia. Sus padres, horrorizados en secreto por el hecho de que fuera a casarse con un judío por muy destacado que fuera en su profesión, la obligaron a prometerles que conservaría su apellido de soltera; ya resultaba bastante doloroso que fueran a tener nietos que se apellidaran Berger. Tom quitó importancia a aquel antisemitismo, pues sabía que esas personas no iban a cambiar nunca; claro que no les vino nada mal que en el instante mismo en que se puso aquel anillo de oro en el dedo él depositara cien millones de dólares en una cuenta conjunta.

Cuando Susannah corrió a abrir la puerta vestida con unos amplios pantalones anaranjados de seda, una boa de plumas a juego con ellos y un top de seda color marfil, Phillip prácticamente se lanzó a sus brazos.

—Qué amables habéis sido al invitarnos. —Le tomó la cara entre las manos y la besó en los labios, aunque con discreción. Los labios deberían constituir un terreno fuera de límites para las personas que no están casadas entre sí. Otra vez me invadió aquella conocida sensación de verme excluida.

—Entrad.

En la Cuadrícula, las grandes anfitrionas dan cenas por un motivo concreto, nunca para pasar el rato con sus amigos. Puede que deseen agasajar a un autor que ha publicado recientemente, o a un doctor que acaba de terminar un informe sobre cómo erradicar la malaria en el sur de África, o quizás es que han descubierto a un joven y emergente candidato negro al Congreso, un invitado mucho más raro que un senador blanco ya célebre. Cuando Susannah nos invitaba a nosotros a cenar, siempre revisaba la lista de invitados. «Tienes que venir, Jamie, va a asistir el subsecretario general de las Naciones Unidas y además el director de *Newsweek*. Y el *catering* corre a cargo de Daniel Boulud.» Phillip y yo acudíamos corriendo cada vez que nos invitaba Susannah. Sus fiestas eran glamurosas y divertidas, y muy buenas para mi cadena de noticias.

En la cena, a mi izquierda tenía sentado al invitado de honor, Yousseff Gholam, de Jordania, un prominente profesor de la facultad Kennedy de ciencias políticas de Harvard y ornamento perenne de programas de televisión que hablaban de la guerra en Iraq. Los expertos en medios de comunicación como el señor Gholam no pueden limitarse a haber escrito una docena de libros y un centenar de artículos; además tienen que ser invitados habituales en televisión (traducción: famosos) para entrar en el circuito de cenas de la Cuadrícula. El señor Gholam acababa de publicar un libro que estaba teniendo mucho éxito, titulado *El próximo 11-S. ¿Por qué la seguridad interior está condenada al fracaso y nuestra ciudad podría ser la siguiente?* Desde su aparición tres semanas antes, se había situado en el puesto número uno de las ventas de no ficción del *New York Times*.

A izquierda y derecha, mis compañeros de mesa estaban ocupados de momento, así que aproveché aquellos instantes para contemplar la sala. Las paredes del comedor tenían un tono anaranjado muy brillante y nos envolvía como un capullo herméticamente cerrado. Unos marcos de carey a juego adornaban doce fotografías de Horishi Sugimoto que mostraban brumosos paisajes marinos, cuatro en cada pared. La enorme mesa de comedor, redonda, tenía unas alas triangulares y geométricas que se juntaban mágicamente y permitían sentarse cómodamente a dieciséis comensales. Observé la perfecta disposición de mi puesto y me pregunté cuántas horas de trabajo habrían sido necesarias para poner aquella mesa a la perfección.

Yo tenía un plato pequeño con pájaros pintados en el centro, y debajo otro más grande con los mismos pájaros pintados en el borde. A la derecha de mi mantel individual había cuatro copas de cristal; una para el vino blanco, otra para el tinto, otra para el agua y una más estilizada para el champán que acompañaría los postres. También había unas manzanitas de plata en miniatura que sostenían unas tarjetas ribeteadas en oro, escritas a mano. Cada invitado tenía además, al lado de su tarjeta, unos recipientes individuales en color azul cobalto, de Cartier, para la sal y la pimienta, con un encaje plateado. Susannah había colocado unas flores en una copa de plata no muy alta, sin duda un trofeo ganado por Theodore Briarcliff II en alguna regata de vela de principios de siglo, para que los invitados pudieran hablar con el de enfrente sin obstrucciones visuales. También se habían esparcido por la mesa, de forma artística, piñas doradas, hojas otoñales rojas y amarillas y granadas secas. Varias decenas de velitas votivas ardían en candeleros de cristal lanzando destellos que se proyectaban en el techo. De pronto se me apareció mentalmente una imagen de Peter sentado allí. Él odiaría toda aquella pompa.

Phillip, mientras tanto, estaba haciendo lisonjas a Christina Patten, sentada a su izquierda. Ella estaba imposiblemente delgada, las clavículas le sobresalían a ojos vistas del top de seda enjoyada que llevaba puesto. Movía de un lado para otro la comida que tenía en el plato mientras Phillip peroraba sobre lo imposible que era hacerse con los mejores chalés de Lyford Cay. Sin duda, como todas las famosillas en las cenas, ella le había dicho que ya «había cenado con los niños». Susannah no respetaba demasiado a Christina, pero sabía que tenía mucho poder en el circuito social. Y en aquella reunión de mercenarios, eso significa tanto como ganar el premio Nobel de astrofísica.

Una vez más, aquella noche Susannah ejecutó su papel de anfitriona a la perfección: el cupo para aquella noche de personajes gays o pertenecientes al mundo de la cultura se cubría con un joven diseñador de moda que trabajaba para Gucci y que se parecía a Montgomery Clift y el consorte de éste, director de un teatro de repertorio muy aclamado situado en el centro de la ciudad. La presencia de minorías la constituía una joven artista moderna de Costa de Marfil, negra y lesbiana (había una lista de espera de dos años para conseguir una de sus pinturas). Y los medios de información estaban cubiertos por el deslumbrante director de *Newsweek*. Nosotros dos, se suponía que debíamos hacer peso en cualquier tema de actualidad. La categoría de «Persona importante del servicio público» había recaído sobre el subsecretario general de las Naciones Unidas para Oriente Próximo. La casilla de los muy ricos, los que poseían más de cien millones de dólares, joderos todos, estaba ocupada por el socio principal de un enorme fondo de inversiones financieras.

En mi cabeza, todavía faltaba alguien: Peter. Entonces tuve una fantasía: me vi a mí misma con un sensual vestido salpicado de toda clase de puntos de acceso, y a él con un jersey negro de cuello alto y una americana de espiga. Estábamos sentados ante el bar de Susannah, lacado en un vivo color naranja. Él empujaba la puerta suavemente para cerrarla y me alzaba la barbilla...

En aquel momento Montgomery Clift, sentado a mi derecha, se volvió hacia mí:

—Unos pendientes fabulosos.

Me volví hacia mi nuevo amigo íntimo y dije:

—¿De veras? ¿Te lo parecen?

—Impresionantes, sobre todo en contraste con tu cabello oscuro.

—Díselo a mi marido; a él no le ha parecido que tuvieran suficiente color.

—¿Qué sabrá él? —dijo Montgomery en tono malicioso—. ¿Es ese tipo de ahí, el del traje? ¿Qué es, banquero?

—Abogado —repuse.

—Mira, querida, me da lo mismo. Uno de esos individuos que se dedican a ganar dinero.

—Susannah me ha dicho que eres diseñador de moda. —No hay nada mejor que coquetear con un gay en una cena de Nueva York—. Dime sinceramente qué opinas de cómo voy vestida, no se me da muy bien escoger la ropa.

—¿Quieres que te hable con sinceridad?

—Créeme, me interesa —reconocí.

Unas semanas antes había recorrido la alfombra roja de la entrada de la guardería vestida con un fantástico traje gris y unos tacones de ocho centímetros pensando que había violado el código. Ingrid Harris me miró las piernas y me dijo:

—Jamie, ¿qué diablos...?

Creí que iba a hacerme un cumplido por haberme leído correctamente el manual de la moda por una vez, mis zapatos eran fabulosos, hasta yo lo comprendía.

—¿Adónde vas? ¿A hacer los recados? —Debió de notar la cara de desconcierto que puse—. Las medias. ¡Por favor! ¡Si pareces una enfermera! ¿*Panty* de color claro? Pero ¿en qué planeta vives?

—Yo... esto...

—¿Quién te ha vestido esta mañana? Ve a casa a cambiarte antes de que te pongas más en ridículo —había dicho Ingrid.

Y así continuamente, en mi estúpido e insignificante empeño por camuflar mis raíces de clase media y situarme a la altura de las mujeres más elegantes del mundo.

Montgomery inclinó la silla hacia atrás, sobre las dos patas traseras, y me miró de arriba abajo examinándome como si fuera un caballo de carreras o un buey, dependiendo del punto de vista. A continuación, al cabo de veinte segundos, pronunció el veredicto:

—Estoy de acuerdo con tu marido.

—¡No!

—Pues sí. Empecemos por abajo. Traes unos buenos zapatos. —Pausa—. Pero no para la noche.

—¿Cómo es eso? Son unos *manolos* negros de piel. ¿Qué pueden tener de malo?

—Llevas terciopelo, el cual tiene un cierto brillo. Los zapatos resultan demasiado opacos para el brillo del traje y el del cinturón. A propósito, un poco ostentoso, el cinturón. Y también esos pendientes de concha. Ahora que te veo entera, está todo mal. —Meneó la cabeza negativamente y agitó un dedo delante de mi nariz—. La concha no va bien con los dorados. Y no debes llevar un top negro con un traje de terciopelo morado. Resulta demasiado monótono.

—Está bien, no me ofendo. —Estaba herida en lo más hondo—. Así que mi atuendo es erróneo por muchas razones. Empieza a enumerarlas.

—Bien, que conste que la gente paga montones de dinero por esto, pero tú vas a tenerlo gratis. —En realidad, él estaba adorable con aquel cabello negro peinado hacia atrás y aquellos ojos enormes. Sonrió y me dio un leve apretón en el hombro—. Los zapatos deberían ser de satén negro. Un poquito de ostentación en los zapatos no estaría mal; unas cadenitas o una sensual cinta de encaje atada a la pierna, quizás una piedrecita como pequeño detalle, sólo para la noche. Los zapatos de noche deben ser muy llamativos, vayas a donde vayas. Si no encuentras lo que buscas en Manolo, prueba con Christian Louboutin, que tiene todavía más talento. Por la noche, jamás te pongas zapatos negros sin más. —Bebió un buen trago de vino, eficiente; era obvio que aquel tipo tenía mucho que explicarme y no había hecho más que empezar—. El jersey: demasiado oscuro. Necesitas algo más sensual. Para ir a cenar no te pongas una prenda de los ochenta que parezca para ir al trabajo. Debes escoger algo bohemio que haga contraste con la línea de tu traje. Necesitas una blusa de encaje de seda, transparente, que asome por las mangas de la chaqueta, con un aire un tanto descuidado. Nada de sujetador, enseña un poquito de pechuga. Y hagas lo que hagas, no se te ocurra abrocharte los puños de la blusa.

Necesitaba mi agenda de reportera.

—Te... entiendo...

Él continuó:

—El cuello de la blusa debe caer por fuera de las solapas, pero no demasiado. Los pendientes: no pegan nada con el conjunto. Sólo puedes ponerte esos pendientes de concha en invierno, con un jersey ajustado negro y pantalones o vaqueros negros. Resulta muy difícil en un ambiente lujoso como éste quitárselos por la noche. La concha es para el verano, son pendientes de playa, no de ciudad. ¡Métetos en tu bolsa L. L. Bean y llévatelos en tu gran monovolumen a tu casita de la playa!

Tuve que echarme a reír, porque pensaba hacer justo aquello.

—Yo... pensaba...

—Deberías usar aros de oro grandes, quizá con alguna gema buena. ¿Tienes de ésos? Por tu estilo, yo diría que sí. —Afirmé con la cabeza. Cuando nació Michael, Phillip me había comprado unos pendientes de zafiros en forma de lágrima rodeados de diamantes pequeños—. Muy bien. Dado que estás en Park Avenue, debes vestir muy atractiva y sensual, de lo contrario parecerás una matrona, o peor, una matrona pija. Hazme caso, con ese cinturón lo que más pega son unos pendientes de aro grandes. Deja esos caros pendientes de concha para el verano, con una camiseta blanca (cerciórate de que sea de Petit Bateau) y vaqueros blancos. Y búscate un cinturón de cuerda. Y también unas plataformas de corcho. Las plataformas lo son todo.

Yo estaba a punto de captar el esquivo código de la moda. Nadie me lo había explicado con tanta claridad. Con la ayuda de aquel doble de Montgomery Clift, iba a ser elegante por una vez, las gallinitas codiciarían mi estilo, los fotógrafos de sociedad como Punch Parish me seguirían a todas las fiestas...

¡Clink, clink! Susannah golpeó su copa de champán con un cuchillo enorme. Cosa asombrosa, el cristal no se hizo añicos.

—Disculpadme todos, silencio, por favor.

Montgomery me empujó con el codo.

—Fíjate en el cuchillo. Coge el tuyo, verás cuánto pesa. Puiforcat Sterling. Unos seiscientos cincuenta dólares la pieza.

—¿Un cuchillo?

—Sí, y aquí ha puesto tres tenedores por comensal, dos cuchillos..., tiene que haber para veinticuatro, unas diez piezas por persona. Esta mujer va en serio.

Susannah sonrió y golpeó otro poco más la copa, obviamente complacida con la animada, y por lo tanto todo un éxito, conversación.

—Quisiera hacer un brindis por un querido amigo mío.

—¿Cómo que tuyo? ¿Quién te lo ha presentado? —la interrumpió su marido, Tom, en tono jocoso. Todo el mundo le rió la broma.

—De acuerdo, un amigo de los dos. El señor Yousseff Gholam. Yousseff ha sido asesor de tres presidentes consecutivos durante el conflicto de Oriente Próximo. Es autor de nueve, se dice pronto, nueve libros sobre dicho tema. Y también ha sido autor de decenas de artículos, uno de los cuales obtuvo el Premio a la Revista Nacional de Interés Público, lo cual significa oficialmente —Susannah leyó discretamente una tarjeta que había debajo de su plato de postre— el potencial de influir en las políticas y las leyes nacionales o locales. Por ti, mi querido Yousseff.

Yousseff depositó su copa de vino sobre la mesa.

—Señores —dijo con gravedad. De pronto bajó la vista y decidió ponerse en pie y dar comienzo a su discurso. Y dijo otra vez—: Señores. No considero que nos encontremos ante la muerte de los dictadores, pero pienso que hemos superado lo que yo denomino el «Otoño de ansiedad»...

La mayoría de las veces, a la gente de Park Avenue se le cae la baba con los expertos en política que dicen cosas sin sentido; todos se imaginan que no son lo bastante inteligentes para entender semejante galimatías, pero de todos modos fingen entenderlo. Lancé a Phillip una mirada de desesperación, sabiendo el aburrido discurso que vendría a continuación, pero él me devolvió una mirada severa, como si yo estuviera teniendo una actitud infantil. Me giré hacia Montgomery, mi suplente de Peter, el cual me guiñó un ojo. Él también opinaba que el tal Gholam era un charlatán pretencioso. Me quité los pendientes, puse los codos en la mesa, apoyé la barbilla sobre las manos y me dispuse a aguantar el muermazo.

Phillip, que adoraba exhibirse en público, hizo una pregunta sobre el enriquecimiento de uranio de Irán. Aquella nueva tangente no logró sino animar aún más a Yousseff, como si le hubiera proporcionado una nueva oportunidad de exhibir sus conocimientos.

—Si desea comprender el futuro de Irán, le remito a los sucesos que tuvieron lugar en esa región en el último cuarto del siglo XVIII...

«Que el cielo me valga.» Aquel día de clase de historia, yo estaba jugando con una pelota en la última fila. Necesitaba repostar vino.

Ya me había ocurrido aquello otras veces. Con otros discursistas tipo Yousseff, de todos los colores y tamaños. En la Cuadrícula existe todo un surtido de escritores, directores de revistas y expertos en política internacional en una lista especial. Los expertos reciben la atención de los más ricos y poderosos de la ciudad y consiguen acceder a dichas personas, y las anfitrionas reciben una docena de notas de gradecimiento por la «fascinante» conversación durante la cena. Pero los expertos también saben que deben actuar para ellas como focas amaestradas, como un empleado del servicio doméstico. Es de rigor dejar caer algún nombre en presencia de figuras poderosas en el gobierno.

—Pensé en esto en una ocasión en que me encontraba en el Despacho Oval, una sala más pequeña de lo que uno se imagina. Mientras ayudaba al presidente a preparar su más reciente discurso sobre el Estado de la Unión, lo que me sorprendió fue que él entiende de verdad las sutilezas del dilema árabe.

Toqué el borde de mi copa con las yemas de los dedos y susurré un «por favor» a uno de los criados ataviados con chaquetas Mao de seda negra que estaban apostados estratégicamente alrededor de la mesa. El experto continuó:

—Y eso me recuerda el concepto de *virtù*, tomado de *El Príncipe*, de Maquiavelo, por supuesto. Bush encarna la *virtù*, la idea que tenía Maquiavelo de la energía humana, la que da forma al destino y a la fortuna. Él combinaba la sutileza de Cicerón con la brutalidad de César. —Mi comprensión de lo que estaba diciendo aquel tipo era nula—. Bush no es un intelectual, naturalmente, pero en un sentido muy profundo posee genio. Realmente hay que pensar en los Medici cuando se piensa en Bush.

El señor *Newsweek* y el funcionario de las Naciones Unidas luchaban igual que Luke Skywalker y Darth Vader son sus espadas láser por la cantidad de dólares que hacían falta para asegurar los puertos estadounidenses. Yousseff se metió en ello. El director de *Newsweek* intentó sensatamente devolver la conversación al planeta Tierra y desvió a Yousseff hacia los peligros actuales.

—Permítanme que los advierta a todos del peligro que supone bajar la guardia. Los terroristas son personas muy pacientes...

Yousseff prosiguió con su táctica de asustar. Yo quería que Montgomery me diera más consejos sobre moda; cualquier cosa con tal de no oír aquella tortura de perorata acerca del peligro que se cernía sobre mi familia neoyorquina. Al igual que toda madre de

Nueva York, tenía que luchar con ahínco para no dejar que las horribles fantasías apocalípticas me hicieran obsesionarme por la seguridad de lo que ya me obsesionaba. Fantaseé con regresar a mi hogar, pero entonces recordé que Yousseff había mencionado concretamente el centro comercial América de Minneapolis como posible objetivo. Phillip volvió a estirar el cuello para formular preguntas que parecieran inteligentes pero que por debajo del complicado lenguaje eran elementales.

—Si Bush padre no hubiera abandonado tan descaradamente a los chiíes en la región del sur de Iraq en 1991, tal vez su hijo hubiera tenido a una parte del país de su lado. ¿No está usted de acuerdo, Yousseff?

Christina Patten, juiciosamente, se abstuvo de aventurarse en aquella conversación sobre asuntos internacionales. Pero por lo visto tenía algo que le revoloteaba por la cabeza y no pudo permanecer silenciosa durante más tiempo:

—Señor Gholam, ¿cree usted que todavía necesitamos revestimientos de plástico y cinta aislante? Quiero decir si continúan siendo necesarios, viviendo en esta ciudad y con niños. ¿O fue sólo una información alarmista por parte de los medios? Mi marido y yo hemos solicitado información y no hemos logrado saber qué máscaras antigás deberíamos tener.

George Patten, un hombre que se había jubilado hacía quince años con una herencia de cincuenta millones de dólares, pasaba el tiempo estudiando mapas en su despacho. «Electrizante» no sería el término más habitual para describirlo. Agregó:

—Se los hemos comprado a la empresa en Israel que suministra al ejército israelí. Han costado una fortuna.

Yousseff hizo una inspiración profunda, en el intento de desviar la conversación de la geopolítica para intelectuales y orientarla hacia lo que interesaba a los neoyorquinos, es decir, cómo iba a afectarles a ellos.

—Christina, me parece que eso podemos tratarlo después de cenar —interrumpió Susannah, irritada por la línea de interrogatorio de Christina e intentando mantener el contento en la habitación.

Yousseff, que percibió la incomodidad de Susannah, intentó tender un puente. Se volvió hacia Christina:

—Bueno, después de haber huido del Líbano cuando ese país se fracturó por primera vez, creo saber un poco lo que es sentirse vulnerable al peligro. Me resulta difícil calcular con exactitud cuándo y dónde van a atacar. Y recuerde que el ántrax se disipa una vez que está en el aire, así que a menos que se encuentre usted dentro de un vagón de metro cuando ocurra, el riesgo es remoto. Es más bien improbable que necesite una máscara antigás en su casa. Pero sé que los israelíes poseen equipos de la mejor calidad. Mi propio padre compró las máscaras israelíes cuando comenzó la Intifada y vivíamos a las afueras de Beirut.

—¡Vaaale! —contestó Christina. A continuación señaló la mesa con un gesto amplio—. Ahora tengo una pregunta para todos los neoyorquinos aquí presentes. —Creí que Susannah a lo mejor se ponía una servilleta por encima de la cabeza para negar mejor el hecho de que Christina estaba echándole a perder la cena—. Entonces, ¿eso quiere decir que todos vamos a tener que comprar máscaras antigás también para nuestros empleados domésticos?

Un silencio frío y pétreo inundó la sala. Yo miré a Yousseff; éste cerró los ojos, bebió un poco de vino y tosió en su servilleta. Nadie pudo responder a aquella pregunta. Ni siquiera el marido de Christina intentó echarle un cable a su mujer.

De pronto Susannah se puso bruscamente en pie.

—¿Por qué no nos retiramos al salón a tomar café?

¿Dónde estaría Peter? Lo imaginé en algún bar guay de Red Hook, rodeado de mujeres despampanantes, modernas y más jóvenes. Necesitaba que me ayudase a encontrarle el humor a aquella escena patética. Pero, por supuesto, yo formaba parte de aquella escena patética. En eso Peter tenía razón. Decía:

—¿Y quieres que tus hijos se críen con los hijos de estas personas? ¿Estás mal de la cabeza?

Me senté a solas en el lujoso sofá curvo del salón y acepté un *espresso* con una cáscara de limón en una minúscula tacita de porcelana que me sirvió un camarero. Unas cortinas de tafetán de un verde como el de la laguna de Venecia colgaban de unas antiguas barras de madera y cubrían cuatro puertas ventana que daban a la terraza de Susannah. Los muebles estaban cubiertos por un ecléctico conjunto de gruesos paños de brocado con flores bordadas, unas en terciopelo ámbar y otras en terciopelo verde. Delante de cada una de las chimeneas situadas a un extremo y otro de la habitación se extendían sendas alfombras con dibujo de cebra.

El señor *Newsweek* se acercó y se sentó a mi lado interrumpiendo mis pensamientos. Ya sabía que Goodman tenía algo importante, se había enterado por radio macuto de los medios informativos de Nueva York, pero no sabía cuál era el grado de importancia.

—¿Has conseguido hablar con Theresa? ¿Se ha sentado a hablar contigo? ¿Ha admitido algo? Me refiero a algo real acerca de Hartley. ¿O va a ser una repetición de lo que ya le contó a Kathy Seebrihgt?

—No pienso contarte nada.

Ya sabía lo que iba a venir a continuación.

—Jamie. Piénsalo. Sé que tu programa se emite el miércoles. Si quieres, podría retrasar ahora mismo nuestro cierre, en cualquier momento antes de las doce de la noche. —Consultó su reloj—. Mira, puedo hacer una cosa por ti: podría poner en la revista de esta semana algo que arme un poco de bulla.

—Muy amable por tu parte —dije.

—Bueno, esto... no. Quiero decir que le dejaríamos el mérito a la NBS. Nosotros nos limitaríamos a preparar la audiencia para tu programa. Que los tiente un poco, si se quiere llamar así. Yo me cercioraría de añadir algo que insinuara que tú has hecho cierta aportación al reportaje.

—¿Cierta aportación?

—Me refiero a que incluso podríamos mencionar que has tenido algo que ver con ello.

—¿Algo que ver con el bombazo que está a punto de caerle encima a la nación? —le pregunté.

Brotaron unas gotitas de sudor alrededor de sus sienes. Transcurrieron largos segundos.

—Tienes una entrevista con contenido interesante, ¿no es así? Cuéntame de qué se trata, venga. Sácame de esta angustia y dime que tienes en tu poder el meollo de la cuestión. Una maldita entrevista con Theresa Boudreaux.

No pude frenarme:

—Voy a decirte una cosa, tío importante: lo que voy a emitir esta semana va a dejar tu enclenque revistita olvidada en la mayor nube de polvo que exista a este lado de Kansas.

Él me lanzó a la cara un cojín de terciopelo con dibujo de leopardo y se encaminó directamente hacia el decantador de whisky escocés.

Tras una breve charla con los demás invitados, fui al recibidor principal a buscar a mi marido, que hacía un rato que había desaparecido en el estudio. Montgomery Clift, que estaba poniéndose su pesado abrigo, me rodeó con un brazo.

—Y un consejo más, querida. —Me apretó contra él—. Procura que tu marido no se acerque a la anfitriona —susurró, y acto seguido salió por la puerta contoneando su bonito culo.

23

AJUSTE DE CUENTAS

Phillip y yo regresamos a casa a pie, él con gesto ufano y el pecho hinchado como si acabase de echar un polvo, yo un poco por detrás de él, intentando averiguar si no lo habría echado de verdad. Pero cuando llegamos a la esquina de la calle, él buscó mi mano y entonces fue cuando se dio cuenta de que en realidad no estaba a su lado. Se la di de mala gana.

Me sentía nerviosa. Soy capaz de aguantar dos copas de vino cenando, pero al cabo de tres o cuatro, como aquella noche, la cabeza me da vueltas.

—Vamos, lentorra, hace un frío que pela —dijo Phillip.

—¿Has probado a caminar con tacones de ocho centímetros?

—Pero ¿qué es lo que te pasa? Hace una noche preciosa, acabamos de pasar una velada encantadora en casa de Susannah y Tom. La compañía, el vino, la comida. Menudo apartamento tienen. —Aspiró el aire de la noche y contempló el piso de los Berger a lo lejos. Las cuidadas terrazas de Susannah rodeaban el perímetro total de las dos plantas del ático, y se veían unas lucecitas blancas que colgaban de los setos y titilaban en la fría noche de invierno—. ¿Sabes?, ésa es la diferencia que hay entre tener dinero, así, como nosotros, y tener dinero de verdad, como para jodernos a todos.

—Explícamelo, Phillip —dije yo, disgustada—. ¿Qué diferencia hay?

—Cuando se tiene dinero de verdad se tiene ese personal de servicio vestido con chaquetilla blanca, el caviar fluye como si fuera una cascada, se bebe Latour del 82. Más la terraza. Esa terraza todo alrededor de la casa es una indicación de que ahí hay dinero en serio. Yo trabajo como un animal y ni siquiera tengo vistas al parque. Mataría por tener una terraza. —Sacudió la cabeza en un gesto negativo y continuó caminando, rodeándome con un brazo. Entonces frenó en seco—. ¿Te lo imaginas? ¿Una de esas barbacoas Williams-Sonoma en una terraza? Podría asar chuletas incluso en una maldita noche entre semana.

—Phillip, relájate. Tenemos un apartamento precioso. Y ya tienes una barbacoa en el campo.

—Es un trasto de trescientos dólares que compré hace cinco años en la ferretería, no se parece en nada a una de esas parrillas Williams-Sonoma, las que tienen un fuego a un costado para hacer mejillones al vapor o hervir maíz. Quiero tener una de ésas. Y pronto. Y ponerle un pie encima. —Rió suavemente—. Es broma. Me refiero a que la conseguiré.

A mí no me hizo ninguna gracia. Le recordé:

—Ya tenemos en el campo una cocina que tiene un montón de quemadores para maíz y mejillones.

—Esa cocina es pequeña. Y no puedo permitirme renovarla. Además, los quemadores no están en la parrilla misma —se quejó—. No tenemos ningún quemador por fuera.

—¡Phillip! ¡Esa cocina está a seis metros del patio donde está la barbacoa! Escúchate hablar. Estás quejándote por no tener una barbacoa de seis mil dólares.

—Lo único que pido es poder cocinar fuera por la noche. Eso es todo.

—¿Sabes lo que resulta enfermizo de verdad? Que el dinero, más que hacerte feliz, te deprime.

—Ahórrate los clichés, por favor —respondió él.

—Es cierto. Te mudas a un piso más grande y te deprimes completamente en el segundo mismo de salir por la puerta. Tenemos un piso maravilloso. Y a ti te encanta, ¿no te acuerdas?

—No está mal —admitió, de mala gana.

—Pues yo preferiría, durante veinticuatro horas, vivir sin tanto trasto. ¿No sería una sensación maravillosa? Verse libre de estorbos.

Phillip me miró fijamente mientras reflexionaba sobre aquel concepto.

Yo pensé que a lo mejor había conseguido hacérselo comprender.

—Voy a decirte una cosa, nena, a mí me haría sumamente feliz vivir con el estorbo de una de esas fantásticas barbacoas Williams-Sonoma. Seguro que el maíz tiene mejor sabor si se cocina fuera, al aire fresco del campo. Y luego están esos balcones aquí en la ciudad; imagínate la libertad de poder cocinar lo que quieras y cuando quieras. Después de un viaje de trabajo, llegar y prepararte un filete de Lobel...

—Ya, como que recién llegado a las nueve y media de un viaje a Pittsburgh vas a ponerte a freír un filete, a lo Pedro Picapiedra. Ya te lo harás en verano, los fines de semana.

—No es que lo vaya a hacer, de hecho, es la libertad de poder hacerlo si me apetece. Aunque sólo sea una vez al año. ¿Tú nunca has deseado eso? Poder tener algo a tu disposición por si te apetece hacerlo, aunque sepas que no vas a hacerlo de verdad. A mí me gusta la idea de contar con un chef a jornada completa en la cocina, con una de esas chaquetillas blancas de chef con el nombre bordado. Y con esos horribles zuecos de goma. Podría prepararme filetes en todo momento. Lo mejor sería tenerlo ahí sentado, sin hacer nada, hasta las once de la noche, incluso después de que hubiéramos cenado, sólo por si acaso nos apeteciera un pastel de crema al volver a casa. Y aun más divertido sería que no nos apeteciera el pastel de crema. Simplemente tenerlo allí sentado por si acaso. Eso sí que es tener dinero de verdad.

Me entraron ganas de divorciarme allí mismo. Sin advertirlo, él continuó:

—Jamie, el lunes no te olvides de enviar a Susannah un ramo de flores bien grande. Pásate un poco. Ha sido una velada espectacular. —Luego negó con la cabeza y apoyó las manos en las caderas—. Qué gente. Ese director de *Newsweek* estuvo muy agudo. Igual que el tipo de las Naciones Unidas. Es impresionante cómo manejan números y fechas. Pero creo que he jugado bastante bien en su terreno, me parece a mí. Puede que incluso los haya superado. Lo que he dicho acerca de las elecciones a mitad de mandato y del déficit en las cuentas corrientes les ha hecho ver las cosas desde otro punto de vista, ¿no crees? —Mi respuesta no le interesaba—.

Dios, y ese tal Abdul de Oriente Próximo era un tipo verdaderamente listo.

—Yousseff, Phillip. Yousseff Gholam. Es un erudito famoso. No se llama Abdul.

—Pues me ha aterrorizado de veras. —Phillip volvió a menear la cabeza y restregó la punta del zapato contra la acera—. Se llame como coño se llame, Abdul, Abdulah, Mohamed, para mí no es más que un moro.

Yo golpeé el suelo con el pie.

—¡Phillip! ¡Basta!

—Venga, no te lo tomes tan en serio. Lo he dicho sólo para pincharte un poco. —Volvió a rodearme con el brazo y guiarme, y yo me crucé de brazos tan fuerte como pude—. Está bien, Yousseff Gholam. Facultad Kennedy de ciencias políticas. Asesor de tres presidentes. Autor de cincuenta libros. ¿Qué, he estado atento o no?

Yo no sabía exactamente qué mérito debía atribuirle. Las brillantes farolas de la calle Setenta y seis iluminaban las casas de piedra y ladrillo dotadas de escaleras de mármol y enormes ventanales vestidos con cortinas de brocados y seda. Detrás de cada una de aquellas puertas había personas que mantenían vivos los medios de información, los bufetes y los bancos de Nueva York. Eran el grupo de los auténticos jugadores al que Phillip tanto se esforzaba por pertenecer.

A unas pocas decenas de metros de nuestra marquesina, me preguntó:

—Una cosa más: no has comprado máscaras antigás para el servicio, ¿verdad?

Cuando llegamos a nuestra planta, yo salí del ascensor antes que Phillip y dejé que se le cerrara la puerta en las narices. Se lo merecía. Era un gilipollas pomposo, malcriado y racista.

Él corrió por el pasillo detrás de mí.

—Eh, Jamie. ¿Se puede saber qué te pasa? Hace un minuto estábamos paseando abrazados por la calle y ahora me cierras la puerta en las narices. —Yo no pude contestarle—. Siento haber llamado moro al escritor ese. Vale, ha sido una inmadurez, pero sólo intentaba acicatearte, incluso hacerte reír un poco.

—No se puede ser tan racista, Phillip. No pienso aguantarlo.

—¡Vamos! Ha sido una broma. ¡Ya había dicho antes que ese tipo es un genio! ¿Qué quieres que haga?

—Quiero que no hables de determinadas nacionalidades como si fueran basura o seres inferiores a nosotros, ¿de acuerdo? Me preocupa que un día se te escape algo así delante de los niños.

Él bajó la cabeza:

—Lo siento, tienes razón. ¿Qué más?

—Es que eres tan... tan... —No completé la frase.

—¿Tan qué, Jamie?

—Tan malcriado. —Él me miró sin expresión en la cara—. A veces tendrías que oírte a ti mismo, quejándote de no tener una barbacoa de seis mil dólares. Haces que la vida sea complicada, con eso de que nada te parezca lo bastante bueno.

—¿Cuál es tu problema, vamos a ver? La casa de ellos es cien veces más bonita que la nuestra, y se me ha ocurrido comentarlo. Perdona que no me haya criado pescando en el hielo en Minnesota, como tú, doña Discreta Sal de la Tierra. Yo he visto muchos pisos impresionantes a lo largo de mi vida. Precisamente me crié en uno. Trabajo como un puto perro y no puedo permitirme tener la casa que me gustaría tener, ¿vale? ¿Y a qué viene ese tono de santurrona?

—Susannah es amiga mía —dije—, no tuya. —Phillip entornó los ojos—. ¿Qué has estado haciendo con ella en el estudio? ¿Por qué estaba la puerta cerrada?

—¿Estás loca? —Tragó saliva—. ¿Estás pensando que tengo algo con Susannah?

—Yo no he dicho eso. Has sido tú, Phillip.

—Me ha hecho una mamada.

Me encogí de hombros.

—Venga, Phillip, se ha dado cuenta hasta mi compañero de mesa.

—Pues me ha estado enseñando el nuevo dibujo de Diebenkorn —dijo él.

—Casi preferiría que te la hubieras tirado. Eso sería más masculino que lloriquear por una barbacoa.

—Lo cierto es que no la echaría de mi cama —comentó él.

Tras aquella apostilla tan irritante, giré sobre mis talones y me fui a mi dormitorio hecha una furia. No estaba de humor para entablar una pelea inmadura con mi marido. Phillip era un mocoso malcriado, nada nuevo. Y efectivamente adoraba a Susannah, ¿y qué? En aquel momento lo odiaba demasiado para hablar. Con todo, me pregunté quién más, aparte del diseñador gay, se habría percatado de que ambos pasaron por lo menos diez minutos fuera del salón mientras los demás tomábamos una copa en la biblioteca.

Entré en el baño principal y cerré la puerta de golpe. Estaba furiosa, y mi furia estaba transformándose en dolor, dolor porque Phillip y mi amiga íntima se habían confabulado valiéndose del vínculo que los unía: su estatus de clase tradicional, del este, que para mí era impenetrable. Y en aquel instante me sentía demasiado paralizada para hacer otra cosa que no fuera compadecerme de mí misma.

Me senté en el borde de la bañera y apoyé la cabeza entre las manos. Estaba terriblemente confusa. Ya eran pasadas las doce, estaba un poco achispada y sentía náuseas tras la conversación sobre la barbacoa y la terraza. A lo mejor estaba descargando contra mi marido toda la tensión y la presión del trabajo. Y luego estaba lo de Peter.

Con la cabeza entre las manos, intenté buscar un recuerdo alegre de mi relación con Phillip. No pude. Lo único que me venía a la mente eran escenas de él gritándome porque no supervisaba adónde iba a parar su tijera de uñas.

Un golpe en la puerta del baño, después otro.

—Phillip, necesito pasar un rato aquí dentro, quiero estar sola.

—Jamie, esto es ridículo, no estamos peleando. Sal aquí, quiero hacer las paces contigo. No dije en serio lo de Abdulah.

—No es por lo de Abdulah —dije.

Pausa.

—No quiero que Susannah me haga una mamada. No ha ocurrido nada con Susannah. Es amiga tuya. Me prometió que iba a enseñarme unas piezas que había añadido a su colección de obras de arte. Y luego estuvimos hablando de su familia. Mi madre alquiló un verano la casa que tiene su tía en Plymouth.

—Phillip, quiero estar sola. No tiene nada que ver contigo. Voy a darme un baño.

Me quité la ropa y cogí un albornoz de detrás de la puerta. Al hacerlo, se cayó al suelo la chaqueta de *squash* de Phillip, que también estaba colgada allí. Me agaché para recogerla y decidí hurgar un poco en los bolsillos; aquella noche no me fiaba de él. No creo que alguna vez haya pensado en serio en la posibilidad de que me engañase, pero entonces me lo pregunté.

Había algo dentro del bolsillo de la chaqueta. Un abultado sobre de color blanco.

—Cariño, por favor. Ha sido de mal gusto decir eso de Susannah. Lo siento mucho. Te quiero. Vamos, déjame entrar.

En el sobre decía: «Citación para Laurie Petitt, Whitfield y Baker, De: fiscal del distrito de Estados Unidos. Distrito Sur.» Laurie Petitt era la ayudante de Phillip. De repente vi las letras borrosas. Decía no sé qué sobre patentes. «Motivos para creer que se ha remitido información confidencial sobre patentes de Adaptco Systems...» Adaptco Systems era una pequeña empresa de Internet cliente de Whitfield y Baker. No era un cliente directo de Phillip.

Acusaban al bufete de Phillip de haber pasado información sumamente secreta sobre un producto a Hamiltech, el cliente más importante de Phillip. Hamiltech. El que daba de comer a Phillip. Corrí al lavabo y vomité el caviar que había comido.

—Jamie, ¿estás mareada? ¡Abre la puerta para que pueda ayudarte!

—¡¡Déjame en paz!!

Una hora más tarde salí del cuarto de baño con el albornoz puesto, el pelo mojado y los ojos rojos. Las luces del dormitorio estaban encendidas y la cama estaba intacta. Puse agua a calentar para hacerme un té de jengibre que me calmara el estómago. Enfrentarme a Phillip y a la citación iba a constituir una distracción peligrosa. No dejaba de decirme a mí misma: «No hables con Phillip, no hables con Phillip. Déjalo para el sábado. Después del programa. Déjalo para el sábado.» Iba a tener que esperar. Poseía una fantástica fuerza de voluntad.

Phillip apareció en la cocina con el pijama planchado y las zapatillas de terciopelo rojo, la izquierda con un perro escocés negro bordado y la derecha con un perro escocés blanco.

—¿Ha sido la langosta? —preguntó. Yo removí mi té en silencio—. Oye, Jamie. De verdad que siento mucho el comentario sobre Susannah. Ha sido una verdadera gilipollez. —Intentó achucharme desde detrás, apretando la cabeza contra mi pelo y la pelvis contra mi cadera. Empezó a notársele la erección—. La única persona que quiero que me haga una mamada eres tú. No hay nada en el mundo como lo que me haces tú.

—¿Qué coño es esa citación que tenías guardada en el bolsillo de la chaqueta? —le pregunté.

—¿Qué citación?

Bajé la vista y vi que su erección estaba arriando velas a toda prisa.

—La citación del fiscal del distrito, el cual, por lo que yo soy capaz de entender como persona de la calle, acusa a alguien de tu empresa de robar secretos industriales. ¿Tan desesperado estás como para aferrarte así a la cuenta de Hamiltech? ¿Qué está pasando, Phillip? ¿Cómo has podido no decirme nada?

—¿Estás mal de la cabeza? ¿Piensas que yo iba a...? ¿Crees que yo sería capaz de...? —Me apartó el pelo de la cara—. Cielo, eso no es nada. Es un malentendido. No me implica a mí.

—¿Estás seguro, Phillip?

—La citación es para Laurie. Es ella la que copia, no yo. Ya te digo que es un malentendido.

—¿Un malentendido? ¿De los federales?

—Siempre andan husmeando en nuestro bufete —explicó—, o en cualquier otro que se dedique a fusiones de empresas en el nivel en que lo hacemos nosotros.

—¿Cómo lo sabes?

—Cielo. —Adoptó un tono de director de colegio—. Adaptco es un cliente, igual que Hamiltech. Tengo toneladas de archivos sobre esas dos empresas.

—Adaptco no es cliente tuyo. ¿Por qué vas a tener tú archivos sobre ella?

Phillip negó con la cabeza.

—No tienes idea de cómo funciona un bufete. Yo soy socio, y tengo acceso a la información, ¿estamos? El mero hecho de que exista una denuncia y después, a su vez, una citación, no quiere decir que alguien haya infringido la ley.

—¿Estás seguro?

—Jamie, tus preocupaciones son desproporcionadas para lo que está pasando. No es más que un pequeño asunto de contabilidad, un malentendido que implica a mi asistente y a algunos otros ayudantes del bufete. Han mezclado unos archivos, no lo han hecho a propósito. ¿Quieres conocer la historia al completo? ¿Así te calmarás?

—Sí, la verdad es que sí —admití.

—Adaptco es una empresa pequeña a la que le está yendo muy bien. Tiene una aplicación de *software*. Y es posible que dicha aplicación les dé a ganar mucho dinero. Hamiltech es una empresa mastodóntica. Tienen las manos puestas en esa misma aplicación, pero no del todo. Adaptco está intentando a la desesperada apartarlos y encontrar una razón para aplastar a Hamiltech a fin de no perder el mercado que tiene a manos de una empresa más grande. Así que Adaptco viene ahora con acusaciones falsas. Están desesperados, eso es todo. Adaptco ni siquiera tiene nada que alegar. Tienes que fiarte de mí. Los abogados son denunciados e investigados todo el tiempo y no pasa nada. Sí, es verdad que ha habido un lío con los ayudantes y Laurie por ciertos archivos, pero en ellos no había nada auténtico. Ya me estoy ocupando yo de ello.

Recuperé el sobre del bolsillo de la chaqueta y por espacio de treinta minutos lo sometí a un escrutinio para examinar hasta el último detalle de cada página. Phillip intentaba quitarle importancia al asunto, pero no le funcionó porque su mujer no era tonta.

—Phillip, lo cierto es que esta semana no soy capaz de soportar este grado de estrés.

Y lo dejé solo en la cocina. Si hubiera entendido en aquel momento el verdadero problema en el que estaba metido, me habría muerto de miedo.

24

EL OTRO LADO DE LA VÍA

La gente de la Cuadrícula no va a Brooklyn. Jamás. Y si alguna vez tuvieran que pasar al West Side, lo negarían al día siguiente. De modo que no fue ninguna sorpresa que aquel domingo por la tarde mi marido no nos acompañase a Dylan y a mí a la fiesta de cumpleaños de Peter. Aunque no es que hablase mucho con mi marido; mientras nosotros nos preparábamos para irnos, estaba en su estudio, tomándose una cerveza con sabor a lima y viendo un partido de fútbol americano.

Gritó desde su sofá en dirección a la puerta:

—¿De verdad vais a la fiesta de cumpleaños de un *manny*?

—Sí, Phillip. Peter nos ha invitado.

—¿Están bien los pequeños?

—Están jugando a paracaídas y escaleras con la canguro de fin de semana. De lo más felices. Puedes llevártelos a tomar un helado.

—¿Y si no están felices?

—Ya encontrarán otra cosa —dije—. Eres un padre maravilloso. Cómprales alguna golosina. Dylan está deseando conocer a los amigos de Peter, y le he prometido que íbamos seguro.

—Dios. Típico. Pisa el freno. Eso es lo último que necesitas, ahora que vas a emitir la entrevista, Jamie.

—Estoy bien. Puedes venir tú también, si quieres.

Phillip se puso de pie:

—No, gracias. Tengo unas cosas que...

—Era broma, Phillip. Que disfrutes del partido.

Con el sol poniente de la tarde a mis espaldas, pasé el puente de Brooklyn para dirigirme a Red Hook, con Dylan en el asiento de atrás. Los cables entrecruzados que iban pasando a un lado y al otro provocaban un cierto vértigo mientras atravesábamos rápidamente el helado East River. Observé las nubes de vapor blanco que salían de tres chimeneas de una fábrica situada a la orilla del río. En los días más fríos y desagradables de Nueva York, como aquél, el vapor se quedaba quieto y congelado en el aire.

—Mamá. Deja de golpear el volante con los anillos. Es insoportable —dijo Dylan.

Peter me había proporcionado instrucciones precisas para llegar al bar Tony's y me las había explicado como si yo fuera una completa idiota. Hizo el chiste de que quizá no había conducido lo bastante por Brooklyn y que debería ir en taxi. De modo que allí estaba yo, hecha un manojo de nervios al volante, rezando para no perderme y vivir una experiencia similar a la de *La hoguera de las vanidades* al equivocarme al tomar una salida, sólo para demostrarle que era lo bastante guay para conducir por otro barrio. Di con el bar Tony's, y hasta encontré aparcamiento, todo sin atropellar a nadie ni darme a la fuga.

Tony's, un viejo restaurante de los años treinta que aún conservaba el rótulo de neón original, se encontraba en una calle bordeada de simpáticas casas de ladrillo. Frente a él había unas quince personas riendo, charlando y fumando. Peter me había dicho que el dueño, un colega suyo, había accedido a cerrar el local al público hasta las seis de la tarde. Vi a tres adorables chicas de veintimuchos años compartiendo un cigarrillo y vestidas con ropa informal: pantalones del ejército y vaqueros, sudaderas extragrandes y largas bufandas alrededor del cuello; y una mujer muy guapa que parecía ligeramente mayor de cuarenta, apoyada contra el exterior metálico del restaurante y vestida con vaqueros y botas altas, un grueso jersey blanco y encima una cazadora plateada y exóticos pendientes también plateados. En la cabeza llevaba un pasador indio de color turquesa que sostenía una larga melena morena y rizada. Estaba hablando con dos tipos de treinta y tantos que llevaban gorras de visera, gafas caras y barbas desaliñadas. Se parecían a los guionistas de *South Park*.

Vi también a un hombre estilo Marlboro de unos sesenta años, sentado en una silla y con una gastada cazadora de piel. Los últimos vestigios del sol del invierno formaban un halo alrededor del sombrero marrón de vaquero que llevaba puesto. Sonrió a medias al observar mi paso inseguro con las botas de tacón alto, mientras Dylan tiraba de mí hacia la entrada. No cabía duda de que el hombre estaba examinándome de arriba abajo, y desde luego no había nada de sutil en su forma de escudriñarme. Yo le sonreí a mi vez, qué coño. No quería parecer una matrona del Uper East Side, así que me había puesto un jersey negro y ajustado de cuello redondo, unos pendientes grandes de aro, una cazadora de ante y mis mejores vaqueros. Sólo necesité unos veinte cambios de ropa para decidirme por aquel atuendo. Quería que Peter pensara que a lo mejor encajaba con sus amigos, incluso que estaba un poquito buenorra. Dylan me cogió de la mano, abrió la puerta... y nos vimos bombardeados por una andanada de música.

I'm out of love, I'm so lost without you
I know you were right believing for so long

Los mostradores circulares del restaurante servían de barra abierta que conectaba con una amplia estancia de paredes de ladrillo visto. Localicé a Peter al instante, no nos había visto llegar. Estaba en el rincón, con un codo contra la pared y hablando con entusiasmo a una muchacha bajita y delgada que llevaba un corte de pelo un tanto despeinado, como un duendecillo, y un pantalón blanco de pana. Calzaba unas botas vaqueras y lucía un cinturón de ante marrón, además de una blusa holgada en tono rosa abierta hasta muy abajo y una cruz incrustada de perlas que le colgaba de una gargantilla de terciopelo negro. Parecía seguir la moda británica, no sólo la moda de Nueva York, como si fuera amiguísima de Sienna Miller y Gwyneth Paltrow. Me irritó que tuviera unas piernas mucho mejores que las mías. Cuando estuvimos en el castillo Belvedere, Peter me dijo que no había encontrado chicas interesantes en Nueva York, pero desde luego parecía intrigado por aquélla. Me sentí como una heroína del siglo XIX que acude al baile y descubre que el objeto de su deseo está fascinado por otra mujer.

—¡Mamá, ahí está Peter! —chilló Dylan, tirando de mí hacia su *manny*.

—Cariño, deja que Peter hable con su amiga. Ya lo veremos más tarde.

—¿Ésa es su novia? —preguntó Dylan.

—No sé si tiene novia.

—Sí que la tiene.

—¿Cómo?

—Tranquila, mamá. Digo que tiene novia.

—¿Y quién es? —disparé.

—No sé, pero ella no lo quiere. Me parece que es ésa.

—Dylan, ¿cómo lo sabes?

—Mamá, por favor, relájate. ¡Pregúntaselo a él! ¿Vale?

El duendecillo tenía pinta de ser una auténtica rompecorazones.

—¡Dylan!

Peter se excusó con el bellezón y ella se puso a charlar con unas amigas. Entonces vi que tenía un culito tan de adolescente que prácticamente le cabría a Peter en una mano.

—¡No puedo creer que lo hayas conseguido! —Peter chocó los cinco con Dylan y por primera vez me besó en la mejilla y me frotó el brazo—. De verdad, para mí significa mucho que hayas venido. —Me fijé en que había dejado la mano apoyada en mi brazo. Sentí calor—. La comida es estupenda, hay costillas, pollo, maíz, pan. ¿Tenéis hambre?

Yo negué con la cabeza... De pronto me costaba esfuerzo hablar.

—¡Yo sí! —dijo Dylan.

—Bueno, pues vamos a por algo de comer, colega. Pero antes quiero traerle una copa a tu madre y presentársela a mis amigos.

Me tomó del brazo suavemente con una mano y me condujo al otro lado de la sala, donde me presentó por lo menos a doce personas. Me percaté de que tenía amigos de diferentes edades, desde veintitantos hasta sesenta, y la mayoría de ellos me dieron la impresión de ser personas creativas. Desde luego, en aquel lugar no había nadie vestido de traje.

—Debe de haber como cincuenta personas. Tienes muchos amigos para no llevar más que dos años viviendo en Nueva York.

—En realidad, no. Esos dos de ahí son mis socios en el tema del programa informático, y otros diez o así viven en otros apartamentos de mi mismo edificio. Tenemos un vecindario. Y les encanta beber y bailar, sobre todo un domingo por la tarde. Es una pequeña tradición que tenemos, no sé cuándo se inició. —Llamó con la mano al camarero de la barra y le tendió un billete de diez dólares—. ¡Bobby! Ponle a esta amiga una copa de Chardonnay. Que sea buena. ¡La necesita!

Luego retiró una silla para mí y me presentó a dos jóvenes más bien treintañeros que estaban sentados a la barra, a mi lado.

—Nick, Charlie, ésta es, por fin, Jamie Whitfield. Cuidad de ella y no hagáis que me sienta violento. —Luego me gritó cerca del oído—: ¡Éstos son los horribles compañeros de piso de los que te he hablado! Excepto por una cosa: este gordo tuvo la culpa de que te conociera. Así que supongo que no es tan malo.

Lanzó una carcajada, dio una palmada a Charlie en la espalda y se llevó a Dylan a la mesa de billar.

Yo sonreí nerviosa a los compañeros de piso y les formulé toda clase de preguntas. «¿Peter se cansa de Dylan? ¿Trabaja demasiado? ¿Le queda tiempo para el programa informático? ¿Opina que somos gente chiflada? ¿Es consciente de hasta qué punto está logrando cambios?» Aquello no iba bien. Me daba cuenta de que hablaba como un ama de casa rica y neurótica. Y para aquellas personas lo era.

Charlie susurró algo al oído de Nick y después me dijo a mí:

—Pues..., esto..., opina que usted no está mal.

—¿Sólo que no estoy mal?

La chica duendecillo, al verse abandonada, se plantó ante la barra, justo a mi lado.

—Una Amstel *light*, Bobby. Por favor.

—Claro, ángel.

Poseía el cuerpo de una bailarina. Puede que hasta fuera una de esas chicas capaces de hacer el amor en posturas extravagantes. Su codo tocó el mío.

—Hola, soy Jamie. ¿Eres amiga de Peter?

—Sí. Muy buena amiga. Me llamo Kyle. —Me miró de arriba abajo—. ¿De qué conoces a Peter?

—Pues... Peter trabaja con nosotros, en Manhattan.

—¿Tú eres la tal Jamie?

—Sí, ésa soy yo.

—Vaya. Eres muy distinta de lo que había imaginado —admitió Kyle.

—¿Y cómo imaginabas que era?

—No sé, no tan con los pies en la tierra. No tan normal. Peter habla de ti como si fueras una...

—¿Una qué? —quise saber con ansiedad.

—No sé, como si no fuera propio de ti tomarte una copa un domingo por la tarde en Red Hook.

No me gustaba nada el giro que estaba tomando aquella conversación.

—Como si fuera demasiado... ¿qué?

—No, demasiado nada, Peter te admira de verdad, por eso yo me había hecho la idea de que eras más bien una ejecutiva de las que dan miedo o algo así, cuando en realidad pareces una estudiante universitaria.

De pronto llegué a la conclusión de que me encantaba aquella chica duendecillo.

—Me alegro de saber que encajo en este ambiente, y tú eres muy amable por decir eso, pero tengo treinta y seis años.

—Vaya. Pues no los aparentas.

—Gracias. ¿Y de qué conoces tú a Peter?

—Vive en el piso de abajo —dijo Kyle—. Salimos mucho por la noche. Cuando él está trabajando, que suele ser lo habitual, yo voy a tomar copas con sus compañeros de piso.

—¿De verdad trabaja tanto?

—¿Estás de broma? ¡Es un adicto al trabajo! Todo el tiempo. Está obsesionado.

—¿Y tú también trabajas mucho?

—Sí, más o menos. Soy redactora de la revista *Wired* para la costa Este. La semana del cierre estamos muy ajetreados, pero por lo demás suelo tener las tardes libres.

—Debes de tener un montón de tíos deseando estar contigo. —Procuré ser sutil, lo que fuera con tal de obtener alguna información.

—Menos el que yo quiero.

No me pude resistir.

—No es posible que estés sola, con esa cara.

—Gracias. —Se arregló el pelo, y su perfecto peinado quedó

265

más perfecto todavía—. Pues estoy sola. Yo quisiera no estarlo, pero así son las cosas. —Bajó la vista.

—Oh. Yo sé lo que es eso. —Bebí un sorbo de mi copa de vino—. Es duro.

Ella asintió con los ojos cerrados.

—Lo siento. ¿Está aquí el tipo en cuestión?

—Sí, está aquí. —Bebió un trago de cerveza y guardó silencio durante unos instantes—. Esta fiesta es suya.

—¿Peter?

—Sí.

—¿Y él no te corresponde?

Ella negó con la cabeza.

Al momento me recorrió un tumulto de emociones: alivio de que Peter no estuviera enamorado de ella, y también una desbordante solidaridad femenina hacia aquella chica tan encantadora.

—¿Él lo sabe? —le pregunté.

—Lo sabe. Una vez me emborraché y se lo dije. Que estaba loca por él. Pero no sirvió de nada. He hecho todo lo que he podido excepto meterme desnuda en su cama. Puede que también haya intentado eso..., odio admitirlo. Pero tampoco dio resultado.

—Bueno, Peter está distraído. Y trabaja mucho para conseguir financiación para su programa informático.

—¿De qué estás hablando? —me miró, perpleja.

Pensé que a lo mejor había sido imprudente, que quizá Peter no le había hablado de su proyecto.

—Oh, no sé, no es más que una cosita en la que me ha dicho que está trabajando, ya sabes, como segunda actividad.

—¿Te refieres al programa para hacer los deberes?

—Así que lo conoces.

—Naturalmente. —La chica intentaba averiguar hasta dónde estaba enterada yo—. ¿Cómo no iba a conocerlo?

—Bueno, es que se me ocurre que tal vez él quería mantenerlo en secreto —dije.

—¿Y cómo iba a ocultarlo?

—¿Qué quieres decir?

—Es un tipo ya famoso. Bueno, no del todo, pero lo va a ser. Le han dado todo el dinero. Dispone de millones para desarrollar el proyecto.

—No.

—Sí. Nosotros no dejamos de decirle que va a pasarle lo mismo que a los de YouTube —apuntó.

—Oh. —Apenas podía hablar.

—Esto es muy raro. —Inclinó la cabeza en dirección a Peter, que estaba riendo con un grupo de personas, con Dylan a hombros—. Míralo. Está en el séptimo cielo. Lleva así dos meses ya.

—¿Me estás diciendo que el proyecto de Peter lleva dos meses enteros recibiendo financiación?

—Puesss... sí.

—¿Y no me lo ha dicho?

—Ya lo sé. Sinceramente, nosotros se lo hemos preguntado: ¿cómo es que estás trabajando en esa casa cuando te pagan todos los días por tu proyecto, tío?

Se me secó la garganta.

—¿Y qué dice él?

—No contesta. Todos pensamos que es porque está enamorado de tu hijo.

Alguien me tocó en el hombro. Era una chica de ojos castaños, como salida de una caja de sorpresas.

A mi espalda, el hombre Marlboro, sin sombrero, me dijo:

—Por lo que parece, ésta es tu canción, cielo. ¿Me permites este baile?

Tenía un acento que resultaba muy sensual. Su barba entrecana ocultaba las arrugas de su rostro, que estaba muy curtido por el sol. Tenía barriga, pero como era muy corpulento, no parecía gordo, sino más bien grande y fuerte. Llevaba vaqueros y una camisa blanca y arrugada que le tiraba un poco de los hombros. Olía bien, a tierra. En aquel momento mi imaginación voló hacia mi marido vestido con su camisa a rayas planchada de color lavanda, viendo el partido desde su refinado sofá de cachemira rojo.

Y a continuación volví la vista hacia el otro extremo del comedor y vi a Peter, que estaba enseñando a Dylan a jugar al billar, y el corazón me dio un vuelco. Él alzó la cabeza y me miró.

—Esto...

En la pista de baile había ya veinte personas.

—Claro, sí. —Antes de bajarme de la banqueta, me terminé el vino—. Discúlpame, Kyle.

El hombre Marlboro me tomó de la cintura y me llevó girando y girando, hasta que caí de lleno en los brazos de Peter.

—Lamento interrumpir, tío, pero es mi cumpleaños. Este baile es mío.

Peter me cogió la mano y me acarició la palma con el dedo pulgar. Yo no había experimentado una euforia semejante desde que estuve en el instituto.

Skipping and a jumping...
In the misty morning fog with...
You, my brown eyed girl.

—Pero ¡si sabes bailar! —exclamó Peter, soltando una carcajada al tiempo que subíamos los brazos y pasábamos por debajo de ellos.

Luego, el uno frente al otro, Peter mantuvo mis manos sujetas en las suyas, acariciándolas con los pulgares y mirándome fijamente. De pronto dejamos de bailar. Yo quise soltarme, pero él me sujetó con más fuerza.

—Peter, ¿qué haces?

—Te miro —admitió. Me costó creer que hubiera dicho aquello—. Ahora mismo estás preciosa. Preciosa.

—Gracias. —Tenía que restar importancia a todo aquello—. Eres muy amable.

Seguro que estaba un poco suelto por culpa de un par de cervezas. Eso tenía que ser.

—Eh. —Me levantó la barbilla con un dedo—. Mírame. Es algo más que amabilidad. Ya lo sabes tú. —Me acercó más a él. Yo miré alrededor, nerviosa y sin poder creerme que Peter tuviera valor para abrazarme de aquel modo. Gracias a Dios, en torno a nosotros la gente bailaba y nos protegía a modo de escudo—. No pasa nada, Jamie.

—¿Tú crees?

Ahora sus amigos nos estaban observando desde la barra. Yo intenté de nuevo apartarme. Logré soltar una mano, y al echarme el pelo hacia atrás noté que me temblaba.

—Sí —dijo.

Miré otra vez a nuestro alrededor; no había nadie, excepto sus amigos de la barra, que nos estuviera observando. Dylan estaba jugando al billar con otro niño de su edad.

—¿Entiendes lo que estoy diciendo, Jamie?

«Ay, Dios.» Había vuelto a llamarme Jamie.

—No estoy segura —le contesté.

—¿Estás segura de no estar segura?

—Vale, puede que un poco. —No pude evitar sonreír. Peter era tremendamente irresistible.

—Era por comprobarlo.

Sentí que me flaqueaban las rodillas.

Kyle me dirigió una mirada de profunda envidia y abandonó la barra.

Yo me quedé petrificada. Pronto empezaría a darse cuenta alguien más. Retiré a toda prisa mis manos de Peter.

—No puedo... No sé... —Ahora me estaba mirando Dylan—. Me parece que debería marcharme. Ya mismo.

Agarré al pobre Dylan, lo saqué en mitad de la partida de billar y salí pitando en dirección a la puerta.

25

CHOQUE DE CULTURAS

Vaya un fin de semana. El sábado por la noche, tras la fiesta de Susannah, me vinieron a la cabeza imágenes de Phillip sujeto con unas esposas y toda una serie de titulares en la revista *Park Avenue Perp Walk*. Pero el domingo por la noche, lo único en que podía pensar era en Peter haciéndome dar vueltas y más vueltas alrededor de su cuerpo, dulce y cálido. Peter con toda aquella financiación. Peter y sus secretos. Peter y sus palabras. «No pasa nada, Jamie.»

El lunes por la mañana, temprano y despejado, estaba yo sentada en la cocina, jugando al juego de las preguntas con Gracie y Dylan, cuando de pronto irrumpió Peter por la puerta.

Pensé que vendría tarde, o que no vendría en absoluto. Estaba demasiado estupefacta para decir nada, tenía miedo de haberlo interpretado mal en la pista de baile, así que me limité a saludarlo ligeramente con un gesto de cabeza sin mirarlo a los ojos y me concentré en los niños.

—A ver, Dylan, tengo una pregunta para ti: nombra dos cosas que hacen los abogados.

—Divorcios y llevar a los ladrones ante la justicia.

—¡Excelente! Gracie, para ti tengo una muy difícil: nombra una cosa que hacen los carpinteros.

—¡Carpetas! —chilló.

Peter rompió a reír. Traía su uniforme de costumbre: pantalón de *snowboard*, zapatillas de correr y una sudadera más bien grande con una camiseta vieja debajo. Antes de que se acercara a mí, me di cuenta de que estaba todo emocionado de toparse conmigo.

Se inclinó y acercó la cabeza a cuatro centímetros de la mía.

—¡Hooola!

Lo suyo no era escabullirse.

«No pasa nada, Jamie.»

«¿Entiendes lo que estoy diciendo, Jamie?»

¿Había querido decir que no pasaba nada porque yo estuviera un poco colada por él? ¿O simplemente que no pasaba nada por bailar juntos? «Borra eso.» Yo sabía que no era sólo lo de bailar, pero ¿estaba diciendo que entre nosotros dos había algo, y que ese algo no tenía nada de malo?

—Inclínate un poco hacia delante —ordenó, y de inmediato comenzó a darme golpes de kárate en la espalda como si yo fuera un boxeador de primera sentado a un lado del cuadrilátero—. Ya casi has terminado. El miércoles a las diez ya se habrá emitido el programa. Tres días más, y podemos empezar a celebrarlo. —Acto seguido hundió los pulgares en los tensos músculos de mi espalda. Demasiado asustada para rendirme del todo y demasiado nerviosa por la entrevista, mi espalda se puso rígida en un movimiento instintivo de protección. Pero él no se detuvo. Poco a poco sentí que mi cuerpo iba cediendo un poco bajo la presión de sus manos expertas. No me extrañó que la chica duendecillo tuviera el corazón hecho trizas.

Había pasado la noche entera intentando descubrir por qué llevaba varios meses obteniendo financiación y no había dicho una palabra al respecto. ¿Por qué se mostró tan fuerte, tan repentino, tan físico, en la pista de baile? ¿Fue solamente por lo potente de aquel momento en sí, y porque aquello le enturbió un poco la cabeza? ¿Llevaba tiempo escondiendo sentimientos más profundos, como los míos? Cualquier posibilidad resultaba aterradora.

Sentí cómo sus fuertes dedos recorrían el contorno de mis omóplatos.

Sonó el teléfono.

Me levanté de un brinco y cogí el auricular.

—Diga... Hola, mamá.

Y entonces apareció Phillip, en albornoz y mirándome fijamente desde la puerta con expresión aturdida. Puse fuerza de voluntad para no hacer caso del atrevido comportamiento de Peter y de todos los pensamientos que sabía que habían surgido en la mente de mi marido.

—Mamá, espérame, que voy a seguir hablando contigo desde la otra habitación. No cuelgues —le dije al teléfono.

Por desgracia, mi marido no estaba haciendo caso omiso del comportamiento de Peter.

—Joven, ¿le importa que hablemos un momento?

«Oh, Dios mío.»

Peter me guiñó un ojo. ¿Cómo podía guiñarme un ojo? ¿Cómo era posible que aquello le resultase divertido?

—Mamá, esto... creo que es mejor que te llame yo más tarde.

Phillip me agarró por los hombros y me empujó físicamente hacia la puerta.

—Creo que no. Opino que deberías coger la llamada ahora mismo. —Mirada severa del director del colegio.

Un espectáculo de fuegos artificiales entre el marido y el *manny*. Aquello no me lo podía perder.

—Dame un minuto.

Puse el teléfono en espera con la esperanza de que mi marido se pusiera a hablar con Peter allí mismo y no sintiera la necesidad de llevárselo a su estudio para tener una conversación de hombre a hombre. «Los masajes no son necesarios, hijo», algo así. Pero no hubo suerte. Condujo a Peter hasta su estudio como si fuera el sargento mayor.

Por suerte, oí todo lo que decían desde el pasillo.

—Joven, ¿se puede saber qué ha sido eso? —inquirió Phillip.

—¿El qué, señor? —le preguntó Peter.

—Ya sabe a qué me refiero.

Yo supuse que en aquel momento estaba agitando un dedo frente a la cara de Peter.

—Viene usted a esta casa y se pone a hacer ese numerito de chulito esquiador, como si tuviera el cerebro obnubilado o atontado en medio de una niebla de tabaco.

—Una imagen interesante, pero yo no fumo. No he fumado nunca.

Entonces Phillip cerró la puerta del estudio y ya no pude oír nada más. Joder. Corrí a mi habitación para coger el teléfono, con el corazón peligrosamente acelerado.

—Tu padre también está al teléfono —dijo mi madre.

—Hola, papá.

—Pareces sofocada.

—Es que estaba en la cocina y había un poco de bulla. —¿Cómo estaría reaccionando Peter a que Phillip lo estuviera regañando igual que a un niño? ¿Como cuando me regañaba a mí?

—No pareces muy contenta.

—Estoy atravesando una racha un poco estresante —expliqué—. Ya casi ha pasado.

—¿Va a salir todo bien? Me refiero a lo del congresista —preguntó mi padre.

Se me llenaron los ojos de lágrimas y, aunque intenté controlarlas, nunca había podido ocultar mi angustia al hallarme frente a mis padres.

—Oh, tesoro. —Mi padre siempre se derretía cuando yo lloraba—. Distingo cuándo mi pequeña está pasando una mala racha.

Entonces se rompió la presa, y una vez más intenté reprimir las lágrimas.

—Recupera el aliento. ¿Dónde está tu marido?

—En su estudio. —Saqué un pañuelo de papel de la caja y me soné la nariz.

—¿Por qué no lo llamas para que te consuele?

—Porque está hablando con el *manny*.

—¿Qué?

—Es mejor que no preguntéis —dije.

—Es por el estrés que te causa ese reportaje, y tu vida, y los niños, y todo lo que llevas encima. Cuando termines con ese reportaje, quiero que te tomes un tiempo de descanso. Tu madre y tú podéis iros a ese hostal de Alburquerque que nos gusta tanto. ¿Cómo se llama, querida? Pueblo...

—Pueblo Cassito, querido —intervino mamá—. Es un hotel de categoría media. Pero Jamie no quiere ir.

—¡Mamá!

—¡Claro que irá, ya me encargaré yo! Un paréntesis es exactamente lo que tú necesitas.

—Papá...

—Y luego dile a Phillip que te saque de casa.

Pensé en la citación. Pensé en que Phillip necesitaba que le plancharan el pijama. Pensé en el día en que se frotó contra mi muslo. Él quería que mi Peter se fuera de la casa.

—No voy a hacer tal cosa.

—¿Qué significa eso? —indagó mi padre.

—Papá, mamá. No sé qué significa. Es que no puedo hablar de nada hasta que pase este miércoles. Por favor, no me deprimáis más de lo que ya estoy. Tengo que colgar. Os quiero.

Y colgué.

Me soné otra vez la nariz y regresé a la cocina secándome las lágrimas de las mejillas con el dorso de la mano.

Peter, cosa asombrosa, estaba nuevamente a la mesa, como si hubiera estallado la Tercera Guerra Mundial.

—¡Peter, estoy ganando a Dylan, estoy ganando a Dylan! —chillaba Gracie. Estaban jugando a las damas—. ¡Yo ya tengo tres damas, y Dylan sólo una!

—¿Qué le ha dicho papá a Peter? —quiso saber Dylan.

—Nada —respondió Peter.

—Sí te ha dicho algo. Estaba enfadado.

Yo le pregunté a Peter moviendo los labios: «¿Qué te ha dicho?», pero él me respondió con un gesto como si le importase un bledo lo que le dijera Phillip.

—Sigo ganando a Dylan —dijo Gracie.

—¡Oye, no es justo! Ella ha empezado primero, por eso va ganando. —Dylan, momentáneamente distraído como un niño de nueve años que era, se cruzó de brazos y se dejó caer en su asiento, intentando disimular que tenía los ojos llenos de lágrimas.

—¡Eh! —le susurró Peter—. ¿Qué te digo siempre? No seas una nenaza sólo porque pierdas en un juego. No es guay.

Dylan golpeó a Peter en la cara con otro cojín.

—¡No, la nenaza eres tú!

—Correcto, buen movimiento. Cuando alguien te llame nenaza, tú le replicas.

Empezaron a forcejear sobre el banco, con ocho vasos de agua y de zumo de naranja colocados precariamente por toda la mesa enfrente de ellos.

En eso, Michael se puso a brincar.

—¡Yo *también quero* jugar!

Enseguida llegó Carolina.

—¡Niños! ¡No! En mi mesa, no. ¡Nada de luchas!

Se volcó un vaso de zumo de naranja, y cuando Peter intentó cogerlo chocó contra otro de agua. Carolina levantó las manos al cielo exclamando «¡Dios!» y corrió en busca de un paño. Yo di un salto para evitar que me salpicara.

En medio de aquella exhibición matutina de testosterona, Phillip apareció otra vez en la puerta con camisa y corbata, calzoncillos y calcetines oscuros. Yo me quedé absolutamente inmóvil, como un centinela.

—Carolina, haz el favor de traerme al despacho un capuchino y macedonia de frutas en una bandeja —pidió Phillip—; antes de irme tengo que atender una llamada por conferencia. Y no te olvides de ponérmelo en mi taza especial, con una pizca de canela. —Consultó su reloj y se acercó a la mesa—. Jamie, ¿podría hablar contigo?

Cerró la puerta del dormitorio tras entrar los dos y se dirigió hacia su vestidor. Rápidamente metió las piernas en el pantalón del traje.

—Sé que en este momento estoy pisando terreno peligroso y no quiero tentar a la suerte adentrándome aun más en él, pero tengo que decirte una cosa.

—¿Cuál?

—No permitas que los empleados de la casa te toquen, Jamie.

—¿Perdona?

—Lo que te he dicho. No dejes que te toquen.

—No estás hablando en serio —fingí suponer.

—No pasa nada por que te estrechen la mano. A Carolina incluso puedes abrazarla, y bueno, hasta a Peter al darle la bonificación de Navidad, pero procura no fomentar ningún otro contacto. Eso provoca tantos mensajes erróneos, que no sé por dónde empezar.

—Peter sólo estaba bromeando un poco. Era como un masaje en la espalda de un boxeador.

—Mira, no sé qué coño era. —Se le notaba la voz tensa porque ahora estaba introduciendo un pie y luego el otro en sus zapatos nuevos con ayuda de un largo calzador de carey unido a un bastón de cuero con borlas en la punta—. Pero no resulta apropiado delante de los niños ni de los demás empleados del servicio. Es pasarse un poco de la raya. Más que un poco, mucho. Y una vez que uno permite que un empleado se pase de la raya, ya deja de existir la relación jefe-subordinado.

—En realidad yo no quiero tener una...

—Ya sé que en este preciso momento no quieres hacerme caso, dado lo sucedido este fin de semana, pero te lo digo de todas formas. —Golpeó el suelo tres veces con la punta del calzador—. He sido un jodido príncipe, y quiero que se me reconozca el mérito.

—¿Un jodido príncipe?

—Sí —se reafirmó Phillip.

—¿Cómo es eso?

—Con nuestro acuerdo sobre ese *manny*. Con el hecho de tener en mi casa a un chulito porrero.

—Peter tiene un proyecto informático de gran éxito que está a punto de hacerse famoso —le informé—, que ayudará a los escolares de todo el país. Y no fuma porros.

—Puede que en el trabajo, no —dijo Phillip.

—Y está logrando cambios importantes en tu hijo.

—Eso ya lo sé. Lo veo. Por eso he aceptado esto por defecto. ¿Acaso me he quejado una sola vez desde que te negaste a despedirlo?

—Está bien, Phillip, no estoy segura de que yo utilizara la palabra «príncipe» para describirte, pero, sí, has aceptado a Peter. Claro que jamás le has dirigido la palabra.

—¿Y para qué tengo yo que hablar con él? ¡Trabaja para mí! Eso es lo que no entiendes.

—Basta. Esto va a convertirse en una discusión, y no tengo energías para eso. Estoy de acuerdo en que has aceptado a Peter y estoy de acuerdo en que quizás un masaje sentada a la mesa del desayuno no resulte apropiado. ¿Hemos terminado?

Él me tomó por los hombros y me depositó un beso en la frente.

—Sí, hemos terminado, Jamie.

De vuelta en la cocina, Phillip preguntó cortésmente a los sentados a la mesa:

—¿Qué tal todos? —Intentaba ponerse a buenas conmigo.

Gracie miró a su padre. Llevaba unos pantalones amarillos de pana, un jersey Fairisle también amarillo y debajo una camiseta de cuello alto azul claro. Además, dos lacitos amarillos a uno y otro lado de la cabeza para sujetarle el pelo, que le caía en bucles rubios por debajo de las orejas.

—Papá.

—¿Sí, ángel mío? —A Phillip, su pequeña joya lo volvía blando y zalamero.

—¿Qué es una nenaza?

Dylan tosió en su servilleta para disimular la risa. Phillip aspiró profundamente por la nariz. Me miró a mí, y después miró otra vez a su hija de cinco años.

—Pregúntaselo a tu madre.

Nos rodeaban las furiosas bocinas de los taxistas que intentaban adelantar a los monovolúmenes de ventanillas negras aparcados en doble fila que obstruían la calle frente a la entrada del colegio. Los chóferes, que se preocupaban mucho más de sus jefes que de los taxistas que tenían detrás, detenían sus vehículos justo en medio de la manzana a fin de transportar su precioso cargamento hasta el bordillo de la acera.

Yo corrí escaleras arriba en dirección a la clase de Gracie para dejarla allí, y volví a encontrarme con Peter afuera. Me moría por saber qué había sucedido detrás de aquella puerta cerrada.

—Bueno, ¿qué te dijo?

—¿Quién? —preguntó Peter.

—Mi marido.

—Ah, él. No sé qué de que era un porrero, y luego algo así como que iba a rescindir mi empleo si volvía a cometer una transgresión.

—¿Cómo te lo dijo? En una escala del uno al diez, ¿cómo estaba de enfadado?

Nos encontrábamos a unos veinte metros del colegio, calle abajo, y Peter se acercó un poco más a mí.

—Tengo que preguntarte una cosa, Jamie. Cuando me llamó porrero, cuando lo dijo con aquella voz ronca, me dejó alucinado. De hecho, es una pregunta muy importante: ¿de verdad te preocupa a estas alturas lo que opine ese hombre?

A aquellas alturas. Reflexioné sobre aquel detalle. ¿A qué alturas estábamos exactamente? No quise verme obligada a responder, de modo que le devolví la pelota:

—¿Qué es lo que me estás preguntando en realidad, Peter?

—A ver si soy capaz de conectarte unos cuantos puntos muy complicados. La pregunta «¿De verdad te preocupa a estas alturas lo que opine ese hombre?» en realidad quiere decir: «¿Todavía estás enamorada de tu marido?»

«Ay, Dios.»

—No estamos teniendo esta conversación —indiqué.

—Ya lo creo que sí —rebatió Peter.

—Voy a llegar tarde al trabajo.

—Te esperarán.

—Ya está aquí Luis —advertí.

—Luis ya ha pasado por otra situación como ésta con nosotros. Me encantaría que me contestaras.

Me vi totalmente pillada. Todas aquellas mañanas intentando que se me viera un buen culo con el pantalón del chándal, todas aquellas fantasías en las que lo veía a él apoyado sobre un codo en la cama, a mi lado, los paseos a solas, aquellas miradas que me lanzaba. El baile de la tarde anterior. Su amabilidad con Dylan. La magia que obraba Peter con mi hijo me hacía enamorarme de él más que ninguna otra cosa. Y ahora me pedía que le hablara de mis sentimientos. Tal cual.

—No estoy enamorada de mi marido. Pero ocurre que estoy casada con él.

—¿Durante cuánto tiempo más?

—¡Estás loco! No puedes ponerte a hacer preguntas de las que trastocan la vida de una persona aquí, delante del colegio. ¡Hay gente! —«Oh, Dios mío.» ¿Cómo se le ocurría hacer algo así?

—¿Te gustaría ir a un sitio un poco más recogido? —me propuso—. Por mí no hay inconveniente, por eso he venido esta mañana.

—No.

¿Estaría Peter haciéndome proposiciones deshonestas? Comprensiblemente, el primer pensamiento que me vino a la cabeza fue que no estaba para un revolcón.

Él continuó diciendo:

—Para que sepas qué clase de hombre soy, al decir recogido me refiero a una cafetería tranquila donde no conozcamos a nadie. O al parque...

Mi torrente de adrenalina empezó a disminuir. No estaba hablando de hacerlo allí mismo. Me sentí aliviada. Me costaba trabajo creer que realmente estuviéramos poniendo la cuestión del sexo sobre la mesa. Y lo mejor era que, tras toda aquella fase de preparación, daba la impresión de que para él era un tema totalmente natural del que hablar. Aquello precisamente era lo que lo convertía en un hombre tan sexy. No le asustaba nada, y era de lo más sincero.

—No voy a tocarte en serio a no ser que, en primer lugar, me digas que es algo que deseas con seguridad, y en segundo lugar, hasta que me digas que ya no estás con él... —Yo experimenté una ráfaga de su calor—. Simplemente necesito saber si la idea de no estar ya con él es algo urgente para ti o ni siquiera te has puesto a pensar en ello.

—Ya me he puesto a pensar en ello. Y empieza a ser urgente. —Sonreí.

—¿Apremiante?

—Interesante. —Pareció desilusionarse y dio un paso atrás, así que yo agregué—: Bueno, la verdad es que empieza a ser acuciante. Bastante acuciante.

—¿Has fijado una fecha? —indagó.

—¿Tengo que fijarla?

—Para mí sí que tendrías. Se me está haciendo difícil estar contigo de esta forma. —De repente chilló—: ¡Ahí va!

Una mujer había tropezado en el bordillo justo enfrente de su opulento Mercedes.

—¡Maldito Óscar!

Peter corrió a ayudarla. Era Ingrid. Ingrid y Peter. No me había enfrentado a mi loca amiga. Aún no. Vaya un momento para hacerlo.

Observé cómo Peter la sacaba de la acera antes de que le hubiera dado tiempo a su chófer de llegar.

—Estoy bien, un poco aturdida nada más. —Se sacudió el polvo de la falda y de la rodilla con la mano—. Y además ya tengo un codo lesionado. —Volvió a colocarse el brazo en un cabestrillo hecho con un pañuelo Hermès anudado alrededor del cuello.

—¿Te has hecho daño, Ingrid? —pregunté yo.

—No es nada, me he arañado un poco la rodilla. —Se ajustó el pañuelo—. ¿Esto? Un codo Birkin. Estoy yendo a terapia. —Por una vez, parecía un tanto incómoda.

Yo entré a matar.

—Ingrid, a Peter ya lo conoces, naturalmente.

Peter se puso pálido como la cal. Dijo:

—Sí, ya nos conocemos. Tengo un compromiso, así que no puedo entretenerme.

Peter se marchó. No tenía ningún compromiso.

—¡Te veo más tarde! —exclamó unos metros calle abajo.

Me sentí agradecida de verme libre de aquella ardiente conversación, que me había dejado temblando.

Ingrid y yo nos quedamos allí de pie, cara a cara.

—Por supuesto que conozco a Peter —me contestó—. ¿Qué estás insinuando?

—¿Tengo que estar insinuando algo?

—No. Es la hora de dejar a los niños en el colegio. Y eso es lo único que intento hacer, Jamie. Además me duele el brazo, de modo que sé buena conmigo.

—Estoy siendo buenísima —me expliqué.

—Y ahora también tengo lesionada una rodilla.

—Sólo necesito...

—De eso, nada. Se trata de si necesitas saber algo o no, y no lo necesitas —dijo Ingrid.

—Sí que lo necesito. De verdad —reconocí.

—Es privado.

—Necesito saberlo.

Ingrid reflexionó unos instantes:

—¿Vas a despedirlo por eso?

—Por supuesto que no. Su vida personal es asunto suyo.

—¿Lo prometes?

—Sí, lo prometo —aseguré—. Pero de verdad que necesito saberlo.

Una larga pausa:

—Peter no estaba a lo que estaba.

—¿No estaba? ¿Estás segura?

—Estoy segura. No estaba a lo que estaba. —Ingrid empezó a subir la escalera con sus hijos, pero de pronto se giró y añadió—: Y no te pongas tan contenta, mona.

26

ARRASTRADA POR AGUAS TURBULENTAS

Con un nudo en el estómago marqué el número de Kathryn. Ansiaba oír su voz sensata.

—Si no son más que las diez y media de un lunes, y ya has estado llorando, no va a ser una semana muy buena que digamos —afirmó Kathryn.

—¿Por qué crees que te llamo?

—¿Qué puedo hacer yo, Jamie? ¿Quieres que te acompañe el día de la emisión de la entrevista? —me ofreció Kathryn—. Podría acudir al estudio sólo por esa noche.

—No. Es trabajo. Voy a estar en la sala de control, con Erik. No es lugar para las amigas.

Me sentí enferma. Y para empeorar las cosas, una vez más salí de casa después de haber recorrido medio apartamento con Michael agarrado a mi tobillo derecho. Se aferró a él como si en ello le fuera la vida y se arrastró sobre el estómago rogándome que no lo abandonase. Yvette tuvo que arrancármelo del cuerpo mientras yo me lo quitaba de encima. Cuando salí del ascensor de la oficina, apenas podía respirar por miedo a que mi reportaje sobre Theresa fuera a implosionar. Las respiraciones de yoga que hice en mi despacho tampoco me calmaron. Unos cuantos sorbos de té caliente con un montón de azúcar no me tranquilizaron. Mi bollo de arándanos me supo a maíz harinoso en la boca. Kathryn insistió:

—Bueno, ¿y qué puedo hacer?

—Estoy fatal —dije.

—¿Por qué?

Le solté toda la letanía:

—Primero, es posible que mi marido sea acusado por el FBI y que me arrastre a mí con él a la cárcel. Y también es posible que esté acostándose con Susannah. Estoy a punto de emitir una entrevista que tal vez acabe hundiendo a un importante miembro del Congreso. Mis hijos están neuróticos porque hace un tiempo que tengo mucho trabajo y llevan una semana sin verme, y...

—Vamos a estudiar los problemas de uno en uno —fue la propuesta de Kathryn.

—Vale. Es posible que mi marido vaya a la cárcel.

Kathryn habló despacio y con premeditación:

—Ya hablamos de eso anoche, después de vuestra pelea. Estoy segura, como dice él, de que el SEC y otras instituciones los investigan constantemente. El mero hecho de que su ayudante haya cometido un error no quiere decir que haya infringido la ley. No te pongas tan pronto en lo peor.

—Y luego está lo de mi marido con Susannah.

—Siempre han coqueteado. Siempre resultan insoportables cuando están juntos. Sería una buena noticia que se la esté tirando, así tendrías un motivo para darle la patada. Por otra parte, tú tienes cincuenta abogados encima de tu entrevista; si hubiera problemas de verdad, Goodman no te permitiría emitirla. Así que ya hemos solucionado todo.

—Hay una cosa más —indiqué.

—Dime.

—Me parece que es posible que Peter se marche.

—¿Qué? Pero ¡si te adora! —exclamó Kathryn—. Deja de pensar tan negativamente.

—No es por mí ni por Dylan ni por nadie de la casa, sino por su proyecto informático. Ha obtenido la financiación.

—Creía que ya había obtenido la financiación y que estaba haciendo pruebas de *marketing*.

—Ha conseguido una superfinanciación y una oficina, lo suficiente para dejar su empleo de *manny* —me lamenté.

—Oooh. Mal asunto.

—Pero no va a dejarlo. Todavía, quiero decir. Hace dos meses que dispone del dinero y ni siquiera me lo ha dicho. Me lo contaron sus amigos, en su fiesta de cumpleaños.

—Está enamorado de ti. Por eso no se ha marchado todavía. Por eso no te lo ha dicho.

«Podría ser. No.»

—Debe de ser por Dylan —intenté rebatir— y por la satisfacción de...

—La satisfacción, ya: una mierda. Es por ti. Tú eres el motivo de que siga en tu casa.

Deseé que Kathryn hubiera acertado.

—Ayer, en su cumpleaños, estuvimos bailando. —Se lo conté todo: que me cogió de las manos y no quería soltarme. Y luego me puse tan nerviosa que le dije—: Quiero decir que me costó trabajo creer que estaba bailando con el *manny*.

—A estas alturas ya es más que un *manny*, Jamie.

Yo suspiré.

—Eso es lo que dice él —admití.

—¡Vaya! ¡Eso es una declaración! —Kathryn ya chillaba—. ¿Cuándo te lo ha dicho?

—Cuando me enfrenté a él para hablar de lo de Ingrid. Y luego me preguntó si me sentía dolida.

—¿Porque se había follado a Ingrid? —dijo Kathryn.

—No se la folló.

—Vale, si eso es lo que quieres creer.

—Fue más que un beso, pero no llegaron hasta el final. Me lo ha jurado.

—Eso quiere decir que ella le hizo una de sus épicas mamadas.

—Probablemente.

—Eso no es bueno para ti. Nada bueno.

—¿A qué te refieres? —Yo ya sabía exactamente lo que había querido decir.

—Las comparaciones...

—¡No está en mis planes hacerle una mamada a mi *manny*!

En aquel preciso instante entró Charles en mi despacho, juntó las manos y susurró:

—¡En ese caso permíteme que se la haga yo!

Le lancé una goma elástica. Él se agachó y siguió andando.

—De acuerdo —dijo Kathryn—. Una vez que hubo confesado,

te preguntó si te sentías dolida. Espero que fueras sincera y le dijeras lo que él quería oír.

—No. Fui mezquina y le dije que de ninguna manera podía sentirme dolida, porque él trabajaba para mí.

—Eso fue de mal gusto.

—Ya lo sé.

—Te estaba preguntando si sentías lo mismo que él.

—Estoy casada, Kathryn.

—Por eso tiene que hablarte en clave.

—Lo único que quiso decir es que era algo más que mi *manny* —dije esto sonriendo.

—Estoy segura de que en este momento estás sonriendo. Te pagan mucho dinero para que descubras las razones que mueven a la gente, y en cambio en este caso no tienes ni idea.

—Vale, de acuerdo —acepté—. Tú ganas. No tengo ni idea.

—Cuéntame.

Intenté esquivar la pregunta.

—No puedo.

—Oh, por favor. Esto es maravilloso. Phillip se porta contigo como un gilipollas, te mereces un pequeño coqueteo de vez en cuando.

—Está bien.

—Cuéntame. —Kathryn insistía.

—Es un poco más que un coqueteo.

—¿Te has acostado con él?

—¿Estás loca?

—¿Te has acostado? —Seguía insistiendo.

—Te juro que no he hecho nada. Nada. Jamás. Ni siquiera un beso.

—Vale, entonces, ¿qué tienes que contarme?

Decidí que no quería contarle a Kathryn que Peter quería tocarme en serio.

—Fue cuando estuvimos bailando, el modo en que nos miramos el uno al otro, el modo en que me cogió las manos. Me acarició con el dedo pulgar.

—Eso suena sexy, Jamie.

—Lo fue. Y mucho. Al menos para mí, Kathryn.

—¿Se dio cuenta alguien?

—Desde luego, Dylan no. Pero dos o tres amigos suyos que estaban en la barra lo vieron todo. Hasta una pobre chica, guapísima y con un trasero perfecto que está perdidamente enamorada de él.

—¿Cómo de perfecto es su trasero?

—Más que el mío —suspiré.

—Eso tampoco es nada bueno. ¿Estás segura de que Peter no está haciendo nada con ella?

—Segura del todo, al menos con ella no. Tiene el corazón destrozado, ella misma me lo dijo. Y nos vio bailar. Me sentí fatal.

—Bueno, ¿y qué vas a hacer?

—Esforzarme en serio para pasar de esto —dije sin firmeza.

—¿Estás segura? —preguntó Kathryn.

—No; pero ¿sabes una cosa? Ahora mismo no puedo hacerlo. Reconozco que lo que siento por él es confuso. Eso es todo lo que puedo decirte. Por lo menos hasta el miércoles a las diez de la noche, cuando se haya emitido ya esa puñetera entrevista. A lo mejor el jueves podemos tomarnos una copa. Pero aunque me emborrache, la historia es la misma. Me siento muy cercana a él, pero estoy muy confusa. Y además estoy casada, que yo recuerde.

—Me permito recordarte que tenías planeado dejar a Phillip este año —apuntó Kathryn—. ¿Se te ha olvidado? Y el año está a punto de terminarse.

—Sí, todo eso ya lo sé, pero no va a suceder ahora mismo.

—Vas a necesitar una buena patada en el culo para abandonarlo. Procura tenerlo todo bien claro. No coquetees con Peter sólo para no pensar en tu marido, la ruptura no sería limpia. Siempre echarías la culpa a tu encaprichamiento por Peter, cuando en realidad de lo que se trata es de lo que quieres y necesitas en tu vida. Además, si Phillip se enterase de lo vuestro, jamás asumiría la responsabilidad de su parte de...

—No hay nada entre Peter y yo. —Había mucho más que un encaprichamiento.

—¿Tú crees que opina eso mismo la chica del culo perfecto? —Fue la última pregunta de Kathryn.

27

UNA MALA SEMANA PARA DEJAR DE ESNIFAR PEGAMENTO

Erik me miró.

—¿Se puede saber qué te ocurre?

—Nada. Son los nervios.

—Llevo veinticinco años cubriendo el sector de la política. Esa mujer dice la verdad, ¿estamos? Se le ve en la expresión de los ojos.

Goodman intentaba convencerme para que me tranquilizase.

—Mira, Jamie, hemos hecho todo lo que hemos podido. Sólo nos quedan veinticuatro horas. Ya me encargo yo de aguantar la presión de...

Lo interrumpí.

—Yo nunca he hecho un reportaje político tan importante, y pisamos un terreno muy resbaladizo. Nadie habla, nadie la conoce.

—Charles ha encontrado a dos personas que la han visto en compañía del grupo de Hartley —apuntó Erik.

—Pero el grupo de Hartley niega toda relación con ella. Dicen que era simplemente una conocida de Hartley, pero que conocía bastante bien a algunos de sus antiguos ayudantes —alegué yo, ni siquiera segura de adónde quería llegar. Quería que se emitiera la entrevista y sabía que contábamos con una buena base argumental. No supe distinguir si eran sólo nervios justificados o si estaba montando una típica escenita de mujeres delante de todos los machos de la oficina.

—Tú, siendo la productora, has hecho la mayor parte de la investigación, las comprobaciones, las informaciones. Tú conoces todo eso mejor que nosotros —dijo Erik—. Diablos, pero si incluso Theresa accedió a que la entrevistaras tú antes de conocer siquiera a Goodman.

—¡Eh! —interrumpió Goodman—. Yo viajé una vez a Jackson justo antes de que ella accediera.

—De acuerdo —terció Maguire, hablando como el canguro demasiado bien pagado que era—. De acuerdo, Goodman, tú has tenido mucho que ver también.

—No me refiero a eso, sino a que yo conocí a Theresa antes.

—Déjalo, Goodman. —Maguire alzó una mano en el aire.

Goodman continuó:

—Además, ella tenía un motivo: ¡Hartley la había dejado plantada! Eso había herido sus sentimientos.

Erik se volvió hacia mí y dijo:

—Si estuvieras en mi lugar, si fueras el productor ejecutivo de la cadena, ¿quitarías la entrevista o no?

—Yo... Yo...

Maguire interrumpió:

—Jamie, puede que el jefe sea yo, pero en lo que a mí respecta, esto depende de ti. Sí, Goodman le ha puesto la zarpa encima, pero, como jefe de producción que soy, mi mirada está puesta en ti.

—Yo... Yo...

—Voy a decirte lo que voy a hacer —anunció Erik, inclinándose sobre la mesa—: voy a enviar a Charles Worthington otra vez a Jackson, en el próximo vuelo. La entrevista está programada para emitirse dentro de... —hizo una pausa para consultar su reloj—, treinta horas y...

Maguire lo interrrumpió empleando un terrorífico tono gélido:

—Permíteme que te lo ponga claro como el agua. Dile al señor Worthington que más le vale ser jodidamente puntual si le parece oportuno desprogramar esa emisión. A menos que uno de los presentes en este despacho entre en mi oficina gritando que nos vamos a ir todos a la mierda si emitimos esa entrevista, vamos a proceder según lo previsto. Miércoles a las nueve en punto.

Y, dicho aquello, Maguire me puso una mano en el hombro igual que Rambo con un trapo blanco anudado en la cabeza y añadió:

—Jamie, si hay algún problema tras la emisión de la entrevista, yo te apoyaré. Estamos todos en el mismo barco y yo soy un marine... de modo que no pienso dejar a nadie tirado. *Semper Fi.* Siempre fiel.

Siete horas después, en la tarde del martes, sonó el teléfono. Lo cogí antes de que finalizara el primer timbrazo.

—¡Charles!

—Hola, Jamie.

—¿Qué tienes? ¿Qué estás haciendo exactamente?

—¿Que qué tengo? Nada. Estoy a punto de recoger el coche de alquiler en el aeropuerto de Jackson.

—¿Adónde tienes pensado ir primero?

—A volver sobre nuestros pasos —me explicó Charles—, al periódico local, la policía, el tipo de la funeraria. Tomaré una copa con el director de nuestra sucursal en la zona, puede que él haya hablado con alguien en un bar.

—¡Charles, tienes que ir a algún sitio en el que no hayamos estado!

—Por ti estoy dispuesto a hacer lo que sea, Jamie. Siempre. Ya lo sabes. Pero es que no sé dónde más mirar. Estuvimos aquí tres días y encontramos a dos personas que sabían que los dos habían pasado mucho tiempo juntos, con los esbirros políticos de Hartley. No estuvo mal. Pero hay que ser realista, no va a haber un vídeo guarro, estilo Paris Hilton. Seguro. Pero seguiré buscando a alguien que sepa algo de la Boudreaux.

—No se trata de que sea gente nueva, quiero decir gente al azar. Los taxistas y los botones no van a darnos nada que no tengamos ya —le expliqué—. Lo que necesitamos es buscar en una dirección totalmente nueva.

—Jamie. Tu entrevista sale por antena dentro de veinticuatro horas. Es buena y está revisada, con el audio suavizado y el color corregido. Las promos llevan tres días emitiéndose.

—Charles, por favor...

—No me digas por favor, estoy aquí para ayudarte. Es que me he quedado sin opciones. Cuando dices buscar en una dirección nueva, ¿a qué te refieres? ¿Por ejemplo a depósitos de cadáveres, por lo del tipo de la funeraria?

—No. La funeraria esa cerró hace años, ¿te acuerdas?

—Claro que me acuerdo.

—Bien. —Me sentí mal por presionarlo tanto y un poco culpable de que él tuviera que viajar hasta Jackson mientras yo estaba en Nueva York—. Perdona. No sé. ¿Qué tal si buscas más personas que hayan trabajado en la política de Misisipí?

—Hemos buscado en la base de datos a todos los miembros del personal que han trabajado alguna vez para Hartley. Y nos hemos puesto en contacto con casi todos ellos. No hay nada. Siguen siendo leales.

—Puede que tengas razón.

—Seguiré trabajando en ello mientras tanto. Duerme bien esta noche. Mañana es miércoles. Va a ser un día importante para ti.

Volvió a llamar a las seis de la mañana. Mi marido estaba dormido, pero aferrado a mí y prácticamente echándome de la cama.

—¿Quién llama a estas horas?

—Será para mí. —Intenté soltarme de él, pero me abrazó con más fuerza.

—No contestes. Estoy cachondo.

Yo le propiné un cachete y me liberé.

—¿Tienes algo? —Rogué—: Por favor, dime que puedes confirmar totalmente la versión de los hechos que ha proporcionado Theresa.

—No puedo —respondió Charles—. Pero por aquí hay *blogs* que no pierden el tiempo.

—¿Y qué has descubierto?

—Los tipos del bar me han dicho que se encuentran a las afueras de Jackson, forman una comunidad entera.

Me incorporé en la cama.

Phillip se dio la vuelta.

—Cariño, por favor, coge la llamada desde otra habitación, estoy intentando dormir un poco. Tienes que respetar mis necesidades. Todavía es de noche.

Algo duro se me clavó en el muslo. Phillip me bajó las bragas del trasero igual que a la niña del anuncio de Coppertone. Yo le di un puñetazo en el hombro.

—Quería contarte que unos locos de la Nascar me han hablado en un bar sobre los que escriben en esos *blogs* —prosiguió Charles—. Me he metido en ellos y no he encontrado nada digno de mención, no conocía a ninguno. El tipo me ha dicho que varios de ellos trabajaban en las oficinas del Congreso aquí mismo y que paraban en el bar del hotel en el que yo me he tomado un copa. Puede que no sean nada, sólo ayudantes del Congreso. Pero no he conseguido sacar ninguna conclusión.

—Una lástima.

—¡Vamos! —Phillip se tapó la cabeza con una almohada.

—Phillip, por favor..., no puedo. Esto es demasiado importante. ¡Perdona! —Procuré hablar sin levantar la voz—: Sigue intentando encontrar a alguien que confirme que tuvieron una relación romántica. Y entonces dejaré de preocuparme. Para siempre.

—Jamie, recuerda que tienes que ser realista. Este reportaje es muy escurridizo —me recordó Charles.

—Prueba otra vez con la policía estatal.

—De acuerdo.

—Y ve también al depósito de cadáveres —indiqué—. He cambiado de idea.

—De acuerdo, probaré también con el depósito.

—Excelente, Charles. Tenemos que probarlo todo. Nos quedan doce horas.

—Ya lo sé. Te llamo más tarde.

«¡Una conversación sincera con Theresa Boudreaux! ¡Por fin! ¡Entrevista en exclusiva en el programa *Newsnight con Joe Goodman*! ¡Esta noche a las nueve!»

Sobre el periódico y delante de mí goteaba grasa de los pinchitos que había preparado con un bollo untado de mantequilla con bacón y tortilla de queso encima. Normalmente no hay nada más apacible que el rato entre las seis y media y las siete de la mañana, cuando mi marido y los niños todavía están durmiendo y Carolina empieza a trajinar en su habitación. Sólo que aquella mañana yo tenía los nervios de punta.

Hubiera sido sumamente difícil para la cadena retirar la entrevista a aquellas alturas, con todas las trompetas que la anunciaban.

Me tapé los ojos con las manos e intenté convencerme a mí misma para alcanzar un estado de aceptación y resignación. «De acuerdo, cálmate, pequeña. Tienes un reportaje tremendo, estás jugando en las grandes ligas, tienes tus bases cubiertas, así que adelante.»

Bill Maguire, que hablaba como presidente de toda la división de informativos, me había dicho a bocajarro que estaba de mi parte. Con todo, yo quería que Charles metiera por última vez sus inquisitivas y sumamente sensibles narices en todos los ángulos posibles de la ciudad de Jackson.

Oí el ruido de la ducha en el cuarto de baño y recé para que Phillip tardase un poco en arreglarse. Esperé que no tuviera prisa, que no se sintiera deseoso ni sensiblero y me dejase en paz aquella mañana. Sólo por una vez. En la puerta apareció Gracie chupándose el dedo y frotando la cinta del cuello de su conejito. Se subió al banco, apoyó la cabecita en mi muslo derecho y se tendió boca abajo, con un dedo en la boca y el otro estrangulando al conejo. No pronunció una palabra. A lo mejor había percibido mi tensión y entendía lo mucho que me consolaba su presencia. Yo, en agradecimiento, le froté la espalda, maravillada por su sexto sentido.

Cosa nada sorprendente, Phillip no demostró poseer la misma comprensión sutil de mi vulnerable estado de ánimo que mi hija de cinco años. Entró en la cocina en calzoncillos, calcetines oscuros y camiseta blanca.

—¿Dónde está Carolina?

—Haciendo la colada.

—¿Sabes dónde está mi maleta con ruedas grande?

—No lo sé, tendrás que preguntárselo a ella.

Aquella respuesta no le gustó; esperaba que yo le resolviera todos los problemas para así poder disfrutar de una mañana cómoda y sin sobresaltos. Observó mi plato.

—¿Qué estás haciendo, Jamie?

—Estoy desayunando, Phillip.

—¿Y qué pasa con las calorías? Creía que estabas intentando conservar la línea.

Fue hasta el frigorífico y se sirvió de la jarra de cristal un vaso de zumo de naranja recién hecho, y acto seguido levantó la jarra hacia la luz. En aquel inoportuno momento salió Carolina de la habitación de la colada con un pequeño montón de paños de cocina cuidadosamente doblados.

—Carolina, ¿cuántas veces tengo que recordarte las normas respecto del zumo de naranja? —dijo Phillip.

Carolina, fuerte como era, se derretía de miedo cuando mi marido la regañaba. Dejó los paños de cocina, agachó la cabeza y dejó escapar un suspiro.

—No me gusta la pulpa, ¿estamos? ¿Lo recuerdas?

Carolina tenía que recordar la norma número trescientos cincuenta y dos de Phillip, pero él ni siquiera se acordaba de que para mí aquél era el día D del asunto Theresa Boudreaux. Cogió un pequeño colador de acero del cajón de los utensilios de cocina y lo agitó delante de la cara de Carolina.

—Antes de echar el zumo en la jarra, hazme un sencillo favor: cuélalo. Por favor. Es muy simple.

Tiró el colador al fregadero y se fue de vuelta a su vestidor.

Entonces apareció en la cocina Michael, con su adorable pijama de hombre en miniatura. Él también se subió al banco y apoyó en silencio la cabeza sobre mi otro muslo. Yo le froté la espalda, en un intento de dar las gracias a mis sanos y preciosos hijos.

Diez minutos después, ya vestido con un traje oscuro y una corbata de puntitos amarillos, regresó Phillip con nuevas peticiones:

—Esta tarde tengo que irme a Houston de viaje de trabajo, y después a Los Ángeles. No voy a volver hasta el sábado por la mañana, en el vuelo de madrugada. Así que voy a necesitar unas cuantas cosas.

—¿Unas cuantas cosas? —pregunté en tono de incredulidad, intentando comprender cómo era que todavía no había mencionado la entrevista.

—Sí, Jamie, unas cuantas cosas. ¿Te has olvidado de que estoy fuera todos los días de ocho de la mañana a ocho de la noche? No tengo tiempo para ocuparme de pequeñeces. Por cierto, estás fantástica con esos pantalones ajustados. Estás ganando firmeza, sólo te queda un poco más.

Me dio un apretón en la parte superior del muslo y me depositó un beso en la frente.

No pude reaccionar. Lo despreciaba demasiado. Y me deprimió

todavía más saber que aquella mañana no iba a ver a Peter; había dicho que llegaría tarde porque tenía unas reuniones. Probablemente estaba esperando a que la entrevista se emitiera para darme la noticia acerca de sus financiadores. Y no sabía qué papel desempeñaba nuestro pequeño problema en su decisión de quedarse o marcharse. Aquello me preocupaba todavía más.

A continuación llegó Dylan, con su uniforme del colegio de chaqueta y corbata y el habitual pegote de pelo mojado de punta en la nuca.

—Bien —prosiguió Phillip, sin amilanarse—. Siento mucho pedirte esto, pero necesito que lleves mi raqueta a que le tensen las cuerdas...

—¿No puedes hacerlo tú en el club?

—Ya te he dicho que no voy a estar aquí hasta el sábado, y el partido lo tengo a las cuatro.

—Tienes en el armario diez raquetas de *squash*.

—Pero la única que me gusta es la Harrow. La he dejado en el sillón del dormitorio. Además, la semana que viene es el cumpleaños de mi madre. ¿Te importa ir a comprarle un regalo? Yo nunca acierto. Tan sólo las mujeres saben qué comprarse las unas a las otras. —Fue a su despacho a buscar unos papeles y volvió metiéndolos en el maletín—. Y una cosa más: sólo tenemos los paraguas cortos de mango de caucho. A mí me gustan los grandes y con mango de madera.

—¿Te olvidas de algo, Phillip? —Le estaba dando una última oportunidad antes de estrangularlo.

—Hum. —Se puso a examinar su agenda Blackberry subiendo y bajando la rueda del lado derecho. Con aire distraído dijo—: Creo que no... Creo que ya está lo de la raqueta, el regalo de mi madre... Haz el favor de recordarle a Carolina el problema de la pulpa en el zumo, que por lo visto tenemos una y otra vez en esta casa... —Más botones que pulsar en la Blackberry.

—Papá —intervino Dylan, mirando a su padre con gesto suplicante.

—Un momento, Dylan, tengo aquí una cosa que contestar.

—¡Papá! —chilló Dylan.

Phillip levantó la vista, irritado porque lo habían interrumpido mientras examinaba el correo electrónico.

—¡¿Qué, Dylan?!

—Se te ha olvidado una cosa —dijo mi querido Dylan.

Phillip lo miró con un gesto inexpresivo y empezó a contar con los dedos:

—La raqueta, los paraguas, el regalo...

—¡Papá! ¡Vamos! La entrevista de mamá.

Phillip se quedó debidamente horrorizado. Levantó a Michael de mi muslo y lo depositó con delicadeza al otro lado del banco. A continuación se sentó junto a mí e intentó hociquearme el cuello con la nariz. Yo me aparté. Me miró fijamente a los ojos y me sostuvo la cabeza frente a él con las dos manos. Yo intenté bajar la vista.

—Jamie, eres una maravilla. Y yo soy un niño egocéntrico. Perdona. Esa entrevista va a ser tu gran momento de gloria. Sé que te ha supuesto mucho esfuerzo, pero ya estás en la línea de meta y me siento orgulloso de ti. Eres sensacional y te mereces todo el mérito de este gran éxito. De verdad, estoy profundamente orgulloso.

—Pues casi no se te nota. —En aquel momento me sentía tremendamente sola en el mundo.

—Soy un desastre. Lo reconozco, se me ha olvidado por completo. Con el viaje y lo demás, lo tengo todo desordenado. Te quiero, y va a ser maravilloso. Por desgracia, a las nueve de esta noche estaré dentro de un avión, pero he pedido a la empresa de Houston que me lo grabe. —Me dio un beso en la mejilla. Se le hacía tarde. Le sonó el teléfono. Era su secretaria—. Un momento, Laurie. —Miró a su mujer y a sus tres hijos con expresión de culpabilidad—. ¡Os quiero a todos!

Todos le devolvimos la mirada en silencio. Los niños sabían que estaba castigado por mamá y estaban de mi parte. Además llevaban varias semanas sin verlo, así que estaban resentidos con él. Segundos después me llegó su voz perdiéndose por la puerta de la calle:

—Laurie, asegúrate de que Hank me envíe por correo electrónico las hojas de cálculo actualizadas y que mande unas flores a la oficina de Jamie con una tarjeta que diga...

Se cerró la puerta.

Una voz infantil dijo:

—¿Vas a perdonarlo, mamá?

A las siete de la mañana entró Abby en mi despacho con *sushi* para llevar que me ayudase a sobrellevar las dos últimas horas de espera hasta que la entrevista saliera en antena. Aunque se suponía que aquél iba a ser el día más importante de mi carrera, yo no tenía mucho que hacer. Excepto sentir pánico, por supuesto. La entrevista hacía cuarenta y ocho horas que estaba terminada. Charles no había llamado en cinco horas por lo menos, y cada vez que intenté ponerme en contacto con él su teléfono móvil me pasó directamente al buzón de voz.

Mientras Abby descargaba los recipientes de plástico, yo hurgué en mi bolso en busca del maquillaje y me sorprendió tropezarme con una cajita de Tiffany azul celeste. Estaba en el bolsillo lateral del bolso, donde yo guardaba el chocolate de emergencia. Peter sabía que me dopaba con barritas Kit Kat cada vez que me daba un ataque de ansiedad.

En el interior de la cajita de fieltro azul había un cronómetro de plata. Y en la parte de atrás, una frase grabada: «Es hora de bailar otra vez.»

¡Qué prisa se había dado! ¿Cuándo había tenido tiempo para introducirlo en mi bolso? Pero, espera, ¿podía tratarse de un regalo de despedida?

—¿Qué te ha comprado? Espero que sea caro —preguntó Abby, hablando por un lado de la boca al tiempo que abría con los dientes una bolsita de salsa de soja.

—No es de mi marido —aclaré.

—No me digas que Goodman se ha gastado dinero —me dijo Abby.

—No, no es nada. —Me mordí el labio.

—Sea lo que sea, espero que te ponga contenta. —La querida Abby: tan feliz de pasarse el día entero organizando y rellenando sus cartulinas sin producir nunca un reportaje. Conocía los riesgos que entrañaba producir reportajes importantes y polémicos, y prefería no hacerlos. Aquel miércoles me pregunté por qué había elegido yo lo contrario.

—¿De quién son las flores?

—De mi marido y de Goodman. Goodman me las envía siempre que tenemos un reportaje en el que me he dejado el pellejo, pero Phillip me las ha enviado porque estoy enfadada con él.

—¿Qué ha hecho esta vez?

—No acordarse de que hoy se emitía mi entrevista —expliqué—, y en su lugar ordenarme que lleve su raqueta de *squash* a que le tensen las cuerdas. Mierda. Se me ha olvidado llevarla.

—Estás de broma, ¿no?

—En absoluto. Se me ha olvidado.

—¿Tú oyes lo que estás diciendo? —dijo Abby—. Me refiero al hecho de que te mande que le arregles la raqueta precisamente el día más importante de tu vida.

—Soy una causa perdida, eso ya lo sabíamos. —Mojé un pedazo de *tekka maki* en la salsa de soja.

—¿Y qué hiciste al ver que se olvidó del programa?

—No le dije nada. Fue Dylan el que le llamó la atención, lo cual fue peor que si yo hubiera dicho algo. Además, a Dylan lo enfadó mucho que a su padre se le hubiera olvidado.

Abby se metió frutos secos en la boca a una velocidad enloquecida. Apuntó:

—Me parece que, después de todo, yo no quiero un marido.

Le tiré una bolsita de salsa de soja.

En aquel momento sonó el teléfono.

Prácticamente me arrojé sobre él, con lo cual volqué mi Coca-Cola *light* sobre el teclado y el teléfono. Levanté el auricular mojado.

—Sí, Charles. Dame un segundo.

Cogí unas servilletas de papel de mi cajón, sequé el líquido derramado e intenté sostener el auricular entre la oreja y el hombro, pero se me cayó sobre la mesa. Oí la diminuta voz de Charles chillando «¡Jamie!» por el teléfono.

—¡Hace horas que no llamas! —le recriminé—. ¿Dónde demonios te has metido? Llevo...

—Cállate, ¿quieres? No te atrevas a cortarme otra vez cuando quedan noventa minutos para salir en antena. He estado en el quinto pino, fuera de la cobertura del móvil.

—¿Y? ¿Tienes algo?

—Que los abogados vayan ahora mismo al despacho de Erik. Y Bill Maguire, también.

—¿Por qué? ¡Charles! ¿Por qué?

—Porque es posible que te jodan viva.

28

CÓDIGO MORSE PARA LOS APUROS IMPORTANTES

—¿Qué coño se supone que debo hacer, volver a emitir la puta *Hora de Britney Spears*?

Erik James rabiaba paseando por su despacho como un toro en un corral. Volcó el tarro de gominolas a propósito, le arreó un buen manotazo. Goodman y yo seguimos su trayectoria en silencio, mientras las bolitas rodaban por el suelo.

—¿De qué cojones quiere hablar Charles? —bramó Erik, dirigiéndose a mí. Consultó su reloj—. Ocho minutos para salir en antena. Olvídalo. No quiero oír una sola palabra hasta que estén aquí los abogados y Maguire. —Paseó un poco más y barrió unas cuantas gominolas de la esquina de su mesa.

Yo le contesté, haciendo acopio de valor:

—Ni siquiera sé qué es lo que tiene Charles. Gracias a Dios...

—No me digas gracias a Dios. Es mi culo el que corre peligro, no el tuyo. Es mi nombre el que saldrá en los periódicos, no el tuyo. Si esto se nos viene abajo, no irán a por ti precisamente —gritó Erik.

Goodman se puso de pie.

—Procura calmarte, Erik, ni siquiera sabemos si hay...

Erik se levantó y se hinchó en plan King Kong.

—¿Quieres que me calme? ¿Después de tres días de promociones en quince mercados clave? Y la *Hora de Britney Spears* no hace ni cinco meses que la hemos emitido. ¡No tengo suficiente material para preparar un reportaje nuevo ahora, en setenta y nueve minutos! ¡¡Hilda!! ¡Tráeme a un interno!

Al cabo de cuarenta y cinco segundos se presentó una joven morenita en el despacho de Erik. Estaba toda emocionada por haber sido llamada al despacho del productor ejecutivo una hora antes de la emisión de un programa.

—¿Sí, señor?

—Palomitas. ¡Ya!

—¿Perdón? ¿Cómo las quiere? ¿De dónde?

—Pero ¿qué coño?, ¿es que es su primer día de trabajo y me la envían a usted? He dicho «palomitas», las jodidas palomitas que se comen en el cine, del Sony IMAX que hay en la calle. Con mantequilla, mucha mantequilla. Y sal. ¡Dese prisa!

La chica salió corriendo por la puerta.

Acto seguido, Erik llamó por teléfono al director de la sala de control:

—Prepara la puta *Hora de Britney Spears.* —Erik asintió con la cabeza mientras escuchaba las protestas de su director. Luego respiró hondo y puso los ojos en blanco—. Estás actuando igual que el jodido tipo del morse en la película *Titanic.* No cuestiones el mensaje que te mando. —Los demás oíamos la voz distorsionada del director en el receptor situado al otro extremo del despacho—. No quiere decir que vayamos a aparcar a un lado lo de Theresa, pero puede ser que tengamos que hacerlo. No se te ocurra cuestionar mi autoridad. Sí. Sí. Hazlo inmediatamente.

—Dios nos pille confesados. —Entró Maguire con los abogados, y le dio tiempo a escuchar el final de la conversación de Erik con la sala de control—. ¿La mierda esa de la *Hora de Britney Spears*? ¿Tienes idea de lo que nos hemos gastado en promocionar lo de Boudreaux?

Erik pulsó el botón del intercomunicador.

—¡Hilda, ponme inmediatamente con Charles Worthington!

—¡Línea dos! —vociferó ella desde su mesa, y al instante sonó el teléfono donde estábamos nosotros. Bill Maguire se lanzó a coger el aparato que había junto al sofá y Erik James cogió el de la mesa. Luego colgaron los dos, suponiendo que el otro se mantendría al habla y pulsaría el botón de manos libres.

—¡Que me jodan! —gritó Erik—. ¡Hilda, vuelve a ponerme con

Worthington! —Miró a Maguire—. Hazme un favor, Bill, ya sé que eres el jefe, pero deja que conteste yo mi puto teléfono.

Transcurrieron veinte interminables segundos. El teléfono volvió a sonar. Erik levantó el auricular, lo arrastró hasta la mesa baja en medio de todos nosotros y conectó el manos libres.

—Bien, Charles, éste es el momento de ajustar cuentas. Dinos qué es lo que tienes.

Contempló los relojes de la pared, que mostraban la hora en las cuatro zonas horarias de Estados Unidos, en Londres, en Jerusalén, en Moscú y en Hong Kong.

Charles empezó:

—¿Conoces el *blog RightIsMight.org*? Es de extrema derecha, a favor de la vida y de la pena de muerte, a favor de que se rece en las escuelas, y tienen una *vendetta* contra la NBS.

—¿Te crees que soy un imbécil de mierda? Pues claro que los conozco. Son unos idiotas. No los respeta nadie —respondió Erik. Volvió a mirar furioso los relojes de la pared.

—Bueno, pues los lee un montón de gente. Y me parece que están aquí mismo, en Pearl.

Sentí una punzada en el corazón. Pensé en Peter y sus dudas. Él no tenía nada jugoso con que argumentarlas, pero aun así las tenía, y yo no le había concedido ni la hora. Fui una total arrogante, y por alguna razón estaba desesperada por poner cierta distancia entre él y yo.

Silencio en el despacho. Los abogados se miraron el uno al otro y alzaron las manos en el aire para expresar confusión.

Bill Maguire se recostó en el sofá tapándose la cara con las manos. Volvió a acercar la boca al teléfono.

—Maldita sea, Charles, ¿pretendes que me suba la tensión arterial por unos cuantos *blogs*? ¿Adónde quieres llegar? ¿Qué coño me importa a mí que estén en Pearl?

Decidí intervenir:

—Porque allí es donde vive Theresa.

Erik enrojeció de pronto y dio un fuerte puñetazo sobre la mesa de centro. Después se puso en pie y comenzó a pasear.

—¿Y tenemos alguna prueba de que exista una conexión entre Theresa y esa gente?

Me tembló la voz al hablar:

—No. Escriben en el *blog* de forma anónima. No conocemos sus nombres.

Goddman se hartó.

—Así que esa putita vive en el mismo Estado Rojo que ciertos pirados de derechas. Pues no veo en qué puede afectar eso a mi entrevista.

Charles contestó por el manos libres:

—No sólo vive en el mismo estado, sino también en la misma ciudad. Escuchen. Éste es el mejor trabajo de investigación que he hecho en muchos años. He llamado a un centenar de fuentes policiales y estoy bastante seguro de que *RightIsMight.org* se encuentra aquí. Eso ya constituye una información importante en sí misma.

A aquellas alturas, Goodman estaba que no se lo podía creer.

—Charles, ¿quieres que te crea porque estás seguro de que la base de *RightIsMight.org* se encuentra cerca de Jackson?

—Anoche, en un bar, hablé con un borracho que me contó que había unos *bloggers* en un pueblo que está a las afueras de Jackson. Lo contrasté con mis fuentes de la Casa Blanca, una de las cuales me ha jurado que *RightIsMight.org* está cerca de aquí.

Entonces intervino Bill Maguire:

—A ver si lo he entendido bien. Un desharrapado te dice que hay unos *bloggers* en el pueblo. Luego un chulito de Washington que no sabe una mierda del Sur te dice que cree que *RightIsMight.org* se encuentra cerca de Pearl. Más te vale traerme algo más que eso cuando te tenga delante... por ejemplo algo que demuestre que los dos, y también esa puta, están relacionados entre sí.

Charles contestó con voz temblorosa:

—Bueno, supongo que no sé con seguridad si guardan relación con ella.

Intervine:

—Tiene razón. Y aunque hagamos otros cinco viajes a ese pueblo, puede que no los relacionemos nunca. Pero una cosa es una conexión, y si los dos opinan lo mismo... —No pude terminar la frase porque se me llenaron los ojos de lágrimas. Por alguna razón, sólo podía pensar en Peter. Deseaba que él me consolara. Él no me diría «ya te lo dije yo», sino que sabría qué decirme para ayudarme a pasar aquel trago. Peter afirmaba que yo tenía la costumbre de colgarme de los hombres poderosos que había en mi vida. Sólo por si acaso tenía razón, me dije a mí misma que debía no apaciguarlos, no callarme sólo porque eso era lo que querían ellos. Pero incluso teniendo en cuenta aquello, todavía me faltaba convicción para parar las prensas.

Erik cogió un libro de la mesa de centro, lo lanzó contra el suelo y se puso a pasear.

—A callarse todo el mundo, joder, menos yo. Aquí soy yo el que se juega la reputación. —Se irguió por encima de todos nosotros y nos miró desde las alturas—. Opino lo siguiente: opino que Jamie está tan agotada que no es capaz de argumentar de forma racional. Y opino que Charles no es capaz de cerrar esta laguna. Eso es lo que opino.

Erik, Goodman y Bill Maguire, todos se miraron los unos a los otros y asintieron para hacer piña entre los machos.

Charles contestó:

—No sé si estarán relacionados, pero tengo el presentimiento de que esto podría terminar llevándonos a alguna parte.

Erik volvió a levantarse y nuevamente se puso a pasear por el despacho como una fiera enjaulada.

—¿Pretendes decirme que quieres que retire la entrevista más importante del año porque tienes un presentimiento, Charles? —Y continuó diciendo en tono sarcástico—: ¿Crees que a lo mejor la próxima vez podrías contratar a un loquero y descubrir tus jodidos presentimientos y saber si son reales, digamos, veinticuatro horas antes de que comience la emisión de mi programa?

Maguire me miró a mí.

—Charles..., no te he mandado ahí para que tengas presentimientos. ¡Di algo seguro! ¡Sé un hombre! —Puso los ojos en blanco mirando a Erik—. ¿Podemos emitir la entrevista o no? Acuérdate de que es todo la versión de Theresa. No pretendemos mostrar otra cosa.

Yo suspiré.

Dije:

—No te digo que no puedas emitirla después de todo por lo que hemos pasado, pero yo...

Maguire chilló:

—¿Tú, qué? ¿Vas a saltar como un conejo de una caja de sorpresas diciéndome que no la emita o no?

301

Yo bajé la vista.

—No lo sé.

Maguire meneó la cabeza con determinación.

—No sabes, no sabes. ¿Es ésa tu respuesta final?

—Supongo.

—¿Charles? —vociferó al altavoz del teléfono.

—El reportaje no es mío. Ya lo he dicho todo. Es una corazonada, pero no puedo demostrarla.

—Mirad, no pienso retirar la entrevista a estas alturas, y menos por un presentimiento. Diremos claramente que no podemos verificar la relación con Hartley, que simplemente es la versión de los hechos según Theresa.

Goodman frunció los labios.

—Sois dos personas de diferentes generaciones, que no habéis vivido las tormentas políticas que hemos vivido Erik y yo. Yo tengo mi propio presentimiento de que esa mujer está diciendo la verdad. Y también sucede que tengo el presentimiento de que, cuando alguien se ve rechazado por un amante y es informado de ello por unos funcionarios del gobierno, le gusta cobrarse venganza. Y, de manera muy conveniente para los que estamos en este negocio —prosiguió diciendo, al tiempo que señalaba a los ejecutivos presentes en el despacho—, a las personas rechazadas y deseosas de vengarse y que además cuentan con un arma les gusta airear sus trapos sucios en la televisión nacional.

El presidente de la división de informativos, Bill Maguire, se puso en pie como si fuera a entonar el himno nacional.

—Sobre todo cuando envío diez veces a Jackson a un productor inteligente y curtido en la vida para que convenza a Theresa de que hable. Se sienten empujados a contarlo todo. —Estaba mirándome e intentando darme jabón—. Y entonces es cuando se les afloja la lengua... y deciden contar la historia de cabo a rabo. Mierda, todas las cadenas, tanto las tradicionales como las de cable, querían entrevistar a Theresa; ¿por qué no iba a escoger a la mejor de todas? —Miró a su alrededor con expresión inocente y se golpeó el corazón dos veces—. Nosotros somos la mejor cadena de todas. Theresa Boudreaux lo comprendió por sí sola... después de verse con los productores de las demás. Y apuesto a que Leon Rosenberg le dijo eso mismo. Por eso acudió a nosotros, fue a la peluquería y se hizo la manicura y puso verde al congresista. —Maguire me señaló a la cara con el dedo—. La gente no miente en las noticias por televisión. Acude a contarnos su historia, a aliviar su dolor y su rabia. Nadie, sobre todo nadie que intente que la vean como una belleza sureña con ese peinado tan llamativo, sale en una televisión nacional para hablar de que se la han trabajado por detrás. No lo hace sin una buena razón. —Bajó la mano y echó a andar en dirección a la puerta, pero de repente se dio la vuelta—. Este reportaje sale en antena dentro de treinta y siete minutos. Ahora, tal como tengo por costumbre, voy a sentarme arriba, en mi sillón de cuero, voy a servirme una copa de whisky y voy a disfrutar de otra estupenda y rompedora emisión de *Newsnight con Joe Goodman*. Gracias, señoras y señores.

Y dicho aquello, salió del despacho.

29

PERÍODO DE REPOSO

Mensaje número uno. Bip.

«Hola, cariño, soy Christina Patten. Dos cosas. Una pequeña y otra decididamente descomunal. Primero la pequeña. Antes de la gala benéfica de Fabergé, vamos a dar en mi apartamento un cóctel para los patrocinadores a cargo del comité de la gala, para todos los que generosamente habéis comprado entradas. No puedes dejar de venir, aunque yo tendré que estar recibiendo a la gente. Aunque también puedes no venir, quiero decir que tendremos mucho gusto en recibirte, pero no es necesario. Es decir, seguro que todo el mundo estaría encantado de estrecharte la mano y ser recibido por ti, pero como es tu primer año en esto les sorprenderá un poco ver una cara nueva. En segundo lugar, tengo que darte una noticia grandísima: ¡¡Hemos salido en la portada de la revista *Madison Avenue*!! Sí, han escogido la foto de nuestra mesa. Me han dicho que estamos preciosas y que las fotos de dentro son geniales. No puedo esperar. Besos.»

Peter iba a matarme por aquella foto. Ni siquiera sabía que la había hecho. Peter se había convertido en una base para mí en todos los apartados de mi vida; nunca ocurría nada sin que yo fantaseara sobre cómo reaccionaría él, qué diría, cómo me tomaría el pelo. Abrigué la esperanza de que estuviera de acuerdo en que debíamos emitir la entrevista, porque no me quedaban energías para discutir con él. Había estado todo el programa con el cronómetro guardado en el bolsillo, pasando el dedo una y otra vez por el texto grabado en la parte de atrás.

Mensaje número dos. Bip.
«Mi querida esposa. Estoy muy orgulloso de ti y de tu revolucionario reportaje. Ya estoy empezando a recibir noticias por el correo electrónico, aunque todavía no las he visto. Ya lo haré mañana. Llegaré a casa el viernes, por la mañana temprano. Eres la mejor productora del mundo. Espero que Goodman sepa exactamente lo afortunado que es de tenerte. Yo sí que lo sé. Por eso estoy tan orgulloso. Una vez más, perdóname por lo de esta mañana.» Bip.

Vale, tal vez no me divorciase de él ni lo matase. Había ocasiones en las que, de hecho, sabía ser amable y conmovedor. Quizá lo de Peter no fuera más que una peligrosa distracción. Quizá mi matrimonio tendría una oportunidad si yo supiera sacar las cosas buenas que tenía Phillip.

Bip. «Una cosa más. No te olvides de mi raqueta de *squash*.» Bip.

Pensándolo mejor, quizá no.
Pero aquella noche no disponía de suficiente energía para centrarme en mi matrimonio, ni para arreglarlo ni para ponerle fin. Aunque se hubiera emitido la entrevista sobre Theresa, iba a tener que guardar fuerzas para los ataques que sin duda iban a explotar en toda clase de medios informativos en los próximos días. Yo sabía que la historia de Theresa no se había terminado. Tal vez Erik y Maguire estaban en lo cierto; ellos eran más duros, al fin y al cabo eran profesionales curtidos y poseían mucha más experiencia política que yo. Ellos creían a Theresa; yo intentaría hacer lo mismo. La vida continúa.
Salí al pasillo de puntillas para ir a ver a los niños en sus respectivas habitaciones. Estaban despatarrados sobre la cama, con los brazos y las piernas fuera de las mantas. Volví a arroparlos con de-

licadeza, les retiré el pelo de la cara y los besé dulcemente. Al regresar a la cocina, hojeé un poco el correo y me encontré con otro enorme ramo de flores de Phillip aguardándome. Nunca me había enviado dos ramos en un mismo día.

Cogí un puñado de anacardos del frasco de cristal de la ventana y me serví una copa de vino blanco. A continuación salí al pasillo, me fui al dormitorio y encendí una velita para colocarla sobre mi mesilla de noche. Luego me subí a la cama y me dediqué a masticar anacardos y saborear cada sorbo con sabor a miel de mi Chardonnay favorito. Me quedé allí tumbada mucho rato, con los brazos y las piernas extendidos y la mirada perdida en el techo. El paraíso: sin televisión, sin música, sin teléfono móvil, sin correo electrónico. Hasta me di permiso a mí misma para dejar a un lado todas mis ansiedades: la NBS, mi matrimonio, que se derrumbaba, pensarme mejor lo de educar a mis hijos en Nueva York.

En vez de eso pensé en cómo olía Peter; tenía un aroma penetrante, sudoroso, activo, musculoso, como un néctar masculino. No logré controlar mi pensamiento para ignorarlo. Simplemente, Peter me hacía feliz. No había forma de negar aquella certeza tan natural y tan repetitiva.

Me vino a la memoria cómo se metía el pelo detrás de las orejas cuando se disponía a decir algo serio, el leve botecito que tenía al caminar, su dedo pulgar acariciándome la palma de la mano. Cerré los ojos y lo imaginé tendido a mi lado, con la cabeza apoyada en el codo y aprisionándome firmemente la pierna con una de sus rodillas. En una ocasión lo había visto semidesnudo, cuando se quitó una camiseta en la habitación de Dylan. Poseía una constitución fuerte pero mediana y una sensual mata de vello en mitad del pecho.

Bebí un sorbo de Chardonnay frío para calmarme. Era maravilloso estar en la cama a solas. Recliné la cabeza y cerré los ojos.

Entonces pensé otro poco más en Peter y llegué a la conclusión de que no quería calmarme. Así que pasé felizmente la noche en compañía de mí misma.

Al amanecer, cuando todavía estaba oscuro, me levanté de un salto. Desperté empapada en sudor y recorrí la habitación con la mirada. Entonces me acordé. Todo había terminado. Más o menos. Volví a tumbarme boca abajo y me tapé la cabeza con la almohada, pero por supuesto no me pude resistir. Cogí el mando del televisor de la mesilla y lo apunté a la pantalla para encenderla. Mantuve los ojos cerrados y la cabeza cubierta, y escuché el audio.

«Lo ha visto usted, lo ha visto todo el país; ¿le pareció digna de crédito en la...?»

Clic.

«Voy a decirle una cosa: más le vale a esa cadena que se ponga a vigilar su trasero, si cree que por airear cosas morbosas como ésa va a favorecer la causa de...»

Clic.

«Claro, Imus, yo opino que debían emitirlo. Existen pruebas suficientes de que es posible que hayan estado juntos. Si ella quiere hablar, no van a negárselo...»

Parecía el típico despotricar de todos los programas que se emitían por las mañanas. Apagué la televisión. Tenía que ir a trabajar. Tenía que cerciorarme de estar al teléfono para todo el mundo.

De camino a la oficina, ordené a Luis que se detuviera un momento en un quiosco para comprar todos los periódicos que no tenía aún. El *New York Times* había colocado su artículo en la sección nacional, página 12. El titular decía: «Se emite por antena una supuesta aventura extramarital del congresista Hugh Hartley, para todo el país.» Me moría por saber cómo se describiría en dicho periódico la parte sexual de la historia. En el párrafo 9 se hablaba del estilo de coito preferido por el congresista. Cuando Joe Goodman presionó a Theresa para que proporcionara detalles, en un esfuerzo por comprobar la veracidad de lo que recordaba, ella respondió que el congresista Hartley mostraba preferencia por un tipo concreto de sexo. Acto seguido, el acusador insinuaba que la sodomía debía de ser el acto más frecuente que practicaban juntos. El *New York Post* publicaba el siguiente titular: «Romance para Huey en el porche de atrás.» El *Daily News* tentaba a los lectores con: «Hartley dijo: "¡Voy a entrar por la segunda puerta!"» Los cómicos de la noche iban a tener material para años y años.

Me sonó el teléfono móvil. Charles.

—¿Dónde estás?

—Haciendo transbordo en Atlanta —dijo—. Estaré en la oficina a eso de la hora de comer.

—Bien.

Unos instantes de silencio. Luego dijo en voz baja:

—¿Cómo te sientes?

Yo respiré hondo:

—Bien. Relativamente.

—¿Relativamente?

—Sí, agotada pero contenta, creo. Hemos hecho lo que hemos podido. Quizá sea que tú y yo somos demasiado exigentes con nosotros mismos. Quizá...

—Quizá debiéramos haberles dicho que no emitieran nada —opinó Charles.

—¡Charles, no digas eso! No puedo soportarlo.

—Es que resulta de lo más raro. Todo. La entrevista, los *blogs*, todo. Como si fuera un mal viaje, una alucinación.

—Hemos hecho lo que estaba en nuestra mano —dije.

—Mira, tú sí que has hecho todo lo que has podido, pero yo...

—¡¿Qué?!

—Estoy contento con la entrevista. Quiero decir, más o menos. Pero no me gusta nada lo de Internet, ¡esos tipos están pirados! Me he pasado la noche en vela leyendo los mensajes que envían. Cuesta creerse lo que dicen en *RightIsMight.org*.

—Todavía no lo he visto.

—¿Quieres hacer el favor de consultar ese *blog*? ¿Cómo es posible que no lo hayas visto aún? ¡Están actuando igual que unos putos terroristas!

—Charles, estoy en el coche. Llegaré a la oficina dentro de quince minutos. ¿Puedo llamarte desde allí?

—No, estaré despegando. Para que lo sepas, Abby acaba de decirme que Maguire está hecho una furia. Y los abogados también, así que prepárate para enfrentarte a ellos.

A diferencia de los peces gordos de la cadena, Erik y Goodman estaban en el paraíso. Cuando entré en la oficina aquella mañana, estaban chocando los cinco como si fueran dos jugadores de fútbol americano en la zona de atención. Basándose en el índice de audiencia de la noche pasada, *Newsnight* había obtenido un 47 por ciento de *share*, casi el mismo que Monica Lewinsky con Barbara Walters.

Me escabullí de ellos y fui a mi despacho con la intención de consultar la reacción que habían tenido los *blogs* a mi reportaje.

El congresista Hartley aún no había escrito nada públicamente para refutarlo. Quizá, razoné yo, Theresa Boudreaux estaba diciendo la verdad y él imaginaba que, si se pusiera delante de las cámaras a lo Bill Clinton para decir que jamás había practicado el sexo con aquella mujer, la señorita Boudreaux, tal vez viviera para lamentarlo. Sobre todo si, al igual que con Bill Clinton, salían a la luz pruebas innegables. (Y sí, naturalmente que yo había preguntado a Theresa si tenía manchas en algún vestido o alguna blusa. Ella, apropiadamente escandalizada, se negó a corresponder a mi descarada pregunta con una respuesta verbal.)

Charles tenía razón. Apenas unos minutos después de emitirse nuestro reportaje, habían surgido varios *blogs* coordinados entre sí que denunciaban a la NBS en varias decenas de sitios de Internet de derechas, inusualmente unidos en su mensaje. Estaba claro que aquellas personas habían planificado una campaña con antelación para desacreditar a Theresa en cuanto saliera la entrevista en antena. Hacían un llamamiento a la Comisión Federal de Comunicaciones para que denunciara que nos habíamos recreado en el tema de la sodomía e instaban a sus lectores a boicotear las estaciones locales de la NBS de todo el país, y también a nuestros anunciantes.

Un grupo de cinco *bloggers* de derechas, dirigidos por gente de *RightIsMight.org* y respaldados por sus compatriotas de *ToBlogIsToBeFree.org*, ofrecieron una advertencia al estilo de Osama bin Laden: que nuestro lado, el malvado lado de la elite liberal, iba a sufrir graves consecuencias por nuestros actos. Los abogados intentaron prepararse para la posibilidad de que, de hecho, devolvieran el ataque con algo más que críticas o incredulidad, que tuvieran algo nuclear en su arsenal.

Maguire estaba de pie junto a su mesa, sudando copiosamente y con la mirada fija en las siete pantallas que forraban la pared de su despacho: cuatro cadenas y tres emisoras de cable de veinticuatro horas. Desde una esfera negra cambiaba el audio de una emisora a otra. Con todos aquellos mapas y luces que lo rodeaban, parecía el presidente de la junta de jefes del Estado Mayor, en su búnker del

Pentágono. A juzgar por la expresión de terror de su cara, uno hubiera pensado que en aquel momento venían dos SS-20 en línea recta hacia la capital de la nación. Yo pensé: «Este tipo es un ex marine, de modo que se supone que es duro. No me gusta nada que pierda la calma de esta manera.» Cuando rodeé su mesa para sentarme en el sofá de su despacho, vi que le temblaba la rodilla derecha a cien por hora.

Erik, Goodman, Charles y yo entramos en su despacho en fila india y nos apiñamos alrededor de la mesa de centro para poder ver. Igual que en la era de Monica: se hablaba de Theresa todo el tiempo. El parloteo de los presentadores de las televisiones por cable y de las tertulias se confundía con el que yo tenía dentro de la cabeza, de modo que cerré los ojos y enterré la cabeza entre las manos. Estaba cansada de todo aquello. Tenía en el bolsillo el cronómetro que me había regalado Peter; lo masajeé para que me diera fuerzas.

—Tema número dos: Nancy, ¿ha demostrado algo la NBS?
—Sí y no. Es la palabra de ella contra la de Hartley. Vamos a tener que esperar a la reacción de él, pero sí que han hecho avanzar el asunto: los recibos de viajes efectuados, las fotos de ellos dos juntos, todo eso demuestra...

—Y ahora, nuestro resumen de mediodía: nuestro reportero se encuentra frente a la oficina central de Huey Hartley en Jackson, pero hasta ahora su camarilla ha guardado silencio absoluto respecto de las sórdidas acusaciones...

—Hablando por mi partido y por mi colega en el Congreso Huey Hartley, esta nación está en desgracia si la prensa continúa...

Maguire se situó frente a sus tropas:
—Voy a deciros qué es lo que no me gusta. No me gusta la coordinación que veo en Internet. No es buena para nosotros, para la entrevista ni para el sector de las noticias en general. —Paseó y paseó. Después pasó largos minutos pinchando uno y otro sitio de la red con el ratón—. Y tampoco me gusta que nos llamen cadena liberal, porque no es exacto. Yo he votado siempre a los republi-

canos. No soy un maldito simpatizante de Hillary, no la soporto. Ni tampoco de ese marica surfero de John Kerry. —Se secó la frente y después la cabeza entera con un pañuelo—. No me gusta que esos *bloggers* vigilantes de pueblo publiquen sus opiniones y la gente se las crea. La confianza del público hay que ganársela, hay que pagar un precio. Deberían aprender de sus mayores. Deberían someter su trabajo al escrutinio de los investigadores, ¡deberían trabajar para una organización de confianza! Uno no puede comprarse un ordenador y decir: ¡hala!, ya soy periodista.

Erik había cambiado radicalmente de estado de ánimo: estaba decididamente melancólico.

—Ahora sí se puede, Bill. Y más nos vale que tomemos conciencia de ello para poder mantenernos a la altura de esa gente. Hay que conocer al enemigo. Estoy seguro de que eso lo aprendiste en el primer año de carrera.

30

AGÁRRATE EL GORRO DE CUMPLEAÑOS

Me picaba todo el cuerpo: detrás de las orejas, el cuero cabelludo, por debajo de las axilas. Sentada en el suelo, hundí el trasero en el fleco de satén que colgaba del sofá y arqueé ligeramente la espalda, consciente de que él me estaba observando. Toda la tensión de los dos últimos días se me había quedado acumulada en el cuello, y ladeé la cabeza para intentar liberarla. Pero no funcionó. Nada funcionaba.

Peter, sentado en una otomana al otro extremo del salón, asintió con cara de póquer y mantuvo su mirada clavada en la mía, proyectando energía sexual hacia mí desde el otro extremo de un salón en el que había cuarenta personas. Entonces concentré la mirada en el suelo y me puse a tirar distraídamente de las hebras sueltas de la enorme alfombra Aubusson. Incluso aquello tenía un contenido sexual. Cuando volví a levantar la vista, Peter había desaparecido.

Enfrente de mí había un mar de niños disfrazados como en la primera escena de *Cascanueces*, sentados en el suelo, celebrando el cumpleaños de Anthony, y Michael y Gracie se encontraban en la primera fila. Todo alrededor de un lado de la habitación había un grupo de adultos formado en su mayor parte por madres bien vestidas: pantalones, jerséis de cachemira colocados de manera informal sobre los hombros y zapatos de tacón bajo. Al otro lado estaban todas las niñeras. Tom Berger estaba sentado en el suelo cerca de su hijo, y había otros cuantos hombres repartidos por ahí; supuse que serían tíos o padrinos.

El payaso contratado, con unas enormes gafas rojas que hacían juego con los tirantes, hacía girar coloridas bufandas de seda por encima de la cabeza de los pequeños, azotándolos y volviéndolos locos. De pronto todos los niños elevaron los brazos hacia el cielo gritando:

—¡A mí, cógeme a mí, por favooor!

Los adultos rieron mirándose los unos a los otros. El payaso los hizo esperar un poco más, hasta que los niños ya no pudieron aguantar. Por fin cedió y permitió que el que cumplía años lo ayudase a extraer una paloma blanca del bolsillo de su chaqueta.

Una criada de uniforme negro y delantal blanco almidonado pasó discretamente una bandeja de plata con bocadillitos de tomate y mantequilla en una mano, mientras con la otra ofrecía servilletas de cóctel. Los hombres y las mujeres, aburridos hasta más no poder, hablaban educadamente de lo rápido que habían crecido sus hijos. Ya habían dejado de andar a gatas. Imagínate. Consulté mi teléfono móvil. Acaricié el cronómetro sobre mi regazo igual que si fuera una sarta de cuentas para calmar los nervios.

—Esa mujer que está pasando los sándwiches con esa especie de cofia de enfermera en la cabeza, ¿no te parece igualita que el perro de Peter Pan? —susurró Peter sorprendiéndome por detrás, en el sofá—. Hasta tiene la misma cara de mofletes caídos.

Dylan, que estaba de pie a su lado, soltó una carcajada.

—Callaos los dos.

—Tranquila, mamá. Peter tiene razón, es igualita.

El payaso sacó de una cesta un cubo lleno de serpientes de plástico. Uno de los niños más pequeños empezó a hacer pucheros, y su madre corrió a atenderlo como si lo hubiera atropellado un coche.

Dylan me dio un codazo en la cadera.

—Mamá, ¿podemos irnos ya? Esto es para bebés.

—¡Calla!

—¿Puedo ir a ver la televisión?

—Ya te llevo yo.

En aquel momento sonó dentro de mi bolso el *Para Elisa* de Beethoven. En la pantalla del móvil apareció el número de Abby.

No tenía ganas de cogerlo. Ya había aguantado bastante los dos últimos días en mi despacho, intentando abrirme paso por entre las reacciones a la entrevista de Theresa. Puse el teléfono en vibrador; podían esperar a que yo devolviera las llamadas. Y además había dado a Charles y a Erik el número fijo de Susannah, por si ocurría algún desastre importante.

Con Dylan ya feliz ante el televisor en la habitación azul añil, me senté otra vez en el suelo. Y otra vez sentí la mirada clavada de Peter, como un cable invisible que vibraba entre nosotros. Estaba burlándose de mí.

En eso, uno de los perros labrador de Susannah empezó a ladrar y a intentar arrastrar a un niño por el suelo bruñido agarrándolo de los tirantes. Pasó otra mujer de cierta edad portando una bandeja repleta de vasos de cristal llenos de agua mineral Perrier y coronados con una rodaja de lima. Yo tomé uno e hice fuerza de voluntad para no mirar en la dirección de Peter.

Estudié la obra maestra en tonos anaranjados y morados de Mark Rothko que tenía a mi derecha, encima del sofá, en un intento de distraerme. Por primera vez caí en la cuenta de que Susannah había ribeteado su sofá de terciopelo con un cordón de satén color berenjena que hacía juego con el cuadro.

De repente una mano me propinó un pellizco en la cadera y me hizo dar un brinco. Al instante pensé que Peter acababa de pasarse de la raya, pero me alegré de que así fuera.

—¿Qué tal está la productora de más éxito?

Me di la vuelta. Phillip.

—¿Qué haces tú aquí?

—Me cancelaron la cena, así que tomé el primer vuelo. —Me besó en la mejilla—. Y me entraron ganas de venir a la fiesta de mi ahijado.

Traducción: quería besarle el culo a la muy WASP de Susannah.

—Cariño —continuó diciendo—, ¿qué tal estás tú? Vi la entrevista.

—Bien. Bueno, mal. Agotada. Asustada —respondí, intentando centrarme en la conversación y no en la presencia de Peter al otro extremo del salón.

—No me extraña nada. Estás poniendo verde a uno de los hombres más poderosos del Congreso.

—Me estás poniendo más nerviosa de lo que estoy, Phillip.

—Todo va a salir bien, pero considero que éste debería ser el último reportaje político que hagas en un tiempo. Puedes seguir siendo periodista sin meterte en toda esa mierda de la política.

—Lo sé. Es demasiado.

Por una vez estaba de acuerdo con él.

—Demasiado para ti —insistió—, para los niños, para mí. Nosotros te necesitamos, y tú necesitas disfrutar otra vez de la vida y bajarte de ese tren. Eres igual que un hámster, siempre corriendo, corriendo...

—Phillip, no soy capaz de tener esta conversación en este momento. No sé lo que voy a hacer ahora. Sé que tienes razón en cierto sentido. —La robusta criada de mediana edad pasó de nuevo con los sándwiches de tomate y cogí tres. Phillip miró furtivamente a nuestro alrededor como si yo hubiera robado una caja de porcelana de una mesa y me la hubiera guardado en el bolsillo—. Hoy no he comido, Phillip, ¿vale? Estas cosas no llenan, y en estos momentos me siento un poco temblorosa.

—No necesitas calmarte engullendo calorías —dijo Phillip.

—¡Hola a los dos!

Susannah. Llevaba un jersey de ganchillo de Chanel negro, una lujosa blusa arrugada y una falda tubo, y estaba susurrando instrucciones a su ama de llaves por la comisura de los labios. Se arregló la gargantilla de coral blanco y dijo:

—¡Bueno, pero si tenemos aquí a la pequeña Creadora de Polémicas! Jamie, fue algo fascinante. —Me dio un abrazo y me apretó los hombros con fuerza con los brazos extendidos al tiempo que seguía diciendo—: No me puedo creer los cojones que tienes, querida. ¿Has visto las noticias que llevan emitiendo todo el día las emisoras por cable? No hablan de ninguna otra cosa.

—Ya lo sé, resulta... abrumador. —Comencé a sentir ligeras náuseas.

Mi teléfono móvil volvió a vibrar. ¿Es que Goodman no era capaz de hacer frente él solo a las reacciones de los espectadores? ¿No podía Erik, el gran experto en reportajes políticos, hacerse cargo de todo durante treinta minutos mientras yo llevaba a mis hijos a una fiesta de cumpleaños un viernes por la tarde?

—¿Es que no van a dejarte en paz? ¡Estás en casa de otra persona! —exclamó Susannah, alzando las manos en el aire—. No sé cómo lo aguantas.

Se marchó, y Phillip se fue tras ella.

—¡Déjame que me siente al lado de mi ahijado! —vociferó.

Pero ahora la vibración del móvil estaba resultando ya difícil de ignorar; debía de haber tres llamadas seguidas. Metí la mano en el bolso y perdí la última llamada por un nanosegundo. Cuando miré el número vi que era Erik. Ni Charles, ni Goodman, sino Erik. Aquella llamada no podía ignorarla. Erik sólo llamaba cuando estaba sumamente cabreado.

Había tres madres señalándome con la mano para beneficio de una de las criadas de uniforme negro y delantal blanco. Lo comprendí al instante: Erik estaba llamándome junto a Charles por el teléfono fijo de Susannah.

Había un problema con la entrevista. Aquella sensación de desazón que me había invadido con lo de Theresa estaba a punto de materializarse en un desastre concreto y enorme. Lo sabía. Se me aceleró el corazón. Me puse en pie de un salto y volqué un vaso de ochenta dólares de Coca-Cola *light* que estaba en la mesa y que se deshizo en mil trocitos de cristal al estrellarse contra el suelo de caoba. Todos los niños volvieron la cabeza al mismo tiempo. El payaso se quitó el sombrero, interrumpió la función y se me quedó mirando; casi me pareció oír el sonido de los trombones perdiendo ímpetu. Me levanté y resbalé en el líquido derramado igual que si hubiera pisado una piel de plátano, pero conseguí agarrarme a una esquina del sofá y a punto estuve de tirar al suelo el jarrón antiguo que hacía las veces de lámpara. Una madre lo sujetó para inmovilizarlo.

Los padres situados al otro extremo del salón me miraron con una expresión serena y educada, sin abandonar su estilo de personas compuestas, refinadas y bien vestidas. Los perros labradores vinieron corriendo al ver el estropicio y yo traté de apurar lo que quedaba de la Coca-Cola y sujetarlos por el collar para que no se cortaran la lengua.

—¡Phillip! —chillé al aire como una lunática.

Había desaparecido. Nadie se movió.

—¡Peter!

De pronto Peter surgió entre la multitud abriéndose paso igual que Michael Jordan trazando un surco entre sus rivales, y se plantó frente a mí de un brinco para agarrarme del brazo.

—Jamie, ya me encargo yo de los perros, tú atiende la llamada. —Me miró intensamente a los ojos, preocupado, como si la llamada fuera seria, como si se hubiera muerto alguien. Resultó que era algo peor.

Cogí el auricular, cerré los ojos, lo apreté contra mi pecho y recé en silencio: «Dios, te ruego que me salves de ésta.» Acto seguido respiré hondo y me lo acerqué a la oreja:

—Soy Jamie Whitfield.

—¿Vas a verlo? —bramó Erik.

—¿El qué?

—El vídeo de Theresa, lo van a emitir a las cinco en punto por la cadena Facts News.

—¿A qué te refieres con el vídeo de Theresa? —Noté un sabor a bilis en la garganta.

—Yo qué sé —contestó Erik—. Lo único que sé es que Facts News acaba de anunciar que poseen un vídeo de Theresa Boudreaux. Les ha llegado de forma anónima dentro de un sobre que lleva el membrete de *RightIsMight.org*.

A los presentadores de la cadena Facts News se les hacía la boca agua cada vez que los principales medios de comunicación o los de la elite liberal daban un traspié. Nos habían bombardeado las veinticuatro horas del día, todos los días de la semana, por la emisión de la entrevista a Theresa Boudreaux y la presentaban como una desconocida mentirosa, plantada por su amante y vengativa, de la que Huey Hartley apenas había oído hablar.

—¿Dónde está Charles? —pregunté, invadida por el pánico.

—Aquí, conmigo. —Se oyó un sonido amortiguado al otro lado de la línea—. Y, Jamie, tú y yo estamos juntos en esto, no lo olvides. Formamos un equipo y vamos a encargarnos de esto como un equipo. En este lío estamos metidos los dos. No pienso dejar que te la cargues tú sola.

Tenía la boca tan seca que notaba la lengua pegada al paladar. Hice señas a otra de las criadas para que me trajera un Ginger Ale, pero ella fingió no entenderme.

Abrí el cajón situado junto al teléfono buscando papel y bolígrafo. No había ninguna de las dos cosas, sino tan sólo unas cajas de metacrilato encajadas en compartimentos incorporados al cajón y con etiquetas que marcaban cada sección. Abrí una que llevaba el rótulo de «Accesorios para Recibir Invitados: Pinchos», y cogí un puñadito de palillos de dientes forrados de marfil. Y aunque resultaba totalmente enfermizo, teniendo en cuenta que tenía problemas más graves, recuerdo que aquellos malditos palillos de dientes lograron que me sintiera una inepta. Nosotros en casa ni siquiera teníamos velas de cumpleaños cuando era necesario.

Alguien me tocó en el hombro.

—¿Va todo bien?

Peter se encontraba detrás de mí, con una pila de servilletas de lino empapadas. Empezó a sacudir los trozos de vidrio en la papelera.

Yo negué con la cabeza. Él se acercó e intentó escuchar por el auricular, sobre mi hombro. Su pecho me rozó la espalda.

—Ponme en manos libres, por favor, Erik —dije con firmeza, procurando dar la impresión de poder resolver aquello.

—Aquí nos tienes, Jamie —dijo Charles por el altavoz.

—¿Qué opinas tú, Charles? —Recé otra vez para que dijera que todo aquello no era más que una tonta estratagema para ponernos nerviosos.

Pero no fue eso lo que dijo, sino más bien:

—Opino que estamos bien jodidos, eso es lo que opino.

—Bueno, venga —terció Erik—, vamos a esperar un momento. Ahora no puede desdecirse. Hace cuarenta y ocho horas soltó su discurso delante de veinte millones de estadounidenses en el horario de máxima audiencia.

—No importa —dijo Charles.

—¿Por qué no, Charles? ¿Por qué no? Puede que no sea más que...

—Porque no. —Charles calló unos momentos—. Esto va a ser... más grave de lo normal. Los de *RightIsMight.org* son gente venenosa y peligrosa. Cuelgan los mensajes de forma anónima para poder decir mentiras como ésta. Y aunque nadie sepa quiénes son, en la Norteamérica del Estado Rojo los quiere todo el mundo.

—¿Qué contiene el vídeo? —pregunté.

Erik respondió:

—Lo único que sabemos en este momento es que ha sido entregado con el membrete de *RightIsMight.org* y que esos cabrones de Facts News llevan media hora promocionándolo. Va a salir en antena dentro de siete minutos, a las cinco en punto. Nos queda el tiempo justo para convertirlo en el reportaje principal de las noticias de esta noche. —Hizo una pausa—. ¿Estás cerca de un televisor, Jamie? De hecho, ¿dónde demonios estás?

—Estoy... Estoy cerca de la oficina. Es que tenía que hacer una cosa —respondí, procurando parecer profesional pero sintiéndome como un flan—. Lo veré desde aquí, no voy a poder llegar a tiempo. Obviamente. Voy a ponerte en espera un minuto mientras busco un televisor.

—Hay uno aquí al lado, en el despacho del marido de Susannah —susurró Peter. ¿Me estaba volviendo loca de atar, o en efecto me había levantado el pelo de la nuca y me había rozado el cuello con los labios?

Me guió hasta un sofá de terciopelo verde. A continuación cogió el mando a distancia y se puso a cambiar de canal a toda prisa.

—Facts News, canal cincuenta y tres, Peter. ¡Es de cable! ¡Date prisa!

Me senté en el sofá y cogí de nuevo la línea, que estaba parpadeando.

—Muy bien, Erik, aquí estoy otra vez.

Me giré hacia Peter y le indiqué por señas que necesitaba algo de beber; él asintió y salió corriendo por la puerta.

—Con ustedes, Bill O'Shaunessy, de Facts News. Nosotros les ofrecemos los hechos, y ustedes deciden. Acabamos de recibir un vídeo en exclusiva de una tal señorita Theresa Boudreaux. A no ser que ustedes hayan estado escondidos en una cueva con Osama bin Laden, sabrán que la señorita Boudreaux acudió a la cadena de televisión NBS para contar a Joe Goodman que había vivido una aventura amorosa con el representante de la buena gente de Misisipí, el patriótico Huey Hartley. Claro que el congresista Hartley no se ha molestado en hacer caso de lo que su jefe de Estado ha denominado acusaciones ridículas y, con toda la razón, muchos creen. Pero por alguna razón la NBS consideró que era de interés público, dada la guerra contra el terror y el debate sobre los presupuestos que se viven en el Congreso, emitir las quejas de esta mujer a través de una televisión nacional en horario de máxima audiencia.

Y bien, ¿acaso no estamos nosotros haciendo eso mismo? Buena pregunta. Ahora se ha descubierto el pastel y Theresa tiene en su poder cierta información adicional que hemos considerado que no podíamos ignorar. Facts News va a ofrecerles esas confesiones adicionales a la entrevista en la NBS después de esta breve pausa para publicidad...

—Jamie, ¿qué demonios piensas que se propone hacer Theresa? Tú la conoces mejor que nadie. —Ahora era la voz de Bill Maguire la que se oía por el manos libres. Yo me sentía mareada y con la tensión arterial aumentando por segundos.

—No tengo ni idea, Bill. ¿Por qué no nos envió ese vídeo a nosotros? Han dicho que es información adicional. A lo mejor sólo intenta despejar un poco más las cosas, conseguir que emitan su historia por otra cadena. —Se me quebró la voz—. A lo mejor quiere pedir perdón a Hartley, o tal vez dar un motivo mejor que la impulsara a contar la verdad. —Peter, sentado a mi lado, asintió al tiempo que me entregaba un Ginger Ale—. Sí, seguro que es eso.

—No es posible, Jamie —intervino Charles—. Ha enviado el vídeo al enemigo. O a lo que ella considera nuestro enemigo. Llegó en un sobre de *RightIsMight.org*. Esa gente nos dijo que pensaban lanzarnos una bomba, y no me cabe la menor duda de que nos quedan treinta segundos para el Día D.

—¡Ya basta, Charles! —gritó Goodman.

Cerré los ojos. ¿Podría haber previsto aquello? Me dije a mí misma que había hecho todo lo que había podido, dada la información con que contaba. Yo era una profesional, tomaba decisiones de adulto. E iba a responsabilizarme de ellas.

—Esto es exactamente lo que yo temía... —dijo Charles.

—Cállate, Charles, maldito... —Maguire se mordió el labio y después continuó—: Ahora no me sirve para nada que me vengas con eso de «ya os lo dije yo». ¡Ya se ha emitido la entrevista! Quedan treinta segundos. ¡Silencio!

Todos vimos en silencio el último anuncio publicitario. Después se oyó el acompañamiento musical de una fuerte batería al tiempo que aparecía en la pantalla el sinuoso rótulo de «Informe Especial, Exclusiva de Facts News».

—Buenas tardes, soy Bill O'Shaunessy de Facts News, y les presento una noticia de última hora. Una asombrosa novedad en la historia de Theresa Boudreaux. Una exclusiva de Facts News. Theresa Boudreaux tiene más cosas que contarnos, cosas que plantean un peligro aún más grave para los ejecutivos que toman las decisiones en la NBS que para el congresista Hartley. Éstas son las imágenes.

Me cogí la cabeza entre las manos y sostuve el silencioso auricular del telefono en equilibrio sobre el hombro. Pero luego miré con un ojo por entre mis dedos. Peter estaba sentado junto a mí, tapándose la boca con las manos.

—¡¡Que me jodan!! ¡¡Aaaagggh!!

Aquél tenía que ser Erik, porque oí cómo se estrellaba contra el suelo el tarro entero de gominolas.

31

LA BOMBA BOUDREAUX

Theresa ofrecía una imagen hermosa, serena. Y malvada.

Se hallaba de pie sobre un decorado tropical cualquiera, algo muy similar a una típica aparición de Bin Laden o de Al Zawahiri sobre el fondo de una cueva anónima de Afganistán. A su izquierda se veían unas palmeras que se agitaban al viento, y a lo lejos se apreciaba el azul intenso del mar.

La melena rizada y de color rubio oscuro le caía sobre el rostro cuando la empujaba la brisa. Se metió largos mechones por detrás de las orejas, y entonces el sol de la tarde iluminó sus ojos verdes y los transformó en estanques relucientes. Podría encontrarse en cualquier lugar del hemisferio sur.

Bajó la vista un momento para prepararse. Luego alzó lentamente la cabeza y fijó la mirada a propósito en la lente de la cámara. Acto seguido hizo una inspiración profunda con la que destacó su hermoso busto y empezó a hablar:

—Hace unos meses tracé un plan. Junto con una persona que sólo voy a identificar como amigo íntimo.

—¡Es *RightIsMight.org*! Estoy seguro. ¡Lo sabía! —chilló Charles desde el manos libres.

—¡Cállate, Charles! —vociferó Bill Maguire.

322

—Fue como llevar a cabo un experimento. Un experimento con lo que mis amigos y yo denominamos «medios de comunicación de masas».

—¡Hay que joderse! —gimió Goodman.
—Whoaa —dijo Peter en voz baja.

—Queríamos ver lo fácil que era acudir a una cadena de noticias de ámbito nacional, una que sirve a los liberales. Así que buscamos a un productor y un presentador ávidos, que estuvieran deseosos de hacer trizas a un buen republicano en el que pudieran clavar las zarpas...

Se me llenaron los ojos de lágrimas, que comenzaron a caer sobre mis rodillas como si fueran gotas de lluvia. Me entraron ganas de enterrarme en los brazos de Peter, pero no lo hice. En vez de eso pasé el mal trago yo sola, con el auricular del teléfono apretado con fuerza contra el oído y la barbilla en la mano.

—Queríamos saber hasta qué punto los medios de comunicación de masas serían capaces de degradar a un líder republicano patriótico, una persona con valores conservadores, valores que ayudan a que Estados Unidos siga siendo fuerte. Queríamos saber si incluso se rebajarían a emitir por antena historias de sodomía. No les ha importado nada. Lo han hecho, sin más. Han contratado a unos cuantos pobres expertos en audio, han utilizado unos cuantos recibos como pruebas, se han denominado a sí mismos periodistas concienzudos... Pero, tal como hemos demostrado mis amigos y yo, esas personas son capaces de emitir cualquier cosa con tal de que sirva para socavar el ala derecha de este país.

—Coño —dijo Charles.

—De modo que, señoras y señores, para que conste, juro por el alma de mi querida madre que jamás he tenido una aventura amorosa con el congresista Huey Hartley. Jamás he practicado con él la sodomía...

Al cabo de un minuto más de almibarada propaganda patriótica, la pantalla se puso en negro otra vez y volvió a aparecer el rostro de William O'Shaunessy, el cual, con un gesto de satisfacción, empezó a hablar en tono serio del contenido del vídeo sin perder la sonrisa de contento.

En aquel momento alguien descargó un puñetazo sobre la mesa con tanta fuerza que tuve que retirar el auricular del oído.

A continuación Bill Maguire se dirigió a su equipo:

—Jamie, Charles, Goodman, Erik. Amigos míos, hemos sido abofeteados por una jodida puta de una tienda de gofres. Quiero ver el borrador de todos los comunicados de prensa encima de mi mesa en treinta minutos. No, en veinte. Escuchadme: ahora estamos en guerra. Y necesitamos dar una patada en el culo a unos cuantos *bloggers* de ésos. Y si caemos, caeremos luchando con la espada en alto y la cabeza fuerte. Adiós.

Salió del despacho de Erik cerrando de golpe la puerta de cristal. No me costó imaginarlo pasando a grandes zancadas entre un grupo de empleados mudos.

Yo lloraba en silencio, incapaz de hablar. Por fin se oyó una voz por el teléfono. Era Charles.

—¿Jamie? ¿Estás ahí?

Conseguí responder:

—Sí.

Mi vida se había convertido en una especie de película surrealista de terror.

Entonces dijo Erik:

—Ponte al ordenador. Vamos a tener que redactar esto juntos ahora mismo. Ya lo revisarán después los abogados. —Pensó unos instantes—. Jamie, voy a tener que poner tu nombre como productora jefe. Después el de Goodman, y después el mío como ejecutivo encargado del asunto. Charles puede permanecer al margen. Ha hecho un viaje para investigar un poco, pero el reportaje no es responsabilidad suya, no lo ha sido en ningún momento.

—No pienso aceptar eso, Erik —replicó Charles—. Estoy metido hasta el cuello, he estado asesorando a Jamie al final.

—Exacto. Sólo al final. Este reportaje no es obra tuya, sino nuestra. Somos nosotros tres los que hemos parido a este monstruo, tú sólo nos has ayudado. Tu nombre quedará fuera del co-

municado de prensa. Tenemos que salvar las carreras que podamos.
Y así Charles se libró de ser arrojado a los leones.

—No nos dejemos llevar por el entusiasmo, Erik —dijo Goodman—. Yo llevo veinticinco años en esta cadena, y no pienso permitir que esto eche a perder un cuarto de siglo de trabajo bien hecho.

—Goodman, siéntate. Esto, en efecto, va a echar a perder un cuarto de siglo de trabajo bien hecho. Acostúmbrate a la idea. Tu único consuelo será que en esto también estamos contigo Jamie y yo; eso suavizará...

—Eh —reaccionó Goodman en un tono de voz agudo, furioso—. Yo sólo vi a Theresa dos veces y...

—No nos vengas con esa monserga de que tú no eres más que un corresponsal, Goodman. Ya lo has intentado otras veces, fingir como si tu productor hubiera llevado a cabo toda la investigación y tú fueras ajeno a todo.

Me clavé la espada yo misma:

—Yo soy la que ha hecho toda la investigación.

—¿Ves? Ella misma lo reconoce —dijo Goodman.

Qué cerdo. Diez años de lealtad hacia él, dejándome la piel para que él pareciera más guapo y más inteligente de lo que era. Jamás me hubiera imaginado nada igual, y menos viniendo de él. Noté gotitas de sudor alrededor del nacimiento del cabello. Me quité el jersey.

—Cierra la boca, Goodman. Estamos en esto juntos —dijo Erik—. Estamos juntos los tres.

—Yo sí he realizado todo el trabajo de investigación, Erik —intervino Charles—. Deberías decir que somos cuatro...

—¡Charles, ya está bien! —Erik ya chillaba—. Quiero mantener limpio a todo el que pueda. En los próximos días esto va a ser un puto desastre, y no quiero arrastrar en nuestra caída a nadie que no deba.

Peter me frotó la espalda. Creo que, de hecho, me recliné contra él. No supo qué decir, ni hacer, si vamos a eso; de modo que se puso a abanicarme con un cojín de satén amarillo.

Erik empezó otra vez.

—Jamie, estoy sentado al ordenador. Necesito que repases por orden cronológico todas las ocasiones en que has tratado con ese monstruo de Theresa, empezando por la primera de todas.

Yo tragué repetidamente para asentar el estómago. Peter me puso contra la frente el vaso frío de Ginger Ale y me sostuvo la nuca.

Erik continuó:

—Jamie, ¿qué fue lo primero, una llamada de su abogado, Leon Rosenberg, para decirnos que estaba dispuesta a hablar, o fuiste tú a Pearl a intentar convencerla por tu cuenta? Ya no me acuerdo. ¿Nos pidió Rosenberg que hiciéramos la entrevista, o te envié yo a probar con buenas palabras...? —Erik se interrumpió—. ¿Jamie? ¿Sigues ahí?

—No... No puedo, Erik.

—Jamie, habla conmigo, pequeña. Tenemos diecisiete minutos para machacar a esa tía. Tienes que acordarte, no puede ser tan difícil...

—Erik, no es eso. —Iba a vomitar de un momento a otro, sin remedio—. Yo... Discúlpame...

—¡Jamie!

Me pegué a la cara un cojín de leopardo y me derrumbé sobre la mesa de centro. Tropecé hacia el otro lado, pero recuperé el equilibrio antes de salir disparada hacia la fiesta de cumpleaños con otro movimiento torpe. Peter rodeó la mesa rápidamente y me agarró del codo, pero yo me zafé. Las cosas ya estaban bastante mal como para además vomitarle encima. Tenía ganas de morirme. Todo aquello estaba a punto de convertirse en una noticia de primera página durante una semana entera, la cadena quedaría destruida, los días de Goodman como presentador estaban contados, yo perdería mi empleo y mi credibilidad. Durante el resto de mi vida todo el mundo me señalaría con el dedo diciendo: «Ésa es la mujer que se hundió por culpa de un reportaje sobre la camarera de una tienda de gofres...»

Al salir del despacho de Tom no logré dar con el cuarto de baño y estuve a punto de chocar de cabeza con un armario lleno de archivos al abrir la puerta de golpe. Me apreté el cojín con más fuerza contra la cara.

—Las habitaciones de los niños están yendo por ese pasillo —me dijo Peter, tirándome del brazo—. Estoy seguro de que cerca de ellas hay un baño.

Yo volví a zafarme de su mano, pero él me siguió de cerca. Corrí por el pasillo apoyándome en las paredes para no perder el equilibrio. Probé otra puerta; el armario de la ropa de casa. Empecé a notar en la boca el sabor del sándwich de tomate. Me quedaban sólo unos segundos para que sufriera un buen accidente encima de la hermosa alfombra que tenía Susannah en el pasillo, delante de todas las elegantes señoras de la Cuadrícula y sus lujosos palillos de dientes.

Corrí hacia la última puerta, la que estaba al final del pasillo. La manilla estaba atascada, medio echado el pestillo, pero Peter se me adelantó y la abrió empleando la fuerza bruta, de un empujón. Por fin se trataba de la habitación de un niño. Había una cuna en forma de conejito, un colgante de Peter Rabbit, un armario lleno de tacitas de plata. Busqué la puerta de un cuarto de baño. Miré a la derecha. Nada. Miré a la izquierda. Algo. Algo horrible.

Vi a una mujer tumbada de espaldas en el suelo, con la falda subida hasta la cintura y unas bellas piernas que apuntaban hacia el cielo formando una V perfecta, cada una de ellas terminada en un zapato de tacón de piel de cocodrilo. Los brazos los tenía extendidos en el suelo, a los costados. Entre las piernas tenía enterrada la cabeza de un hombre que devoraba furiosamente a su presa, igual que un león de África con una cebra recién cazada. Él tenía el trasero suspendido en el aire, vestido, gracias a Dios, con un pantalón de traje negro a rayas. Tenía la camisa a rayas amarillas sacada por fuera, y la chaqueta del traje arrugada en en suelo. La mujer gemía diciendo:

—Más, más...

De pronto agarró al hombre por el pelo, levantó la pelvis y la aplastó aún más contra la cara del hombre, al tiempo que golpeaba el suelo repetidamente con la mano derecha.

—¡¡Sí!! ¡¡Sí!! ¡Phillip! ¡Sí!

¿Cómo que Phillip? ¿Mi Phillip? ¿Y no eran aquéllos los zapatos de cocodrilo morados favoritos de Susannah?

32

LA VIDA EN ESTADO SALVAJE

Digamos que Phillip no fue muy bien recibido en casa después de aquella actuación. Además, una semana más tarde me despidieron.

Mi trabajo, aquella empresa que contenía mi autoestima guardada en un apretado y sólido paquete, desapareció en un instante. Se perdió aquel poder de regeneración, renovación e inspiración, sólo por un breve instante en que falló mi criterio.

Erik había hecho verdaderos esfuerzos por salvarme, por salvarnos a todos, pero nuestro barco hizo aguas muy rápidamente. Tras el extraño testimonio de Theresa en antena, por espacio de varios días estuvimos todos aguantando el tipo, intentando buscar justificaciones que el público y, quizá más importante, nuestros colegas pudieran entender. Habíamos comprobado todo; ella nos había enseñado recibos, la voz de las conversaciones grabadas en cinta parecía la de Hartley; tres expertos creíbles habían confirmado que era su voz... ¿Cómo íbamos a saber que habían trucado tan bien las cintas?

Pero Theresa nos había mentido descaradamente. ¿Cómo íbamos a saberlo? No queríamos que la gente nos tuviera lástima, que nos compadeciera, queríamos que comprendieran cuál era el contexto de las decisiones que habíamos tomado. Al final, el público se agarró a una cosa: los investigadores de la NBS habían sido víctimas de un engaño, y Theresa Boudreaux nos la había pegado. Incluso se la pegó al sabiondo Leon Rosenberg. Siendo la NBS la cadena más poderosa de la televisión, la gente se regodeó en nuestra desgracia y bailó sobre nuestra tumba. Todo era horrible.

Cuando los buitres empezaron a volar en círculo alrededor de Bill Maguire, él luchó valientemente. Para salvar su propio pellejo, claro está. *Semper Fi*, y una mierda. Dijo a los medios que lo acosaban que había fallado, que había cometido un error, llenó las ondas de excusas contritas. Pero cometió el pecado de decir que él había ocupado un lugar secundario en la producción del reportaje, que había estado trabajando en la programación general y había dejado que otros supervisaran los datos del segmento de Theresa Boudreaux. Explicando que nos había rogado una y otra vez que comprobáramos todo lo que íbamos haciendo y que investigáramos los antecedentes de Theresa, alegó desconocimiento y así salvó su puesto de trabajo. Su discurso le pareció plausible al público, por lo menos a las personas ajenas a los medios; al fin y al cabo, él era el presidente de la división de noticias, y los presidentes no se manchaban con los sucios detalles de producción, ¿no? Pero los de dentro sabíamos cuál era la verdad.

¿Y qué se suponía que debía hacer yo frente a aquella traición? ¿Intentar justificarla? ¿Intentar comprenderla? ¿Reconocer el largo camino que había recorrido Maguire desde las miserables calles de Gary, Indiana, como si el puesto que había conseguido como premio a tanto esfuerzo lo excusara de mostrar lealtad a sus colegas? ¿Se suponía que yo tenía que ser benévola con él porque era negro y había nacido pobre? Me importaba un comino de dónde viniera, y también que fuera negro o blanco; era un saco de mierda que se había agachado para protegerse cuando antes me había asegurado que iba a permanecer a mi lado. Rambo nos había dejado tirados. Lo habían informado de todos los hechos, y Maguire, el ex oficial de los marines, en cuya mesa residía la responsabilidad en última instancia, había decidido emitir la entrevista y servirse un puto vaso de whisky.

Cuando mi furia se hubo atenuado un poco, surgió mi sentimiento de culpabilidad e iluminó un panorama más complejo. Vi que Maguire no tenía por qué hundirse con nosotros si podía presentar con claridad su supuesta distancia. Mi rabia me torturaba con razonamientos borrosos y cambiantes. Al final, Bill Maguire se había aferrado a su empleo y había prometido vigilar más de cerca a sus productores y formar un equipo a fin de reorganizar la labor de comprobación de datos.

¿Y qué pasaba con Goodman, el hombre al que había servido durante una década ayudándolo a que pareciera más guapo y más inteligente de lo que parecía por sí solo? Yo había corregido sus guiones, había perfilado mejor sus preguntas, le había empolvado los brillos de la frente y le había peinado el cabello rizado. Él también afirmó estar fuera del tema cuando empezaron a lanzarse los cuchillos. Dijo a todo el mundo que los presentadores viajan tanto que no les es posible llevar la cuenta de todos los reportajes que cubren, que no pueden responsabilizarse de todo el sucio trabajo de investigación. Para eso están los productores. Los productores son los que comprueban los datos.

Y he aquí que Joe Goodman, el monstruo de todos los presentadores, fue vencido pero no destruido. Recibió una reprimenda en público, lo eliminaron de *Newsnight*, pero le dieron una unidad para él solito en especiales de una hora. De todas formas, aquello era exactamente lo que quería él, llevaba años haciendo presión para que lo sacaran de la rutina de *Newsnight* y le dieran una unidad propia para poder cubrir «temas más amplios» en programas de una hora de duración, más en profundidad. Un pequeño castigo.

Y al final, fuimos los productores los que sufrimos el batacazo. Erik, fiel a las formas, permaneció a mi lado hasta el amargo final. No estoy segura de que le quedara otra alternativa. Tanto a él como a mí nos pidieron que dimitiéramos, pues habíamos traicionado la confianza del público. Ni siquiera eso podíamos haberlo sabido. Jamás lo hubiéramos imaginado.

Dos demanas después de la emisión de la entrevista, acudí al despacho de Maguire. Desde las revelaciones emitidas en Facts News, él había estado deliberando acerca de mi destino con su jefe, el presidente de la empresa madre de la NBS. Su consejo de administración exigía que rodaran cabezas, en un intento de salvar la imagen y con la esperanza de no perder clientes en ninguna de sus divisiones de publicidad ni de cable por culpa del fiasco de Theresa Boudreaux en la NBS, la joya de la corona.

Maguire me recibió, y lo comprendí al instante.

—Jamie, no voy a jugar contigo, así que vayamos al grano. Me he reunido con el consejo de administración de la empresa. Vamos a tener que prescindir de tus servicios, desde ahora mismo. Por supuesto, el despido será...

Tomé asiento frente a él, sin habla. Rápidamente recorrí el despacho con la mirada. Desde luego, no me dio la impresión de que él estuviera haciendo las maletas. Supuse que los empleados de poca importancia se habían quedado sin trabajo, mientras que los peces gordos habían permanecido a salvo. No era la primera vez que se escribía aquel libro.

—¿El despido? ¿Y ya está? ¿He estado aquí diez años, y ya estamos hablando de despido en la segunda frase?

—Jamie, no lo hagas más difícil de lo que ya es.

—Bill, yo no he hecho nada malo. He pasado aquí toda mi vida, o casi, toda mi carrera. Esto no... no es justo. ¿Cómo iba a saber que iba a ser engañada intencionadamente por unos chiflados que quieren vengarse de la empresa entera? Estaban atacándote a ti, no a una mera pieza del mecanismo como yo. —Maguire se encogió de hombros. Seguí hablando—: Lo comprobé todo diez veces. No hubo forma humana de que pudiera haberlo sabido.

—Tú has sido la productora del reportaje que nos ha hundido.

Expresé mis dudas en voz alta:

—¡Tú..., que nunca olvidas a tus tropas, me dijiste que habías cubierto campañas, que tú sabías más que nadie, que la responsabilidad final te correspondía a ti!

—No estás en situación de echarme eso en cara. ¡Y, efectivamente, la responsabilidad final me correspondía a mí!

—Entonces, ¿por qué soy yo la que se queda sin trabajo? ¡Tú eres el presidente de la división de noticias! ¡Tú fuiste el que dio luz verde a esa entrevista!

—Así son las cosas.

—¿Por qué no puedes salvar a tu gente, no es eso lo que hacen los marines, no es eso lo que significa lo de *Semper Fi*, no aprendiste nada cuando estabas con ellos?

—Jamie, ya está hecho. Todo ha terminado.

—Pero yo...

—Se acabó.

No había nada más que yo pudiera decir.

—Tal vez pudiera hundirme contigo. Pero no pienso hundirme

por esto. Siempre he hablado claro como el agua, y esa entrevista fue obra tuya. —Se inclinó por encima de la mesa—. Como ya te dije en el despacho de Erik, tú fuiste la productora en última instancia. Y estás muy equivocada en eso que acabas de decir. Muy equivocada. Planteaste dudas, no insististe en que anulásemos la emisión, y hay una diferencia muy grande.

Hice una pausa. El marine tenía un poco de razón. Y además ocurría una cosa de lo más extraña: en aquel horrible momento, cuando me estaban echando a la calle, yo sólo podía pensar en Peter. ¿Por qué no le había hecho caso? ¿Por qué había hecho oídos sordos a su opinión? Todo para mantener a raya lo que se sentía por él.

—Es posible que te hayamos presionado —admitió Maguire—, pero vas a tener que aceptar el hecho de que tú nos permitiste presionarte. Ya te digo que si hubieras montado el número en mi despacho no habría emitido la entrevista. Luchaste un poco, pero no lo suficiente. No golpeaste con fuerza, te limitaste a dar unos manotazos al aire y luego te replegaste. Tenías en tus manos a uno de los personajes más importantes del gobierno. Esto es para personas adultas, no para ponerse a lloriquear. Yo no te he traicionado, Jamie. Eres lo mejor que tenemos. Te has traicionado tú misma, no confiaste lo suficiente en tu criterio. Cediste ante tres hombres mayores y más experimentados que tú. Ahí fue donde te equivocaste, y ése, de forma irónica pero cierta, es el motivo por el que te has quedado sin trabajo.

Cuando regresé de la planta de los ejecutivos, encontré a Abby angustiada.

—¿Qué voy a hacer sin ti? —aulló, entre lágrimas.

—¿Y qué te parece que voy a hacer yo sin mi empleo?

—Ya encontrarás otro, se te da muy bien tu trabajo —razonó ella.

—Soy radiactiva, Abby. No va a contratarme nadie, no pueden. Mi nombre no ha dejado de salir en todas las noticias del país en relación con este fiasco. Aunque quisieran contratarme, lo publicarían los periódicos, y eso repercutiría de forma negativa.

—No va a ocurrir eso —suplicó Abby. Yo levanté las cejas—.

Está bien —prosiguió—, puede que sí, y puede que en este momento seas radiactiva, pero eso se disipará.

—Abby, no hay nadie que haya regresado a Chernobyl en un radio de treinta kilómetros; ese lugar seguirá un siglo entero siendo radiactivo.

—Oh.

—Sí. No digas que no lo sabías.

—Vale —afirmó Abby—, entonces no serás como Chernobyl, serás como un reactor nuclear que ha estado a punto de tener un accidente pero al final no lo ha tenido.

—Abby, en esta historia el accidente ya ha tenido lugar.

Aquella misma tarde llevé a Dylan a dar un paseo por el parque para contarle lo que había sucedido. Necesitaba que se lo contasen, necesitaba que yo le explicase en términos sencillos qué había pasado exactamente con el trabajo de su mamá. Theresa Boudreaux me había mentido, no para hacerme daño a mí, sino a toda la cadena de televisión. La cosa no había tenido nada que ver conmigo. Se sintió aliviado de saber que el objetivo no era yo. Y después de hablar de ello subimos hasta el castillo Belvedere para echar un vistazo al paisaje y contemplar la vida en estado salvaje. Yo estaba sentada tres metros por detrás de mi hijo, a horcajadas sobre la gruesa barandilla del balcón de arriba, de espaldas a la torre del castillo. Como se había levantado un poco de viento, me ceñí un poco más mi enorme chaquetón de piel vuelta. El intenso frío se veía aliviado por el fuerte sol vespertino que nos daba de lleno. La familiaridad de aquel lugar servía de consuelo en un mundo que por lo demás había desaparecido bajo mis pies.

—¿Sabes que llevas como diez minutos contando las tortugas de ahí abajo, Dylan?

—No dejan de moverse. No puedo seguir el hilo, porque perderé la cuenta.

Con la mano dentro del bolsillo, acaricié el texto grabado en la tapa del cronómetro que me había regalado Peter: «Es hora de bailar otra vez.»

—Hay una tortuga que no consigue levantarse —observó Dylan—. Parece que está a punto, pero no termina de subirse a las piedras. Así que empuja con las patas como loca, hasta que por fin se rinde y prueba a subir por otro sitio que parezca más fácil.

—Tengo frío, ya vendremos otro día a ver los animales, cielo. Tenemos que irnos pronto.

—Seguro que ella también. ¿Por qué no pueden las otras darle un empujoncito con la cabeza? La están viendo sufrir.

—Pues igual que tú, Dylan.

—Sí, pero yo quiero que suba. Yo la ayudaría, y ellas no la están ayudando. Quiero quedarme.

—Vale —consentí—. Sé que éste es tu lugar preferido. No tengas prisa.

—¿Esa señora va a ir a la cárcel? ¿Va uno a la cárcel por mentir en televisión?

—Por desgracia, no —le expliqué—. Se ha ido a vivir muy lejos, a una isla. No se sabe dónde está.

—Qué raro. Es raro que Peter no esté aquí.

—Le encantaría estar, cielo.

—¿Qué pasó en el cumpleaños de Anthony? —preguntó Dylan de golpe.

El sol se ocultó tras las nubes.

—Fue cuando salió en la tele esa señora. Y también ocurrió que papá y mamá tuvieron una discusión. ¿Qué tal le va a la tortuga?

—Creo que ya no me interesa —contestó Dylan.

Lo rodeé con el brazo.

—¿Quieres que nos vayamos a casa?

—Quiero preguntarte más cosas —insistió mi hijo.

—Dispara.

—¿Vais a quereros otra vez papá y tú?

—Ya te lo he explicado, cielo. Nos querremos siempre. Lo que pasa es que vamos a tomarnos un descanso. Es una etapa muy confusa para los niños. Pero no es culpa tuya.

—Ya lo sé. ¿Por qué no deja de decirme eso todo el mundo? Yo no he dicho que fuera culpa mía.

—No lo sé, cielo. Los adultos tienen ideas muy raras en la cabeza.

33

UNA COSA MUY CURIOSA QUE SE LLAMA MIEDO

Seis semanas después

1 de febrero. La mañana de la gala benéfica de huevos Fabergé organizada por Dupont, me desperté tarde. Un poquito de insomnio exacerbó el dolor de cabeza que me saludaba todas las mañanas desde aquella tarde tan horrorosa en casa de Susannah. Me tapé la cabeza con las mantas y hundí la cara debajo de una almohada para intentar ahuyentar el dolor. Pero nada.

Sonó el teléfono.

—¡Tengo una magnífica idea! Es genial. Está a punto de ir a verte Óscar.

—Ingrid, basta. Estoy durmiendo.

—No, ya no —definió Ingrid—. Son las nueve en punto. Quítate ese pijama y vístete. Lo más probable es que ya tenga el dedo en el timbre.

—Pero ¿a qué viene aquí, si puede saberse?

—Vamos a rehacer tu vida. Ha llegado el momento de organizarse. Tengo un nuevo tipo de trabajo para ti. Ya lo tengo todo muy bien calculado. Un empleo nuevo. No se te da bien estar en el paro.

Logré despejarme lo suficiente para sentarme en la cama.

—Ingrid. Has sido una amiga maravillosa, pero...

—Le he dicho a Óscar que, hicieras lo que hicieras, debía ir derechito a tu armario. Con una cámara. O de lo contrario lo despido —dijo Ingrid.

—¡Qué!

—Va a hacer unas fotos de tu ropa. Se le da muy bien manejar cámaras digitales. Y después se dirigirá a Bridgehampton a hacer lo mismo.

—Allí no tengo ropa.

—Para hacer fotos de la ropa que tienes allí. —Ingrid no estaba escuchando, estaba acelerada, muy dentro de su estilo, como si hubiera descubierto el código nuclear de Corea del Norte—. Y luego se irá a Kinko's a revelar las fotos en papel y ponerlas en un libro ordenadas por colores, y luego por temporadas, y luego por lo informales o de vestir que sean. Es para que sepas dónde está todo. Así tendrás la ropa organizada, no tendrás que ponerte a buscar nada. Y luego, vas combinando. Naturalmente, tu vestuario será patético, pero captarás mejor el concepto si cada paso lo das con Óscar. Conmigo hizo eso mismo. Es genial, es fantástico. Tu ropero será horroroso, pero por lo menos habrás aprendido lo esencial.

—¿Es que te has vuelto loca, Ingrid?

—Todo el mundo quiere algo así, pero no puede tenerlo, Jamie. Óscar no hay más que uno.

—Y...

—¡Tú vas a producir esos libros! Tú dirigirás las sesiones fotográficas, tú organizarás los libros. ¡Ahora eres productora y también autora! *Presto!*

En aquel momento Carolina asomó la cabeza por la puerta del dormitorio, diciendo:

—Ha venido el chófer de la señora Harris.

No hubo manera de detener a Óscar. Ingrid daba tanto miedo cuando impartía una orden que permití que el pobre hiciera lo que tuviera que hacer. Ahora las damas de Park Avenue intentaban mangonear mi carrera. Qué deprimente.

Pero ya estaba acostumbrada a deprimirme. Iba a todas partes con una sonrisa de plástico pegada en la cara y procuraba ser valiente y actuar delante de los niños como si no pasara nada. Phillip, desterrado primero al sofá de su estudio, intentó mostrarse contrito, pero no lo consiguió. Casi todas las noches se iba a casa de su madre a dormir en la habitación de invitados. Yo seguía intentando vivir por inercia, hacer un esfuerzo para que pasáramos algo de tiempo en familia y hacer las cenas con él. Incluso había días en que sentía deseos de salvar mi matrimonio, por mí, por nosotros, por los niños sobre todo.

Phillip y yo habíamos acudido una docena de veces a terapia para hablar de las razones de sus actos; él se sentía distanciado de mí, pensaba que a mí no me importaba porque ya no parecía sentirme unida a él, ansiaba atención y cariño. Todas buenas razones para serme infiel, supongo, pero si bien la terapia me hacía ver las cosas más claras, no cambió en absoluto el pozo vacío que había excavado la realidad en mi corazón.

Y en cuanto a Peter, por lo menos esperó hasta Año Nuevo.

Sucedió en la cocina, cuando los niños ya se habían acostado. Era el primer viernes de enero, Carolina se había ido de fin de semana y Phillip en aquel momento estaba subiendo a bordo del vuelo de madrugada procedente de San Francisco.

«No voy a tocarte en serio a no ser que, en primer lugar, me digas que es algo que deseas con seguridad, y en segundo lugar, hasta que me digas que ya no estás con él.»

Peter me quería a mí, quería una relación entre ambos. Y yo no estaba preparada para dar aquel salto en serio. No podía simplemente acostarme con él un día en el hotel Carlyle y al día siguiente actuar con normalidad y regresar a mi matrimonio como si no hubiera sucedido nada. Con él no parecía haber un camino intermedio; ¿qué íbamos a hacer? ¿Correr hasta la segunda base y pararnos allí? Y, quizá más importante, aunque Phillip me había traicionado, ello no me daba a mí licencia para hacer lo mismo.

Dicha traición, si bien me sorprendió, no me sacó de mis casillas de inmediato. Necesitaba unos meses para acercarme hasta el límite de mi mundo, sólo para ver cómo era el paisaje más allá de aquel punto antes de soltar amarras. Y Peter, al percibir mi titubeo, me tranquilizó. Dijo que estaba distraído con su programa, pero yo sabía que no era así. Se veía a las claras que estaba esperándome, que se preguntaba por qué no había abandonado a mi marido inmediatamente después de la traición. Pero yo estaba paralizada, aún intentaba, por los niños, mantener la familia unida. Quería esforzarme todo lo que pudiera. Y luego, por supuesto, estaba esa sustancia tan curiosa que se llama miedo.

Me encontraba junto a la encimera, revolviendo una infusión de manzanilla, cuando entró Peter a eso de las nueve de la noche, después de acostar a Dylan.

—Bueno —dijo, plantándose delante de mí—. Se terminó el juego.

Tomó mis manos entre las suyas. Esa vez no hubo ningún masaje sensual.

—¿Puedes mirarme por lo menos? —pidió.

—No estoy segura. —Una oleada de pena me recorrió todo el cuerpo.

—Bueno, en ese caso el juego se ha terminado de un modo que no había imaginado siquiera.

—¿Qué? —Levanté la vista.

—No puedo quedarme.

Cerré los ojos.

—No puedes hacer eso —gemí.

—Tienes razón, J. W., no puedo hacerlo. Así que me voy —dijo Peter con firmeza.

—¿Qué es lo que no puedes hacer?

—Seguir con este juego. Jugar al escondite, a la casa de los espejos. O hacemos algo tú y yo o no hacemos nada. No haces frente a la situación y no haces ningún movimiento. Es casi como si te gustara sentirte desgraciada todo el día.

—¿No puedes tener un poco de paciencia, Peter? He pasado por un verdadero infierno.

—Ya he tenido paciencia. Y ahora lo digo por última vez: no puedo quedarme aquí, sintiendo lo que siento por ti.

—¿De verdad? —pregunté, temblando un poco.

—Crece de una vez, ¿quieres? Pues claro que es de verdad. ¿Por qué te empeñas en ser tan negativa en todo? He puesto mucho empeño en tomarme la cosa con calma y ser comprensivo, pero es demasiado difícil.

—Lo sé.

—No poder abrazarte, estar contigo, demostrarte lo que siento, cuando estás retraída, fría, extraña y no quieres hacer nada. ¿Y por qué? ¿Por él? ¿Por ese gilipollas que te engaña? ¿Estás esperando a que él te dé su aprobación?

—No —dije, ahora con firmeza—. Es que se me hace muy difícil romper.

—¿Qué es lo que te da tanto miedo? ¿Que a lo mejor puedas ser feliz?

—No es eso. Creo yo...

—Bueno, pues entonces, ¿a qué estás esperando, Jamie?

—Los niños, Phillip... todavía no puedo dar el paso.

—¿Sabes una cosa? —Peter parecía dolido, frustrado y resignado—. Por mí, perfecto. Cojonudo, pero no pienso seguir aquí, esperando a que decidas dar el paso.

—¿Y qué vas a hacer? —le pregunté con zozobra.

—Acabo de decírselo a Dylan.

Aquello no me gustó nada.

—¿Cómo has podido?

—No le pasa nada —dijo Peter—. De todas maneras, últimamente he venido menos. Voy a seguir llevándolo todos los lunes para que haga deporte con el grupo de los Aventureros. Le he dicho que tenía mucho trabajo, pero que seguiré saliendo con él los lunes.

—¿Cómo se lo ha tomado?

—Tenía sueño. Es un crío. Él vive en el presente. Le he recordado que dentro de dos días es lunes. Y esa parte le ha gustado.

—Ya, así que...

—Así que todos los lunes vendré a recogerlo, Jamie. Saldré con él y luego volveré a dejárselo al portero, y puede subir a casa solo.

—¿Te refieres a esto como si fuera un divorcio, en el que ni siquiera puedes subir aquí? —dije.

—Bueno, eso lo decides tú. —Su tono seguía siendo firme.

Y a continuación, me puso suavemente una mano en el cuello, me besó con dulzura en los labios y salió por la puerta.

Yo estaba destrozada. Y su boca era perfecta.

Aquella noche de febrero, Phillip y yo, fingiendo valientemente que éramos una pareja felizmente casada, nos apeamos del coche alquilado y subimos la escalera del museo Dupont. Yo no tenía ninguna estola de piel blanca ni ningún vestido de noche blanco, así que me eché por los hombros un chal blanco de cachemira que, dadas las gélidas temperaturas, fue casi como si me hubiera cubierto con una gasa liviana. Phillip me rodeó con un brazo para darme calor; me permití apoyarme un poco en él para intentar absorber un poco de la temperatura de su cuerpo. Mientras ascendía por aquellos peldaños de mármol iba pensando en la noche anterior, en por qué había hecho lo que había hecho. Todo empezó cuando él entró en mi habitación después de acostar a los niños.

Me dijo:

—Jamie, si todavía quieres que sea tu pareja tal como habíamos previsto, me gustaría mucho llevarte mañana a la gala benéfica.

Yo me mojé la cara con agua y lo miré.

—No sé —respondí en tono neutro. Para variar, no me sentía especialmente enfadada con él, quizá porque no lo había visto durante el fin de semana ni durante los dos primeros días de aquella semana.

—Bueno, quizás esperaba recibir un poco más de información que ésa.

Sostuve el cepillo de dientes como si fuera un puntero.

—¿Cómo puedes esperar nada?

—Ya sé que espero demasiado, pero he pensado que a lo mejor, como llevamos ya un tiempo sin pelearnos, podría dormir en nuestra cama por primera vez en seis semanas, como un detalle especial, mañana por la noche, después de la gala.

Hacerlo sufrir ya no resultaba divertido. Se limitó a mirarme; sin rogar, sin suplicar, una mirada directa típica de él. Me había traicionado, sí, pero me había explicado por qué y me había pedido disculpas. Ni una sola vez gimoteó ni lloró pidiendo que lo perdonase, lo cual yo agradecí y respeté. Estaba intentando perdonarlo, aceptar sus excusas, hacer frente a las cosas.

—Bueno, Jamie, ¿qué me dices? ¿Puedo ser todavía tu pareja en la gala y luego dormir en nuestra cama?

El doctor Rubinstein había dicho que el sexo podría ser curativo, que rompería la barrera de furia. ¿Cómo iba a practicar el sexo con él, cuando no dejaba de tener fantasías sobre Peter?

—Jamie, no te lo voy a pedir todos los días, sólo de vez en cuando, como he hecho desde que empezó esta tragedia. Negarte a acostarte conmigo es un arma muy efectiva que guardas en tu arsenal, y lo entiendo. Pero podríamos probar. Tú formas parte del comité, vas a lucir un vestido precioso, necesitarás un hombre a tu lado. —No respondí—. Además, si no quieres hacerlo por nosotros, hazlo por Gracie. Si es cierto que va a acudir todo Pembroke, deberíamos conocerlos juntos, cogidos del brazo. Sonriendo. —Se puso los dedos a ambos lados de la boca para estirar la sonrisa y hacerla más falsa.

Yo rompí a reír. Me sentí un poco mal por él. Estaba esforzándose mucho.

—De acuerdo, serás mi pareja. Pero de lo de dormir juntos no estoy segura.

—Entonces dame un abrazo.

Aquello me cogió por sorpresa, y más aún cuando se enganchó a mí igual que un oso pardo. Apretó los dedos contra mi columna vertebral y no se soltó. Los dos nos quedamos así, sin saber muy bien cuáles eran las reglas. Él cerró los ojos y me besó, al principio con suavidad, después con más pasión. Una lágrima rodó por mi mejilla; él la limpió con otro beso.

—Vamos a intentarlo —insistió Phillip—. Sé lo que te gusta.

Me dije a mí misma que debería dar rienda suelta a mis inhibiciones como una colegiala, tal como se hace cuando se duerme con un desconocido. Me condujo hasta la cama. Yo me senté en el borde pasándome los dedos por la frente.

—¿Tienes cerillas, Jamie?

—En el cajón.

Estaba preparándolo todo y ya no iba a haber retorno posible. ¿Debería negarme en aquel momento? ¿Debería decirle que no lo deseaba? ¿Debería intentarlo?

Phillip encendió dos velas. Después se acercó al interruptor de la luz, atenuó la iluminación y cerró la puerta del dormitorio con llave.

—Tengo planes para ti. —Me obligué a mí misma a tumbarme. Dijo—: Aún te quiero, Jamie. Eres una mujer encantadora.

Phillip se subió a la cama y empezó a besarme en la frente y luego en la boca. Yo arqueé la espalda en un intento de ponerme cómoda. Él me empujó el camisón hacia arriba y apoyó la cabeza en mi estómago. Quizá me fuera posible hacer aquello.

—No hay nadie más que tú —susurró.

Yo intentaba pensar en cosas sensuales, pero en lugar de eso estudié la posibilidad de preguntarle si había abordado a mi ex amiga Susannah de la misma manera en que me estaba abordando a mí.

—Me has tenido a pan y agua, Jamie. Me estás poniendo terriblemente cachondo.

Cerré los ojos otra vez. Aquello iba a requerir una inmensa concentración. Hice fuerza de voluntad para tocar los familiares contornos de su espalda, de sus brazos, de aquellas piernas tan esbeltas, intenté concentrarme en el cuerpo de Phillip, no en él como hombre. Y poco a poco volví a sentirme en casa.

Cuando terminamos, él me dijo:

—No te olvides de lo bien que sabemos hacerlo.

Caían lágrimas de sus ojos. Phillip me sonrió con ternura; yo sabía que él pensaba que estaba volviendo a enamorarme de él. Me tomó la barbilla y me dijo:

—Vamos a hacer que esto funcione. —Yo me aparté. Continuó—: Venga, Jamie, no te resistas sólo por resistirte.

¿Estaría resistiéndome sólo por resistirme? Tal vez. ¿Sería sólo que todavía me quedaba un poco de rabia? ¿Era Peter real, siquiera? Miré el rostro de mi marido y me fijé en las ligeras arrugas que tenía alrededor de la boca y en las pecas cerca de los ojos. Allí había algo. Entre nosotros. Una razón por la que yo me había quedado, aparte de los niños y las comodidades materiales. ¿O sería simplemente miedo? En mi cerebro resonó la voz de Peter: «¿Qué es lo que te da tanto miedo? ¿Que a lo mejor puedas ser feliz?»

Phillip me chasqueó los dedos delante de la cara.

—Jamie, despierta de una vez. Déjalo pasar y perdóname, y demos juntos el siguiente paso.

—Phillip. —Suspiré—. No estoy preparada para tomar una decisión. Y no es sólo por lo de Susannah...

—¿Acaso no he cuidado bien de ti y de los niños? Tenemos una historia juntos, Jamie.

—No estoy rindiéndome, voy a decidir qué hacer, qué es lo que quiero. Hay diferencia. Y mucha. —Permanecimos unos instantes tumbados sin decir nada. Yo empecé a ponerme nerviosa y a sentir claustrofobia, como si hubiera llevado a Phillip a aquello sin desearlo. De repente me incorporé—. Phillip, todo esto está yendo muy deprisa. Y es completamente inesperado. Por favor, necesito que esta noche vuelvas a dormir en tu estudio. O en casa de tu madre.

Para mi sorpresa, él se levantó espontáneamente. Sabía que había llegado más lejos de lo que había previsto. Y fue lo bastante inteligente para no forzar más la situación.

34

LA MÁS GUAPA DEL BAILE

Un mar de besos al aire. Brazos que se abrían por doquier. Mujeres que hacían girar sus vestidos blancos como si fueran niñas de cinco años jugando a disfrazarse de princesas. Holas y elogios exagerados. Phillip y yo nos encontrábamos de pie en el vestíbulo de entrada de un enorme museo dotado de techos abovedados de mármol que amplificaban las voces haciéndolas rebotar entre los arcos. En los rincones de cada peldaño de la majestuosa escalinata de bronce se habían apilado unos montoncitos de vaporosa nieve artificial, y entre los barrotes metálicos de la barandilla se habían entrelazado artísticamente ramitas de acebo y de otras plantas verdes. Enormes huevos enjoyados, réplicas de las originales obras maestras de Fabergé, colgaban de forma desigual de cables transparentes repartidos por todo el techo. Unos camareros con esmoquin blanco y guantes blancos nos sirvieron champán en bandejas de plata. Buscamos a personas que nos gustasen de verdad mientras saludábamos a las muchas otras que conocíamos de la Cuadrícula o de dejar a los niños en el colegio.

—Mira, ahí hay una.

Se trataba de una mujer joven que me señalaba, como a seis metros de donde estaba yo, acompañada por el fotógrafo Punch Parish.

Estaban a unos seis metros de nosotros, de pie junto a una palmera espolvoreada de blanco de la que colgaban huevos dorados.

Punch estaba demasiado preocupado con los trepas sociales que lo rodeaban como hienas alrededor de un fuego de campamento. Eran los impenitentes lameculos: reían cada palabra que decía, le daban una palmadita en el brazo cada vez que hacía una observación maliciosa. «¡Oh, Punch! ¡Basta! ¡Eres demasiado!» Luego estaban las chicas demasiado guays para estudiar, que fingían que no les importaba que él les hiciera una foto, pero ya se encargaban ellas de estar al alcance de su radar. «¡Hola, Punch!», exclamaban agitando sus muñequitas profusamente enjoyadas y pasando junto a él, sabiendo muy bien que no iba a darle tiempo a hacerles una foto en tan poco tiempo; tendría que demostrar un esfuerzo y buscarlas él a ellas más adelante. Y luego estaban las auténticas damas de sociedad, pululando alrededor de su órbita con una indiferencia tan estudiada que bien podría servirles para ganar un Oscar. Todo por un hombre al que jamás se dignarían reconocer, salvo por la cámara que le colgaba del cuello.

La representante de la firma de joyería Verdura tiró a Punch de la camisa.

—Vente conmigo. Ésa lleva encima cosas espectaculares. ¿Recuerdas? Somos clientes tuyos: Verdura.

Exasperado, Punch intentó obtener un ángulo mejor de mí. Yo fingí no darme cuenta.

—¿Quién? —preguntó Punch—. ¿Por qué ella?

Ella se pellizcó el lóbulo de la oreja; sin duda estaba explicándole que yo llevaba puestos unos pendientes Verdura de veinte mil dólares. Necesitaba una foto para utilizarla con fines publicitarios.

—Puede esperar. Ya la verás más tarde.

La mujer vino directa hacia mí y se presentó, Jennifer no sé qué, relaciones públicas de Verdura.

—He olvidado su nombre, pero sé que le hemos prestado los pendientes nosotros, y necesitamos unas fotos, si no le importa. ¡Punch! ¡Ven aquí! ¡Necesito una foto de esta mujer ahora mismo! Puede que más tarde no la encontremos. —Punch no hizo caso—. A propósito —continuó ella—, necesitamos que los pendientes los devuelva esta noche, nada más acabar la cena. Nuestro representante está esperando en una sala contigua a la cocina.

—Ya lo sé. Nos lo han explicado todo...

—Ya la buscaremos nosotros. Repítame su nombre. —Sacó una

libreta. Al principio me gustó la idea de lucir un vestido y unos pendientes prestados porque era fácil, por no decir gratis. Pero ahora me sentí utilizada y barata, y me pareció de mal gusto llevar puesto un producto para dar publicidad al negocio de otro.

—Me llamo Jamie Whitfield, y éste es mi marido, Phillip.

—Claro, naturalmente. —Bruscamente y sin educación, la relaciones públicas prosiguió—: Permanezcan juntos y dejen a la espalda lo que estén bebiendo, por favor. ¡Punch! ¡Los tengo preparados! ¡Haz el favor de venir!

Él nos apuntó con su cámara a cinco metros de distancia sin siquiera mirar por el visor. Dos destellos. Después guiñó un ojo y siguió con su conversación.

—Bien —dijo la mujer, a la vez que consultaba su libreta—. Sólo me quedan otras dos.

Y se fue sin decir adiós ni gracias.

—¡Tom! —Phillip agarró por el brazo a uno de sus socios del bufete.

Tom Preston se dio la vuelta y nos miró, susurró algo a su mujer, y los dos vimos que su mujer le susurraba algo a él. Obviamente, no iba a perder el tiempo con colegas cuando su esposa podía codearse con las gallinitas. Mientras los dos hombres conversaban, la esposa siguió curioseando entre los invitados. Y Tom también. Yo los salvé a ambos.

—Phillip, disculpa, pero tenemos que buscar a nuestros anfitriones.

La esposa mostró una ancha sonrisa por primera vez.

—Sí, Tom, no debemos entretenerlos.

En la sala había un ruido insoportable, yo me sentía humillada por lo de los pendientes y enfadada con la bruja de la mujer de Tom, y también percibía la frustración de Phillip; no estaba al mando de la situación. Deseé que Peter me sorprendiera y me metiera mano detrás de un huevo de dos metros de alto.

—Maldita sea, Jamie. ¿Quién es esta gente?

—No lo sé. Conocidos de Christina, supongo.

—¿Me traes aquí y no conoces a nadie?

—Sí que conozco a alguien, es que son... —No terminé la frase.

Empecé a sentirme un tanto nerviosa, porque necesitaba solucionar aquello.

—No pienso quedarme aquí de pie como un idiota, vamos a movernos.

Me agarró de la mano y se puso a recorrer la sala tirando de mí, buscando furiosamente alguna cara conocida.

En eso, Christina me pellizcó el trasero y yo di un respingo.

—¡Hola, cariño! Vista por detrás, estás muy sexy. No sé cómo hace tu marido para apartar las manos de ti.

Phillip intervino para decir:

—Me resulta casi imposible. Gracias por invitarnos, Christina.

Me rodeó con el brazo y me estrechó contra él. Nadie estaba enterado de lo suyo con Susannah. Nadie sabía que estábamos terminando como pareja.

—Jamie, siento muchísimo lo de la revista. No me puedo creer que John Henry haya sido capaz de cortar a una persona de mi mesa en la portada —dijo Christina.

—No pasa nada. De verdad.

Christina, cuya imagen era la de un esplendoroso cisne de la sociedad de antaño, llevaba un vestido blanco de Carolina Herrera, de gasa sin espalda ni mangas, sujeto al cuello por una fila de cuentas de cristal y provisto de una breve cola que ondulaba tras ella. Lanzó un besito a su riquísimo marido, George, el cual parecía el ser humano más asexuado que yo había visto en toda mi vida. Estaba tieso como un soldado de juguete y tenía una ligera barriga. Llevaba un kilo de gomina en el pelo, negro y repeinado hacia atrás, lo cual acentuaba su incipiente calvicie y unas delgadas líneas que delataban un trasplante de cabello.

—George, Christina, qué ambiente tan elegante. Os agradecemos que nos hayáis invitado a sentarnos a vuestra mesa —dije.

—Oh, Jamie, el placer es nuestro. —George me besó la mano—. Estoy deseando hablar contigo de la noticia.

«El cielo me valga.»

Un individuo viejo y de corta estatura que parecía un pingüino de frac en su forma de caminar, recorría ya la sala haciendo sonar un pequeño gong que anunciaba la cena. Bajamos por un suntuoso pasillo en compañía de los Patten y de otras dos parejas de nuestra mesa. Las esposas, LeeLee y Fenoula, ni siquiera se acordaban de que me habían conocido en la sesión fotográfica.

El techo del museo Dupont había sido cubierto completamente de ramas de abedul blancas que formaban un grueso dosel. El atrio estaba ocupado por unas cincuenta mesas de diez comensales cada una, con manteles de color rojo sangre. En cada una de ellas había un centro en forma de fuentecilla de la que caía una cascada de rosas blancas y rojas. En los rincones habían esparcido más nieve artificial, como si hubiera llegado barrida por el viento, así como en las grietas de las columnas de mármol y sobre la superficie de mármol negro de la pista de baile. Nuestra mesa se hallaba situada muy cerca del escenario.

Christina nos presentó inmediatamente a la presidenta del comité de la gala, Patsy Cabot, una mujer regordeta de sesenta y pocos años que lucía un sensato corte de pelo. Dirigía la junta del colegio Pembroke. Patsy extendió su rechoncha mano y nos sonrió con eficiencia a mi marido y a mí; tenía justamente el estilo discreto de un descendiente del *Mayflower* que tanto le gustaba a Phillip. Me fijé en que llevaba un sencillo reloj de pulsera Timex con correa de cuero; puede que fuera la única mujer de la sala que no llevaba un reloj de vestir.

—Encantado de conocerla, Patsy. —Phillip le estrechó la mano igual que un *boy scout*, como su madre le había enseñado—. Ha llevado a cabo una labor muy notable para una importante causa cultural e histórica.

—Se lo agradezco. Gracias, Phillip. Lo intento.

—Después de todo —siguió diciendo él—, el Hermitage, al cabo de setenta años de descuido durante el comunismo, por fin ha recuperado su estatura imperial. Como debía ser.

Patsy parpadeó repetidamente mirando a mi marido, intrigada por el hecho de que alguien se interesara por la finalidad de aquel evento en lugar de qué llevaban puesto las mujeres.

—¿Sabe usted algo sobre el Palacio de Invierno? —preguntó Patsy.

—Claro —dijo Phillip. Yo lo miré como si hubiera perdido la chaveta.

—¿De veras? ¿Ha estado en San Petersburgo?

Phillip ignoró la pregunta y rió con arrogancia.

—Patsy. El Palacio de Invierno contiene la mayor colección de huevos Fabergé que existe, la mayoría de ellos encargados por Alejandro III y Nicolás II para sus esposas. Por supuesto, mi favorito es el Lirio del Valle. Es una labor crucial la que estás realizando tú para proteger el legado de esas obras maestras.

Jamás en su vida había hablado de salvar una institución cultural ni de la mera existencia de los huevos Fabergé.

—Ése me encanta, allí hay un modelo —dijo Patsy, señalando un rincón de la sala.

—Lo sé. Con retratos en miniatura de Nicolás II y de las grandes duquesas Olga y Tatiana, confeccionado para la emperatriz Alejandra. —Tocó a Patsy en el hombro.

—¿Usted, usted conoce bien los huevos Fabergé? —preguntó ella.

—Como a mis propios hijos. —Phillip bajó la mirada fingiendo modestia. Aquella misma magia le servía para ganarse a jurados, colegas y clientes. Yo me quedé allí de pie, observando cómo hipnotizaba a Patsy, y sentí una punzada por dentro. Era muy eficaz en situaciones como aquélla.

—¿En serio? —volvió a preguntar Patsy.

—Sí. En serio.

Patsy hizo una inspiración profunda e hinchó el busto.

—¿Ha visto el huevo Coronación con sus propios ojos?

—Sí. Fue una experiencia religiosa. Con ese fondo dorado de estrellas amarillas y el águila imperial en el enrejado de cada intersección y...

La frase la terminó ella:

—... ¡El sofá de Nicolás y Alejandra en miniatura! ¿Cómo sabe usted lo de...?

—No hay vocación más importante que la de preservar las obras maestras de nuestra época. —Yo lo pellizqué en la cadera y él me acarició el hombro, como para decirme que me tranquilizase y cerrase la boca—. Mi padre, Phillip Whitfield segundo, tocayo mío, tenía una colección de libros fenomenal en la que ambos nos sumergíamos durante los veranos que pasábamos en Plymouth. Nos sentábamos en una tumbona debajo del sauce y estudiábamos grandes obras de arte y dónde se guardaban. Conozco todas las salas del Hermitage de memoria, el emplazamiento exacto de la *Madonna Litta* de Da Vinci, el *Baco,* de Rubens, las *Tres Mujeres,* de Picasso. —Miró a Patsy al fondo de los ojos como si estuviera follándosela hasta dejarla sin conocimiento; algo que yo sabía con toda seguridad que ella no había experimentado nunca—. Y todas mis piezas favoritas están fuertemente guardadas bajo llave en el Hermitage, en su museo, Patsy. Me encantaría ponerles una mano encima. —Respiró con fuerza a través de las fosas nasales.

—Mi obra favorita, que lleva un siglo colgada en la sala frontal de la primera planta, es *Danae,* de Tiziano —dijo Patsy, ya con la mirada borrosa.

—Un siglo menos cuatro años durante el sitio de Leningrado, cuando más de un millón de obras maestras del Hermitage fueron enviadas a los Urales, para ponerlas a salvo de los nazis.

—*Touchée!* —gimió Patsy, como si Phillip acabara de penetrarla en aquel instante.

Mi hija quedó inscrita en Pembroke antes incluso de que solicitáramos la plaza.

La cena no tuvo tanto éxito. Tras unas breves observaciones de presentación por parte de los jefes de la junta del museo Dupont y la del Hermitage, ya me entraron ganas de marcharme. El marido de Christina, dolorosamente aburrido, deseaba charlar sobre la actualidad por primera vez en su vida con un periodista de verdad. Me formuló preguntas inanes, ambiguas y típicas de segundo de carrera como: »¿Cuánto tiempo durará la insurgencia en Iraq?» «¿Por qué te parece que Hillary es una figura política que polariza tanto a la sociedad?»

Phillip estaba sentado junto a la esposa de un hombre al que despreciaba, Jack Avins, el del acuerdo Hadlow Holdings. Alexandra Avins, con diamantes del tamaño de un reflector en las orejas, habló y habló sin parar de la disputa que hubo entre el arquitecto y el contratista durante la construcción de la residencia de ancianos Sun Valley. Phillip se pasó todo el aperitivo con cara de mal humor, el cual yo sabía que no haría sino empeorar. Fui hasta su asiento y lo saqué a bailar, lo que fuera con tal de escapar de la gente caprichosa y pretenciosa que se sentaba a nuestra mesa.

Me aferró la mano con firmeza mientras me guiaba con gran seguridad en sí mismo por entre las demás parejas. Por un instante me permití disfrutar de su fuerte contacto y de su cuerpo alto y atractivo.

La orquesta, compuesta por veinte músicos, todos ellos de esmoquin blanco, tocaba *In the Mood*. Phillip me hizo girar audazmente, orgulloso de sí mismo, y fue perdiendo el humor de cascarrabias. Como si alguien se lo hubiese pedido, los músicos pasaron a tocar la canción de nuestra boda, *Fly Me to the Moon*. Primero me había acostado con mi marido, y ahora estábamos bailando al son de una canción conmovedora bajo blancas ramas de abedul y un millar de velas parpadeantes. Phillip me estrechó contra sí y me dijo:

—Gracias por ayudarme a escapar de Alexandra Avins. Ni siquiera soporto mirar a ese gilipollas presuntuoso que tiene por marido.

Yo le susurré al oído:

—Has estado increíble con Patsy Cabot.

—Ya lo sé. —Me dio una vuelta vertiginosa.

—¿Cómo has hecho para...?

—Es igual que pronunciar el alegato final, con un poquito de ayuda de un paquete de investigación que me ha preparado un socio.

Quizá, quizá, quizá volviera a estar sintonizada con él.

—Ya veo...

—Esta noche estás impresionante. Ese vestido, esos pendientes, y no me hagas hablar de lo de anoche. Se me pone dura sólo de pensarlo. —Se apretó contra mí. No era broma lo de ponérsele dura. Intenté convencerme de que en realidad Peter no me quería como un marido, que con él era sólo fingimiento. Me sentí cómoda con Phillip por primera vez en seis semanas, y recordé que la noche anterior el sexo no había estado tan mal. Además, qué bien se movía en la pista de baile. Los niños necesitaban que estuviéramos juntos, a lo mejor podía cerrar los ojos y lanzarme otra vez a...

Phillip recorrió la sala con la mirada.

—En esta sala se ve mucho dinero del serio. Hay que invitar a cenar a George y a Christina sin mucha demora. Quiero que des más cenas. —Me besó en la frente. Yo no quería cenar con los Patten—. Vamos a movernos en esa dirección, estoy viendo a un cliente.

Me guió hacia la parte delantera de la pista de baile y saludó con la mano a un hombre que estaba sentado solo a una mesa.

—¡Eh, Phillip!

Phillip se inclinó y le estrechó la mano al tiempo que con la otra me sujetaba a mí la espalda con fuerza.

—Esto es a lo que me refiero exactamente. Más clientes potenciales. Menos periodistas, más gente culta. —Me dio unas cuantas vueltas más.

—Esta gente no es culta, Phillip. Son vulgares y exhibicionistas. Y además, aburridos y nada intelectuales.

—No estoy de acuerdo. Me parece que te estás rebelando otra vez. Dejé de bailar.

—No me estoy rebelando, Phillip. Todo esto es para que tu hija entre en Pembroke.

—¿En serio? —indagó Phillip.

—Sí. A mí no me gusta esta gente.

—Llevas un vestido y joyas gratis, te hacen fotos, pareces encajar divinamente.

—Estoy arrepintiéndome —dije sinceramente.

—Siempre lo mismo, una y otra vez. Ya no estás en Kansas. Deja de luchar. —Me apretó contra él—. Acostúmbrate.

—Esto no tiene nada que ver con si soy de Nueva York o no. No me gusta relacionarme íntimamente con esta gente.

—Te recuerdo una vez más que te han hecho una foto, doña Mariposa de Sociedad.

Se me puso la espalda rígida. Él no se dio cuenta.

—Ni siquiera quiero que publiquen esa foto —admití—. No me apetece ser cómplice de la estrategia de *marketing* de nadie...

—¿He visto o no he visto una brillante foto tuya posando con un vestido blanco al lado de las damas de la sociedad más fabulosas de Nueva York, delante de unos huevos, nada menos?

—Eso fue un tremendo error, Phillip.

—Pues parecías disfrutar inmensamente. Ya sé que no te gusta reconocerlo. —Me acarició el trasero. Con ello creía que había vuelto a la normalidad. Pero su familiaridad sólo consiguió enfurecerme. No estaba preparada para verlo perder el tono de arrepentido.

—Bueno, pues ya no me emociona. Puedes creerme.

—Vale, te creo —dijo—. Lo único que opino es que me parece genial que trates de quedar bien con esta gente. Es bueno para nosotros, como pareja. Una vez que superemos esta etapa, quiero decir. Estoy divirtiéndome. Dejando aparte a Jack Avins.

—Pues no lo parecía durante la cena, por eso estamos bailando —le recordé.

—No importa que me estuviera divirtiendo o no. Estaba trabajando. Puede que haya convencido al tipo de nuestra mesa de que nos contrate para una transacción muy importante. Esta noche podría sonar la flauta.

De vuelta en casa, Phillip se puso a manosear nervioso los corchetes de su pajarita negra. El espectacular *glamour* de las «noches blancas» que momentáneamente había elevado las aspiraciones de mi marido ahora le agrió el estado de ánimo.

—Jack Avins es un gilipollas.

Se quitó el pantalón del esmoquin y lo colgó con cuidado en la percha.

—Tienes que salirte de ese trato —dije.

—Y su mujer tenía un aliento que echaba para atrás. Ayúdame con esto.

Le deshice el nudo de la pajarita tal como lo haría cualquier esposa.

—Aprecio el esfuerzo que has hecho con Patsy Cabot —consentí.

—Gracias. —Phillip parecía estar de muy mal humor.

—Siento que no te hayas divertido en la cena, Phillip. No habíamos planeado...

—No soporto a Jack Avins —me recordó una vez más.

—Eso ya ha quedado claro.

—Me cuesta creer que haya trabajado con él en el mismo asunto y que ese cabeza hueca tenga avión propio.

—Jack Avins dirige un importante fondo de inversiones. Su padre...

—¿Y qué tengo yo? Unos jodidos honorarios de abogado. —Phillip meneó la cabeza en un gesto negativo—. No es justo. Fui yo quien le consiguió el acuerdo de Hadlow Holdings.

—Phillip, nosotros tenemos un montón de...

—No es verdad, Jamie —se empecinó.

—Sí es verdad.

—Yo era el tío más pobre de toda la fiesta. Voy nadando contracorriente. —Estaba enfadado conmigo por haber sugerido lo contrario—. Lo entiendes, ¿no?

—Lo he entendido todo demasiado bien —dije, con distancia.

—¿Es que no lo ves? —Se quitó los calcetines, hizo una bola con ellos y la agitó frente a mi cara—. Yo trabajo como un buey y todavía tengo límites a mi alrededor. Límites por todas partes. Ni siquiera puedo...

—No es cierto, Phillip.

—Sí lo es. Yo quiero no verme limitado por nada, como los tipos esos de nuestra mesa, como todos los que estaban en la sala.

Se arrancó la camisa y la arrojó con rabia al cesto de su armario.

—Phillip, ¿qué estás diciendo? Tenemos un montón de...

—Lo que digo es lo siguiente: quiero un avión. Quiero despegar con él. —Extendió los brazos y correteó en círculo por la habitación, en calzoncillos, como si estuviera volando entre las nubes—. Quiero que el piloto me diga: «¿Adónde vamos, señor?» Y que yo le conteste: «No sé, ya se lo diré cuando me entren las putas ganas de decírselo.»

Me rasqué la cabeza. Él me miró con el semblante totalmente inexpresivo.

—Vete a dormir al sofá, Phillip —fue todo lo que pude decir.

$$35$$

PASAR UNA PÁGINA DEL INVIERNO

Fin de semana de los presidentes, mediados de febrero

—¿Cómo es que papá no viene con nosotros a Aspen, mamá? —preguntó Gracie.

Su sillita de coche estaba encajada entre dos enormes bolsas de viaje. Las bolsas de los esquíes sobresalían del maletero, pasaban por encima de la tercera fila de asientos e invadían la fila del medio. Era poco después del amanecer, y los niños, Yvette y yo nos dirigíamos al aeropuerto Kennedy en el monovolumen.

—Porque a mamá ya no le gusta papá —respondió Dylan en tono práctico—. Por eso duerme en su estudio o en casa de la abuela, y por eso se intercambian los fines de semana.

—¡Dylan! —salté yo—. Sabes perfectamente que eso no es cierto. Yo siento una enorme admiración por tu padre. Y él os quiere mucho, aunque tengamos ciertas discusiones. —Lo miré, ceñuda—. Y tú no me estás ayudando nada con los pequeños.

—¿Ahora estáis divorciados? —preguntó Gracie.

—Cielo, ésa es una palabra muy seria para una niña pequeña. Lo único que tienes que saber es que papá y yo somos muy buenos amigos y que siempre seremos vuestros padres y siempre os querremos. Y para ser los mejores padres que podamos, necesitamos pasar un tiempo sin vernos.

Dylan continuó en tono desafiante:

—A mamá ya no le gusta papá. Lo mismo que tampoco le gusta la mamá de Anthony, la señora Briarcliff.

En aquello tenía razón. Había ignorado a Susannah en el colegio, con lo cual hice que le fuera imposible darme una disculpa en persona.

—Dylan, estás completamente fuera de la base y de la línea. Ya hemos hablado mucho de esto tú y yo. Lo hemos hablado todos, como familia. Si tienes más preguntas que hacer sobre lo que está pasando, podemos hablar de ellas esta noche, antes de irte a la cama. Ahora no es el momento adecuado.

—Bueno, y entonces ¿cómo es que no hablas con ella en el colegio, si se supone que es tu mejor amiga?

—Nunca ha sido mi mejor amiga. Mi mejor amiga es Kathryn.

—Vale, pues una amiga íntima, perdooona —dijo, con falsa ironía. Soltó un «¡bah!» y se puso a mirar por la ventanilla.»

Dos horas después, el mastodóntico 737 comenzó a rodar dando botes por la pista de despegue con un atronador ruido de motores. A medida que iba ganando velocidad, sujeté con fuerza la mano de Gracie y recliné la cabeza contra el plástico duro de la ventanilla. Habían pasado dos meses desde el «incidente».

Mientras despegábamos, por un instante me vino a la cabeza el momento en que Phillip me rogó venir con nosotros a Aspen, pero enseguida se disipó con las nubes que pasaban raudas junto a la ventanilla. Habíamos planificado aquel viaje juntos hacía seis meses y estaba todo pagado. Si hubiera dependido sólo de mis propios recursos, tal vez habría elegido un destino más discreto, no típico de la gente de la Cuadrícula. De todas formas, razoné, las montañas ejercerían un efecto curativo. Se me cayó el estómago a los pies cuando hicimos el pronunciado ascenso final. Gracie me miró y sonrió con ojos soñolientos. Yo le puse el conejito en el hueco del cuello y la ayudé a apoyar la cabeza sobre mi regazo para que se quedara dormida. Y yo también.

Cuando me desperté, estábamos sobrevolando las Rocosas. Las montañas y el cielo llenaban todo el marco de la ventanilla y el mundo parecía un lugar muy grande. No sé si sería la belleza de los acantilados rocosos que sobresalían por encima de las nubes o la sensación de independencia que experimenté al viajar por primera vez sola con mis hijos y sin Phillip, o quizás el simple hecho de saber que tenerlos yo sola como idea permanente no me perturbaba lo más mínimo. De hecho, suponía un gran alivio no tener que cargar con un cuarto niño en forma de un tipo de más de uno ochenta de estatura, pijo y quejica. Así que, al contemplar cómo discurría el río Colorado a través de la superficie de la roca, me sentí feliz. Contenta. Resuelta. Deseé el divorcio. Hasta empecé a pronunciar dicha palabra en voz alta. La noche anterior había venido a casa Ingrid a tomar una copa de vino, y se percató de que no estábamos haciendo las maletas para mi marido. Cuando le expliqué que Phillip ya no iba a acompañarnos en muchas vacaciones, lo comprendió todo. Decidí decírselo a Phillip cuando regresáramos del fin de semana.

Y eso quería decir que ya estaba preparada para hablar con Peter en serio. Ya estaba preparada para decirle lo que él había estado esperando. Desde nuestra importante conversación en la cocina, se había alejado gradualmente. Las últimas veces que me encontré con él en el vestíbulo los lunes, dijo que tenía demasiada prisa para charlar. Canceló alguna que otra cita con Dylan alegando que tenía trabajo en Silicon Valley. Luego le hice dos llamadas que no devolvió. Empecé a preocuparme por aquella chica delgada y bonita y con pinta de duendecillo que conocí en el bar de Red Hook. Estaba segura de que él no le diría que no cuando ella se le metiera desnuda en la cama. ¿Lo había perdido? La incertidumbre me atormentaba. En mi fuero interno yo sabía que Peter me escucharía cuando lo llamase y que se tomaría bien la noticia. Tenía que decirme aquello a mí misma. Cerré los ojos y repetí para mis adentros: «Estará, estará.»

Alguien me despertó con un zarandeo:

—¿Jamie? ¿Eres tú? ¿En clase turista? ¿Por qué?

Abrí los ojos del todo y vi frente a mí dos piernas escuálidas como palillos de dientes. Botas vaqueras Alligator. Un cinturón de plata y turquesas de miles de dólares con pendientes a juego. Una cazadora de ante marrón con flecos y pantalón tejano. Un chaleco de chinchilla. Y lo peor de todo, un sombrero vaquero negro. Christina Patten. Hay que joderse.

—Hola.

—Pero ¿qué haces aquí atrás, morirte?

—Vamos tirando. —Miré por encima de su hombro para ver dónde llevaba el lazo de vaquero.

—Hay mucha gente, y todos vestidos con trajes de nailon para

357

la nieve. Oh, Dios. —Después se agachó y me susurró—: Todos se parecen a Joey Buttafuco.

Me entraron ganas de decirle que aquello era preferible a parecerse a Buffalo Bill, pero no tuve valor.

Los habitantes de la Cuadrícula como Christina aportan un nuevo significado al término «esclava de la moda». Por ejemplo, en Nueva York se suben al avión de Aspen vestidas como un miembro de la realeza de la costa Este, con pantalón *sport* y un jersey de punto lujoso y llamativo, de cachemira. Pero luego, a mitad de camino sobre las llanuras del Medio Oeste, se encierran en el baño con el equipaje de mano y emergen disfrazadas de vaquero, porque tienen que llevar exactamente el *look* rural en el instante mismo de entrar en el espacio aéreo de Colorado. Por si acaso aparece Ralph Lauren y las invita a montar a pelo un caballo Palomino nada más tocar tierra.

Desde el otro lado del pasillo Yvette me lanzó una mirada.

—No sabía que venías. —Christina inspeccionó nuestra fila—. ¿No te acompaña Phillip?

—No.

—¡Bueno, pues estaremos todo el tiempo juntas! ¡Qué divertido! ¿Qué te parece si vamos a cenar el sábado?, a los niños les encantará. ¿Tienes chef en la casa?

—Por asombroso que parezca, no —dije—. Además, necesitamos pasar un poco de tiempo en familia. Así que lo siento mucho, pero no puede ser.

—¿Estás segura, Jamie?

—Gracias, pero no podemos.

—Entiendo. —Paseó la mirada por la pobreza que emanaba del paisaje de la clase turista—. Bueno. ¿Por lo menos puedo traerte un cóctel de champán?

—Voy a seguir durmiendo, Christina.

Aterrizamos en Aspen a eso de las tres de la tarde, tras una escala de dos horas y transbordo en Denver. Cinco personas manchadas de zumo y pizza que avanzaban penosamente por el pasillo del avión, tirando de maletas con ruedas repletas de tazas, tarjetas, rotuladores, reproductores de DVD portátiles, jerséis largos y anoraks para la nieve. Yvette, que llevaba un traje de nailon ajustado que no conseguía otra cosa que hacerla parecer más corpulenta de lo que ya era, transportaba en brazos a Michael, que lloraba a mares porque acababan de despertarlo bruscamente de su sueño. Yo, desde la retaguardia, intentaba valientemente que Gracie y Dylan tirasen de sus propios carritos por el pasillo e iba recogiendo rotuladores y prendas de ropa conforme mi desaliñado equipo avanzaba lentamente en fila india, como si estuviéramos haciendo senderismo por la Patagonia.

En la pista, sobre un fondo de montañas de un blanco brillante y un cielo azul intenso, había una flota de aviones privados, decenas y decenas de ellos, prueba de la riqueza y el poder de la elite de Aspen. Calculé que, siendo un fin de semana de vacaciones, por lo menos una quinta parte de aquellas monstruosidades capitalistas de reluciente acero pertenecerían a habitantes de la Cuadrícula. Estaban estacionados casi tocándose un ala con otra, con los morros alineados igual que una escuadrilla de F-14 sobre un portaaviones.

Un reactor enorme, más grande que la mayoría de los otros, llegó rodando hasta la pequeña terminal. Conté nueve ventanas y vi el logo G-V grabado en la cola. Hasta él se acercó un monovolumen negro con lunas tintadas y un coche de golf de gran tamaño que tiraba de un portaequipajes metálico. Me pasaron por la mente imágenes de Aspen en la revista *People*. ¿Sería Jack Nicholson? ¿David Beckham y Posh? Se abrió la portezuela y comenzó a desplegarse la escalerilla con un suave movimiento hidráulico. Los porteadores, alineados y dispuestos, cuadraron los hombros y fijaron la vista en la cabina, de la que iba a salir la realeza de Hollywood.

La escalerilla tocó el asfalto. Yo me protegí los ojos del cegador resplandor del sol de las montañas. Una pasajera apareció en la portezuela del avión.

Susannah. Inmóvil en la escalera. Justo enfrente de mí. Cuando nos encontrábamos al dejar los niños en el colegio, yo me daba la vuelta en la direccion contraria. Ella me había escrito una nota escueta:

Jamie:

Aquello no tuvo nada que ver contigo. Qué bajo he caído. Duró poco, y no debería haber empezado siquiera. Se ha acabado. Nadie lo sabrá nunca. Lo siento mucho.

SUSANNAH

Yo no había contestado. Pero ahora no me quedaba más remedio. Estaba bajando los escalones a toda prisa. No podía obligarla a que corriera detrás de mí sobre el asfalto con Yvette y los niños dentro. La confrontación cara a cara iba a tener que ser ya, en aquel momento.

Me puse las gafas de sol en la cabeza y la miré a los ojos.

—Hola, Susannah.

Ella saltó de la escalerilla al brillante asfalto negro y también se quitó las gafas.

—Jamie.

Frunció los labios. Aquella elegante mujer no tenía nada elegante que decir.

Yo rompí el hielo por ella.

—¿Has venido con toda la familia? —pregunté.

—Ellos llegaron ayer. Yo tenía una reunión de la junta. ¿Y tú?

—Con los niños.

—Ah. Muy bien —apuntó Susannah.

Un silencio largo e incómodo.

—Una cosa, Susannah: cuando me dijiste que lo importante era hacer mamadas a tu marido, no entendí que ello incluyera también a los maridos de tus amigas.

—No pretendía decir...

—Podrías haberme advertido de ese pequeño detalle, porque es obvio que esa parte no quedó muy clara —dije con forzada distancia emocional.

—Sólo ocurrió una vez.

—¿Estás segura? —Phillip me dijo en terapia que habíais ido dos tardes al hotel Plaza Athénée.

—No se lo digas a Tom. Te ruego que no se lo digas, Jamie. Él no tiene ni idea.

—¿Estás segura de que no tiene ni idea? —le pregunté.

—Del todo. Eso lo destrozaría.

—¿Estás segura de que sólo ocurrió esa vez?

—Vale, puede que otra vez más. Pero no tuvo nada que ver contigo.

—¿Cómo que no?

—Porque no fue más que una cosita de nada, un coqueteo entre nosotros —explicó Susannah—. Tom llevaba mucho tiempo trabajando sin descanso en lo del estancamiento de la situación en Israel.

—Susannah. Tiene todo que ver conmigo. Yo era amiga tuya.

—No sé, Jamie, Phillip es tan... y tú mostrabas tan poco interés...

—Si te refieres a que es atractivo, eso ya lo sé —consentí—. Es el motivo por el que me casé con él.

—En fin, yo...

—¿Qué vas a decir? ¿Que sientes mucho haberte acostado con mi marido?

—Bueno, sí, por supuesto que sí. Me siento fatal. Pero es que estoy muy sola. Tú debes de estar destrozada —se lamentó Susannah.

—Estuve destrozada. Ahora ya no.

Susannah dio un paso hacia mí.

—Jamie, no sabes cuánto lo siento.

Yo retrocedí.

—Pues yo lo siento mucho por ti, Susannah.

Puso cara de sorpresa.

—¿Y eso?

—Acostarse con el marido de una amiga no es propio de una persona feliz —fue lo último que dije.

ENTREACTO II

El Mercedes S600 plateado avanzó despacio por la pequeña calle secundaria de Red Hook y por fin se detuvo al lado de un monovolumen Subaru cubierto de polvo. Delante de la cafetería de la esquina había dos ancianos cubanos con abrigo de invierno sentados en unas sillas de plástico y jugando al dominó sobre una mesita. Observaron aquel automóvil despampanante y completamente fuera de lugar y supieron al instante que no se trataba del coche de un narcotraficante. Aunque aquel barrio estaba aburguesándose a toda velocidad y había expulsado a la mayoría de los delincuentes hacia barrios vecinos, de vez en cuando aparecían por allí los malos. Con todo, los dos cubanos tenían la seguridad de que en ese caso no se trataba de uno de ellos.

Uno de los dos preguntó:

—¿Quién es ése?

El otro se encogió de hombros.

En el asiento delantero del coche iba sentado, todo tieso, un chófer con sombrero bombín. De pronto se bajó la ventanilla negra del asiento de atrás y asomó una mano cargada de gruesas pulseras de oro que apuntó con urgencia al número sesenta y tres.

—¡Óscar! ¡Para el coche! Es aquí mismo, junto a ese edificio.

El viejo y sabio cubano sacudió la ceniza de su cigarro y soltó una risita.

Ella se quitó los pendientes Verdura.

—Guárdalos en la guantera.

Se apeó del coche una bota de piel de cocodrilo, seguida de un muslo muy bien torneado y después una mujer muy, muy rica. Ingrid Harris examinó el bloque con expresión de incredulidad.

—¡Óscar! ¡Vigílame! ¡Vigila el coche! Si veo una cochina rata y me muerde, llamas inmediatamente a la maldita oficina de Amex y les ordenas que me envíen el helicóptero medicalizado para que me saquen de este agujero. ¿Tienes el número?

—Está sobre el salpicadero, como siempre, señora.

—Y luego aprietas ese botón azul que tiene la estrellita, el que está al lado. No sé quién responde a ese botón, pero haz el favor de pulsarlo cien veces. —Óscar se apeó, dio la vuelta al coche y tomó delicadamente a Ingrid el codo, sujeto por un cabestrillo hecho con un pañuelo Hermès—. Hagas lo que hagas, me da igual que quince policías te digan que quites de aquí el coche y des una vuelta a la manzana. Tú esperas. Les dices que no. Te resistes a que te detengan. Puede que termines en el calabozo, pero no me abandones. Si no te encuentro aquí cuando baje, seguro que se me echa encima algún miembro de una banda para robarme mis botas favoritas.

—Este barrio es totalmente seguro, señora —dijo Óscar, mientras la acompañaba hasta el portal de un edificio de tablillas de color marrón—. Pero estaré aquí. No tiene nada de que preocuparse.

—¿Nada de que preocuparme? ¡Ja! ¡Ni que estuviera por aquí Mad Max!

La mujer muy rica pulsó el timbre del apartamento número 5, que llevaba el nombre de Bailey.

—¿Sí?

—¿Eres tú, Peter?

—Sí.

—Soy Ingrid Harris.

—Ay, Dios —dijo Peter.

—Te he oído.

—Esto... En este momento estoy muy ocupado.

—No me importa. Tengo que hablar contigo —se impuso Ingrid.

—No me digas —comentó Peter.

—¡Sí! No, en realidad he venido a hacer una visita a unos amigos muy queridos que viven en ese encantador proyecto de casa de aquí al lado y se me ha ocurrido entrar a verte. Oye, no es, ya sabes, como antes. Lo que estás pensando. Quiero decir que esta vez voy a tener las manos quietecitas.

El cubano propinó un codazo al otro.

—Esto..., sí, ya, gracias. No estaría mal —fue el comentario de Peter.

—Te lo prometo. Abre la puerta.

Peter le abrió.

La mujer subió cinco tramos de la desvencijada escalera repiqueteando con los tacones. Dio gracias a Dios por tener a aquel atractivo entrenador panameño que la obligaba a utilizar la máquina de subir escaleras. Cuando iba acercándose al tercer piso, alguien descorrió tres pestillos y a continuación se abrió una puerta.

En aquel momento apareció en el rellano un adolescente negro bien vestido, con un gorro de esquí y un chaleco de plumas, que bajaba saltando los escalones de dos en dos y que al verla a ella se detuvo y se la quedó mirando.

Ingrid se quedó petrificada, aferrada a la barandilla y con el cuerpo pegado a ella, lo más lejos posible del chico.

—¿Qué tal? —le preguntó él educadamente.

Ella intentó contestar, pero no le salieron las palabras.

El muchacho sacudió la cabeza en un gesto negativo y desapareció corriendo escaleras abajo.

Ingrid se apresuró a subir a la carrera los dos tramos que le quedaban, más rápido que el Correcaminos. Peter Bailey estaba esperando con la puerta abierta, y a punto estuvo de tirarlo al suelo al precipitarse al interior de la casa. Había una bicicleta apoyada contra la pared de dentro, al lado de un perchero del que colgaban anoraks de esquí y camisetas con capucha.

—¿Te encuentras bien? ¿Quieres que te traiga un poco de agua, una toalla húmeda, o tal vez una bombona de oxígeno? Quiero decir, para que puedas...

Ella miró atrás a ver si había alguna otra persona temible en la escalera.

—Peter, te juro que si me matan regresaré y te perseguiré toda la eternidad.

—Ya me persigues ahora —replicó él.

Ingrid pasó por delante de una pequeña cocina con una placa de quemadores minúscula, una nevera y una fila de platos de diferentes formas colocados en un viejo escurridor de plástico. En el salón había una desnuda mesa de roble y tres sillas distintas. Por todas partes se veían libros, periódicos y revistas amontonados de cualquier manera en estanterías que ocupaban todas las paredes. Ingrid pasó por encima de una maraña de cables de televisión y de Internet y por fin llegó a un viejo sofá de loneta verde, hundido en el centro.

—¿Tienes una toalla o algo?

—¿Para qué? —quiso saber Peter.

—Para sentarme.

—El sofá está limpio, Ingrid.

—Ya lo veo, la verdad es que el apartamento está bastante decente. Pero me preocupan los gérmenes, de los insectos o lo que sea.

—Bien pensado —dijo Peter—. Esta misma mañana he encontrado un escorpión debajo de ese cojín de ahí.

Le entregó una manta que colgaba del enorme sillón y ella se la puso rápidamente bajo el trasero. Le traía un recado muy serio.

—No he venido hasta aquí para... ya sabes, para reanudar nada.

—Me alegro de saberlo. —Peter tomó asiento en el monumental sillón, al lado de ella—. Bien, ¿y cuál es la urgencia?

Ingrid cruzó los dedos por debajo del muslo y después le dijo en tono teatral:

—Estoy aquí sólo porque no puedo soportar verlo tan deprimido.

—¿A quién? ¿A Phillip?

—¡No! ¿Crees que iba yo a arriesgar la vida viniendo hasta aquí por ese perdedor?

—Entonces, ¿por quién?

Más drama.

—Se trata de Dylan —dijo Ingrid.

—¿Qué pasa con Dylan? Está en Aspen. Es de suponer que se lo está pasando en grande. —Peter arrancó una hoja seca de una planta de aspecto triste que había en la mesita auxiliar y luego dijo por fin—: Llevo varias semanas sin poder llevarlo a hacer deporte.

Ingrid, cuya segunda naturaleza era la manipulación, de repente se sintió mal por lo que estaba a punto de hacer. Se sintió mal por mentir, sobre todo acerca de Dylan, pero Jamie era un desastre, y se imaginó que estaba en deuda con ella.

—A mí me lo vas a contar. Está como... catatónico.

—Dios —se alarmó Peter—. Tengo que llamarlo inmediatamente.

Se levantó del sillón de un salto y agarró el teléfono.

—¡Espera! ¿Me permites que te proponga algo mejor? —dijo Ingrid.

—¡Me lo has prometido! Y aquí ni siquiera tenemos un armario para la ropa de casa.

—Dios. Y eso que Jamie me ha dicho que eras muy inteligente. Olvídate de ti y de mí. Se acabó. ¡Y no porque no me gustara la primera vez! —bufó—. Y desde luego, a ti también pareció gustarte.

—Me gustó, Ingrid. Gracias. Muchas gracias. Pero ¿qué tiene que ver esto con Dylan?

—Necesitamos que vayas a Aspen. En mi avión, con nosotros. Despegamos dentro de tres horas.

—Estás loca.

—Eso ya me lo han dicho muchas veces —admitió Ingrid.

—No —dijo secamente Peter.

—Me han dicho que la nieve está estupenda. Y tengo entendido que a ti te gusta esquiar.

—Tengo trabajo. Tengo que arreglar mi programa durante esta semana. Y la siguiente.

—Cariño, antes tienes que «arreglar» a Dylan. Tiene el corazón destrozado. Y Jamie..., en fin, Jamie va a dejar a Phillip para siempre, aunque eso no influya para nada.

36

VUELTA AL COMPROMISO

Cuando se echa un vistazo al club Caribou, el lugar más fogoso
de todo Aspen, se ve exactamente a la misma gente que se ve en la
Cuadrícula. Uno conoce tal vez a la mitad de las personas que hay
allí. Todo el mundo va vestido exactamente igual que en casa, sólo
que con más frío. Mezclan pieles con el rollo vaquero. Botas de
piel con las que uno parece el abominable hombre de las nieves,
bufandas de piel para el cuello, orejeras de piel, ribetes de piel en las
prendas de cuero, piel por todas partes. Y no es visón. Es piel más
cara que el visón. Es marta o chinchilla.

Abrí la enorme puerta de bronce y caoba y descendí por la oscura escalera que conducía al vestíbulo del club. Una mujer que parecía una animadora de los Cowboys de Dallas se hizo cargo de mi
abrigo. Había ido al pueblo con Kathryn a tomar una cena sólo para
chicas. Íbamos a divertirnos. Compartiríamos una botella de vino.
Después llamaría a Peter y le contaría la decisión que había tomado.

Busqué entre el público su melena larga y rizada, sabiendo que
aún no habría llegado. Nunca es puntual. Una camarera me tomó el
pedido y me encontró un hueco en el borde de un gran sofá cubierto de mantas Pendleton al estilo del Oeste.

—¿Estás sola? —me preguntó un hombre apuesto, de cabello
oscuro y con camisa de franela a cuadros, acercándose a mí.

—La verdad es que me acompaña una amiga. Pero no ha llegado todavía.

—¿Y estáis las dos solas?

—Vamos a cenar. Las dos solas, y ambas estamos casadas.

—No recuerdo habértelo preguntado —dijo el hombre.

—Es que habrá por aquí una chica con suerte, y no quisiera que se te escapara —repliqué.

—¿Puedo invitarte a una copa, sólo porque eres muy guapa?

—Gracias. Eres muy amable, pero no.

El tipo no dejaba de mirarme las piernas. Yo llevaba unos gastados Levi's 501 que no había podido ponerme desde antes de tener niños.

—En ese caso, me quedaré aquí sentado a oler tu perfume —dijo.

Después de varios avistamientos de famosos, alguien me tocó en el hombro. Yo retiré el abrigo del sofá, preparada para levantarme, creyendo que se trataba de Kathryn.

Pero era Christina Patten. Otra vez. Justo en el centro de mi campo visual. Me aguó totalmente la fiesta. Besito y besito. Me puso una mano en la rodilla y me dijo:

—Cuánto me alegro de verte. Podemos juntarnos todas las chicas. Podrías venir a cenar. O, si no quieres mover a todas las tropas, podríamos ir nosotros a vuestra casa. Como prefieras.

Sonreí cortésmente, o lo intenté, y miré por encima de su hombro para ver si por casualidad llegaba Kathryn para rescatarme.

Christina continuó insistiendo:

—Estamos todas con los niños, y a los míos les gustaría juntarse con algún amiguito por la noche. —Christina me miró con sus ojazos castaños de cachorrito—. Por favor...

—Ya hablaremos, Christina.

—¿Qué te parece mañana?, podríamos juntarnos en una casa o en otra. ¿Prefieres tu chef o el mío? —Lanzó una carcajada y luego un bufido.

Nada de chefs, eso seguro. Aspen tiene que ser uno de los pocos lugares del planeta en que una mujer cuyo marido gana un millón y medio de dólares al año puede sentirse una indigente.

—Christina, para serte totalmente sincera, lo único que necesito es un poco de tranquilidad con mis hijos. Lo siento, pero en este viaje no estoy para cenas.

Me di cuenta de que ella estudiaba la posibilidad de presionar un poco más, pero al final cedió. Se inclinó hacia delante y puso ambas manos sobre mis rodillas. Una expresión de dulzura ablandó su semblante, una que yo jamás había visto. Dijo:

—Te vi en el parque.

—¿Perdona?

—Digo que te vi en el parque.

Me vino a la cabeza la imagen de Peter detrás de mí, cogiéndome de la mano mientras yo resbalaba en las piedras de la subida al castillo.

—Yo... —balbuceé.

—Parecías feliz, Jamie.

—Yo...

—Ya sé que me consideras un bicho raro, y no eres la única, lo piensa todo el mundo —convino Christina—. Pero quiero decirte una cosa muy en serio.

—Ah, ¿sí?

—Haz en la vida exactamente lo que tengas que hacer para ser feliz. Ni por un minuto pienses que todo esto nos resulta fácil a ninguna de nosotras. Sé sensata contigo misma y descubre qué es lo que quieres en esta vida.

Y acto seguido chocó su copa de vino con la mía y se fue.

Yo todavía estaba recuperándome de los efectos de aquel encuentro cuando apareció Kathryn, al cabo de cinco minutos, y me libró del aventurero de Seattle.

Mientras esperábamos a que nos sentaran, Kathryn me dijo:

—Eres muy mala.

—¿Qué?

—¡Mírate! Vas de lo más provocativa —explicó Kathryn.

—Te has retrasado. Debería ser yo la que te regañara a ti. Se me ha arrimado un tipo y no podía quitármelo de encima.

—Bueno, estás separándote formalmente. Debes de llevarlo escrito en la frente, o algo así.

—Deja de meterte conmigo, Kathryn. Sólo quería ponerme guapa para mí misma, y para nadie más.

—Claro.

La energía que flotaba en el restaurante resultaba palpable. Hombres guapos y de todas las edades, con jerséis oscuros de cuello alto y chaquetas de ante riendo ruidosamente, rodeando con un brazo a una mujer a cada lado. Habitantes de la Cuadrícula haciendo totalmente el ridículo con sombreros gigantes. Rubias altísimas con salvajes melenas de Tejas y botas altas de vaquero, tejanos ajustados y chalecos de chinchilla moteada de veinte mil dólares, saltando de una mesa a otra por todo el restaurante. Gente por todas partes desahogándose un poco. Su energía sexual resultaba contagiosa.

Se acercó a nuestra mesa un camarero que estaba como para parar un tren. Tenía un oscuro bronceado, todo alrededor de la línea de las gafas de esquiar, que le daba el aspecto de un oso panda. Nos entregó dos menús y nos dijo que él personalmente iba a encargarse de que pasáramos una velada agradable.

—Podrías simplificar las cosas y hacértelo con él. Acaba de ofrecerse —sugirió Kathryn.

—No. No pienso tirarme al camarero.

—Pues entonces resérvate para Peter. ¿Phillip se ha dado cuenta de algo de lo que está pasando entre vosotros?

—Apenas recuerda su apellido. Todavía lo llama entrenador —comenté.

—¿Cómo están las cosas con Phillip exactamente, a día de hoy? ¿Has llamado ya a ese abogado? —preguntó Kathryn.

—Estoy pensando en un mediador. Y pienso decirle que la cosa será oficial cuando volvamos. Puede que incluso el lunes por la noche.

—Eso ya te lo he oído decir antes. ¿Estás segura?

—Del todo. Ni siquiera se sorprenderá —comenté—. Ha llegado a mis oídos que está viéndose con una chica joven. Sólo estamos retrasando la conversación definitiva.

Kathryn pasó el dedo por su copa de vino. Dijo:

—Y cuando te entre el miedo, que te entrará, no te olvides de que Peter está enamorado de ti. Aunque no te llame.

—Me preocupa que haya seguido adelante con su vida —admití.

—Ni hablar. Simplemente está haciendo sus jugadas de ajedrez propias.

—Bueno, pues aunque no me llame, no sé cómo se desarrollarán las cosas entre Peter y yo, en lo que se refiere a nuestra relación. —Kathryn negó vehementemente con la cabeza mientras yo decía aquello—. No quisiera confundirlo con un sustituto para mi hijo ni...

—¿Por qué tiene que ser así? Deja de... ¿Por qué no te parece bien enamorarte de Peter sólo por el hombre que es? ¿Por qué tiene que ser no sé qué teoría psicoanalítica de un sustituto de Phillip? Todo puede ser más sencillo. Peter es fantástico, adora a los niños, te adora a ti. Punto —definió Kathryn.

—Sabes perfectamente que las cosas no funcionan así, pero desde luego me gusta cómo suena.

—Pues entonces, cuando vuelvas, ponte manos a la obra. Y también en el plano profesional. Te sentirás mejor.

Se refería al proyecto de un documental que habíamos empezado a desarrollar Erik y yo hacía apenas un par de semanas. Él me llamó de improviso y me invitó a comer. Nada más sentarnos, me sacó una carpeta con una oferta: el proyecto de un documental en el que contaríamos nuestra versión de la historia de Theresa, redactada por él mismo, no la puñetera versión edulcorada que habían vetado los abogados de la NBS, y en el que añadiríamos alguna que otra buena noticia sobre los *blogs* que nos habían jodido.

Yo sabía que Kathryn tenía razón en lo de volver a trabajar cuando regresara a Nueva York.

Nuestro apartamento se encontraba situado en una pequeña vaguada, a unos kilómetros de la base del monte Aspen. Tenía cuatro dormitorios y una diminuta buhardilla encima del garaje. El cuarto de estar estaba repleto de sofás tapizados a cuadros marrones. Había una cocina de formica, muy limpia y con electrodomésticos funcionales, que daba a un breve comedor. Mi habitación, provista de chimenea, miraba a la vaguada y al bosque de pinos que había detrás.

Kathryn me dejó en la puerta de la casa poco antes de las once. Yo estaba un tanto achispada. Cuando su Jeep desapareció, me apoyé contra la barandilla del porche y contemplé los millones de estrellas que iluminaban el cielo. En Nueva York, las luces de los rascacielos impiden ver las constelaciones. Me senté en una mecedora y me extendí una manta de lana gris sobre las rodillas.

Me recosté para disfrutar del inabarcable cosmos y metí las manos entre las piernas. La costura central de los ajustados vaqueros que llevaba puestos me rozaba un poco, y experimenté un cosquilleo sexual que me subió por la espalda. Estaba inquieta. Me entraron ganas de divertirme como antaño, de fumarme un porro (cosa que llevaba años sin hacer) o beberme una copa de vino que me calentara por dentro en aquella noche fría. Aún nerviosa, me levanté, me apoyé sobre la barandilla e intenté formar aros con el vaho de mi respiración. ¿Cómo era posible que en los viejos tiempos supiera hacer anillos enormes con tabaco o con hierba, y que, sin embargo, no me salieran con el vapor de la respiración?

Me incliné un poco hacia delante para ver mejor la vaguada, y descubrí un resplandor rojo proveniente de una ventana que daba al porche de atrás. ¿Estaría la casa en llamas? No. Tenía que ser la chimenea. No era propio de Yvette hacer fuego a aquellas horas de la noche, ni a ninguna otra hora. Tenía que ir a ver.

Y allí estaba él, esperándome.

La casa estaba a oscuras. Peter se levantó al oír que la puerta se abría y se quedó inmóvil detrás del sofá, bañado por un resplandor anaranjado que proyectaba sombras onduladas y espectaculares sobre las paredes. El fuego de la chimenea, a su espalda, recortaba su silueta. Parecía una criatura del infierno. Yo reí en silencio.

—¿Qué te hace tanta gracia? —susurró.

—Tu silueta. Con el fuego detrás pareces el demonio.

—Pues tú estás preciosa —dijo Peter.

No me moví.

—¿Cuándo has llegado? —Dios, cuánto me alegraba de verlo.

—Esta noche. No preguntes cómo, porque no te lo pienso decir. Yvette me ha dejado entrar. Tenía que ver a Dylan antes de que se fuera a la cama. Estaba muy preocupado por él.

—¿Por qué?

—Porque estaba muy deprimido. Mucho antes de que viniera yo.

—Ah, ¿sí? —Me sorprendí.

—Pues sí. Por eso estoy aquí.

—¿Y te ha parecido deprimido?

—La verdad es que no —aceptó.

—Bueno, entonces, ¿de qué estás hablando?

—Digo que he venido porque me han dicho que Dylan se encontraba en baja forma.

—¿Quién te ha dicho eso? —le pregunté.

—Tampoco puedo decírtelo.

—Bueno, pues es falso. Dylan está muy bien. No le gusta que hayas tenido que irte a Silicon Valley, pero lo entiende.

—Ah, ¿sí? Muy interesante. —Fue como si se le hubiera encendido una bombilla en la cabeza.

—En fin. ¿Y qué tal estás tú, Peter? Gracias por devolverme los mensajes.

—Lo único que importa es que estoy aquí. Y me alegro de ello.

—Yo también.

Se dio la vuelta y cogió dos copas vacías de la mesita de centro, y también una botella de vino tinto ya abierta pero intacta. Yo permanecí sin moverme, petrificada. «Ay, Dios, Dios, Dios.» Me costaba trabajo creer que aquello estuviera sucediendo.

Me cogió la mano, la apretó un instante como había hecho en el parque y me condujo a mi dormitorio.

—Tengo sed —fue todo lo que atiné a decir. La implacable altitud de Aspen le secaba la garganta a todo el mundo la primera vez que iba.

Peter sirvió agua en una de las copas y me la entregó, dejando que su dedo tocase mi mano durante un segundo de más. Yo creí morirme.

—Bébete esto. —Sonrió como si aquello no tuviera importancia, como si yo sólo debiera relajarme.

Bebí un sorbo mientras él se acercaba a la chimenea del dormitorio, todavía a oscuras. La luz procedente de la lámpara del pasillo lo ayudó a encontrar el camino. Apiló los leños, introdujo entre ellos unas cuantas bolas de papel de periódico y metió una pequeña pastilla inflamable por debajo de los hierros. Luego se quedó allí de pie, con su camiseta blanca y sus tejanos como si fueran terciopelo sobre aquel cuerpo, con una mano en la cadera, viendo cómo se prendían las llamas. La verdad es que estaba para comérselo.

Peter se volvió y fue hacia la puerta. Durante una fracción de segundo me pareció que se sentía desilusionado y que iba a marcharse, pero lo que hizo fue echar el cerrojo. Después volvió hacia mí y se quedó plantado delante. Esbozó aquella sonrisa mortal. Yo bajé la mirada y esperé. Aquella escena la dirigía él.

Flexionó ligeramente las rodillas y levantó el rostro para mirarme, a continuación me cogió la cara entre las manos y me dijo:

—Eres tan preciosa que me duele.

Y me besó con dulzura.

Me rodeó los hombros con los brazos para que no me cayera y se me acercó un poco más con la rodilla entre mis piernas, en un paso de baile a lo Fred Astaire con el que me situó contra el costado de la cama. Y entonces empezó a besarme como un poseso, instando a mi cuerpo a reclinarse sobre la cama. Me resultó increíble lo mucho que lo deseaba yo.

Entonces me agarró las piernas y las subió a la cama de modo que yo quedara tendida a su lado. Una de sus rodillas me inmovilizó la pierna, y hasta eso me excitó también. Su sabor era delicioso, dulce como la miel. Me besó bajando por el cuello y trazando una línea con el dedo que partió de la oreja y descendió por la garganta hasta llegar al estómago. Entonces apoyó una mano sobre mi vientre, por debajo de la blusa, apoyó la cabeza justo encima de mi hombro y comenzó a trazar círculos con el dedo índice alrededor de mi ombligo, rozando la parte superior de mi pantalón. «Oh, Dios mío.» Recé para que Gracie no empezara a sentir sed o dolor de cabeza por culpa de la altitud y quisiera entrar.

El fuego crepitó haciendo ruido y una ascua explotó contra la pared de la chimenea.

—¿Estás bien? —me preguntó Peter.

Cerré los ojos.

—Estoy un poco nerviosa, pero bien. —Me estiré un centímetro hacia la mesilla de noche, alejándome de él.

—¿Pretendes resistirte a mí? —inquirió.

—Intento no hacerlo. —Él sonrió, chocó su copa contra la mía y bebió un sorbo de vino. «No pasa nada, Jamie»—. ¿Por qué ahora? —tuve que preguntar.

—Digamos simplemente que las circunstancias que rodean este viaje actúan a mi favor. Y que un pajarito me ha contado cuál es la situación entre Phillip y tú. Además, se me había terminado la paciencia. —Me tocó la nariz con el dedo—. Y quiero hacerte feliz. Y de todas formas, en mi caso, hace mucho tiempo que deseo hacer esto.

—¿Desde cuándo? ¿En serio?

—Desde el primer día que fui a tu oficina —convino.

—¿Tanto?

—Sí. Estuviste muy graciosa. Y muy guapa. Y muy valiente, intentando atender el trabajo y los niños y todo eso.

—¿De verdad fue en aquella ocasión? —quise saber.

—Sí. Fue el gran momento. Y tú te has pasado todo el tiempo demasiado ocupada para verlo siquiera, o para percatarte de ello.

—No quería verlo, Peter.

—Lo sé muy bien. Créeme, ha sido una tortura.

—Lo siento. —Lo besé.

—Y haces bien, porque este hombre ya no va a esperar más.

Una gotita de vino me cayó sobre la barbilla y me resbaló por el cuello. Él la lamió. Luego apoyó la cabeza en el codo y, tendido a mi lado, comenzó a desabotonarme la blusa.

Me preguntó una vez más:

—¿Estás bien?

—Hu... hum.

Me alzó los brazos y me quitó despacio la blusa. Sentí el contraste del aire frío sobre la piel. Nunca me había sucedido aquello con nadie, ni siquiera en la universidad. No me podía creer que tuviera treinta y seis años y me sintiera de aquel modo. Quise consumir a Peter por entero. Él estaba tumbado encima de mí, y de pronto se sentó a horcajadas y se quitó la camisa. «Oh, Dios mío, qué pecho.» Era impresionante.

Parecía muy contento, como si se estuviera divirtiendo de lo lindo. Por fin.

—¿Sigues estando bien?

—Hu... hum.

—¿Estás segura de que quieres tirarte al *manny*?

—Segura del todo.

37

UN DURO DESPERTAR

Eran las ocho y media de la mañana cuando me desperté al oír a Peter y Dylan luchando en el cuarto de estar. Rodé hacia un costado y recordé que Peter había salido de mi habitación sólo un par de horas antes. Habíamos hecho el amor toda la noche, como dos adolescentes ansiosos de aprovechar unos momentos robados, hasta que amaneció y él se trasladó a la buhardilla situada encima del garaje. Me quedé asombrada de que Peter estuviera levantado, porque yo notaba el cuerpo como si fuera espagueti. Mi cama estaba como si se hubiera cebado en ella una jauría de perros salvajes.

Abrí la puerta una rendija para oírlos.

—Éstas son las montañas en las que me crié yo, pequeño saltamontes, y voy a darte cien vueltas con mi nueva tabla Arbor Element.

—¡No es justo! ¡Yo sólo he practicado con la tabla la primavera pasada, una semana! —se quejó Dylan medio riendo, medio gimiendo.

—Y con un poco de suerte, cogeremos algún que otro tramo chof-chof.

—¿Qué es chof-chof? —dijo Dylan.

Peter se inclinó un poco más hacia delante.

—Tranqui, Dylan. Si quieres hacer *snowboard* conmigo, tendrás que aprender el argot. Surfear chof-chof significa esquiar con tabla en un día que hay nieve en polvo. Cuando nieva por la noche y al día siguiente hay toneladas de nieve recién caída, uno tiene la sensación de bajar todo el tiempo como si fuera con plumas. Y cuando hagas un giro grande, yo te diré: «Eso ha estado mortal, doctor.»

—¿Qué es estar mortal?

—Es describir una bonita trayectoria en la nieve.

—¿Y por qué lo de «doctor»?

—No sé, no es más que una tontería que se dicen los surferos unos a otros —explicó Peter.

—Vaya. Qué guay.

—Y cuando haya terminado contigo, bajarás por esas pistas saltando, girando y derrapando igual que yo.

—¿Tú crees? —Dylan mostraba entusiasmo.

—No lo creo. Lo sé.

Pasamos el sábado entero en las pistas, Peter y yo tan agotados que fue un milagro que no nos matáramos estrellándonos contra un árbol. Después de comer dejamos a los niños en la escuela de esquí y nos fuimos a esquiar solos. En el telesilla nos besamos con imprudente abandono, Peter esquió detrás de mí rodeándome con sus brazos, gritándome instrucciones, riéndose de mi torpeza cuando conquistaba por primera vez un repecho de nieve amontonada del tamaño de un Volkswagen. Fue sublime, más supremo si cabe a causa del peligro potencial y de la posibilidad de que me destrozaran el corazón.

El sábado por la noche, cuando los niños ya estaban profundamente dormidos, hubo más de lo mismo, volvimos a hacer el amor como si fuéramos de otro mundo. Reímos, vimos un poco la televisión, comimos galletas y bebimos vino. Y luego volvimos otra vez a la carga, adelante y atrás, del derecho y del revés, hasta que ya no pudimos más.

Me despertaron unos golpes a la puerta de la casa. Eran las siete y media de la mañana del domingo. Debía de ser alguien que se había equivocado. Alguien aporreaba la puerta con la mano enguantada, produciendo un ruido sordo. Me tapé la cabeza con una almohada con la esperanza de que aquel intruso se hubiera dado cuenta de su error. Pero no fue así. Los golpes continuaron, esta vez ya acompañados de porrazos en los cristales que flanqueaban la puerta.

—¡Mierda!

Me levanté de la cama, me puse un albornoz y miré por encima las copas medio vacías, la botella de vino terminada y mi ropa esparcida por el suelo. Yo misma olía a sexo. Estaba furiosa y agotada, y llena de agresividad por el hecho de que aquel tipo se hubiera equivocado de casa. Me asomé por uno de los cristales de colores que enmarcaban la puerta. «Oh, Dios mío.»

Phillip. Allí, en Aspen.

Regresé corriendo al dormitorio para guardar la segunda copa de vino en el cuarto de baño y cerciorarme de que Peter se hubiera llevado consigo sus calzoncillos. Volví a extender las mantas, pero no lo supe hacer con seguridad. Me puse un poco de crema en las manos para disimular el olor a sexo que me impregnaba todo el cuerpo, las manos, la boca. Tampoco me daba tiempo a lavarme la cara, así que me salpiqué las mejillas con tónico. Por primera vez en diez años de matrimonio, había pasado dos noches en compañía de otro hombre.

Y cuando pensé en eso, llegué a la conclusión de que definitivamente no me arrepentía ni me sentía culpable.

Así que hice acopio de fuerzas y abrí el pestillo de la puerta.

—Hola, Phillip.

—Hola, Jamie.

—Entra. —Me dio un beso ligero en la mejilla y pasó al recibidor tirando de una maleta pequeña con ruedas—. Dylan y Peter deben de haber subido a la buhardilla.

Phillip arrojó su abrigo sobre el sofá. Traía un aspecto horroroso. Tenía el cabello de punta, como el de Einstein, y olía a avión.

—Bueno, Phillip, ¿te apetece un café?

—Ya me he tomado cuatro. He pasado la noche entera en vela. He hecho transbordo en Houston, en un vuelo que salía al amanecer. He dormido cinco horas en el Hilton del aeropuerto.

—No traes el equipo de esquiar. ¿A qué se debe tanta urgencia?

Pero yo sabía que venía a suplicar. Enseguida saltó:

—No he venido por lo nuestro. Quiero decir que no he venido para intentar enmendar las cosas, ni nada. Tengo problemas, Jamie.

—Ah, por eso parecía el Fugitivo—. Llévame a tu dormitorio. Tenemos que hablar en privado.

Me quedé pensando en el giro de los acontecimientos, mucho

que digerir a aquella hora temprana. El pobre Phillip necesitaba algo de beber. Abrí la nevera e introduje la mano para sacar un cartón de zumo de naranja, pero en cambio opté por una botella de agua mineral. Fuimos rápidamente a mi habitación.

Tras indicarle con una seña que se sentase en el sillón que estaba junto a la chimenea, extendí el edredón sobre la cama rezando para que no cayeran de él un par de calzoncillos. A continuación eché el cerrojo a la puerta y me coloqué con la silla del escritorio delante de mi marido.

—Muy bien, cuéntamelo todo.

—No puedo contártelo todo, no quiero que lo sepas todo porque deseo protegerte.

Yo alcé las manos en el aire.

—Phillip, ¿el problema que tienes es serio como para ir a la cárcel, o sin importancia como para ganarte un cachete? ¿Estás hablando de quedarte sin trabajo y que te expulsen del colegio de abogados?

—Es potencialmente grande, pero no necesariamente —me explicó Phillip.

—Muy bien. —Enderecé la espalda—. Pero ¿no puedes decirme de qué se trata?

—No del todo, Jamie.

—Bueeeno, pues ya me dirás qué quieres que haga. ¿A qué has venido?

Él respiró hondo y bajó la vista, avergonzado.

—Necesito que olvides unas cuantas cosas —dijo.

—¿Qué cosas?

—Ciertas cosas. —No aclaró nada.

—¿Es la citación de Laurie por robar secretos industriales que según tú no era más que un problemilla rutinario y ahora se ha convertido en un problema serio? —me aventuré. Phillip afirmó con la cabeza—. ¿Y la vez aquella que me llamaste desde el trabajo para pedirme que me deshiciera del contenido del expediente Ridgefield?

Phillip afirmó de nuevo y después añadió:

—Y si te envían una citación a ti...

—Phillip, yo gozo del privilegio del cónyuge. No pueden citarme mientras estemos casados. —De repente comprendí adónde

379

quería llegar. Si me divorciara de él por una causa, por adulterio, podrían cuestionarme. O, más exactamente, si yo lo odiaba lo suficiente, tal vez me pusiera a cantar como un canario. Phillip estaba preocupado por que yo lo traicionase—. Quieres que me olvide de los papeles que había en aquel expediente.

Se inclinó hacia mí con expresión malvada y me preguntó:

—¿Los leíste antes de encerrarlos bajo llave?

Yo también me incliné. Dije:

—No pienso contestar a eso.

En aquel momento llamaron a la puerta. Un solo golpe. Me entraron ganas de vomitar. Asomé la nariz por la rendija. Gracias a Dios, no era Peter.

—¿Sí, Yvette?

—Gracie quiere meterse en la cama de usted.

Yvette traía en brazos a una Gracie soñolienta.

—Ahora no, Yvette. —Tendí una mano para acariciar la mejilla de Gracie—. Mamá está ocupada. Quédate un ratito con Yvette.

Cerré la puerta. Gracie aulló igual que una hiena y al cabo de tres minutos empezó a quejarse Michael. Dos niños lanzando gritos quería decir que Peter y Dylan saldrían enseguida de la buhardilla del garaje. Ahora empezó a preocuparme que Peter regresara a mi dormitorio en aquel momento tan horrible.

Pasamos quince minutos repasando los detalles. Su citación, la citación de su ayudante, Laurie, sus abogados, su empleo, sus alegaciones, las repercusiones. Por lo visto, estaba a salvo de la acusación de robar secretos industriales, pero el expediente de Ridgefield podía cambiar las cosas. Yo tenía que tomar decisiones, y deprisa.

Phillip se puso de pie y lanzó un manotazo al aire cuando yo me negué de nuevo a hablar del contenido del expediente que supuestamente había ocultado. Una enorme lámpara de pie se estrelló contra el suelo. Oí ruido de pasos corriendo por el pasillo, como los de un *manny* corpulento.

Un golpe sonoro en la puerta. Peter vociferó:

—¿Estás bien?

Phillip fue a abrir.

—¿Sí?

—He pensado que a lo mejor se había hecho daño —dijo Peter.

—No le pasa nada —contestó Phillip—. Está perfectamente.

Yo tenía que decir algo. No podía permitir que aquel hombre tan fantástico se hiciera conjeturas, pero tampoco podía marcharme con él, que era lo que deseaba hacer. Así que simplemente intenté explicar la situación lo mejor que pude:

—¡Peter! Como ves, Phillip tiene asuntos importantes que no podían esperar. No pasa nada, te lo prometo. Más o menos.

Y cerró la puerta.

El que pronto iba a ser mi ex marido y yo nos sentamos de nuevo, los dos sumamente tensos.

—Sí, Phillip, tenemos asuntos. Unos cuantos, de hecho —concluí.

Intenté centrarme otra vez en Phillip, pero lo único que me venía a la cabeza era si Peter se habría enfadado.

Phillip abrió mucho los ojos. Continué:

—Sobre tu vida sexual. —Yo procuré dar miedo de verdad. No hubo reacción alguna—. ¿Es verdad que llevas varios meses viéndote con una chica rubia?

—No veo qué relación puede tener eso con lo que estamos hablando, Jamie.

«Phillip. Hace unos minutos —pensé para mí— te tenía cogido por las pelotas.»

—Siento discrepar, pero puedes verlo como quieras. Así que quiero aprovechar la posición en que me encuentro para obtener más respuestas de ti. No me mientas, Phillip. Al fin y al cabo, no sabes si hice una copia de lo que había dentro de aquel expediente antes de...

De improviso se abalanzó sobre mí y, por primera vez en mi vida, pensé que un hombre iba a darme un puñetazo. Me aterró pensar en lo que estaba metida. El desmoronamiento de mi matrimonio ya era bastante carga, y encima ahora la citación, y lo de Peter la noche anterior.

—¡Que Dios te ayude, Phillip, si te atreves a ponerme una mano encima!

Él se echó atrás.

—Jamás haría algo así —dijo, horrorizado.

—Pues ha dado la impresión contraria —apunté.

—No lo haría. Jamás. Lo sabes perfectamente, Jamie. Siento haberte asustado.

—Bien. Vamos a bajar un poco la temperatura —concedí—. Y si tú crees que esta relación tiene alguna posibilidad de sobrevivir, aunque sólo sea de manera cordial como padres de esos tres preciosos niños, más te vale que te sinceres conmigo ahora mismo.

Él me miró. La cólera se había disipado, al menos momentáneamente. Me di cuenta de que se sentía culpable. Se ablandó.

—Muy bien —dijo.

—De acuerdo. ¿Quién era esa chica rubia a la que hace dos semanas le estabas comiendo la oreja en Caprizio's?

—¿Cómo te has enterado de eso?

—Enterándome —admití—. La gente habla.

Se encogió de hombros y recordó:

—Hace dos meses me echaste de la habitación, y después a casa de mis padres. En ningún momento dijiste que no pudiera ver a otras mujeres.

—Tienes razón, Phillip. Lo único que dije fue que no quería volver a compartir una cama contigo, pero necesito saber qué te propones. Me ayudará a enfrentarme a todo esto saber que estás siendo sincero.

Esperaba encontrar un poco de paz, intentaba hablar con él de forma racional y constructiva.

Phillip lanzó un suspiro.

—Es ayudante del bufete. Se llama Sarah Tobin. No es muy inteligente, pero le gusta cuidar de mí. Tú no te has mostrado exactamente muy dispuesta a dedicarme tu tiempo.

—¿Susannah está enterada de tu rollo con Sarah? —pregunté con malicia.

—Susannah me dejó tirado hace meses, ya lo sabes tú. Sólo quería coquetear. Cuando la cosa se volvió un poco más...

—A mí me pareció que era mucho más, Phillip. Por supuesto, con las piernas levantadas como...

—Eso duró una semana, Jamie.

—¿Y lo del Plaza Athénée? —le recordé.

—Todo fue en la misma semana. Yo me sentía solo en nuestro matrimonio.

—Ya —respondí con sarcasmo.

—¿Ya? ¿Te crees que entiendes mis motivos mejor que yo?

—De hecho, así es. —Me atribuí entendimiento.

—¡No me digas! A ver. Esto va a resultar interesante —susurró Phillip.

—Muy bien. Lo que pienso es lo siguiente, y por cierto, resulta totalmente obvio: pienso que follártela en su terreno significaba que podías ser el dueño de aquellas obras maestras, aunque sólo fuera durante diez minutos. Follártela a ella te hacía rico.

Silencio.

Y a continuación Phillip dijo:

—Ni por lo más remoto.

—Phillip. Si no puedes ser sincero conmigo, por lo menos sé sincero contigo mismo. Repito: follártela te hacía rico. No rico como lo somos nosotros; rico como tú quieres ser. De los que tienen avión propio.

—Ni siquiera puedo responder a eso.

—Muy bien.

—Un error. Eso es lo que fue. No soy mala persona. No estabas loca cuando te casaste conmigo, lo sabes perfectamente —afirmó Phillip.

Oí a los niños jugando en la otra habitación.

—Lo sé. Sí —admití.

—¿Estás segura?

—Sí, estoy segura.

Phillip probó de nuevo.

—¿Leíste el expediente o no? Necesito saberlo. Ahora necesito que tú seas sincera conmigo.

—Phillip, eso no pienso decírtelo —me empeciné.

Empezó a pasear nervioso por la habitación, resollando igual que un toro en el ruedo.

—¡Maldita sea, Jamie! Puedes odiarme por todo lo que he hecho. Créeme, sé que no soy una persona fácil. Pero me lo debes a mí, a los niños, para protegerme.

—El contenido del expediente de Ridgefield se encuentra en una caja de seguridad, Phillip.

—Estás de broma. —Se dio un palmetazo en el muslo y soltó una carcajada forzada—. ¡Jamie, dime que es una puta broma!

—No lo es —dije con seguridad.

—¿Y para qué ibas a hacer algo así? ¡Es una imprudencia!

—A mí me pareció prudente.

—¿Lo leíste o no lo leíste? —insistió.

—Carece de importancia. —¿Qué se creería, que yo era idiota y no lo iba a leer?

Paseó un poco más por la habitación trazando círculos.

—Vale, Jamie. ¿Qué es lo que quieres?

—Quiero que encuentres a una chica cuya misión en la vida sea cuidar de ti, alguien que se sienta cautivada por tu linaje, por tu pasión por la vida, por tus éxitos económicos y profesionales.

Él pareció confuso, pero esperanzado.

—¿Eso es todo, Jamie?

—No.

—Ya decía yo. —Volvió a sentarse.

—Quiero hacer una serie de cambios. Quiero mudarme al centro.

—¿Te has vuelto loca? Por Dios, ¿quién, teniendo dinero, iba a querer vivir en el centro, con todas esas asquerosas fábricas, y sin porteros?

—Phillip. No quiero vivir en el enclaustramiento que supone Park Avenue, con todas esas familias de ricos provincianos. Y tampoco quiero que vivan ahí nuestros hijos.

—Si lo que pretendes es echar a perder lo que yo...

—Esto no va en absoluto contra ti —afirmé—. De hecho, no tiene nada que ver contigo, sino conmigo. Y con mi felicidad. Quiero vivir en una comunidad distinta, que sea menos criticona.

—En Manhattan no vas a encontrarla. Ni en Brooklyn. No hay nada más *snob* que los artistas del centro, que se creen tan guays.

—Phillip. Me gustaría intentarlo. Dylan irá y vendrá de la parte norte de la ciudad durante dos años más, y luego, en séptimo curso, puede pasarse a otro colegio de la zona sur. Y en cuanto a Gracie, ya solicitamos plaza también en el St. Anthony's Church. En aquel momento me pareció una locura, pero ahora de repente lo veo mucho mejor.

—Genial —exclamó Phillip—. Llevas haciendo planes de mudanza desde el otoño pasado, cuando enviaste las solicitudes, ¿y no me lo has dicho hasta ahora?

—Esos colegios eran posibilidades a tener en cuenta por si acaso Gracie no conseguía entrar en Pembroke —le expliqué—. De todas formas, me gustaría que vendieras nuestro apartamento, tan grande, y compraras dos más pequeños, uno para ti y otro para mí.

384

Quiero que se me paguen todos mis gastos razonables hasta que pueda recuperarme profesionalmente. Luego podremos calcular un porcentaje juicioso que yo aportaré, en función de mi sueldo. Igual que antes. Cuando volvamos a casa te daré un presupuesto.

—¿Tienes idea de lo que va a costar eso? ¿Mantener dos pisos? —Estaba alarmado.

—Perfectamente, Phillip. Yo me ocupo de la economía de la familia y de las facturas, ¿recuerdas? Por eso sé exactamente lo que te puedes permitir. Y no quiero que venga ningún abogado a joderlo. Quiero un mediador, no un abogado de empresa con colmillos, para que se encargue de esto, de este divorcio.

Pronunciar aquella palabra me provocó un estremecimiento, pero una vez que la pronuncié, me sirvió para envalentonarme. Cuando Phillip oyó dicho término, no se inmutó. Yo no supe si era por el abogado que llevaba dentro o porque efectivamente él también había dado un paso adelante.

Continué:

—Ésta es mi oferta final, y la única. Quiero un piso nuevo. Quiero dinero en efectivo suficiente para pagar todas las facturas de los niños, porque las pagaré yo. Y quiero que tú te encargues de mis gastos personales durante todo el tiempo que lo necesite. Quiero una custodia amistosa y conjunta, para que puedas ir y venir como te plazca. Quiero la mínima tensión posible. Y también quiero que me des todo lo que te pido a cambio de...

—¿A cambio de qué? —preguntó.

—A cambio de que yo esconda la llave de esa caja de seguridad.

—Jamie. Necesito saber dónde está.

—No. Te juro por la vida de mis preciosos hijos que la sacaré de su escondite sólo si te niegas a aceptar mi oferta.

—Por favor, Jamie. Dime qué es lo que sabes —volvió a insistir.

—Sé que me preocupo por ti. Que deseo que encuentres a una persona más adecuada que te haga feliz. Deseo que veas a tus hijos con frecuencia y tengas una relación sana con su madre. Y si estás pensando en escaquearte conmigo en la cuestión económica, recuerda que poseo una información sumamente peligrosa, muy cerca de mí.

—Pero tú no serías capaz de destruirme. Nunca lo harías, Jamie.

—Tú no sabes lo que soy capaz de hacer o no. Pero sí sabes que tengo esa información. Y también sabes que en realidad el dinero no me importa tanto como a ti. Ni de cerca. Así que si me presionas lo suficiente...

—De acuerdo, de acuerdo —consintió Phillip—. Deja que lo piense unos días. Deja que lo asimile.

—No hay prisa, Phillip. Pero recuerda que no quiero negociaciones con abogados.

—¿Puedo pasar un rato con mis hijos ahora?

—Pues claro que sí.

—¿Te gustaría que me quedara o que me fuera? —fue su pregunta.

—Puedes quedarte. Por si te necesito... —fue mi respuesta.

—Tengo un vuelo de regreso esta noche.

—Muy bien.

Había tardado diez años en tener aquella conversación, y por fin ya la había pasado. Antes de poder asimilarlo, tenía que dar el paso de enfrentarme a Peter y tranquilizarlo.

—¡Papá! —chilló Gracie desde el cuarto de estar—. ¡Sé esquiar! ¿Vas a verme?

Intervino Dylan:

—¿Vas a venir a esquiar con nosotros, papá?

—Niños. No puedo. No he venido pensando en esquiar.

Peter había desaparecido en el interior de su pequeño dormitorio encima del garaje. ¿Qué podía estar pensando? La noche anterior le había prometido que iba a terminar definitivamente con Phillip, y de pronto, *voilà*, se presenta Phillip cuatro horas después, como si fuéramos una familia feliz.

Con Dylan ya cuesta abajo, camino de la depresión, porque su padre no quería esquiar con él, Phillip se sintió fatal. Me miró como me miraba siempre cuando estábamos oficialmente casados: «Jamie, rescátame. Haz algo.» Todo aquello del divorcio iba a ser una pesadilla. No había modo de soslayarlo. De pronto, a Phillip se le iluminó el semblante.

—¡Peter! ¡Peter! —llamó a voces por la escalera de atrás—. ¡Baja un momento, por favor!

«Oh, Dios mío.» ¿Y ahora qué iba a pensar Peter? Bajó la escalera con sus adorables pantalones militares un poco caídos sobre su perfecto, más que perfecto, trasero.

—¿Sí?

—¿Puedes hacerme un favor? —dijo Phillip.

—Phillip, está completamente fuera de lugar pedirle nada a Peter en este momento. Está ocupado en otros proyectos. Muy, pero que muy ocupado. Lo que necesites te lo podremos hacer Yvette o yo.

—Diablos, Peter está en la casa, ¿no es así? —bramó Phillip, muy seguro de estar al mando de todo y de todos. Juro que vi un bulto crecer dentro de su pantalón. «¡Pon el chico a trabajar, le vendrá bien!» ¿Cómo iba a explicarle que Peter estaba sólo de visita?

Se dirigió a Peter:

—Peter, hazme un favor. Llama a uno de esos sitios que alquilan equipos de esquiar: esquís, botas, bastones y ropa. Guantes. De todo. Quiero ver esquiar a estos niños. ¿Te importaría acompañarme? A la señora Whitfield no le vendría mal disponer de un poco de tiempo para ella sola. Y además, así yo haría algo útil mientras estoy aquí. Tú y yo podemos llevarnos a Dylan, y luego, cuando yo tenga que marcharme, se quedará contigo.

—Cariño —dije yo, y lo lamenté al instante. Inmediatamente Peter me lanzó una mirada: «¿Has llamado "cariño" a este tipo?»—. Phillip, deja de actuar como si fueras el general McArthur. Por favor. Peter no va a venir a esquiar con nosotros.

—¡Mamá! —chilló Dylan—. ¡Venga! Peter ha venido en avión hasta aquí, tiene que esquiar con nosotros.

Phillip opinó:

—¡Estoy de acuerdo con Dylan! ¡Tienes razón, hijo! Si Dylan quiere que venga Peter, yo digo que lo llevemos.

Le revolvió el pelo a su hijo y a Peter le dio una palmadita en la espalda como si fuera un antiguo amigo de una hermandad del instituto.

—¡Suena genial! —convino Peter, y cuando echó a andar por el pasillo aprovechó para propinarme un pellizco.

Lo siguiente que supe fue que me encontraba a bordo de un telesilla con Peter, mi marido y mi hijo, pensando que iba a sufrir un infarto de miocardio. Phillip, sentado en su extremo de la silla, actuaba igual que Fred McMurray en la serie *My Three Sons*: todo alegre y lleno de iniciativa. Eso es lo que hacen los WASP frente a la adversidad: ¡a apretarse bien las botas y tirar para adelante, muchachos! Dylan, sentado junto a él, estaba que no cabía en sí de felicidad. Y luego estaba Peter, encantado al pensar lo mucho que iba a deberle yo. Mientras Dylan y Phillip planeaban sobre el mapa qué ruta iban a seguir y la maquinaria del telesilla avanzaba emitiendo un leve chirrido, yo susurré a Peter al oído:

—Sé perfectamente que me odias. Y también sé que esto lo has hecho por Dylan, no por mí. Y también sé lo que estás pensando: que vas a pasarme factura por todo esto. Bueno, pues te digo una cosa: acabo de decir a Phillip que vamos a divorciarnos.

Esta vez, Peter me frotó la espalda.

Al llegar a la cumbre de la montaña, Peter se arrodilló delante de Dylan y le dijo:

—Enseña a tu padre lo que has aprendido. Te he prometido que iba a quedarme a ver qué tal te salía este descenso, Dylan, pero sólo voy a quedarme un minuto y después me voy. Tengo que ver a unos amigos.

Así que Dylan se puso a practicar sus nuevas maniobras. Lo cual nos dejó a Peter, a Phillip y a mí de pie el uno junto al otro, con los esquís colgando del borde de un precipicio, contemplando cómo Dylan iba haciéndose cada vez más pequeñito.

—Cariño —me preguntó Phillip—, ¿vas a esquiar con nosotros dos o quieres que se quede aquí Peter?

Me resultó increíble que siguiera considerando a Peter un empleado de la casa.

—Peter se va. Acaba de decirlo —expliqué—. ¿Por qué no pasas un rato con Dylan? Yo ya me las arreglaré por mi cuenta y esquiaré sola.

—Te necesito —respondió Phillip—. Por si tengo que irme. No puedo seguir el ritmo de Dylan el día entero, con lo cansado que estoy.

—Puedes llamarme —repuse yo—. Voy a regresar a la casa.

—Tiene razón. —Por algún motivo demencial, Peter estaba de acuerdo con Phillip. Supuse que estaba intentando volverme loca. ¿O sería que se sentía dolido al ver que Phillip y yo actuábamos como si todo fuera normal?—. Váyase con su hijo y con su marido.

Dylan es como el conejito de Duracell, querrá esquiar hasta que cierre el último telesilla. Ya me reuniré con ustedes el lunes, antes de que se vayan.

A continuación, Peter me miró por encima del borde de sus gafas de sol con expresión indescifrable y salió disparado.

—¿Sabes una cosa, Jamie? —me comentó Phillip—. Odio decirlo, pero ese tipo me gusta. ¿Cuánto le estamos pagando todavía?

38

EL DESENLACE

A las dos de la mañana de nuestra última noche en Aspen, Peter estaba recorriendo con el dedo el contorno de mi boca. Había llamado a eso de las once de la noche del sábado para decir que había terminado de cenar con sus amigos y quería venir a verme, ahora que Phillip se había marchado. Intenté excusarme por la llegada por sorpresa de Phillip, y él contestó sencillamente:

—¿Podemos seguir adelante, por favor?

Permanecimos tumbados sin movernos. Él dejó resbalar los dedos por mi pecho, igual que en la fantasía sexual que había tenido yo meses antes. Sólo que ya habíamos hecho el amor, así que la caricia de aquel momento era ya algo familiar, no suponía un paso hacia un lugar desconocido.

Él habló primero:

—He estado pensando en que cuando dije «es la hora» estaba equivocado.

—En realidad no dijiste que fuera «la hora» —aclaré—, sino que debería haber sucedido hace mucho tiempo.

—Tú no estás preparada, Jamie.

—¿Por qué eres tú el que tiene que decirme si estoy preparada o no, Peter?

Aquello era exactamente lo que temía: que la llegada de Phillip nos hiciera perder el rumbo. Que ahora Peter tuviera la impresión de que yo no estaba preparada era culpa de Phillip. Entonces me entró una profunda inquietud, porque una parte de mí sabía que él tenía razón. Pero desterré aquel pensamiento de mi cerebro. Me había enamorado perdidamente de aquel hombre tan increíble, y resultaba mucho más fácil ser romántica y osada. Su boca era de lo más dulce, su cuello olía de maravilla. Lo único que deseaba en aquel momento era sumergirme en una sesión de sexo desenfrenado que nos enredara entre las sábanas y nos hiciera caernos de la cama. No podía asimilar ni una gota de realidad en un momento como aquél.

—No vayas por ahí. El tiempo que hemos pasado juntos ha sido increíble. Siento muchísimo que haya aparecido Phillip, ha sido un momento de lo más inoportuno. —Y aclaré—: Pero es que tiene un problema en el trabajo, no tiene nada que ver conmigo.

—No me refiero a que se haya presentado de sopetón. Lo vuestro no ha terminado todavía. No te ha costado nada volver a encajar en su mundo, lo he visto hoy —dijo Peter.

—Lo de hoy en las pistas ha sido por Dylan. Lo sabes perfectamente. ¿Qué más podía hacer yo? Ya le he dicho que quería el divorcio, ¿no basta con eso?

—Necesitas espacio para respirar, Jamie.

—¿Quién dice que necesite espacio para respirar? Llevo varios años esperando en un matrimonio sin amor, intentando justificarlo. Estoy harta de eso, y me siento genial. No quiero esperar, ya he esperado demasiado.

—Confía en mí, sé de lo que estoy hablando —dijo serenamente.

—Estás poniéndote arrogante otra vez. ¿Por qué me discutes?

—Porque me preocupo por ti y por nosotros. Es muy evidente: si no te tomas un tiempo, lo nuestro nunca saldrá bien.

Me gustó que estuviera hablando de nosotros como una entidad hecha y derecha, pero en cambio no me gustó lo del período de espera obligatorio. Claro que en mi fuero interno yo sabía que hasta un niño pequeño era capaz de ver que lo que decía tenía mucha lógica. Pero aun así me sentía reacia a admitirlo.

Peter agregó:

—Y hay otra cosa más: he conseguido un compromiso. Mis patrocinadores han aceptado.

—Ya lo sé. Me lo dijeron tus amigos.

—Ah, ¿sí? —Peter estaba sorprendido—. ¿Y por qué no me dijiste que ya lo sabías?

—Esa financiación era una razón demasiado poderosa para que te marcharas. Y yo quería que te quedases conmigo y con los niños.

—Bueno, yo tampoco podía hablarte de ello —repuso Peter en un tono sin emociones—. Porque en ese caso habría surgido la pregunta, y yo habría mentido. —Me besó—. Todavía me encontraba en la dolorosa etapa de reprimir lo que sentía. —Me besó otra vez. De pronto se interrumpió—. Lo cierto es que ese programa podría convertirse en algo importante.

—Genial.

—De manera que, durante los próximos meses, voy a andar un poco limitado de tiempo, dedicándome a perfeccionar el programa y hacerle publicidad.

—Entiendo —me resigné.

¿Sería aquélla su forma de decirme que no estaba seguro? ¿Sería que todo aquello de que yo necesitaba espacio para respirar era una estratagema para que me fuera acostumbrando a la idea de que lo nuestro, en realidad, no iba a funcionar? No podía ser. Me tumbé sobre la cama y me quité el jersey blanco. Deseaba estar medio vestida, o medio desnuda, para aquella conversación. Al día siguiente regresaríamos a Nueva York. Sabía que las noches que habíamos robado en Aspen podían resultar deterioradas durante el transporte. Mi cerebro entró en crisis por un instante, igual que la estática de la pantalla del televisor. Después se me aclaró un poco, lo suficiente para comprender que Peter no era dado a los juegos. Si no quisiera estar conmigo, me lo diría sin rodeos. De acuerdo. ¿Así que yo necesitaba tiempo? ¿De verdad estaba dispuesta a trasplantar a Peter a mi vida en Nueva York empezando al día siguiente a las cuatro de la tarde, cuando el avión aterrizara en el aeropuerto JFK? ¿Tan sólo tenía que informar a Yvette y a Carolina de que a partir de entonces Peter iba a dormir en mi cama, pero que él no necesitaba que le planchasen los pijamas?

—De acuerdo —dije racionalmente—. Necesitas centrarte en tu trabajo.

—No es eso solamente. Aquí se está muy bien. Voy a quedarme unos días más con mis antiguos amigos. De todos modos, estaré la mayor parte del tiempo en California hasta que llegue la financiación dentro de unos meses. Luego estaré en casa.

Se me cayó el alma a los pies. De ninguna manera íbamos a tomar aquel camino.

—¿Por qué? Vuelve con nosotros, por lo menos —dije—. Tienes plaza en nuestro vuelo.

—Todavía os queda un largo camino por recorrer a ti y a tu marido. Tenéis que establecer los detalles del divorcio, resolver el problema de los niños, buscar apartamentos nuevos. Y casi tan importante como eso es que tú tienes que volver a trabajar. Y para todo eso necesitas espacio.

—¿Tienes alguna duda acerca de lo mío con Phillip? —pregunté con ansiedad.

—Dejando aparte el hecho de que todavía le llamas «cariño», no. Pero el problema no es él, sino tú. Cuando no estás asentada, sino en un momento de transición, te repliegas. ¿Tienes idea de lo fría que te mostraste en Nueva York?

—¡No fui fría! Estaba traumatizada.

—¿Estás preparada para decirme que quieres lanzarte ahora, Jamie? ¿En serio?

—Pues... creo.

—¿Lo ves? Ahí lo has dicho todo. No eres capaz de decirlo con seguridad, porque no estás segura. Sé que te importo, sé que conectamos. Y yo tengo un proyecto que he de hacer funcionar. Ahora. Con concentración total. Y aunque no te guste que te lo digan, llegado el momento de la verdad, tú ni siquiera sabes lo que quieres.

—Deja de ir por ese camino —le indiqué—. Piensa en estos últimos días. Nos va bien juntos. Nos va muy bien.

—Estoy intentando hacer lo correcto. —Estaba demasiado serio—. Tú no estás preparada para fugarte conmigo. Y yo no pienso exponerme a un batacazo semejante.

No hacíamos más que volver una y otra vez sobre el mismo tema. Me sentí cansada. Hacer lo correcto era algo sobrevalorado; la independencia estaba sobrevalorada. Yo había pasado unos meses horribles y lo único que quería era devorar todo el tiempo a aquel hombre. Por fin me tendí en la cama y contemplé el techo pensando cómo iban a ser los meses sin Peter. Por lo que parecía, yo no estaba ganando aquella discusión. Le pregunté:

—¿Cuándo te has vuelto tan racional?

—Sólo cuando es necesario —contestó él.

—Pero Dylan...

—Seguiré en contacto con él. Tú ocúpate de tu marido, descubre qué es lo que quieres. El tiempo que hemos pasado aquí ha sido increíble, y tal vez dentro de unos meses, cuando tú ya lo tengas todo organizado, será increíble otra vez. Pero yo voy a alejarme.

Los niños, silenciosos, insólitamente tranquilos y obedientes, estaban esperando a Peter para que les hiciese las famosas tortitas con arándanos, su desayuno favorito. En la habitación flotaba una sensación de inquietud. Todos los juegos que había en la mesa de centro del cuarto de estar habían sido recogidos y guardados. En el pasillo, los rotuladores y el papel de dibujo de los niños estaban cuidadosamente ordenados en bolsas de plástico individuales, junto a las mochilas. Examiné la bolsa de pañales de Michael para el avión; estaba debidamente repleta de pañales, toallitas, libros de dibujos, sus tacitas y una muda de ropa. Sobre la veranda de fuera, frente a la puerta de entrada, había tres enormes petates L. L. Bean con las cremalleras bien cerradas. Cuando regresé a la cocina Peter salió a mi encuentro y me puso en la mano un vaso de zumo de naranja.

—Tus esquís están en la baca del coche —anunció con cara de póquer, sin emoción alguna.

Los niños aullaron como locos cuando Peter falló al intentar atrapar varias tortitas al vuelo y éstas acabaron en el suelo de la cocina; yo sabía que había movido la plancha a propósito. Pasé junto a él para servirme un cuenco de cereales. Él no me sonrió, no se rozó contra mí, no dejó que su dedo me acariciara la palma de la mano cuando me entregó la taza de café. Simplemente siguió divirtiendo a los niños como si nada hubiera pasado.

Todos nos sentamos juntos alrededor de la mesa: los niños, Peter, Yvette y yo. A mitad del desayuno, Peter aplaudió ruidosamente:

—Muy bien, chicos, tengo una cosa que anunciaros.

Los tres pequeños lo miraron con los ojos muy abiertos. Yvette, que a pesar de no desearlo había llegado a tomarle afecto, escuchó con atención.

—Tengo un montón de trabajo importante que hacer. ¿Os acordáis del programa informático del que os hablé? —Los niños asintieron—. Pues la gente que me pagó para hacerlo quiere que haga mucho más, para así poder ayudar a más niños en los colegios. —A Dylan se le llenaron los ojos de lágrimas. Lo había entendido antes que los pequeños.

Peter se percató de ello, pero no se paró para hacerle caso. «Algo muy poco típico de él», pensé. Continuó:

—Así que voy a tener que pasar un montón de tiempo en California.

Gracie empezó a comprender.

—¿Cuánto tiempo? ¿Un día entero?

—Pues la verdad es que va a ser un poco más, pero os prometo sin falta que os llamaré en cuanto lo sepa.

Yvette ahogó una exclamación y se llevó una mano a la boca. A Dylan le rodó un torrente de lágrimas por las mejillas.

—¿Por qué está llorando Dylan? —preguntó Gracie.

A Peter se le humedecieron los ojos, y eso ya fue demasiado para mí. Aparté mi silla y me alejé de la mesa. Me incliné sobre el fregadero con los brazos rígidos y cerré los ojos. Me sentía insoportablemente derrotada.

Cuando regresé a la mesa, recordé una escena en particular que había tenido lugar la noche anterior en mi dormitorio, en el suelo frente a la chimenea. Yo estaba tumbada con la espalda arqueada y con una almohada sobre los ojos, ligeramente cohibida por el intenso placer que estaba experimentando. En un momento dado miré el pecho de Peter subiendo y bajando sobre mi rostro, y me sumergí en el suave movimiento de su cuerpo. Si me hubiera permitido continuar recordando, habría terminado atravesando las paredes.

La triste escena de la mesa del desayuno no había cambiado: Michael, ajeno, Yvette limpiando las migas de la mesa, Gracie peinando a su Barbie con sus dedos regordetes, intentando desenredarle el pelo. Me di cuenta de que tenía el labio superior fruncido, como hacía siempre que iba a echarse a llorar. De repente Peter cogió a Dylan en brazos, algo que no había hecho jamás debido a lo que pesaba y abultaba el pequeño, y lo depositó en su regazo, sentado en el sofá, abrazándolo con fuerza. Dylan adoptó una postura fetal y sollozó como un bebé. Peter lo acunó adelante y atrás.

—Bueno, bueno, colega —le dijo—. Esto no va a ser para siempre, sólo una temporada. ¿Te acuerdas de la torre de control del aeropuerto que construimos? Tardamos cuatro días, me parece, y no creía que fueras a tener tanta paciencia. Diablos, yo ya no podía esperar a verla terminada. Pero tú me dijiste que la paciencia es la madre de la ciencia, ¿te acuerdas? Y aquella torre era tan...

Pero Dylan se puso a sollozar más fuerte. Le importaban un pimiento las torres de Lego. Mi hijo tenía el corazón partido en dos.

—¡No puedes irte y ya está! ¡No hay derecho! ¡No es justo!

—Dylan, colega, no te estoy dejando tirado —indicó Peter.

—Sí que me dejas tirado. —Después, entre sollozos ahogados e hipos para tomar aire, continuó—: Primero papá, ahora tú, ¡siempre lo mismo!

—Dylan, basta ya. —Le volvió la cara para mirarlo de frente mientras le acunaba la cabeza en las manos como si fuera un niño de pecho—. Basta, Dylan. No es como lo de tu padre. Tu padre no va a abandonarte, tu padre te quiere hasta la muerte. Y yo también.

—¡Ni siquiera vas a estar en el mismo estado!

En aquel momento Gracie se subió encima de Peter y se acurrucó contra él. Dijo:

—¿Vas a volver para vernos?

—Sí, claro que sí. Pero de momento no, cielo.

La pequeña sorbió y se quedó con la mirada perdida y fija, con el dedo pulgar en la boca; no estaba segura de la razón por la que lloraba Dylan, y no lograba comprender cómo podía Peter desaparecer de la vida que ella conocía.

Una hora después, Peter ya había metido la última bolsa en el coche. Yo dejé la llave de la casa sobre la mesa del recibidor, cerré la puerta al salir y me encaminé hacia el coche. Peter se colocó detrás del volante, y yo en el asiento del pasajero. Los niños estaban en total silencio en el asiento de atrás.

Yo estaba hecha un manojo de nervios. Empecé a maquinar. Se me taponaron los oídos cuando bajamos de la montaña en dirección al pequeño aeropuerto local.

Odiaba que Peter tuviera razón, pero es que en aquel preciso momento no podía hacer borrón y cuenta nueva e incorporarlo a mi vida. Pasar un rato a solas después de acostar a los niños era muy bueno. Y también estaba en lo cierto respecto de mi trabajo, meterme en el documental con Erik iba a resultar curativo y vigorizante. Necesitaba trabajar para canalizar mi energía. Y cuando recordé que pronto iba a tener aquello de nuevo, dejé de sentirme tan nerviosa.

Pasamos por Seguridad sin decir nada. Peter nos acompañó hasta la puerta de embarque llevando a la espalda a Dylan, el cual, profundamente abatido, tenía la cabeza apoyada sobre su hombro. Se despidió de los niños y éstos continuaron solos con Yvette, que prácticamente mató a Peter de asfixia con su enorme busto cuando lo abrazó por primera vez.

Peter me llevó hasta la pared, lejos de los pasajeros y del alboroto. Yo indiqué a Yvette con una seña que se llevase a los niños al avión.

—Eres realmente preciosa. Eres fuerte y resistente. Eres el ser más increíble en lo sexual y lo sensual con quien he estado en toda mi vida. Vas a triunfar. Todos los obstáculos que han aparecido en tu camino en el pasado se harán pedazos a tus pies, ya casi los has superado. Eres una persona diferente de la que eras cuando te conocí, mucho más inteligente, mucho más consciente.

Me acompañó hasta las puertas de cristal. Yo volví la vista y vi que estaba embarcando el último de los pasajeros. Peter me besó furiosamente. A mí me entraron ganas de que mi cuerpo se fundiera con el suyo. Peter había sabido conectar conmigo condenadamente bien.

La azafata de tierra llamó por última vez para que embarcaran todos los pasajeros.

Peter echó la cabeza hacia atrás y dijo:

—Sabes que todo irá bien.

—¿Lo sé?

—Sí, lo sabes.

Me apreté contra él.

—Necesito que estés conmigo —dije con naturalidad—. Y tú necesitas estar conmigo.

—Sí, y estaré. —Me cogió la cara entre las manos—. Pero ahora no. Ya sé que resulta paradójico que te diga esto precisamente ahora, porque debería habértelo dicho anoche, pero lo cierto es que te quiero. Te quiero. Ahora, vete.

Yo necesitaba un minuto más para recuperar el dominio de mí misma.

—Sólo necesito saber cuándo vamos a estar juntos.

Él miró la fecha en su reloj y reflexionó unos instantes.

—El dieciocho de agosto. A las nueve de la mañana en el castillo Belvedere.

—¿Cómo se te ha ocurrido eso? —le pregunté.

—Seis meses a contar a partir de ahora. Me parece perfecto.

Entonces sí que recuperé el aplomo.

—Mírame. Yo también te quiero. Debería habértelo dicho en el parque.

Lancé un grito al ver que se cerraba la puerta de embarque.

—¿Estarás allí?

—Naturalmente que sí.

Y en efecto, estuvo.